Knaur.

Über dieses Buch:

Im Sommer 2004 reisen Richard und Zilla von Genf nach Zingst in Nordvorpommern, wo Zillas Mutter, die Gräfin Rosalie, ein Trakehnergestüt leitet. In der Ehe der beiden kriselt es, und Zilla ahnt nicht, dass Richard ein düsteres Familiengeheimnis vor ihr verbirgt. Zillas Verhältnis zu ihrer Mutter ist schwierig, denn Zilla hat ihr nie verziehen, dass sie ihre Tochter in den 80er-Jahren in den Westen geschmuggelt hatte, so dass diese nicht nur ihre Mutter, sondern auch ihre Kindheit an der Ostsee zwischen Dünen, Meer und Wolken verlor. Und nun hat ihre Mutter vor, ihrem Schwiegersohn die Leitung des Gestüts anzuvertrauen. Dieser aber wehrt sich zunächst. Der Grund: Richards Großvater hat in Ostpreußen ein furchtbares Verbrechen begangen …

Über die Autorin:

Madeleine Harstall wurde 1958 in Genf geboren. Sie studierte Germanistik und Sprachen und lebt in Wangen im Allgäu.

Madeleine Harstall

Das Geheimnis der Gräfinnen

Roman

Knaur Taschenbuch Verlag

Besuchen Sie uns im Internet:
www.knaur.de

Originalausgabe Juli 2004

Ein Unternehmen der Droemerschen Verlagsanstalt
Th. Knaur Nachf. GmbH & Co. KG, München

Redaktion: Dr. Gisela Menza
Umschlaggestaltung: ZERO Werbeagentur, München
Umschlagabbildung: Mauritius
Satz: Ventura Publisher im Verlag
Druck und Bindung: Nørhaven Paperback A/S
Printed in Denmark
ISBN 3-426-62659-4

2 4 5 3 1

Für meine Großmutter Spundel

»Der Friede muss gestiftet werden,
er kommt nicht von selber.«

Immanuel Kant, Königsberg

Reise in die Ewigkeit

Das Licht hatte sich verändert. Es kam von hinten. Endlich fuhren sie nach Osten. Zilla richtete sich im Beifahrersitz auf und rieb sich die steifen Halsmuskeln.

»Habe ich lange geschlafen? Wo sind wir jetzt?«

»An Lübeck vorbei.«

Die Autobahn raste unter ihnen hindurch. Lastwagen blieben zurück, Büsche huschten, die komplizierte Geometrie von Gräben und Zäunen in grüner Landschaft schwenkte an Zillas noch schlaftrunkenen Augen vorbei. »Wie weit ist es noch?«

»Achtzehn Uhr sind wir da«, antwortete er, ohne den Blick von der Straße zu nehmen.

Zilla sah auf ihre Armbanduhr. Noch dreieinhalb Stunden. Vermutlich war Richards ganzes Denken darauf gerichtet, seine eigene Prognose zu erfüllen. Abends um sechs sind wir da, hatte er morgens um fünf beim Aufbruch in Genf gesagt. Sie hatten kaum Pausen gemacht und waren fast immer hundertachtzig gefahren.

Zilla strich sich durch die halblangen schwarzen Haare, zog die Flasche Evian hinter dem Sitz hervor und nahm ein paar Schlucke. Dabei streifte ihr Blick sein Profil. Eine Laune der Natur hatte ihm einen freundlichen Schwung in die Mundwinkel gelegt. Doch wenn er seine scharfen blauen Augen auf einen richtete, überwog der Eindruck unbeugsamer schweizerischer Redlichkeit.

Sie hätte sich vor neun Jahren sicherlich nicht in ihn verliebt, wenn sie ihm den ganzen Abend in die Augen hätte blicken müssen. Aber er hatte sie in dem kleinen Fischrestaurant am Quai Gustave Ador so gesetzt, dass sie den Jet d'eau sehen konnte, die mächtige Fontäne, die hell angestrahlt in den dunklen Himmel über dem Genfer See stieg. Und so kam es, dass sie über Eck neben ihm saß und ihn von der Seite sah, die glatt rasierte hellhäutige Wange, sein sehr kurzes Haar, das wie poliertes Messing schimmerte, und dieses sachte Lächeln in seinem Mundwinkel. Als er beim Kellner Krebse und Fische bestellte, hatte sie sich gewissermaßen von der Seite in ihn verliebt. Und dann war es sehr schnell gegangen.

Nur drei Tage zuvor hatte Zilla mit der Gewissheit, dass dieses oder ein anderes Gebäude von internationalem Rang einmal ihr Arbeitsplatz sein werde, die Galerie des Hochkommissariats für Flüchtlinge betreten. Furchtlos war sie unter der Glaskuppel die Rampe zwischen den beiden Palmen hinuntergegangen. Hier fühlte sie sich zu Hause, in dieser Mischung aus heiliger Tradition und lichter Moderne, aus Transparenz und Geheimdiplomatie. Mit ihren zweiundzwanzig Jahren hatte sie gewusst, dass sie zu einer Elite von Studenten gehörte. Sie war die Abgesandte aus Passau, die sich mit jungen Vertretern aus aller Herren Länder in einem Seminarraum versammelte, um sich über ein künftiges Betätigungsfeld in einer großen UN-Organisation informieren zu lassen. Alles lag im Bereich des Erreichbaren.
Im Gegenlicht zweier Fenster stand ein Referent hinter einem Pult neben einem Overheadprojektor und erläuterte Aufbau und Aufgaben des UNHCR, ein Herr in grauem Anzug mit messingfarben schimmerndem kurzem Haar. Als ehemaliger Hauptmann der Schweizer Armee hatte er sich vorgestellt, seit drei Jahren im Hochkommissariat für Flüchtlinge damit beschäftigt, überall auf der Welt die Folgen des Kriegs zu mildern, und zwar als Stratege in der Abteilung Evaluation and Policy Analysis unterm

Dach des Department of Operations. Er sprach Englisch mit leicht französischem Akzent.
Als der amerikanische Student Jim genug hatte von Statistiken und Organigrammen und nach Gefahren fragte, zeigte sich, dass Richard Knappe keineswegs nur am Schreibtisch Strategiepapiere verfasste, denn er konnte zum Aufbau eines Flüchtlingslagers am Rande eines Krisengebiets Einzelheiten beisteuern, die darauf schließen ließen, dass er selbst Wasser aus Tankwagen getrunken und, angetan mit kugelsicherer Weste, in einem Jeep hinter der Front entlanggefahren war, um verlorene Kinder einzusammeln. Aber er berichtete dies so knapp, als wäre es nicht der Rede wert.
»What a strange person«, urteilte Jim in der Mittagspause. »Ein richtiger Germane.«
»Ein Alemanne«, korrigierte Zilla. »Die Schweizer sind Alemannen. Dagegen kommen die Germanen aus dem Norden von der Ostsee her.«
»Very interesting«, behauptete Jim.
»Ich zum Beispiel«, erklärte Zilla mit ihren dunklen funkelnden Augen und ihrem schwarzen Haar, »bin eine waschechte Germanin, denn meine Familie stammt aus Ostpreußen.«
Als Richard Knappe nach der Mittagspause die Seminartür aufschloss, streifte er sie mit der Hand. Zilla wäre geneigt gewesen, es für ein Versehen zu halten, aber während er »Pardon, Madame« murmelte, hefteten sich seine klugen blauen Augen um eine Spur zu lang auf ihr Gesicht, und Zilla erschrak ein bisschen.
Er wirkte zu jung für den Posten, den er bekleidete. Tatsächlich war er dreiunddreißig Jahre alt. Hatte sie sich wirklich erst am Tisch im kleinen Fischlokal am Quai Gustave Ador in ihn verliebt?

Dabei hatte sie tatsächlich nicht mehr an ihn gedacht, bis sie sich am dritten Tag noch einmal über den Weg liefen. Sie stand in der Galerie des HCR, die gläserne Fassade vor sich, in der inwendig eine Stahltreppe im Zickzack emporstieg, und studierte ihre schriftliche Tagesordnung auf der Suche nach einer Zimmernummer. Im Augenwinkel sah sie, wie einer der durch die Galerie eilenden Diplomaten stoppte, umkehrte und auf sie zukam, und blickte auf.
»Kann ich Ihnen helfen?«, sprach er sie auf Französisch an. Sie fragte, ebenfalls auf Französisch, nach der Abteilung Finanzen. Trotz ihrer Jugend begegnete Zilla anderen Menschen mit natürlichem Selbstbewusstsein. Außerdem verfügte sie über eine auffällige Besonderheit – ihren Namen. Auch der Schweizer Diplomat stolperte darüber. »Zilla Gräfin von Ayshoff, n'est-ce pas?«, erkundigte er sich. »Entschuldigen Sie, dass ich so plump frage. Ihr Name ist mir auf der Liste der Seminarteilnehmer aufgefallen, und unter den deutschen Teilnehmerinnen scheinen Sie mir am ehesten nach Ostpreußen zu passen.«
Huch, dachte Zilla. So genau hatte er sie betrachtet? Vermutlich war seinem kritischen Auge auch ihre – wie sie fand – etwas zu große Nase nicht entgangen.
»Nun ja«, antwortete sie, »der ostpreußische Adel hat normalerweise deutlich mehr germanische Züge als ich.«
Er lächelte sachte. »Ihr Stammsitz liegt bei Eydtkuhnen, nicht wahr?«
»Er lag. Meine Familie musste zum Kriegsende alles aufgeben und fliehen. Schloss Ayshoff existiert nicht mehr.«
»Natürlich«, sagte er und wies mit einer knappen Geste zur Treppe. »Also hat Ihr Interesse für die Arbeit des Hochkommissariats für Flüchtlinge gewissermaßen familiäre Hintergründe?«
»Eigentlich nicht. Meine Großmutter ist zwar mit meiner

Mutter im Treck übers Frische Haff geflohen, aber sie hat nicht viel erzählt. Sie blickte lieber in die Zukunft als in die Vergangenheit, zumal ihre Gegenwart nach dem Krieg schwierig genug war. Sie ist nämlich nicht in den Westen geflohen, sondern nur bis Nordvorpommern. Dort hat sie dann eine Pferdezucht aufgebaut, mit Trakehnern aus Ostpreußen. Nach ihrem Tod hat meine Mutter das Gestüt übernommen.«

»Eine Trakehnerzucht in der DDR? War das denn überhaupt möglich?«

»Sie kennen sich aber gut aus«, bemerkte Zilla.

»Mein Vater züchtet Freiberger Pferde«, sagte er, »und zwar gar nicht weit von hier, in Divonne-les-Bains. Wir haben drei Stuten, zwei davon tragend, und zwei Wallache, die wir selbst gezogen haben. Sie werden gerade eingeritten. Wenn Sie Lust auf einen Ausritt hätten …«

»Oh, vielen Dank«, lehnte Zilla lächelnd ab, »aber ich bin seit meinem siebten Lebensjahr nicht mehr auf einem Pferd gesessen.«

»Je comprends«, sagte er.

Zilla konnte sich kaum vorstellen, dass er »verstand«, was sie andeutete, aber die Höflichkeit verbot es ihm anscheinend, weiterzufragen. Vielleicht war er auch indigniert, weil sie seine Einladung ausgeschlagen hatte, zumal Schweizer sich doch so schwer damit taten, Fremde einzuladen. Sie blickte ihn von der Seite an und sah zum ersten Mal das kleine Lächeln in seinem Mundwinkel blitzen. Er war einen halben Kopf größer als sie und von athletischem Körperbau, gezügelt durch einen untadeligen grauen Anzug.

Schweigend führte er sie die Treppe hinauf und einen Gang entlang und blieb schließlich vor einer Tür stehen. »Hier ist es.« Dann wünschte er ihr einen angenehmen weiteren Aufenthalt in Genf und verabschiedete sich mit der Miene eines

Mannes, den sie nie wiedersehen würde. Doch bereits nachmittags um fünf sah sie ihn wieder. Er wartete vor dem Seminarraum, bis sie herauskam, und fragte sie, ob er sie zum Essen einladen dürfe.

Zilla gestattete es lächelnd.

Es war ein warmer Septemberabend. Sie trug ein rotes ärmelloses Schlauchkleid, als er sie im Hotel abholte. Zunächst wunderte sich Zilla nicht, dass er mit ihr Französisch sprach, denn die Westschweizer waren Franzosen, und Franzosen sprachen erfahrungsgemäß nur ungern Deutsch. Doch als der Kellner den riesenhaften Fisch in einem Wägelchen an den Tisch schob und zerlegte, machte Monsieur Knappe ihr plötzlich seine Komplimente über ihr Französisch auf Deutsch. Er sprach ein beinahe akzentfreies Schriftdeutsch. Und nun wunderte sich Zilla doch, warum er sie nicht gleich in ihrer Sprache angesprochen hatte.

»Und Sie studieren in Passau?«, fragte er.

»Jura und Romanistik«, antwortete Zilla und erläuterte ihm, dass sie eine Stelle als EU-Beamtin in Brüssel anstrebe.

Über ihn erfuhr sie, dass sein Vater es bei der Schweizer Armee immerhin zum Brigadier gebracht hatte und nun Privatier war. Richard war in Bern geboren, hatte sich mit achtzehn als Berufssoldat verpflichtet, Ökonomie und Agrarwissenschaften in Zürich studiert und war immerhin zum Capitaine avanciert. Darüber, warum er die Schweizer Armee verlassen und zum UNHCR gewechselt war, mochte er sich nicht auslassen. Zilla war selten einem Mann begegnet, der sich so zurücknahm und so wenig Bedürfnis nach Selbstdarstellung zeigte.

Nach dem Essen waren sie am Ufer des Sees entlang auf den Jet d'eau zugewandert. Auf der schwarzen Wasserfläche trieben wie weiße Schneehaufen die schlafenden

Schwäne. Richard erzählte von irgendeinem Winter, in dem man sie am Morgen aus dem Eis hatte hacken müssen. Sie schlenderten die Mole hinaus bis zu der Stelle, wo mit der Gewalt von zweihundert Stundenkilometern die Fontäne aus einer baumdicken Düse in den Nachthimmel schoss und sie in einen feinen Sprühnebel hüllte. Benommen vom Tosen der Turbinen waren sie gegeneinander getaumelt, und Richard hatte sie in die Arme genommen und geküsst wie ein Verhungernder.

Den Weg zurück zum Quai Gustave Ador waren sie fast gerannt. Richard hatte ihre Hand nicht mehr losgelassen und sie in die Gassen des Viertels Les Eaux Vives geführt. Völlig außer Atem langten sie in seiner kleinen Stadtwohnung in der Rue Zurlinden an. In der Erinnerung wollte es Zilla so erscheinen, als wäre sie die ganze Nacht nicht mehr zu Atem gekommen. Der kühle UN-Diplomat hatte sie mit einer Leidenschaft überwältigt, die alles ausradiert hatte, was sie bislang für ihr kleines kluges Leben gehalten hatte. Schon am folgenden Tag hatte er nach Ruanda aufbrechen müssen, und zwei Tage später war Zilla nach Passau zurückgefahren, ohne ihn noch einmal gesehen zu haben. Er hatte auch nicht nach ihrer Adresse und Telefonnummer gefragt, vermutlich, weil er sie der Seminarteilnehmerliste entnehmen konnte, wenn er wollte. Zilla machte augenblicklich mit ihrem damaligen Freund Schluss. Und geradezu lächerlich erschien ihr die Frage, ob aus ihr und Arno Pachaly etwas hätte werden können, wenn er nicht in Mecklenburg-Vorpommern und sie in Passau gelebt hätte. Doch vier Wochen lang ging Zilla durch die Hölle der Ungewissheit, denn von ihm kam kein Zeichen. Hatte Richard nur ein Abenteuer gesucht und die sich bietende Gelegenheit ergriffen, oder konnte er sie sich genauso wenig aus dem Kopf schlagen wie sie sich ihn?

Dann endlich eines Nachmittags übergab ihr Tante Lilly den Telefonhörer mit den Worten: »Für dich. Ein Herr.«
Am Telefon lenkten weder seine blauen Augen noch seine undurchdringliche Miene von seiner ruhigen, warmen und drängenden Stimme ab.
»Zilla, darf ich dich besuchen?«
»Ja«, sagte sie.
»Ist es recht, wenn ich morgen komme?«
»Ja.«
Das Gespräch dauerte nicht länger als zwanzig Sekunden, und Zilla sagte nichts anderes als Ja, glückselig, verwirrt und bestürzt wie ein Teenager. Hatte es in Ruanda eigentlich keine Funk-Logistik gegeben? Hätte er nicht zwischendurch mal anrufen können? Einfach nur, damit sie wusste, dass auch er an sie dachte?
Am Samstagabend war er da, überreichte Tante Lilly Blumen, schüttelte Onkel Peter die Hand und nahm mit vollendeter Höflichkeit am Abendbrottisch Platz. Verwundert betrachtete Zilla den dezent gebräunten Mann, der sie offenbar liebte, aber am Esstisch so tat, als wäre er gekommen, um sich mit dem Juraprofessor Peter Engels über die Finessen der Genfer Konvention auszutauschen und sich von der Gymnasiallehrerin Lilly Engels das deutsche Schulsystem erklären zu lassen. Dabei vergaß er nicht, die Kochkunst der Hausfrau zu loben.
»Ist er nicht ein bisschen zu alt für dich?«, flüsterte Tante Lilly ihr zu, als Zilla ihr half, die Teller in die Küche zu tragen und den Nachtisch, eine bayrische Creme, zu holen.
»So ernst ist es doch noch gar nicht«, antwortete Zilla. Aber während des ganzen Abendessens fragte sie sich nur eines: Wann wurden Richard und sie endlich aus den Pflichten der Konversation entlassen, und wie würden sie zusammenkommen? Es war ernst, ungeheuer ernst, verzweifelt ernst.

Tante Lilly hatte dem Besuch aus Genf das Bett im Gästezimmer bezogen. Was würde Richard tun, wenn man sich Gute Nacht gesagt und Tante Lilly ihn dort alleine gelassen hatte? Würde er resignieren, oder würde er es wagen, sich auf die Suche nach ihrem Zimmer zu machen, auf die Gefahr hin, unversehens im Schlafzimmer der Engels zu stehen? Durfte er erwarten, dass Zilla, wenn alles schlief, zu ihm hinunterschlich, damit sich erfüllte, was beide den ganzen Abend so dringend begehrten, dass sie kaum fähig waren, das Wort aneinander zu richten? Wäre es taktisch klüger gewesen, sie hätte ihn diese Nacht darben lassen, damit er entweder mit zivilen Absichten wiederkam oder aber frustriert ein für alle Mal von ihr abließ? Fragen, die Zilla sich weder jetzt noch später beantworten konnte. In diesem Fall versagten Vernunft und ihr bisschen Lebenserfahrung.
»Zilla, zeigst du Herrn Knappe sein Zimmer?«, sagte Tante Lilly schließlich, als es Zeit war, zu Bett zu gehen. Und Richard machte, während Tante Lilly und Onkel Peter die Treppe hinaufgingen, die Tür zu und schlang seine Arme um Zilla.
Zwischen Mitternacht und Morgengrauen dann lag sie wohlig erschöpft mit dem Rücken gegen seinen Bauch geschmiegt und wollte gerade wegdösen, als er fragte: »Hat es einen bestimmten Grund, dass du hier in Passau studierst und nicht zum Beispiel in Rostock?«
»Ich bin hier aufgewachsen«, antwortete sie. »Ich lebe seit meinem siebten Lebensjahr bei Onkel Peter und Tante Lilly. Aber eigentlich sind sie nicht wirklich Onkel und Tante.«
»Dann hast du, wenn ich richtig rechne, die DDR bereits 1980 verlassen. Wie das denn?«
»Als Republikflüchtige«, antwortete Zilla leichthin. »Meine Mutter hat mich in ein Boot gesetzt, und das hat mich über die Ostsee nach Lübeck gebracht.«

»Und sie ist drüben geblieben? War das beabsichtigt?«
»Von meiner Mutter schon. Mich hat man nicht gefragt. Man hat mich nicht einmal vorgewarnt.« Zilla spürte den warmen Druck seiner über ihrer Brust gekreuzten Arme und suchte tastend nach Worten für eine Erinnerung, die von den Jahren verschüttet worden war.
»Es war die Zeit der Vogelbrut, Juli. Da oben an der Ostsee brüten unzählige Vögel. Weißt du, wo Zingst liegt? Zingst ist ein altes Kurbad, aber auch Teil einer Halbinselkette in Nordvorpommern zwischen Rostock und Rügen. Fischland-Darß-Zingst heißt sie. Wild und schön – Wind, Meer, Urwälder, einmalige Flora und Fauna. Wenn auch die Hälfte Sperrgebiet der Nationalen Volksarmee war.
Ein Teil der Seeschwalben und Austernfischer war schon geschlüpft. Ich hatte mich den ganzen Tag mit unserer Jagdhündin Milva in den Brutgebieten herumgetrieben. Natürlich hat Milva ein paar Eier gefressen, aber keines der Küken. Auf dem Heimweg mussten wir aufpassen, dass uns der alte Pachaly nicht im Osterwald erwischte. Pachaly lief gern mit einer Schrotflinte durch den Wald, erschoss streunende Hunde und Katzen und guckte am Strand nach möglichen Freischwimmern. So hießen die Leute, die versuchten, über die Ostsee zu fliehen. Sie hofften in internationalen Gewässern von einem Schiff aufgenommen zu werden. An den Ostseebadestränden waren übrigens alle Schwimmhilfsmittel verboten, also Schlauchboote oder Luftmatratzen, sogar Schwimmgürtel für Kinder.«
Richard streichelte mit dem Daumen ihren Unterarm, wie um Zilla zu ihrer eigenen Geschichte zurückzuführen.
»Von alldem«, fuhr sie leise fort, »habe ich mich nicht verabschieden können. Zum letzten Mal lief ich vom Osterwald her über die Zingster Heide auf unser Haus zu und wusste es nicht. In meiner Dünenhöhle unter einer Kiefernwurzel

am Strand muss bis heute ein Buch liegen, das ich dort gelassen hatte, um es anderntags weiterzulesen. Es sei denn, es hat inzwischen jemand gefunden.«
Richards Daumen hielt inne.
»Mama war schon tagelang nervös. Ich dachte, es sei wieder irgendetwas mit den Behörden. Dann wurde immer geflüstert, und Oma war grantig. Meist ging es um diesen Pachaly. Er war der so genannte Abschnittsbevollmächtigte der Volkspolizei, was im Grunde nichts anderes war als eine Art impertinenter Stadtteilhausmeister, der den sozialistischen Lebenswandel überwachte. Oft tarnte die Stasi ihre Leute als Abschnittsbevollmächtigte. Nach Ansicht meiner Mutter war Pachaly so ein Mitarbeiter des Staatssicherheitsdienstes. Und er hatte uns Gräfinnen auf dem Kieker. Er hatte übrigens einen Sohn in meinem Alter. Arno hieß er. Wir waren unzertrennlich wie Geschwister. Meistens trafen wir uns an meiner Lesekuhle bei den drei Kiefern. Nur an diesem Tag nicht. Da hatte er FDJ-Nachmittag. Von ihm habe ich mich also auch nicht verabschieden können.«
Richards Atem strich beruhigend warm über ihren Hals.
»Beim Abendbrot war Mama besorgt, ob ich auch genug esse. Und dann sollte ich gleich ins Bett. Dabei wollte ich eigentlich Sascha noch eine Möhre bringen. Sascha war mein Pony, ein Island-Pony, das jeden Erwachsenen abwarf, aber mich überallhin trug. Nur wenn er heim wollte, entschied er das allein.«
Richard lachte leise.
»Mama sah es nie gern, wenn ich Gemüse aus der Küche an die Pferde verfütterte. Es war immer schwierig, frisches Gemüse zu kriegen. Aber ich habe mich nie viel um die Verbote meiner Mutter gekümmert. Sie war nie streng mit mir und selten konsequent. Doch an diesem Abend bestand sie darauf, dass ich gleich ins Bett ging. In ihrem Ton und in ih-

rer Miene war ein Ernst, eine tödliche Not, die mich zwang zu tun, was sie sagte. Es war, als würde sie weinen, ohne dass eine einzige Träne kam. Allerdings hatte sie vergessen, den Holzofen fürs Badewasser zu befeuern, und so fiel das abendliche Bad aus. Ich war darüber so sauer, dass ich zur Strafe ungewaschen ins Bett ging, noch mit dem Sand der Zingster Heide zwischen den Zehen. Und die Zähne geputzt habe ich mir auch nicht.«

Richard schnaubte amüsiert.

»Mitten in der Nacht wurde ich geweckt. Mama zog mir mit kalten und zwickenden Fingern Kleider an, sogar Strumpfhosen und feste Schuhe. ›Brennt unser Haus?‹, fragte ich schlaftrunken. ›Nein, aber wir machen jetzt einen Spaziergang‹, sagte sie. Unten in der Küche schlang Oma ihre Knochenarme um mich und drückte mich an sich. ›Pass auf dich auf, mein kleines Marjellche‹, murmelte sie. Marjell ist das ostpreußische Wort für Mädchen. Das war das Letzte, was ich von meiner Großmutter hörte und sah. Drei Jahre später war sie tot.«

Richard drückte sie kurz an sich, und Zilla fühlte unter dem Gewicht seiner Arme auf einmal ein befremdliches Ziehen in der Kehle. Sie musste mehrmals schlucken, ehe sie weiterreden konnte.

»Mama nahm mich an der Hand, und wir traten hinaus in die Nacht. Eine Nachtigall sang, das weiß ich noch. ›Du musst ganz leise sein‹, mahnte meine Mutter. Mir fiel auf, dass sie einen Rucksack trug. Mit dem radelte sie sonst zum Einkaufen. ›Beute machen‹, wie meine Großmutter dazu sagte.

Es war ein langer, langer Spaziergang. Niemand durfte uns sehen. Mama mied das Dorf. Wir drückten uns förmlich durchs Wacholdergebüsch und schlichen auf dem Deich zwischen Ostsee und Zingst durch den schmalen Wald-

streifen. Unten am Strand patrouillierten Wachleute mit Lampen.
Schließlich blieb Zingst hinter uns, und die zerzausten Kiefern des Darß tauchten vor uns auf. Der Wald kommt dort bis an den Strand vor. Baumstämme liegen herum. Wir huschten von Baum zu Baum. Mir kam es vor, als würden wir die ganze Zeit den Pachaly an der Nase herumführen. Aber Spaß hat es mir nicht gemacht. Mama ließ meine Hand nicht los. Ihr Griff war hart, sie keuchte. Der Mond kullerte klein und böse über den Himmel.
Unendlich lange – wahrscheinlich zehn Minuten oder so – hockten wir hinter einem der umgekippten Kiefernstämme. Er war von Wind und Wetter weiß geschmirgelt und leuchtete in der Nacht. Der Wind wehte aus Südwest aufs offene Meer hinaus. In den Wellen am Strand lag ein kleines Segelboot. Kaum zu erkennen, völlig schwarz. In ihm saßen zwei Männer. Einer rauchte. Die Glut leuchtete immer wieder auf, schließlich sauste sie in einem Bogen ins Wasser und verlosch.
›Es könnte auch eine Falle sein‹, flüsterte Mama vor sich hin. ›Siehst du was? Streng deine Augen an, Kind.‹ Ich strengte meine Augen an, aber nichts bewegte sich auf dem Strand unter dem Sternenhimmel. Dann musste auf einmal alles ganz schnell gehen. Wir rannten über den Sandstreifen zum Boot. Mama drückte dem, der vorher geraucht hatte, etwas Knisterndes in die Hand, Geld, wie mir später klar wurde, natürlich Westgeld.
›Du fährst jetzt zu Onkel und Tante Engels nach Passau‹, erklärte sie mir und umarmte mich hastig. ›Mach mir keine Schande. Und schreib nicht, hörst du? Keine Zeile!‹
Eine seltsame Freizeit, in der man nicht schreiben durfte und nachts abfuhr. Und wo waren die anderen Kinder? Wo lag Passau überhaupt, und wer waren eigentlich Onkel und

Tante Engels? Fragen, die ich nicht mehr stellen konnte. Mama hob mich ins Boot. Einer der Männer warf Ölzeug über mich. Ich lag direkt überm Kiel, an den Lederriemen des Rucksacks geklammert, der auf mir gelandet war. Es stank nach Fisch und Öl. Die Takelage klirrte leise, ab und zu knatterte das Segel. Es war eine Reise in die Ewigkeit.«

»Ein Wahnsinn war das«, bemerkte Richard. »Die Küste wurde doch lückenlos von der NVA überwacht.«

»Die beiden jungen Männer im Boot kamen aus Schwerin, und sie hatten ihre Republikflucht drei Jahre lang geplant. Und offensichtlich hatten sie sie gut geplant. Ich denke, von Zingst aus zu flüchten haben wohl nicht allzu viele versucht. Da gab es sicher bessere Startplätze, näher zur Westgrenze und näher an internationalen Gewässern. Jedenfalls wurde der Strand nicht ständig mit Scheinwerfern überwacht. Einen Motor hätten die Akustiker der NVA sicher hören können, aber ein Segelboot, das musste man erspähen. Und Segel und Boot waren schwarz. Positionslichter setzten sie auch erst, als wir dänisches Gewässer erreicht hatten. Da zogen sie auch die Plane weg, und ich durfte mich aufsetzen. Es war furchtbar kalt. Im Rucksack befand sich ein Pullover, nur das wusste ich nicht. Außerdem hatte Mama Papiere eingepackt und Schulhefte, damit man in Passau meinen Bildungsstand erkennen konnte …«

Sie musste unwillkürlich lachen, und Richards Daumen fuhr sachte über ihren Handrücken.

»Jedenfalls, noch immer mit dem Sand der Zingster Heide zwischen den Zehen in Strümpfen und festen Schuhen, wurde ich in Lübeck abgeliefert und nach Passau durchgereicht. Immer wieder Gesichter, die zu mir herablächelten, Hände, die meine ergriffen und mich vom Hafen in ein Auto, vom Auto in einen Zug, von einem Zug in den nächsten und

vom Bahnhof wieder in ein Auto und dann die Treppe hinauf in mein neues Heim schleppten.
Eine Frau, die ich nie zuvor gesehen hatte – Tante Lilly –, steckte mich in die Badewanne, und der pommersche Sand verschwand im Ausguss. Der Pullover aus meinem Rucksack wurde in die Altkleidersammlung gegeben. Man kaufte neue Sachen. Ich sah zum ersten Mal Berge, eine richtige Stadt, gleich drei Flüsse und breite Brücken, Barockkirchen, enge Gassen und Nebel, der von den Bergen feucht und kalt in die Stadt kroch. Meiner Erinnerung nach hat es die ersten beiden Jahre eigentlich nur geregnet. Es war ein Gefühl wie in einem Gefängnis. Ich wusste nicht einmal, in welche Himmelsrichtung ich meine Sehnsucht nach dem Meer, nach Sascha, nach den Möwen schicken sollte. Das komische Geraunze meiner Mitschüler verstand ich nicht, und man lachte, wenn ich den Mund aufmachte. Es muss ein schauderhaftes Kauderwelsch aus Ostpreußisch und Mecklenburger Platt gewesen sein. Tante Lilly brachte mich einmal die Woche zu einer Frau, einer Logopädin, die mir mit knallrot gefärbten Lippen As und Os ins Gesicht hauchte und Konsonanten hinterherspuckte.
Als ich ins Gymnasium kam, wurde es besser. Es war, als hätte jemand einen Hebel umgelegt, meine Erinnerungen verschlossen und eine neue Zeit eingeschaltet. Tante Lilly und Onkel Peter hatten keine Kinder und haben mich erzogen wie eine eigene Tochter. Mit viel Liebe und viel Vertrauen. Sie mussten sich eigentlich auch keine Sorgen um mich machen. Ich war von Anfang an Klassenbeste. Aber ohne Tante Lilly und Onkel Peter wäre aus mir natürlich niemals das geworden, was ich heute bin. Eigentlich muss ich meiner Mutter dankbar sein. Bin ich auch. Sie ist ein hohes Risiko eingegangen. Wenn man uns aufgebracht hätte, wäre

sie ins Gefängnis nach Bautzen gewandert und ich in ein Waisenhaus.«

»Und warum durftest du ihr nicht schreiben?«

»Jeder Brief, der die innerdeutsche Grenze passierte, wurde von der Staatssicherheit gelesen. Hätte ich Mama geschrieben, ich sei gut angekommen, dann hätte man sie sofort abgeholt.

Aber nach gut zwei Jahren kam dann doch ein Brief von ihr, in dem sie mir die Erlaubnis erteilte, ihr zu schreiben. Natürlich wusste ich, dass ich nichts von meiner Bootsfahrt erzählen durfte, aber Onkel Peter hat es mir trotzdem noch extra eingeschärft, und anfangs haben er oder Tante Lilly jeden meiner Briefe gelesen, bevor er abgeschickt wurde. Manchmal musste ich mich hinsetzen und ihn umschreiben. Ich habe mich immer sehr gequält mit diesen Briefen. Ich zählte Schulnoten auf, sie meldete die Geburt eines Fohlens. ›Leider wieder zu schwach auf der Hinterhand‹, schrieb sie dazu, nicht für mich, sondern für den, der mitlas. Pachaly-Lügen hat Oma das immer genannt. ›Dem Pachaly sein Hund nach den Enten hetzen, wenn die längst abjeflogen sind.‹ Das hieß, man erzählte ihm, dass jemand die Republikflucht plante, wenn das Haus schon zwei Wochen leer stand. Oder man behauptete, ein Fohlen sei kuhhessig, wenn es besonders nach Trakehner aussah, damit er es nicht ins Staatsgestüt abholen ließ. Unser ganzes Leben bestand aus Pachaly-Lügen. Ob man Nägel ergattert hatte, ob es am Sonntag Entenbraten gegeben hatte, man redete mit jedem, als hätte man keine Geheimnisse, aber man log das Blaue vom Himmel.

Und stets hat Mama mir am Ende der Briefe von Oma Grüße bestellt, auch als sie längst tot war.«

»Warum das denn?«, fragte Richard entsetzt.

»Sie wollte nicht, dass ich zur Beerdigung komme. Anscheinend hatte Pachaly ihr Einreisepapiere für mich besorgt. Sie befürchtete aber, dass man mich dabehalten würde. Das hätte sie mir aber nicht schreiben können. Und am Telefon sagte man so etwas auch nicht.«

»Und wie kam es, dass sie dir überhaupt schrieb?«

»Man hatte inzwischen herausbekommen, wo ich war. Zunächst hatte sie nämlich behauptet, ich sei weggelaufen und sie wisse nicht, wo ich sei. Natürlich wurde sie tagelang verhört. Aber auch in der DDR musste man schon Beweise vorlegen, ehe man jemanden einsperrte. Und gerade eine Gräfin verhaftete man nicht einfach so. Da bestand Gefahr, dass der Westen einen Skandal machte. Fast der gesamte ostpreußische Adel ist ja nach dem Krieg in den Westen geflohen. Es hatten viele ein Auge auf uns, auch die mächtigen Vertriebenenverbände im Westen. Die Stellung meiner Mutter und Großmutter war immer heikel, aber gerade das schützte sie auch vor staatlicher Willkür. Man musste einwandfrei vorgehen.

Meine Mutter hatte mich gleich am anderen Morgen vermisst gemeldet. Sogar falsche Spuren hat sie gelegt, bis nach Berlin. An irgendeinem Bahnsteig fand sich meine Armbanduhr. Man einigte sich schließlich, dass ich aus eigenem Antrieb weggelaufen sei oder von einem Menschenhändlerring entführt und in den Westen geschleust worden war, um in einem Bordell zu enden oder als Adoptivkind ins imperialistische Amerika verkauft zu werden. Je absurder die Schreckensvisionen vom Klassengegner, desto glaubwürdiger waren sie. Aber die Stasi blieb nicht untätig. Pachaly erinnerte sich eines Herrn Engels, der bis zum Krieg Verwalter im Jagdschloss der Ayshoffs in Zingst gewesen war. Dessen Sohn war vor den Russen in den Westen geflohen, und zwar mit seiner Frau und einem kleinen Kind, und dieses Kind war Peter Engels gewesen. Nach gut zwei Jahren hatte die Stasi herausgefunden, dass ich gesund und munter bei Prof. Engels in Passau lebte. Man legte meiner Mutter Fotos von mir vor.

Auf dem Volkspolizeikreisamt in Stralsund schrie sie daraufhin Zeter und Mordio und beschuldigte die braven Engels, ihre Tochter entführt und einer Gehirnwäsche unterzogen zu haben. Fast hätte man sie in die Klapsmühle gesteckt, behauptet sie, so habe sie sich aufgeführt, übrigens in Gummistiefeln und Landarbeiterinnenkluft.

Für die Stasi gab es offenbar keine Möglichkeit, mich aus den Klauen des Klassengegners zu befreien. Onkel Peter erläuterte mir – einer kaum Zehnjährigen – lang und breit die Rechtslage. Ich unterzeichnete eine schriftliche Erklärung, die besagte, dass ich nicht mehr zu meiner Mutter zurückwolle. Ich wollte auch tatsächlich nicht mehr zurück. Ich hatte mich an den Nebel von Passau gewöhnt, war gerade aufs Gymnasium gekommen und hatte endlich Freundinnen. Und meine Mutter war mir so unwirklich geworden wie die Ostsee.«

»Ein merkwürdiges Opfer, das deine Mutter da gebracht hat.«

»Na«, antwortete Zilla, den Tonfall ihrer Mutter imitierend, »was hätt denn aus mir werden sollen mit der Gräfin im Namen? Abitur hätten sie mich nie machen lassen, geschweige denn, dass ich hätte studieren dürfen. Arbeiterin im Möbelkombinat oder auf einer Hühnerfarm, das wäre meine Zukunft gewesen. Und das hätte mir gar nicht gefallen.«

»Mir auch nicht«, sagte Richard leise.

Liebe ohne Orte

Wenn Zilla an die ersten zwei Jahre ihrer Beziehung zu Richard zurückdachte, fehlten ihr ganze Zeitabschnitte, all die Wochen und Monate zwischen ihren Treffen mit ihm in Genf oder in Passau oder in anderen Städten. Sie hatte keine Ahnung, welche Seminare sie besucht, wann sie studiert und wie sie sich auf ihre Prüfungen vorbereitet hatte. Dagegen war ihr noch so manche Zugfahrt gut in Erinnerung, hauptsächlich wegen der körperlich schmerzhaften Ungeduld, mit der sie die grandiose Alpenlandschaft an sich vorbeiziehen sah. Eine Ungeduld, die sich ins Unerträgliche steigerte, wenn sich nach unzähligen Tunneln und waghalsigen Talbrücken bei Lausanne endlich die Berge öffneten und den Blick auf den tief unten blau vor den bläulichen Hängen der französischen Alpen liegenden Genfer See freigaben, den der Zug dann immer noch in ganzer Länge passieren musste. Ja, im Grunde hatte sie diese Zeit insgesamt als schmerzliches Sehnen in Erinnerung. Zugleich hatte die eigenartige Überwachheit ihrer Sinne sie ihr Studium mit spielerischer Leichtigkeit bewältigen und mit sämtlichen möglichen Auszeichnungen beenden lassen.

Tante Lilly hatte keinen Grund zu besorgten Ermahnungen gehabt. Zilla verlor trotz der ständigen Reisen nach Genf oder auch mal nach Paris oder Brüssel ihr Berufsziel nicht aus den Augen. Sie war gewissermaßen gar nicht fähig, ihren eigenen Vorteil außer Acht zu lassen, und es war durchaus ein Vorteil, einen Diplomaten des UNHCR zu kennen, der ihr viele nützliche Einblicke in die Arbeit und Verwaltung internationaler Behörden verschaffte.

Doch Richard selbst blieb ihr eigenartig fremd. Ja, im Grunde wurde er ihr umso fremder, je länger sie ihn kannte. Zur grenzenlosen Zärtlichkeit der Nächte entdeckte sie tagsüber kaum Entsprechungen. Selten war Zeit für Gespräche, die über die Abklärung rein organisatorischer Aspekte ihrer Beziehung hinausgingen. Wer fuhr wann mit welchem Zug, wer kam mit welchem Flugzeug, kehrte wann ins Hotel zurück, hatte welche Termine in Brüssel oder Paris, hatte um welche Uhrzeit in welchem Restaurant einen Tisch bestellt und so weiter. Und all diese Tische in Restaurants, Straßencafés oder Behördenkantinen – runde, quadratische, rechteckige – mit gepolsterten Stühlen oder Plastiksitzen oder eisernen Sitzflächen mit oder ohne Kissen, auf denen sie aufeinander warteten, sich trafen, sich kurz ausruhten, waren die blanke Heimatlosigkeit zwischen den Nächten, in denen sie vergaßen, wo sie waren, ob in Paris oder New York oder in Richards Stadtwohnung in Genf oder in Passau im Haus der Engels. Eine Liebe ohne Worte und Orte.

»Wie viele Kinder hatte deine Großmutter eigentlich?«, fragte er einmal.

»Zwei Töchter, aber nur meine Mutter hat den Krieg überlebt.«

»Und was war mit deinem Großvater?«

»Er kam gegen Kriegsende unter seltsamen Umständen zu Tode. Mehr kann ich dazu nicht sagen. Als kleines Kind hat mich das nicht interessiert. Und dann war es zu spät, um meine Großmutter zu fragen.«

Für Richard schien es schwer zu begreifen, dass sie praktisch nichts über ihre Familie wusste. Er hingegen kannte sich geradezu unheimlich gut in deutscher Geschichte aus. »Mein Großvater René Knappe war bis 1945 Militärattaché in der Schweizer Gesandtschaft in Berlin«, erzählte er einmal. »Er hat sehr genau hingeschaut, sogar fotografiert. Weil der damalige leider ziemlich nazifreundliche Schweizer Gesandte in Berlin Renés Berichte über die Judenvernichtung nicht wahrhaben wollte, schickte er sie unter Pseudonym an verschiedene schweizerische Zeitungen. Gegen Kriegsende nutzte er seinen Diplomatenpass verstärkt, um als Journalist zu arbeiten. Er hat viel gesehen.«

René Knappes Abenteuer interessierten Zilla nur begrenzt. Richard wiederum teilte ihr Interesse nicht, möglichst vielen Leuten die Hand zu schütteln, die in internationalen Organisationen und Verwaltungen wichtige Posten bekleideten, und ihr daraus resultierendes Begehren, sich auf Empfängen, Feiern und Festspielen zu zeigen.

Manchmal, wenn Nebel von den drei Flüssen in Passau aufstieg und die Berge verhängte, fragte Zilla sich, was es eigentlich war, was sie und Richard verband.

Einmal wachte sie am frühen Morgen in seinem Bett in Les Eaux Vives auf und sah ihn nackt am Fenster stehen und auf die Rue Zurlinden hinabschauen. Die Morgensonne spielte mit seinen Muskeln unter seiner hellen, glatten Haut. Und sie sah, wie ein stummer Seufzer seinen Brustkorb hob. Ein andermal kehrte sie von der Toilette irgendeines Cafés in irgendeiner Stadt an den Tisch zurück und ertappte ihn dabei, wie er verlorenen Blicks vor sich hin starrte, mit einem erschreckenden Ausdruck von Düsternis, ja, Verzweiflung um den Mund.

»Was ist?«, fragte sie.

»Nichts.« Er lächelte rasch und langte nach ihrer Hand. Aber Zilla zog sie weg, bevor er sie fassen konnte. Da blitzte in seinen Augen so etwas wie Angst auf. Doch im nächsten Moment schon schenkte er ihr mit der gewohnten Gleichmut Wein nach. »Deine Mutter war nie verheiratet?«, fragte er.

»Nein. Ich bin ein uneheliches Kind. Ich kenne meinen

Vater nicht einmal. Er war ein Student aus Berlin, ein Freischwimmer, der ums Leben kam. Stört dich das?«
»Aber nein, Zilla! Natürlich nicht.«
»Aber ...?«
»Nichts aber.«
»Deinem Vater hast du mich jedenfalls immer noch nicht vorgestellt.«
»Oh«, sagte er, »ich dachte, du legst keinen gesteigerten Wert darauf, ein Wochenende in der Abgeschiedenheit von Divonne-les-Bains zu verbringen.«
»Immer noch gekränkt, weil ich damals deine Einladung zu einem Ausritt abgelehnt habe, hm?«, erkundigte sich Zilla.
Er schüttelte mit seinem stillen Lächeln in den Mundwinkeln den Kopf. Doch irgendetwas lag da im Argen, das Zilla nicht herausbekam. Dann verschwand Richard erneut für ein halbes Jahr nach Ruanda und ließ wieder nichts von sich hören. Zunächst war Zilla nur in Sorge, dann verblüfft, dann verzweifelt. Versuchte er sich von ihr zu lösen? Würde er, wenn er zurückkam, ihre Beziehung formell beenden? Zilla stürzte sich in ihre Doktorarbeit und verbrachte eine Nacht mit einem Doktoranden ihres Vaters. Der junge Mann hielt dem Vergleich mit den Leidenschaften eines reifen Mannes aber nicht stand, und Zilla durchlitt die Höllenqualen zu wissen, dass es für sie nur einen Mann gab – Richard. Doch der hatte offenbar ein schwerwiegendes Problem mit sich und ihr.
Auf einmal war er dann wieder in Genf, rief an und klang warm und drängend am Telefon. Sie war so erschrocken und erleichtert, dass sie nicht wagte, ihn zu fragen, was eigentlich los gewesen sei, dass er nicht habe anrufen können.
Tante Lilly hatte weniger Hemmungen. »Zilla hat so auf eine Nachricht von Ihnen gewartet«, verriet sie beim Abend-

essen, sehr zu Zillas Pein. »Gibt es denn in Ruanda keine Telefone?«
Richard blickte Zilla aufmerksam an und erklärte dann Tante Lilly schlicht: »Außer von unvorstellbarem Elend hätte ich nichts zu erzählen gewusst.«
Was für ein einsamer Mann, dachte Zilla plötzlich. Würde er jemals lernen, sich ihr vollständig zu öffnen?
Als sie endlich im Gästezimmer allein waren, bat er sie, seine Frau zu werden.
»Meinst du wirklich, dass er der Richtige für dich ist?«, fragte Tante Lilly, als Zilla ihr am anderen Morgen in der Küche die neue Entwicklung gestand. »Was wird denn aus deiner Karriere in Brüssel? Die Schweiz ist doch nicht Mitglied in der EU.«
»Ich werde nicht automatisch Schweizerin durch eine Heirat«, erklärte Zilla. »Einen Antrag auf erleichterte Einbürgerung kann man erst nach sechs Jahren stellen.«
»Nun, wie du meinst. Aber deinen Namen wirst du doch behalten, oder?«
Da sprach Tante Lilly einen heiklen Punkt an.
»Nun ja«, lavierte Zilla sich hindurch, »das schweizerische Namensrecht ist etwas konservativ. Demzufolge ist grundsätzlich der Name des Mannes der Familienname, es sei denn, man kann achtenswerte Gründe für den Namen der Frau geltend machen. Und ob ein Grafentitel bei den Eidgenossen achtenswert genug ist, weiß ich nicht. Richard müsste ein Gesuch stellen.«
»Das wird er doch tun, oder?«
»Das weiß ich nicht. Wir haben noch nicht darüber gesprochen.« Zilla war sich in diesem Moment wirklich nicht sicher, ob sie unbedingt weiterhin Gräfin von Ayshoff heißen wollte. Aber das änderte sich, als Richard in die Küche kam und sich zu seinem Café au lait niedersetzte, den er gern

schweigend nahm, sich aber mit der schwiegermütterlichen Inquisition konfrontiert sah.

»Wie ist das eigentlich?«, erkundigte sich Tante Lilly. »Welches Namensrecht gilt denn, wenn ein Schweizer und eine Deutsche heiraten?«

Richard hob die Augen. »Wieso?«

»Tante Lilly meint«, erläuterte Zilla, »dass mein Name meiner Karriere in Brüssel ziemlich förderlich sein dürfte. An mich erinnert sich jeder, allein wegen meines Namens.«

»Hast du das denn nötig?«

»Was hast du gegen meinen Namen?«

»Wenn ich mich nicht täusche«, antwortete er ruhig, »ist der Adelsstand in Deutschland seit 1919 abgeschafft. Das Gräfin ist nur noch Teil des bürgerlichen Nachnamens, nicht? Deshalb steht das Graf oder Gräfin auch hinter dem Vornamen.«

Zilla nickte.

»Dann müsste ich also, wenn ich deinen Namen übernehme, eigentlich Richard *Gräfin* von Ayshoff heißen, nicht?«

Zilla musste unwillkürlich lachen. »Quatsch. Das macht kein Mensch so.«

Richard lächelte fein. »Und eben darum lässt das schweizerische Namensrecht keine alten Adelszusätze im Namen zu. Man würde uns ins Zivilstandsregister lediglich als Herr und Frau von Ayshoff eintragen, denn ein ›von‹ gilt seit jeher als reine Herkunftsbezeichnung. Dazu gibt es bereits Entscheidungen des Bundesgerichts. Die Richter argumentieren, dass ein Graf und Gräfin im deutschen Namensrecht immer noch wie eine Standesbezeichnung behandelt wird. Dich würde man als Gräfin von Ayshoff ansprechen und mich als Graf von Ayshoff. Aber unsere Bundesverfassung erlaubt keine Standesunterschiede.«

Zilla brauchte einen Moment, um zu begreifen, dass Richard sich auf dieses Gespräch sehr viel besser vorbereitet hatte als sie selbst. »Dann müssen wir halt hier in Passau heiraten«, sagte sie. »Und wenn das deutsche Namensrecht nur angewandt werden kann, wenn du die deutsche Staatsbürgerschaft annimmst, macht das im Grunde ja nichts. Du würdest dein Schweizer Bürgerrecht ja nicht verlieren.«
»Je comprends«, sagte er. Zilla wusste mittlerweile, dass Richard gekränkt war, wenn er ins Französische fiel. Nur aus Höflichkeit Tante Lilly gegenüber fuhr er auf Deutsch fort: »Wenn ich dich recht verstehe, würdest du mich nicht heiraten, wenn du auf deinen extravaganten Namen verzichten müsstest.«
Zilla hütete sich, darauf zu antworten.
»Aber das muss sie doch gar nicht«, griff Tante Lilly ein. »Peter wird die Rechtslage abklären. Wozu haben wir denn einen Juraprofessor im Haus.«
Darauf sagte Richard nichts mehr.
Die Hochzeit fand in Passau statt, wenn auch eher still, denn weder Richards Vater noch Zillas Mutter sahen sich imstande anzureisen, der eine wegen einer fiebrigen Erkältung, die andere, weil sie im Gestüt anscheinend unabkömmlich war. Die Ehe wurde nach deutschem Recht auf dem Standesamt geschlossen. Doch da Zilla und Richard ihren Hauptwohnsitz in Genf haben würden und das deutsche Recht das ausländische Namensrecht grundsätzlich respektierte, das im Fall der Schweiz keine unterschiedlichen Nachnamen erlaubte, dem unterlegenen Partner aber zugestand, seinen eigenen Nachnamen dem gemeinsamen voranzustellen, fragte der bayrische Standesbeamte nun also einen künftigen Herrn Richard Thierry Knappe Graf von Ayshoff, ob er die hier anwesende Zilla Gräfin von Ayshoff zur ihm angetrauten Frau nehmen wolle.

Richard antwortete zunächst mit »Oui«, ehe er akzentfrei »Ja« sagte.
Dabei sah man es dem Standesbeamten an, was er von Männern hielt, die wegen eines Adelstitels heirateten.

»Wie dein Vater gebaut ist«, sagte Zilla, »wird er bald wieder aufs Pferd steigen. Für sein Alter hat er sich wirklich schnell von seinem Sturz erholt.«
»Hm«, machte Richard und lenkte den silbernen Volvo XC 90 bei Grevesmühlen Richtung Kessin auf die A 20.
Anscheinend wollte er gar nicht wissen, wie sie gerade jetzt auf seinen Vater verfallen war. Zunehmend hatte Zilla den Eindruck, dass Richard der Ansicht zu sein schien, vor ihrer Hochzeit alles Wissenswerte über ihre Gedankenwelt erfragt zu haben. Wenn sie das Bedürfnis hatte, ihre Überlegungen zu erläutern, signalisierte er ihr, dass er sie schon kenne. Wann hatten sie eigentlich in den sieben Jahren ihrer Ehe aufgehört sich Substanzielles mitzuteilen? Wo lag der Bruch? Oder war er schleichend gekommen?
Gleich nach der Hochzeit hatten sie zusammen in Zingst Zillas Mutter besucht. Edith Gräfin von Ayshoff hatte ihren Schwiegersohn vorurteilslos empfangen. Ihr hatte es anscheinend genügt zu erkennen, dass Richard Pferdeverstand besaß und eine gute Art hatte, mit den Tieren umzugehen.
Eine derartige Herzlichkeit konnte Zilla dem alten Jean Knappe beim besten Willen nicht unterstellen. Er war erst einige Monate nach ihrer Hochzeit bereit, sie auf seinem Gut in Divonne zu empfangen. Oder Richard hatte den Besuch aus ihr unbekannten Gründen hinausgezögert. So genau hatte Zilla das nie herausbekommen.
Eigentlich war ihr der drahtige Chevalier mit dem kantigen Gesicht und den veilchenblauen Augen, der sie in der Haus-

tür erwartete, sogar ganz sympathisch gewesen. Seine damals zweiundsechzig Jahre hatte man ihm nicht angesehen. Doch vom ersten Schritt an, den Zilla auf sein Gut setzte, hatte sie das Gefühl gehabt, Feindesland zu betreten. Dabei hatte auch das Knapp'sche Gut ihr eigentlich gefallen. Das zweistöckige Herrenhaus mit seinem schiefergrauen Walmdach und einem spitzen Türmchen thronte vor den Kulissen von Wald und Bergen auf einem Plateau, von dem aus man die Weinhänge und Dörfer am Ufer des westlichen Genfer Sees überblicken konnte und weit in die französischen Alpen hineinschaute, an klaren Tagen sogar bis zum schneebedeckten Gipfel des Mont Blanc.

In den Stallungen hinter dem Haus standen fünf Pferde und ein Fohlen. Rauchschwalben flogen ein und aus. Wenigstens drei Katzen zählte Zilla, und es gab einen Hofhund, einen alten Golden Retriever namens Roublard, der sich einen Spaß daraus machte, sie zu foppen, indem er einen Stock anbrachte, den er sie aber nicht packen ließ. Jedes Mal, wenn sie zufasste, wich er mit einer sparsamen, aber blitzschnellen Kopfwendung aus. Was fand der Hund nur an dem Spiel, fragte sich Zilla, wenn sie doch nie den Stock zum Werfen bekam? Ähnlich unsinnig erschien ihr das Spiel, das der alte Jean mit ihr trieb.

Zunächst einmal sprach er nur Französisch mit ihr, obgleich er lange Jahre in Bern gelebt hatte, denn Richard war ja dort geboren. Dass er dies als Affront meinte, wurde Zilla schon am ersten Tag klar, als sie zufällig durch eine angelehnte Tür hindurch hörte, dass er mit Richard Deutsch redete. Dabei sprach er allerdings den Namen seines Sohnes französisch aus.

»Soll ich dich auch *Rischar* nennen?«, erkundigte sich Zilla, als sie am ersten Abend im Bett lagen. Ohnehin rief sie ihn so, wenn sie unter französischen Freunden waren.

»Das überlasse ich ganz dir«, antwortete er, sie in seine Arme schließend.
»Aber ich frage dich. Was würde dir denn besser gefallen?«
Statt einer Antwort küsste er sie und überwältigte sie mit seiner ungeheuren Zärtlichkeit, die so vieles wettgemacht hatte in den ersten Jahren.
»Und wann«, erkundigte sich der alte Jean dann bei einem Mittagessen, »wann wirst du deine Güter in Polen zurückfordern?«
»Nie«, antwortete Zilla lächelnd, »denn erstens liegen die Ruinen von Schloss Ayshoff auf russischem Gebiet an der litauischen Grenze, und zweitens sind das nicht meine Güter.«
»Und wenn Deutschland nicht den Krieg verloren hätte?«
»Dann gäbe es mich gar nicht«, antwortete Zilla freundlich.
Aber es nützte nichts. Noch nie hatte sie sich bei ihren zahllosen Auslandsaufenthalten so sehr auf ihr Deutschsein reduziert und so sehr als Deutsche abgelehnt gefühlt.
»Ihr Deutschen mögt ja kein Brot zum Essen«, bemerkte Jean zum Beispiel, wenn sie zwischen den Gängen kein Baguette nahm. Oder er fragte: »Stört dich der Knoblauch? Ihr Deutschen mögt doch keinen Knoblauch.«
»Papa«, sagte Richard, »Zilla kennt die französische Küche.«
Schlimmer war es, wenn Jean sie aufforderte, sich für zwei von Deutschland angezettelte Weltkriege und Millionen Tote zu rechtfertigen. Selbst wenn sie darauf vorbereitet gewesen wäre, war dies unmöglich. Zudem gingen ihre historischen Kenntnisse nicht über den üblichen Schulstoff hinaus, und Richard musste ihr immer wieder beispringen.
»In Ostpreußen«, behauptete Jean etwa, »ist der Nationalsozialismus ja auf besonders fruchtbaren Boden gefallen.«

»Allerdings«, korrigierte ihn sein Sohn, »ist er gerade dem ostpreußischen Adel immer suspekt gewesen.«
»Aber nur wegen der sozialistischen Gleichmacherei«, legte Jean sofort nach. »Wie viele Zwangsarbeiter hattet ihr denn daheim?«
»Das weiß ich nicht«, antwortete Zilla ruhig. »Das war nie meine Heimat.«
Hinter halb geschlossenen Türen gab es zwischen Vater und Sohn immer wieder hastig im Flüsterton geführte Wortwechsel. Zum offenen Streit kam es, als Jean Knappe plötzlich klar wurde, dass Zilla nicht nur nicht den ehrlichen Namen ihres Mannes übernommen, sondern dass sein Sohn sich sogar ein Graf von Ayshoff hatte anhängen lassen. »Und wann wirst du Deutscher?«, brüllte er und verließ Tür knallend das Esszimmer.
Alle Dramen ereigneten sich am Esstisch bei vorzüglichen Menüs, die Jacqueline kochte.
Wäre Jacqueline nicht gewesen, wäre Zilla wohl nach drei Tagen abgereist. Jacqueline war Ende vierzig und stammte aus dem Schweizer Jura. Sie war, wie sie lachend erzählte, vor zehn Jahren zusammen mit einem Hengst ins Waadtland aufs Knapp'sche Gut gekommen. Der Hengst hatte Jeans Stuten decken sollen, und das hatte er auch getan. Danach war er ins Jura zurückgefahren worden. Aber Jacqueline war geblieben. Seitdem führte sie Jean den Haushalt, wenn auch reichlich chaotisch und immer zum Lachen aufgelegt. Wenn im Haus die Spannungen gar zu laut knisterten, dann zog sich Zilla zu Jacqueline in die große Bauernküche zurück. Dort lagen Hufkratzer und Trensen zwischen Fleischmesser, Schöpflöffeln, Zwiebeln, Tomaten und Lauchstangen, und in den Regalen standen das Sattelfett und Lederöl zwischen Salzfass, Zucker und Kupfertöpfen. Jacqueline war eine stämmige Frau, die gut

zu den schweren Freiberger Pferden passte und noch besser ritt, als sie kochte.
»Was ist eigentlich mit Richards Mutter?«, fragte Zilla eines Tages. »Ich weiß nur, dass Jean geschieden ist. War sie vielleicht eine Deutsche?«
»Nein, sie war aus Basel«, antwortete Jacqueline so unbefangen, als würde sie von den Spannungen im Haus nichts spüren. »Das Landleben hat ihr wohl nicht gefallen. Jean spricht nicht gern über sie.«
»Richard auch nicht.«
»Ja, die Männer«, sagte Jacqueline lachend. »Wenn eine Frau sie verlässt, sind sie bis ans Lebensende gekränkt.«
Zilla lachte ebenfalls. »Anfangs dachte ich sogar, sie sei tot. Richard hat immer so unwiderruflich in der Vergangenheitsform von ihr gesprochen. ›Sie war Sängerin‹, ›Sie war sehr schön‹, so die Art. Aber als ich ihn direkt fragte, räumte er ein, dass sie sich, als er elf Jahre alt war, von seinem Vater hat scheiden lassen und seitdem in Basel lebt. Der Kontakt ist offenbar vollständig abgebrochen.«
»Na ja, eine Sängerin«, sagte Jacqueline, als würde dies alles erklären.
Wie sehr sich doch manchmal die familiären Hintergründe von Paaren gleichen, überlegte Zilla. Sie hatte ihre Mutter verloren, als sie sieben Jahre alt war, und Richard seine, als er elf war. Aber im Gegensatz zu ihm hatte sie die Chance gehabt, ihre Mutter nach dem Fall der Mauer wiederzusehen.
»Ist Jacqueline eigentlich mit deinem Vater verheiratet?«, erkundigte sich Zilla beim Zubettgehen.
Richard knöpfte sich gerade das Hemd auf. »Soviel ich weiß, nein.«
»Du meinst, er könnte heimlich geheiratet haben?«, fragte Zilla lachend.

»Nein.«
»Also sind sie nicht verheiratet.«
»Hm.« Richard zog sich das Hemd mit einer Bewegung von den Schultern, die wie der vergebliche Versuch einer Befreiung wirkte.
»Wieso«, fragte Zilla, sich unter der Decke des französischen Betts ausstreckend, »bist du eigentlich nicht Berufsreiter und Pferdezüchter geworden? Was hat dich zum Militär getrieben?«
»Die Pferde«, antwortete er lächelnd. »In jedem Schweizer Gebirgsdorf stehen Pferde, die der Armee gehören. Außerdem war mein Vater Brigadier.«
»Und zum UNHCR?«
»Wieder die Pferde, diesmal die meines Vaters. Das UNHCR ist in Genf, und Genf ist nicht weit von Divonne.«
»Du elender Geheimniskrämer«, schimpfte sie. »Ich bin deine Frau. Habe ich nicht ein Recht darauf zu wissen, was dich in deinem bisherigen Leben bewegt hat?«
Es war leicht dahingesagt, doch die Wirkung war überraschend. Richard wurde schlagartig blass, sank zu ihr aufs Bett und ergriff ihre Hand. »Glaub mir, Zilla«, sagte er fast beschwörend, »ich wollte wirklich kein Geheimnis aus dem Grund für meinen Abschied von der Armee machen. Es ist nur eine Geschichte, über die man nicht gerne redet. Ein Rekrut meiner Truppe starb bei einem Gewaltmarsch. Ich wurde wegen fahrlässiger Tötung angeklagt und erst in zweiter Instanz freigesprochen. Die Presse hat sich fürchterlich darüber aufgeregt, und ich habe um meinen Abschied gebeten.«
»Aber wenn du unschuldig warst?«
Er seufzte und wollte aufstehen, doch Zilla hielt seine Hand fest. »Was ist passiert, Richard?«
Sie spürte an seinen zuckenden Fingern, wie groß für ihn

die Versuchung war, sich ihr zu entziehen, aber schließlich redete er doch.

»Es war ein Tag im August. Sehr heiß. Die Gebirgsinfanterieschule hatte einen Eilmarsch angesetzt, zwanzig Kilometer. Ich ging als Kompaniekommandant mit, aber die Leitung hatte ein Zugführer. An dem Marsch nahmen neben dem Sportzug auch Rekruten aus dem Kommandozug teil, darunter Rodolphe Berset, ein Küchengehilfe von gut hundertzehn Kilo bei einer Größe von kaum einssiebzig.

Nach vier Kilometern kam der Zugführer zu mir mit der Meldung, dass Berset dem hohen Tempo nicht gewachsen sei. Dabei hatten wir die Norm von fünf Kilometern pro Stunde noch gar nicht erreicht. Der Zugführer berichtete, man habe Berset auf eigenen Wunsch mit Riemen an die Rucksäcke zweier Rekruten aus dem Sportzug gebunden, damit sie ihn vorwärts zögen.«

»O Gott!«, sagte Zilla.

»Ich war auch irritiert, dass ich das erst jetzt erfuhr, aber der Zugführer erklärte mir, Berset habe ihn angefleht, nicht zum Kommandanten zu gehen und den Marsch abbrechen zu lassen. Doch nun habe er Wadenkrämpfe und sehe sehr schlecht aus.

Irgendetwas sagte mir, dass es um Leben und Tod ging. Aber der Zugführer war im denkbar ungünstigsten Moment gekommen. Wir befanden uns mitten in einer Gebirgsschlucht unterhalb eines bewaldeten Felsüberhangs an einem Wildbach. Kein Hubschrauber konnte den Rekruten an dieser Stelle ausfliegen. Zur nächsten Brücke waren es noch anderthalb Kilometer und zum Eingang in die Klamm zwei.

Also ließ ich erst einmal weitermarschieren, begab mich aber mit dem Zugführer nach hinten zu dem unglücklichen Küchengehilfen. Berset wankte leichenblass in den Leder-

riemen und brach in dem Moment zusammen, da er mich sah. Nie werde ich die Sehnsucht und Begeisterung in seinen Augen vergessen, ein Flehen um Anerkennung. Berset hatte nicht kneifen wollen. Im Gegenteil. Den Übergewichtigen hatte der brennende Wunsch getrieben dazuzugehören. Und leider hatte der Zugführer der zwar menschlich verständlichen, aber unvernünftigen Regung nachgegeben, ihm diesen Wunsch zu erfüllen.
Ich ließ den Zug halten. Am liebsten hätte ich meinen Zorn am Zugführer ausgelassen, und noch lieber wäre ich davongelaufen. Irgendetwas musste ich jedenfalls tun. Ich prüfte gar nicht nach, ob Berset schon tot war, ich packte ihn am Kragen und schleifte ihn durchs Brombeergestrüpp über die felsige Böschung in den Wildbach hinab.
Erst bei der Gerichtsverhandlung erfuhr ich, was der Zugführer und die Rekruten über mich dachten, als der hundertzehn Kilo schwere Körper des Küchengehilfen ins eiskalte Wasser platschte.
Ich hätte dem Rekruten eine kalte Dusche verpassen wollen, weil ich ihn für einen Drückeberger gehalten hätte, behauptete der Zugführer. Ich sei ein Sadist, ergänzten einige Rekruten. Den Sanitätsdienst hätte ich erst rufen lassen, nachdem Berset auch nach dem Bad nicht wieder aufgestanden sei. Ich hätte ihn umgebracht.
Aber glaubst du, auch nur einer hätte mir das ins Gesicht gesagt? Keiner hat versucht mich aufzuhalten. Keiner ist mir in den Arm gefallen. Niemand hat lautstark protestiert.
Als ich Berset aus dem Wasser wuchtete, hatte er immerhin das Bewusstsein wiedererlangt. Wir transportierten ihn auf einer zusammengezimmerten Trage zur Brücke. Dort holte ihn ein Hubschrauber am Seil aus der Klamm. Doch Berset starb auf dem Weg ins Krankenhaus.
Natürlich hatte ich als Kompaniekommandant die Verant-

wortung. Ich wurde vom Divisionsgericht wegen fahrlässiger Tötung zu zwanzig Tagen Haft verurteilt. Ein viel zu mildes Urteil, über das sich die Presse auch gehörig ereiferte. Man stellte die Militärgerichtsbarkeit in Frage und forderte Reformen. Auch mein militärischer Ankläger war unzufrieden und ging in die nächste Instanz.

Im zweiten Verfahren vor dem Appellationsgericht wurde erstmals ein ausführliches medizinisches Gutachten vorgelegt. Demzufolge hatte Rodolphe Berset einen angeborenen Herzfehler gehabt, der weder ihm selbst noch der Truppenführung bekannt gewesen war. Der Herzfehler habe bei der Hitze und Anstrengung zu einer drastischen Unterversorgung der inneren Organe mit Sauerstoff geführt. In der Tat, so behauptete der Gutachter, sei das kalte Wasserbad Bersets Chance gewesen. Der Kälteschock habe vermutlich seinen Blutdruck erhöht, die Herzfrequenz gesteigert und die Versorgung seiner inneren Organe kurzfristig verbessert. Deshalb habe er auch noch einmal das Bewusstsein erlangt.

Der Militärrichter befand, ich hätte zwar die Verantwortung, aber mich treffe keine Schuld. Ich hätte zu spät von Bersets Zustand erfahren und dann unerschrocken gehandelt. Ich hätte schließlich in der Angst, das Falsche zu tun, auch gar nichts tun und auf den Rettungshubschrauber warten können.«

»Das finde ich auch«, sagte Zilla warm.

Aber Richards Miene blieb düster. »Die Regierung des Kantons Waadt muss anschließend der Meinung gewesen sein, dass man der Presse am besten dadurch den Wind aus den Segeln nimmt, indem man mich zum Capitaine befördert. Aber mich hat die Frage nicht mehr losgelassen, warum keiner der Soldaten, die mich für einen Sadisten hielten, vorgetreten ist und Einspruch erhoben hat. Wovor haben sie sich gefürchtet? Was hat die Armee aus diesen jungen Männern gemacht, dass sie keine Zivilcourage mehr aufbrachten? Auf einmal kamen mir Zweifel am militärischen Grundprinzip des Gehorsams. Plötzlich hatte ich sogar Verständnis für den Mangel an Widerstand während des Nationalsozialismus. Wenn sogar eidgenössische Rekruten nicht den Mut finden, einen Truppenführer zu stoppen, der ihrer Ansicht nach im Begriff ist, jemanden umzubringen, wie hätten sich dann Wehrmachtssoldaten gegen Erschießungskommandos der SS wehren können? Und so habe ich meinen Abschied genommen.«

Zilla drückte seine Hand.

Er hob den Blick. »Nicht auszudenken, was für ein Skandal die Schweiz erschüttert hätte, wenn die Presse gewusst hätte, dass ich …« Er unterbrach sich – zu Tode erschrocken, wie es Zilla vorkam –, riss seine Hand aus ihrer, sprang auf, starrte sekundenlang entgeistert auf sie hinab, drehte sich plötzlich auf dem Absatz um und stürzte aus dem Zimmer.

War das der Bruch gewesen?, fragte Zilla sich später immer mal wieder. Hätte sie ihn nicht veranlassen dürfen, die Geschichte seiner Zweifel zu erzählen? Was hatte sie falsch gemacht? Denn etwas Falsches gesagt hatte sie nicht. Dennoch war es, als sei der Keim des Vertrauens auf einmal zertreten worden. Richard liebte sie, daran bestand überhaupt kein Zweifel, aber ab da panzerte er sich mit Unzugänglichkeit.

Als Zilla aus unruhigem Schlaf mitten in der Nacht aufwachte, lag er neben ihr, doch als sie am frühen Morgen die Augen öffnete, hatte er das Bett schon wieder verlassen. Vom Fenster aus sah sie ihn zu den Stallungen hinübergehen. Er trug seine abgewetzten Reitstiefel und seine Lederjacke, die wie eine Fliegerjacke geschnitten war. Die Mor-

gensonne warf einen rötlichen Schimmer auf das braune Leder über seinen Schultern. Er ging wie befreit und hatte für Roublard, der um ihn herumsprang, einen Stock in der Hand.
Vielleicht konnte der alte Jean seinem Sohn ja den beinahe unehrenhaften Abschied von der Armee nicht verzeihen, und Richard war zu Recht verbittert darüber. Vielleicht war das der Konflikt, der in diesem Haus so unerträglich knisterte. Und sie war nur zwischen die Fronten geraten. Schließlich konnte man es auch als Zeichen der Höflichkeit Jacqueline gegenüber werten, dass grundsätzlich Französisch gesprochen wurde. In diesen Tagen hatte Zilla sogar das Gefühl, als würde der Funke ihrer Sympathie für ihren Schwiegervater auf ihn überspringen.
»Aber das deutsche Bier ist gut«, raunzte er einmal.
Doch dann kam sie Anfang der zweiten Woche in den Stall, wo Vater und Sohn eben ihre Pferde nach einem stundenlangen Ausritt absattelten, und Jean blaffte sie an: »Und wann setzt du dich endlich auf eines meiner Pferde? Oder ist sich der ostpreußische Adel zu fein für das Freiberger Pferd? Trakehner habe ich leider nicht zu bieten.«
Zilla drehte sofort um und lief hinaus. Nur Sekunden später war Richard bei ihr und stoppte sie an der alten Buche.
»Das darfst du nicht persönlich nehmen«, sagte er. »Das hat mit dir nichts zu tun.«
»Aber es richtet sich gegen mich persönlich. Du hättest mich ruhig vorwarnen können, dass dein Vater die Deutschen hasst.«
»Er hasst die Deutschen nicht.«
»Dann muss er mich hassen. Aber was habe ich ihm getan?«
»Nichts, Zilla. Mach dir darüber keine Gedanken. Es hat wirklich nichts mit dir zu tun. Im Grunde gefällst du ihm sogar.«

»Womit dann?«, fragte sie. »Bitte erklär es mir endlich. Hat es mit deinem Abschied von der Armee zu tun?«
Richard schüttelte den Kopf. »Nein, Zilla. Mein Vater muss sich nur daran gewöhnen, dass ich mit einem ... einem Mitglied des ostpreußischen Adels verheiratet bin. Du weißt doch, mein Großvater René war Militärattaché in Deutschland. Kannst du dir nicht vorstellen«, brach es plötzlich aus Richard hervor, »was er gesehen hat? Er war in Auschwitz, als das Lager befreit wurde.«
»Richard, diese Last ist zu groß für meine Schultern!«
»O Zilla, es macht dich doch keiner für die Verbrechen des NS-Regimes verantwortlich. Und gerade mein Großvater hat den Krieg und die Rolle der Menschen sehr differenziert gesehen. Er war zum Beispiel auch in Nemmersdorf.«
Zilla zog fragend die Brauen hoch.
»Du hast wirklich nie von Nemmersdorf gehört?«, fragte Richard befremdet. »Nichts über dieses ostpreußische Trauma? Nemmersdorf war ein kleines Dorf bei Gumbinnen, kaum dreißig Kilometer von eurem Schloss Ayshoff entfernt. Es wurde im Oktober 1944 bei einem ersten Vorstoß der Russen überrannt.«
»Das war nie mein Schloss Ayshoff«, widersprach Zilla müde. »Meine Mutter war fünf Jahre alt, als sie aus Ostpreußen fliehen musste.«
»Aber deine Großmutter hätte dir davon erzählen können.«
»Und sie hat gut daran getan, einem kleinen Kind keine Kriegsgeschichten zu erzählen. Und wenn du ein Problem damit hast, dass meine Großmutter eine Großgrundbesitzerin war und sich womöglich in irgendetwas verstrickt hat, dann sag es mir ... sag es mir jetzt. Und dann gehen wir unserer Wege!«
Er fasste rasch nach ihrer Hand. »Aber Zilla, was redest du denn da?«

»Warum fragst du dann immer wieder nach meiner Großmutter?«
Er deutete ein Lächeln an. »Ich bin eben erstaunt, dass jemand mit deinem Namen so gar nichts über ... über früher weiß.«
»Ich heiße doch nicht Gräfin von Ayshoff, weil ich besonders stolz auf meine Herkunft wäre, sondern weil meine Mutter so heißt. Und für meine Berufslaufbahn ist der Name eben nützlich.«
»Das verstehe ich doch, Zilla.«
In Zilla gewann ihr Humor die Oberhand. »Schließlich bist ja auch du erst durch meinen Namen auf mich aufmerksam geworden, nicht?«
»Ach?« Richard zog lächelnd die Brauen hoch. »Hättest du mich in der Halle des HCR nicht angesprochen, wenn du anders geheißen hättest?«
»Darf ich dich daran erinnern, dass nicht ich dich angesprochen habe, sondern du mich.«
»Tatsächlich?« Er grinste.
»Bereust du es?«
Er zog sie heftig an sich. »Nein, Zilla. Nein, natürlich nicht. Und du hast Recht, ich hätte dich vorwarnen sollen, dass mein Vater ein Problem mit Deutschen hat.«
Dennoch wurde sie das Gefühl nicht los, dass sie nicht in den Teil von Richards Leben passte, der in Divonne zu Hause war. Er hatte sich im Glaspalast des UNHCR und in den Restaurants von Genf in eine attraktive Frau verliebt, die sich auf internationalem Parkett bewegen wollte. Doch er schien sich viel wohler auf Pferden in den Bergen zu fühlen. Erst kurz vor ihrer Hochzeit hatte Zilla in seiner Genfer Wohnung in der Rue Zurlinden in einem blickdicht verschlossenen Schrank die Pokale entdeckt, die er als Vielseitigkeitsreiter bei internationalen Turnieren ge-

wonnen hatte. Military hatte man früher diese Hochleistungsprüfungen für Mensch und Tier genannt. Pferd und Reiter mussten an drei Tagen eine Dressurprüfung, einen Querfeldeinritt über feste Hindernisse und ein Springen in der Bahn bestehen.

Anders als sein Vater oder Jacqueline besaß Richard das absolute Auge für Pferde. Er konnte die beiden völlig gleichen Braunen im Stall auseinander halten, ohne ihnen auf die unterschiedlichen Blessen schauen zu müssen. Und wenn er im Sattel saß, dann schien er mit dem Pferd verwachsen.

Das war seine Welt.

Allerdings hatte Zilla ihrerseits nie Zweifel daran gelassen, dass ihre Zukunft nicht das Gut von Divonne, sondern die EU-Verwaltung war. Und er schien das akzeptiert zu haben. Doch auf einmal kam es Zilla so vor, als hätte er es nur akzeptiert, weil sie anders nicht zu haben war. Das hieß aber nicht, dass er sie sich nicht anders wünschte.

Ein vorbeiziehendes Hinweisschild auf eine Tank- und Rastanlage holte Zilla aus ihren Gedanken. »Wie wär's mit einem Kaffee, Richard? Möchtest du nicht mal Pause machen?«

»Danke, nicht nötig«, sagte er, ohne den Blick von der Autobahn abzuwenden. »Aber einen Schluck Wasser könntest du mir geben.«

Zilla langte erneut hinter seinen Sitz und zog die fast leere Plastikflasche hervor. Während zu ihrem Bedauern draußen die Rastanlage vorbeizog, setzte er die Flasche an die Lippen und trank in großen Zügen.

Feine blonde Härchen schimmerten auf seinen bloßen, leicht gebräunten Unterarmen. Richard trug ein rötliches Polohemd und Jeans mit Gürtel, was seiner gereiften athletischen Gestalt eine verwirrende Jugendlichkeit verlieh.

Ihren Altersunterschied von elf Jahren hatte Zilla eigentlich immer nur empfunden, wenn sie daran dachte, was er ihr an Berufserfahrung voraushatte. Sie war jetzt einunddreißig und arbeitete in Berlin im Außenministerium, nachdem sie vor zwei Jahren den Concours bestanden hatte, das äußerst anspruchsvolle Auswahlverfahren für EU-Beamte. Sie war auf der Reserveliste für die höchstdotierten A8-Stellen und hatte zur Überbrückung der Wartezeit das Angebot angenommen, in einem Bundesministerium in Berlin Erfahrungen zu sammeln. Seit Anfang des Jahres wusste Zilla nun, dass sie im November im Direktorat A der »Generaldirektion Erweiterung« in Brüssel anfangen würde, und zwar beim Referat Polen und Lettland.

Richard reichte Zilla die leere Wasserflasche zurück und warf ihr einen kurzen Blick zu. »Eigentlich wolltest du Pause machen und einen Kaffee trinken, nicht wahr?«

Zilla lächelte. »Zu spät.«

»Tut mir Leid.«

Sie lachte. »Oh, es gibt Schlimmeres.«

Es hatte einmal eine Zeit gegeben, da hätte er diese kleine Herausforderung angenommen und zurückgefragt: »Was zum Beispiel?« Aber seit sie ihm mitgeteilt hatte, dass es nun mit Brüssel ernst wurde, hatte er sich noch mehr abgekapselt.

»Was ist denn los?«, hatte sie mehrmals gefragt, als er sie im Februar für fünf Tage in Berlin besuchte.

»Nichts«, antwortete er. »Was soll sein? Mir gehen die Bilder aus dem Sudan nicht aus dem Kopf. Kinder, hin und her getrieben zwischen den Fronten. Warum fällt den Menschen der Frieden nur so schwer? Ich glaube, ich sollte diese Reisen nicht mehr machen.«

»Dann zieh doch mit mir nach Brüssel.«

»Muss es denn wirklich unbedingt Brüssel sein, Zilla?«

»Wozu habe ich denn Internationales Recht studiert und den Concours bestanden?«

»Damit könntest du doch auch in Genf in einer Anwaltskanzlei arbeiten.«

Es war das erste Mal, dass er so deutlich seinen Wunsch äußerte, sie in seiner Nähe zu haben, am liebsten in Genf, und in Zilla erwachte der Selbstbehauptungstrieb. »Was spricht denn ernsthaft dagegen«, gab sie zurück, »dass du nach Brüssel kommst? Da ist es zwar keine UNO, aber dafür die NATO. Für einen Hauptmann a. D. mit deinen Spezialkenntnissen über die Krisengebiete auf der Erde müsste es doch eine Aufgabe geben.«

»Die Schweiz ist kein NATO-Mitglied.«

»Ich weiß«, sagte Zilla zunehmend kämpferisch. »Aber seit 1997 gibt es den Euro-Atlantischen Partnerschaftsrat. Da könnten sich doch für dich auf dem Feld des humanitären Völkerrechts oder beim Ausbau des Sanitäts-, Such- und Rettungswesens ungeahnte Möglichkeiten auftun.«

Seine Augen blitzten plötzlich. »Wenn mich aber die Flüchtlinge mehr interessieren.«

»Und mich interessiert eben Europa. In diesem Jahr werden zehn neue Staaten in die EU aufgenommen. Mein zukünftiger Chef meinte übrigens, bei seiner Entscheidung für mich habe mein Name keine unwesentliche Rolle gespielt. Ich stamme doch sicher aus Ostpreußen. Da hätte ich ja eine Beziehung zu Polen.«

»Das hast du nicht, Zilla. Du stammst aus Nordostpreußen, dem heutigen Kaliningrader Gebiet, das zu Russland gehört.«

Sie lachte. »Na und?«

Die Autobahn endete hinter Rostock, und die Dächer und Türme der Hansestadt verschwanden im Dunst der Warne.

Um sie herum glühten Heidelandschaft, Feuchtwiesen und Röhrichte im Licht des Spätnachmittags. Hier und da duckte sich ein schilfgedecktes Bauernhaus aus rotem Klinker unter zerzausten Kiefern oder knorrigen Eichen. Und immer wieder nahm die kühle Dämmerung mächtiger Wälder aus Buchen, Eichen und Erlen sie auf und entließ sie unvermittelt erneut ins Moorland oder zwischen Hügel eiszeitlicher Endmoränen.
Sie waren die rund dreizehnhundert Kilometer gefahren wie die Wahnsinnigen. Nur noch sechzig Kilometer lagen vor ihnen. Zwar fielen Müdigkeit und innere Leere nach so langer Raserei von Zilla ab, doch sie verwandelten sich nicht in Munterkeit, sondern in Nervosität.
In Ribnitz-Damgarten überfuhren sie die einstige Grenze zwischen Mecklenburg und Pommern und kamen zum ersten Mal dem Wasser nahe. Allerdings war es nicht das offene Meer, sondern nur der Ribnitzer See, der südwestlichste Teil der Boddenkette, jener Flachgewässer zwischen Festland und vorgeschobenen verlandeten Sandbänken, die hier Fischland, Darß und Zingst hießen und als Nehrung mit ihren alten Ostseebädern Ahrenshoop, Prerow und Zingst bis hinüber nach Rügen reichten.
Mit geweiteten Nasenflügeln sog Zilla den Geruch nach Fischnetzen, Motorenöl und Brackwasser in ihre Lungen. Der Wind von der offenen See roch noch einmal anders. Kindheitsgerüche vergaß man nicht. Auch nicht die Gefühle dazu. Ein Gefühl von Freiheit im Schatten kalter Geheimnisse.
Nach wenigen Minuten hatten sie die betriebsame Bernsteinstadt wieder verlassen und rollten erneut durch grünes Land. Es war Ende Juni. Auf den Feldern stand das Getreide. Raps blühte gelb.
In einem Nest namens Löbnitz bog Richard nach links ab

und steuerte endlich direkt nach Norden. Das Städtchen Barth mit seinem wuchtigen Kirchturm und dem Jachthafen am Bodden streiften sie nur am Rande. Manchmal hatte Großmutter sie früher mitgenommen auf ihre Beutezüge nach Barth, Läden abklappern und nach Bückware fragen, jenen Dingen, die man nur unter dem Ladentisch bekam, Filz für Satteldecken, Lederriemen, Huffett. Anstehen nach Orangen.

Zum dritten Mal fuhr Richard mit ihr diese Strecke. Zum ersten Mal waren sie gleich nach ihrer Hochzeit hier hochgefahren und ein zweites Mal fast auf den Tag genau vor vier Jahren zum sechzigsten Geburtstag von Zillas Mutter. Das genügte, um Richard an keiner Abzweigung zögern oder nach Schildern gucken zu lassen. Barth, Pruchten, Presewitz, dann die Meiningenbrücke, das hundertjährige Stahlungetüm, das schwimmend und drehbar das Festland mit der Halbinsel Fischland-Darß-Zingst verband.

Als sie unter dem hölzernen Bootswärterhaus hindurchfuhren, das quer über der Fahrspur auf den stählernen Arkaden der Brücke hockte, sackte Zilla das Herz plötzlich in den Bauchraum.

Konnte das gut gehen?

Es hatte sie beide viel Mühe gekostet, sich für sechs Wochen aus allen Verpflichtungen in Berlin und Genf zu lösen und sämtliche mehr oder minder geheimen Zukunftswünsche hinter sich zu lassen, um sich im Niemandsland – in einer Welt, die weder die seine noch die ihre war – vielleicht erneut zu finden.

Insgeheim war Zilla davon ausgegangen, dass sich Richard letztlich mehr bewegen müsste, wenn ihm daran lag, dass ihre Ehe nicht unwiederbringlich zwischen Genf und Brüssel im Nichts versickerte. Aber was, wenn es nicht so war, wenn es sie traf, dachte sie, und ihr war auf einmal ganz elend. Sie hatten sich erst gestern Abend nach zwei Monaten wiedergesehen, die er in Afghanistan und sie mit der Vorbereitung diverser Reisen des Außenministers zugebracht hatte.

»Ich habe überhaupt nichts fürs Landleben anzuziehen!«, hatte Zilla verzweifelt vor ihrem Kleiderschrank in Genf ausgerufen, in dem nur Abendkleider und Kostüme hingen. »Nicht einmal Jeans und Sneakers!«

Da hatte Richard plötzlich seine kräftigen Arme um sie geschlossen, und sie hatten seit Monaten zum ersten Mal wieder miteinander geschlafen.

»Das hältst du doch gar nicht aus«, hatte er noch im März zu ihr gesagt, als sie ihm den Brief ihrer Mutter zeigte. »Sechs Wochen auf dem Land bei deiner Mutter.«

»Aber Mama wird die meiste Zeit gar nicht da sein. Sie muss sich an der Bandscheibe operieren lassen. Deshalb bittet sie uns, dass wir solange aufs Haus und aufs Gestüt aufpassen. Reizt es dich denn nicht, mal ein Gestüt zu leiten? Stell dir vor, richtige Trakehner.«

Richard hatte nur gelacht. Vermutlich zog er die ehrliche Schweizer Wertarbeit des quadratisch-praktischen Freiberger Pferdes den aristokratischen Trakehnern vor.

»Es wäre auch eine Chance für uns«, hatte Zilla leise hinzugesetzt.

Er hatte sie angeschaut. »Deine Chancen, siehst du die nicht eigentlich ganz woanders, Zilla?«

Die Adelskate

Edith Gräfin von Ayshoff blickte auf die Uhr und dann zum Fenster hinaus. Von ihrem Büro aus konnte sie die Zufahrt nicht sehen. Aber sie hatte ein feines Ohr für Autos, die von der mittlerweile asphaltierten Straße durch die Zingster Heide auf das Kopfsteinpflaster unter der Eiche vor dem Haus einbogen.

Was für einen Wagen fuhr Richard eigentlich inzwischen? Noch denselben wie vor vier Jahren, oder kaufte man sich in seinen Kreisen alle zwei Jahre einen neuen? Wenn sie daran dachte, dass sie früher fünfzehn Jahre auf ihren Trabi hatten warten müssen. Und dann hatte man ihn gefahren und repariert und gefahren. Sie hatten ihren Trabant erst 1979 bekommen. Vorher hatten sie alles mit dem Fahrrad und dem Pferdewagen gemacht. Heu einfahren wie zu Großmutters Zeiten. Aki hatte kutschiert, was die Achsen aushielten.

Edith klappte die Wirtschaftsbücher zu und stand auf. Sie trug grüne Kordhosen, Birkenstocksandalen und das grüngrau karierte Hemd über der Hose, am Handgelenk eine Herrenuhr, denn deren Ziffernblatt konnte sie ohne Lesebrille erkennen.

Am Spiegel neben der Tür fuhr sie sich übers dichte kurze graue Haar. Ediths Augenbrauen und Augen waren schwarz. Eine Schönheit war sie nie gewesen. Aber die Gäste schätzten es ungemein, bei einer Gräfin auf dem alten Jagdschloss Ayshoffkaten ihren Urlaub zu verbringen. Und so mancher wollte in ihrer resoluten Art die Eigenarten des ostpreußischen Landadels wiedererkennen – Gleichmut bis zur Unempfindlichkeit, Fleiß und Offenheit für moderne Technik.

Erstaunlich eigentlich, dachte Edith, dass Zilla sich ausge-

rechnet diesen stillen Schweizer geangelt hat, so gar nicht geistsprühend, so gar nicht hoch hinauswollend. Ja, sicher, Richard war irgendein hohes Tier bei der UNO und im Weltgeschehen zu Hause, aber er kehrte es so gar nicht heraus, dass Edith keinerlei Schüchternheit ihm gegenüber empfand. Seine Reitstiefel waren älter und abgewetzter als die des Reitlehrers Gert. Dass Zilla ausgerechnet an so einen geraten war, wo sie doch mit Pferden gar nichts mehr am Hut hatte. Aber im Grunde kannte sie ihre Tochter kaum.
Sie hatte sie erst als Siebzehnjährige wiedergesehen. Zilla hatte sich Zeit gelassen, sie zu besuchen, war nicht gleich im November 1989 gekommen, kaum dass die innerdeutsche Grenze offen war, sondern erst in den Osterferien im Jahr darauf.
Edith hatte das Mädchen auf dem Bahnsteig in Barth fast nicht wiedererkannt. Groß war Zilla geworden, das störrische Haar blond gebleicht und kurz. Mit Walkman und Minirock über Leggins. Ganz fremd hatten Zillas dunkle Augen in dem blassen, spitzen Gesicht gewirkt. Als sie aus dem Bahnhof traten und zum Auto gingen, zog sie eine Augenbraue hoch und bemerkte: »Ah, immer noch derselbe Trabi.« Angesichts des Hauses meinte sie: »Kleiner, als ich es in Erinnerung habe.« Und zum Badezimmer sagte sie: »Ihr heizt ja immer noch mit Holz. Gab es in der DDR denn keine elektrischen Boiler?«
Der alte Aki hatte sich irrsinnig gefreut, sie zu sehen, aber in die Ställe hatte auch er sie nicht locken können. »Sascha lebt ja nicht mehr«, hatte Zilla abgewehrt. »Und ich bin auch gar nicht mehr geritten.«
Eigentlich hatte Zilla nur von ihren Schulnoten erzählt, über die Edith aus den Briefen bestens informiert war, und von ihrem Ziel, in Passau Jura und romanistische Sprachen zu studieren. »Passau ist die beste Universität, wenn man zur

EU nach Brüssel will.« Kein Gedanke, dass Zilla, als sie ein Jahr später ihr Abitur hatte, nach Rostock gekommen wäre, wo es eine Traditionsuniversität gab, die nach der Wende händeringend Studenten suchte.

Voller Unbehagen erinnerte sich Edith daran, wie sie nach diesem ersten Abend mit ihrer Tochter endlich allein in ihrem Schlafzimmer stand und sofort in Tränen ausgebrochen war. So geweint hatte sie nicht einmal, nachdem sie die kleine Zilla zehn Jahre zuvor den Männern auf dem Boot ausgeliefert hatte.

Sie hatten sich buchstäblich nichts zu sagen gehabt. Keine Frage hatte Zilla ihr gestellt, nichts hatte sie ihrer Tochter nachträglich erklären dürfen. Zu Großmutters Grab auf dem Zingster Friedhof hatte sie alleine gehen wollen. Die meiste Zeit war sie dann mit einem Buch in der Hand und den Kopfhörern auf den Ohren herumgesessen. Ein Anblick verstockten Desinteresses, der Edith völlig aus der Fassung gebracht hatte. Eigentlich war sie froh gewesen, als Zilla wieder abfuhr. Natürlich hatte es danach noch weitere Besuche gegeben, aber so richtig warm war Edith mit ihrer Tochter nicht geworden.

Noch einmal blickte Edith auf die Armbanduhr. Zilla würde sicherlich per Handy anrufen, wenn sie sich verspäteten. Edith musste schmunzeln. Vor vierzehn Jahren hatte sie ein Walkman erschüttert, und heute konnte sie sich schon gar nicht mehr vorstellen, wie man einmal ohne Handy ausgekommen war.

Und die Zeiten waren auch endgültig vorbei, da die großen Westwagen in Zingst Aufmerksamkeit erregten, wenn sie am Straßenrand hielten und nach dem Weg gefragt wurde. »So, zur Adelskate wollen Sie?«, pflegten die Zingster zu sagen. »Da fahren Sie bis zum Deich vor, dann rechts und gleich, wo die Häuser aufhören, wieder rechts und wieder ganz bis zurück an den Bodden. Ist nicht zu übersehen.«

Ayshoffkaten war vor ungefähr fünfhundert Jahren im Renaissancestil erbaut worden. Viele Schlösser hatte es in Vorpommern nie gegeben, und noch weniger waren erhalten geblieben. Seit dreihundert Jahren befand sich Ayshoffkaten im Besitz der Grafen von Ayshoff und hatte ihnen als Jagdschloss gedient. Als ob es in den Wäldern Ostpreußens nicht genug Hirsche und Elche gegeben hätte, hatte man von Zeit zu Zeit eben auch im Osterwald und im Darßwald Jagden veranstalten müssen. Die letzte große Gesellschaft war Anfang der zwanziger Jahre hier gewesen. Zu Zeiten des Danziger Korridors hatte man die Reise von Ostpreußen nach Nordvorpommern ungern unternommen. Doch nach Hitlers Überfall auf Polen war sogar Edith schon einmal hier gewesen, wenn sie sich daran auch nicht mehr erinnerte.

Ayshoffkaten war ein großes kompaktes Haus mit fünf Fenstern je links und rechts des Eingangs, zwei Stockwerken und einem gewaltigen Satteldach. Die dem Bodden zugewandte Südfront zierte ein immenser weißer Treppengiebel, der mit den Seitengiebeln korrespondierte. An der Nordseite jedoch – der Empfangsseite – bestand der einzige Fassadenschmuck in einem Renaissance-Portal mit drei Stufen und rundem Bogen, einer zweiflügligen Holztür und je zwei flachen Wandpfeilern auf hohen Sockeln, deren von Sand und Wind rund geschmirgelte korinthische Kapitelle einen kleinen Rosettenfries trugen, der schon fast im Schatten der Dachkante verschwand. Die insgesamt vierzehn Schlafzimmer mochten für die einstigen Jagdgesellschaften nicht ausreichend gewesen sein, und so hatte man auf der Ostseite zur Zingster Heide hin noch ein würfelförmiges Seitengebäude errichtet. Auf der anderen Seite, zum Dorf Zingst hin, befanden sich die Stallungen.

Von der Auffahrt zum Schloss wurden sie durch ein lang gestrecktes Wirtschaftsgebäude getrennt, durchbrochen wiederum von einem gotisch spitzen Durchgang mit Kreuzgratgewölbe, gerade hoch genug, dass ein Pferd mit Reiter hindurchkam.

Als ihre Mutter und sie im sonnigen März 1945 mit vier tragenden Stuten vor dem Wagen, dem Hengst Domfalke und dem damals zwanzigjährigen Gehilfen Aki auf Ayshoffkaten ankamen, hatte das Dach Lücken, die Tür war aufgebrochen, der weiße Putz blätterte vom roten Backstein, Unkraut wucherte zwischen dem Kopfsteinpflaster auf dem Vorplatz. Anstelle der Wiese hinterm Haus welkte das Kartoffelkraut des Vorjahres, in den Stallungen verwesten tote Pferde, denen jemand große Stücke Fleisch herausgeschnitten hatte, im Nebengebäude und im Erdgeschoss drängten sich graue, halb verhungerte Menschen, Flüchtlinge wie sie. Im ersten Stock hatte sich der alte Verwalter Engels mit zwei Schrotflinten verschanzt, entschlossen, einen Sack Kartoffeln, das Hausgerät, das er raufgeschafft hatte, und etliche wertvolle Möbel zu verteidigen.

Als Ende April die Russen anrückten und die Rede ging, ob man die Meiningenbrücke sprengen sollte, verschwanden diese Flüchtlinge allmählich. Zurück blieben Mutter, sie, Aki und der alte Engels, dessen Sohn sich bereits Anfang Februar zusammen mit seiner Frau und einem Kleinkind in den Westen aufgemacht hatte. Der alte Engels hatte geglaubt die Stellung halten zu müssen, nicht nur aus Treue zur Familie Ayshoff, sondern auch für den Tag, da sein Sohn mit Frau und Kind zurückkehrte. Man hatte ja immer geglaubt zurückkehren zu können.

Nur Mutter hatte das nie geglaubt. »Wir bleiben«, hatte sie gesagt, als Ende April die Russen anrückten, und hatte es auf zweierlei Weise gemeint – nicht weiter in den Westen,

aber auch nicht mehr zurück nach Ostpreußen. »Komme, was da wolle.«
Die Russen kamen mit kleinen struppigen Pferden vor den Wagen und drangen mit gezogenen Pistolen ins Haus ein. Dem alten Engels schlug gleich einer den Gewehrkolben über den Schädel, einer packte Mutter, drei andere standen dabei.
Edith erinnerte sich, dass das in der langen Reihe der überstandenen Schrecken – Flucht, Eiseskälte, Hunger und Angst – der größte war, ohne dass sie damals allerdings begriffen hätte, warum. Mutter, ganz Gräfin, richtete sich auf und donnerte die Russen an. Doch wäre Aki nicht gewesen, es hätte alles nichts genützt.
Plötzlich war er da, dieser ausgehungerte Bursche, der nun wirklich niemandem Angst einflößen konnte. Wollte er auch gar nicht. Freundlich kam er, redete vor sich hin, machte einen Scherz und brachte die fünf Russen mit ihren gezogenen Pistolen und Gewehren zum Lachen. Edith verstand kein Wort, und das nicht, weil sie damals ohnehin kaum etwas begriff, sondern weil Aki Russisch sprach. Und mit einem Mal ließen sie von Mutter ab.
Sie lagerten im Erdgeschoss, machten im Salon Feuer mit den Büchern aus der Bibliothek, schlitzten alle Polster auf, immer auf der Suche nach verstecktem Familienschmuck, schlugen die Schränke ein, zertrümmerten die Platten der Terrasse und gruben herum. Aber das war harmlos, und man ließ es über sich ergehen. Und irgendwann war auch das vorbei. Allerdings erholte sich der alte Engels von dem Gewehrkolbenschlag nicht mehr so recht und starb im Lauf des Sommers.
An Edith war das alles vorübergegangen, spurlos, wie sie lange Zeit gemeint hatte. Aber in den letzten Jahren kamen die Erinnerungen wieder hoch, zusammen mit Gefühlen,

die sie als kleines Kind gar nicht gehabt hatte. Manchmal wachte sie nachts mit Herzklopfen auf. Und dann sah sie ihre Schwester Ursula wieder, das tote blonde Engelchen mit den blauen Augen, die langsam glasig wurden. So glasig wie der Kopf der kleinen Glaspuppe, an die sie selbst sich so lange geklammert hatte. Es war ein ganz eigenartiges Püppchen gewesen, der Kopf war aus rauchig grauem Glas gefertigt, mit aufgetupften blauen Glasaugen, rotem Mündchen und Locken aus gelbem Glas. Aus Glas auch die winzigen Hände an den Stoffarmen und die Füße, die in gläsernen schwarzen Schuhen gesteckt hatten. Das Püppchen hatte ein kariertes Röckchen am dünnen weißen und ausgestopften Leibchen getragen. Ursulas glasige Seele.

Wann hatte sie, Edith, die Glasmurmelpuppe eigentlich abgelegt und wieder zu leben begonnen? Oder hatte Mutter sie ihr irgendwann weggenommen? Wo war sie eigentlich dann hingekommen?

Erst seit sie selbst eine Tochter hatte, konnte Edith einigermaßen ermessen, was es für ihre Mutter bedeutet haben musste, im Krieg eine Tochter zu verlieren. Wieso hatte ausgerechnet sie überlebt?

Natürlich hatte ihre Mutter sie niemals und mit keinem Wort für den Tod ihrer Schwester verantwortlich gemacht. »Was willst du, es war Krieg«, pflegte sie zu sagen, wenn Edith – selten genug – den Versuch gemacht hatte, die Ereignisse zu klären. Aber Mutter schaute lieber nach vorn. »Was jeschehen is, is jeschehen. Und wir haben überlebt.«

Edith verließ das Büro und trat in die Eingangshalle. Auf der Boddenseite stieg die breite Treppe mit Steingeländer empor. Rings herum an den weiß getünchten Wänden hingen Rehspieße. Auf dem Tisch an der Wand gegenüber lagen die Abwurfstangen eines Hirschs aus dem Darßer Forst, die auf unerklärliche Weise den Krieg und alle Plünderungen überdauert hatten. Daneben stand ein alter Gewehrschrank mit außer Funktion gesetzten Flinten. Ein uriges, aber keineswegs originales Ambiente alter Jagdherrlichkeit, mit dem Edith die Erwartungen ihrer Feriengäste bediente.

Vier der vierzehn Gästezimmer waren momentan belegt, alle von Stammgästen. In ein bis zwei Wochen würde das Haus voll sein. Drei neue Paare hatten dieses Jahr ihren Reiterurlaub gebucht, eines mit Kindern, die reiten lernen wollten. Edith hatte ihr Schlafzimmer bereits in eine der ehemaligen Gesindestuben unterm Dach verlegt.

Sie hatte keine Vorstellung mehr von dem Zeitraum, in dem sich nach dem Krieg der Wandel des Hauses, Gartens und der Ställe zu einer kleinen Wirtschaft vollzogen hatte. Mit Aki zusammen hatte ihre Mutter erst einmal die Pferdekadaver aus dem Stall ziehen und sauber machen müssen für die vier Stuten, von denen zwei verfohlten, die beiden anderen aber gesunde Fohlen zur Welt brachten. Es hatte an allem gefehlt, an Stroh, an Heu. Engels Kartoffelsack reichte nicht weit. Kurioserweise erinnerte sich Edith daran, wie sie in den teils verlassenen und verwilderten Gärten von Zingst Rhabarber geschnitten hatte. Wochenlang gab es Rhabarber. Und immer wieder Kaninchen und Hasen, die Aki im Osterwald mit der Schlinge fing. Und nachdem er sich von irgendwoher eine Reuse organisiert hatte, gab es auch Fische. Gehungert hatten sie eigentlich nicht. Aber sie waren immer unterwegs gewesen, um Essbares zu beschaffen. Im Grunde hatte sich das auch später nicht geändert. Immer auf Beutezug. Und immer hinten herum. Bis in die achtziger Jahre hinein waren sie nie vorn in einen Laden reingegangen. Oder sie hatten so lang gewartet, bis er menschenleer war, um nach Sattelzeug, Pferdefutter oder Baumaterial zu fragen und dann hinten mit Beuteln und Taschen rauszuhuschen, und nur nicht feixen, damit niemand glaubte, man hätte was bekommen. Und wenn es nur fünf Rollen Klopapier gewesen waren.

Die Gräfinnen kurz halten, das hatte den Zingstern gefallen. Sie bekamen auch nichts zugewiesen, kein Stroh, kein Heu von den Kombinaten. Mit Aki war Mutter nachts losgezogen, um mit der Sense in der Zingster Heide Heu zu machen, wenn die eigene Wiese nicht reichte. Zehnmal hin und her mit dem Leiterwagen. Jahrelang hatten sie hinterm Haus bis zum Boddenufer runter Möhren für die Pferde gepflanzt. Und immer wieder hieß es, jetzt würden sie enteignet und müssten raus. Schluss mit der Herrlichkeit.

Eines Tages fuhr ein Transporter vor, der den Hengst Domfalke abholen und als Beschäler ins Volkseigene Landgestüt Redefin bei Schwerin bringen sollte.

»Gut, dass Sie ihn holen«, behauptete Mutter und führte die Männer in die schlammige Koppel, in der das Tier bis auf die Knochen abgemagert und bis zur Mähne verdreckt auf seinen vier Hufen schwankte. »Schauen Sie sich die Fesseln an. Alles verschorft. Der hat die Mauke. Der ist zu nuscht mehr zu jebrauchen.«

Und so fuhren die Männer ohne ihn wieder ab. Natürlich hatte Domfalke nicht die Mauke gehabt. Wovon auch? Mauke bekamen nur Wohlstandspferde von zu viel Hafer. Mutter hatte ihrem Hengst, kaltblütig, wie sie war, die Fesseln mit dem Messer angeritzt.

»Meinen Domfalken haben sie nich jekriegt!«, triumphierte sie bis ins hohe Alter. »Und enteignen konnten sie uns auch nich einfach so. Ein Jagdschloss is ja nie ein landwirtschaftlicher Großbetrieb jewesen. Und so habe ich mit meinem Domfalken weiterzüchten können. War auch dringend nötig, denn nach dem Krieg wurden ja eine Unmenge Pferde für die Landwirtschaft jebraucht.«

Ab Sommer 1945 waren ganz Mecklenburg und Vorpommern sowjetische Besatzungszone gewesen. Die Landreform brachte die Enteignung aller Bauernhöfe über hundert Hektar mit sich. Was an Pferden da gewesen war, verkrümelte sich in hunderten von Ställen. Und die Trakehner aus Ostpreußen wurden als Reparation in die Sowjetunion gebracht. Es war schon alles zu spät, als man merkte, dass die Landwirtschaft Pferde brauchte, um in Gang zu kommen. Ein von den Sowjets berufener Landstallmeister reiste über Land und suchte nach brauchbaren Zuchtpferden. Die Stuten blieben bei den Bauern stehen und wurden nur ins Stutbuch eingetragen, aber dreihundert Hengste ließ er aufs Volkseigene Landgestüt Redefin bringen.
Nur Domfalke hatte er nicht bekommen.
»Wenn ein edles Pferd für die Landwirtschaft taugt«, pflegte Mutter zu sagen, »dann der Trakehner. Auf Ayshoff haben wir mit unseren Trakehnern alle Arbeit auf dem Feld jemacht. Kein Problem, damit das so jenannte Neubauernpferd zu züchten, wie das jetzt jewollt war.«
Doch heimlich züchtete Mutter mit den von Ayshoff stammenden Stuten und ihrem Hengst Domfalke reine Trakehner weiter, jedes Jahr ein bis zwei Fohlen, die man in dunklen Boxen oder auf entlegenen Weiden vor der unersättlichen Gier auf Staatseigentum versteckte.
Und dann, Mitte der fünfziger Jahre, kamen die großen landwirtschaftlichen Genossenschaften und die riesigen Traktoren und Mähdrescher. Auf einmal brauchte man keine Pferde mehr. Da setzte das Ministerium für Land- und Forstwirtschaft dann das neue Zuchtziel, das edle Warmblut als Sportpferd. Flingarth und Adeptus und wie die Beschäler der neuen Linie alle hießen.
»Die sahen aus wie Ackergäule«, sagte Mutter immer. »Ich hab's mit eijenen Augen jesehen, damals auf dem Hengst-

markt in Greifswald und in Redefin bei der Hengstparade. Und nu kamen wir mit unseren Trakehnerchens.«
Es war die Stunde von Domspatz, dem dreijährigen Sohn von Domfalke, der 1958 im Alter von zwanzig Jahren gestorben war. Mit Domspatz waren sie 1960 zur ersten DDR-Hauptkörung für Junghengste der Rasse Edles Warmblut nach Güstrow gefahren. Zwanzig Jahre alt war Edith da gewesen, und bis heute kam es ihr so vor, als hätte sie dort zum ersten Mal wieder richtig die Augen aufgemacht.
All die herrlichen Pferde, die nacheinander in die Reitbahn geführt wurden, um an der Hand ihrer Züchter ihre Gangarten zu zeigen und Punkte zu sammeln. Die Junghengste bogen die Hälse und tänzelten und stießen ihr metallisches Hengstwiehern aus, das einem durch Mark und Bein ging. Edith war, als hätte sie zum ersten Mal wieder Farben gesehen. Die grüne Wiese, die herbstlichen Bäume. Während Mutter sich um die Papiere kümmerte, hatte sie Domspatz mit Heu versorgt.
»Schönes Pferd«, sprach sie auf einmal ein junger Mann an. »Ihr kommt aus Zingst?«
»Der hat jleich jesehen, welches Erbe unser Domspatz hatte«, behauptete Mutter später.
Ein Irrtum. Fritz Pachaly hatte sich nicht wegen des Pferdes an Edith herangemacht, sondern umgekehrt, wegen ihr ans Pferd. Auch ihr war er im Publikum bereits aufgefallen mit ihren gerade eben neu fürs Leben geöffneten Augen – ein Dunkelblonder mit grauen Augen in einem blaugrauen Anzug mit Krawatte und Parteiabzeichen.
Schon ein paar Tage später tauchte er auf Ayshoffkaten auf, und man musste ihm den Stall zeigen. Mutter verabscheute ihn von Anfang an. Fritz Pachaly, geboren in Allenstein in Ostpreußen als Sohn eines Automechanikers, seit 1953 Mitglied der SED, ein Mann für besondere Aufgaben.

»Ich sag dir«, behauptete Mutter immer, »der war die treibende Kraft, damit Redefin einen Fohlenhof aufbaut. So hatte er einen juten Grund, zu uns nach Ayshoffkaten zu kommen und uns die Fohlen wegzunehmen. Sein Vater war doch nur Automechaniker jewesen. So einer hasst die Grafen, Sozialismus hin oder her, und von wegen Sozialismus sowieso.«

Mit den Händen in den Hosentaschen, schritt Fritz Pachaly im Spätsommer die Stallgänge ab, blickte in die dunkelsten Winkel und auf die entlegensten Weiden und deutete die Fohlen heraus, die der Deutschen Demokratischen Republik dazu dienen sollten, dem Hochzuchtgebiet Hannover endlich den Rang abzulaufen.

Auch Dompfeifer guckte er sich aus, den jüngsten Enkel von Domfalke, so sehr Mutter auch Mängel herausstrich, die er gar nicht hatte.

»Sie tun ja geradezu so, als wollten wir Ihnen was wegnehmen«, sagte er mit seiner etwas hohen Stimme. »Wir sind doch keine Räuber.« Natürlich würde Redefin bezahlen, aber das bisschen wog den Verlust kaum auf.

»Nicht den«, flüsterte Edith, einem Einfall folgend, Fritz Pachaly zu, als Mutter gerade etwas mit Aki besprach. »Schau dir den in der Nachbarbox an. Von dem will Mutter dich ablenken. Deshalb macht sie so ein Theater.«

Fritz Pachaly lächelte fein. »Ich sehe schon, du willst deinen Beitrag leisten.«

»Aber mit der Heuzuteilung, da kommen wir nicht mehr hin«, erwiderte Edith.

Fritz hatte das andere Fohlen abholen lassen, und auf einmal gab es mehr Heu von der LPG Barth. So einfach ist das, hatte Edith gedacht. Man musste nur ein bisschen schwindeln und sich kooperativ stellen. Und schon bekamen sie Rüben und Kraftfutter, und Fritz Pachaly brachte Westkaffee mit und Dosenpfirsich. Was sie dafür tun musste, war nicht unbedingt unangenehm, nur Mutter durfte es nicht merken.

Edith sah Fritz Pachaly wieder vor sich, wie er drinnen im Salon am polierten Holztisch saß und zwischen geblümten Kaffeetassen und Kuchentellern auf ein Blatt Papier mit grünlichen Karolinien das neue Brandzeichen für DDR-Pferde aufmalte. »Der waagrechte Pfeil steht für Schnelligkeit und die Schlange für Wendigkeit.«

»Sieht aus wie ein umjefallener Äskulapstab mit Indianerfedern«, murrte Mutter. Sie konnte es nicht fassen, dass fortan alle Pferderassen, einschließlich der Trakehner, mit einem einzigen Zeichen gebrannt werden sollten. Alles eine Soße, Einheitsbrei, sozialistische Gleichmacherei. Schluss mit den Elchschaufeln des Trakehner Brandzeichens.

»Künftig gibt es nur noch das Edle Warmblut!«, verkündete Fritz Pachaly stolz, als hätte er es erfunden, und zwinkerte dabei Edith zu.

Wenn er mit seinem weiß-roten Wartburg Coupé abgefahren war, sagte sie zu Mutter, sie habe gehört, dass es im Konsum frische Hühner gebe oder Weintrauben, und schwang sich aufs Fahrrad. Das Rad stellte sie an der Kirche ab, ging vorn zum Konsum rein und hinten wieder raus. Da wohnte der alte Paul Freese, der hatte ein Zimmer. Ein Parteigenosse, pflegte Fritz sie zu beschwichtigen, der sei verschwiegen.

In den siebziger Jahren ging es richtig aufwärts mit Ayshoffkaten. Wer züchtete damals denn schon noch Pferde. Neuntausend Mark verschlang die Aufzucht bis zum dritten Jahr. Das bekam man beim Verkauf nicht wieder rein, es sei denn, man war im offiziellen Verkaufsprogramm, und dazu musste man genügend Stuten besitzen. Mutter züchtete, was ihre Pferde hergaben, denn mit ihren Trakehnerstuten und dem

Deckhengst Dompfeifer konnte sie dem Edlen Warmblut die Leichtigkeit verschaffen, die fürs Sportreiten nötig war. Die meisten verkaufte der Exportstall Neustadt/Dosse gegen Devisen in den Westen.

»Zum Glück hat Dompfeifer seine Eigenschaften nur bei unseren Stuten stabil und durchschlagend vererbt. Der Pachaly hätte uns schon alles wegnehmen müssen, und das hat nicht einmal der sich jetraut«, meinte Mutter immer.

Dass sie das nie kapiert hatte, darüber konnte sich Edith bis heute wundern. Hatte Mutter wirklich nie mitgekriegt, dass Edith sich mit Fritz in der Kate des alten Paul Freese hinterm Konsum traf? Oder hatte sie es nicht sehen wollen? Im Dorf gab es genug Gerede darüber, dass Pachalys rot-weißer Wartburg so oft zur Adelskate fuhr und anschließend am Fischmarkt parkte. Auf die Dauer konnte es der nachbarschaftlichen Neugierde nicht entgangen sein, dass Edith hinten aus dem Konsum herauskam und zum alten Paul Freese ging.

»Ich will in die Partei eintreten«, behauptete Edith einmal, als Frau Grote vom Konsum sie fragte. »Genosse Paul soll für mich bürgen.« Um Mitglied der Sozialistischen Einheitspartei zu werden, brauchte man zwei verdiente Genossen als Bürgen und musste sich ein Jahr als Kandidat bewähren. Natürlich hätte sie mit einem Gräfin im Namen nie das Parteibuch bekommen. Wollte sie auch nicht wirklich.

»Du könntest mich heiraten«, sagte Fritz halb spielerisch, halb ernst. »Dann hießest du Pachaly. Allerdings kann ich dich nicht heiraten, solange du nicht in der Partei bist.«

Und dann war sie schwanger. Fritz war hin und her gerissen zwischen Freude und Angst. »Könntest du nicht sagen, das Kind sei von dem Studenten auf Subotnik, der im Sommer auf der Baustelle im Freesenbruch gearbeitet hat?« Subotnik, so hieß der freiwillige Arbeitseinsatz am Wochenende.

Der Student, den Fritz meinte, hatte sich eines Nachts in die Ostsee geworfen, um sein Glück als Freischwimmer zu versuchen, und war zwei Wochen später tot am Bock angeschwemmt worden, an der Ostspitze der Halbinselkette.

»Du musst dich zu deinem Kind bekennen«, meinte der alte Paul Freese streng. »Auch wenn es Schwierigkeiten gibt.« Selbstkritik war der Weg, um die Strafen von Partei und Dienst für unsozialistischen Lebenswandel zu mildern. Aber Fritz zögerte.

»Keine Sorge, das Kleine ziehen wir auch noch auf«, beschwichtigte sie Mutter, die ihr viel zu schnell glaubte, dass das Kind von dem Studenten auf Subotnik war.

Zilla kam im April 1973 zur Welt.

Fritz Pachaly zog von Rostock nach Barth und wurde Leiter der LPG Barth, so jedenfalls die offizielle Version. In Begriffen des Staatsicherheitsdienstes hieß das Objektdienststelle. Fritz organisierte in der Gegend die inoffiziellen Mitarbeiter und sammelte Berichte über negativ-kritische Einstellungen, die Nachbarn von Nachbarn anfertigten, zum Beispiel die Kummrichs aus Hus Upstalsboom über die Gräfinnen, und natürlich alles, was Edith oder Mutter zu ihm sagten. Edith war sicher, dass sie als IMs geführt wurden, als inoffizielle Mitarbeiter, obgleich sie nie etwas unterschrieben hatten. Irgendwie musste Fritz ja gegenüber dem Dienst seine ständigen Besuche auf Ayshoffkaten rechtfertigen. Alsbald brachte er Karola mit, seine junge Frau, die im Möbelkombinat Furnier leimte und auch schon ein Kind hatte. Sonntags saßen sie auf der Terrasse hinterm Haus, Edith trug Kaffee und Kuchen auf, Fritz rauchte Westzigaretten, die er in einer Schachtel f6 versteckte, und ließ sich abwechselnd die kleine Zilla und den kleinen Arno von Edith oder Karola auf den Arm geben.

»Der führt sich auf, als gehörte ihm Ayshoffkaten schon!«, wetterte Mutter.
Zwei Jahre lang biss Edith die Zähne zusammen. Dann ging sie zum alten Genossen Paul Freese. Offensichtlich stand er in hohem Ansehen, nicht nur bei der Partei, und plötzlich war Fritz Pachaly nicht mehr Leiter der LPG Barth. Fast ein Jahr lang war er verschwunden, dann zog er mit Karola und Arno nach Zingst, hielt in der Vopo-Uniform als Abschnittsbevollmächtigter Ausschau nach Republikflüchtlingen und streifte mit dem Jagdgewehr durch den Osterwald.
Mutter triumphierte: »Hochmut kommt vor dem Fall. Ein Graf war er nicht, ein Arbeiter auch nicht. Bei dem hat einfach nichts zusammengepasst im Kopf. So einer konnte nur Spitzel werden.«
Zwar saß Fritz nun nicht mehr auf ihrer Terrasse, aber Edith lebte in ständiger Angst, dass er eines Tages Zilla erschoss. Und sei es nur aus Versehen. Sie konnte das Kind doch nicht den ganzen Tag im Haus einsperren.
Eines Nachts kam er mit dem Gewehr sogar bis auf den Hof, bis unter die Eiche auf dem Vorplatz, stockbetrunken. »Dich krieg ich!«, schrie er. »Schluss mit der Gräfinnen-Selbstherrlichkeit, ein für alle Mal! Das Kind gehört dir nicht!« Von sozialistischer Erziehung lärmte er und von Kinderkrippen.
Zum Glück hatte Mutter ihre Räume im Giebel nach hinten hinaus und schlief schon. Edith stand hinter dem Fenster und flehte zum Himmel, dass er Ruhe gab. Aber nur Aki traute sich raus in seiner unerschütterlichen Art, führte den Betrunkenen mit dem Gewehr vom Vorplatz und ließ ihn oben bei sich im Nebenhaus seinen Rausch ausschlafen.
Anderntags nahm er sie im Stall beiseite und sagte: »Fast möcht man meinen, dass der Pachaly der Vater von deiner

Zilla is, so wie der sich aufjeführt hat. Nimm dich in Acht, Edith. Der kann dich denunzieren wegen mangelndem Klassenbewusstsein und negativ-kritischer Erziehung. Hättest Zilla wenigstens inne Kinderkrippe jeben müssen. Und es wär nich das erste Mal, dass das Jugendamt einer Mutter das Kind wegnimmt und zur Adoption freijibt. Und dann siehst du Zilla nie wieder.«
Geradezu benommen von Angst und Panik war Edith tagelang durchs Haus gewankt und hatte fieberhaft überlegt. Was konnte sie tun? Wie viel Zeit hatte sie noch? Und dauernd steckte Zilla mit Arno zusammen. Was hinderte den Fritz denn daran, seinem Sohn eines schönen Tages aufzutragen, Zilla an eine bestimmte Stelle zu bringen, wo ein Auto auf sie wartete? Und warum sollte Zilla nicht mit ihrem Freund Arno mitgehen? Jedes Mal, wenn Zilla sich verspätete, ging Edith durch die Hölle.
Eines Tages dann, im Juli, hatte Aki sie angesprochen und etwas von einem Problem auf der Ostweide erzählt, das sie sich anschauen müsse. Aber auf der Ostweide war er nicht stehen geblieben, sondern hatte sie noch weiter hinaus in die Zingster Heide geführt. Für alle Fälle, denn bis hierher reichten auch die Richtmikrophone der Kummrichs von Hus Upstalsboom nicht. Und da erst war Aki stehen geblieben und hatte gesagt, was zu sagen war. »Ist schon ein paar Wochen her, da war ich im Darßwald, und Milva hat im Jestrüpp ein Segelboot aufjespürt. So jut versteckt, dass ich's nich hätte sehen jekonnt, aber für Milvas Nase nicht jut jenug versteckt. Da will jemand weg, habe ich mir jedacht, sperr ein bisschen deine Augen auf. Und jestern nu sind mir zwei junge Männer aufjefallen, die sich am Strand in der Nähe des Boots herumjedrückt und die Nasen in den Wind jehalten haben. Ich habe sie anjesprochen und ihnen jesagt, wenn sie nich noch jemanden mitnehmen, dann melde ich

sie. Heute Nacht können sie nicht los, denn der Wind steht falsch. Aber wenn er morgen auf Südwest dreht ...«
Nur anderthalb Tage hatte Edith Zeit gehabt zu überlegen, ein Risiko gegen das andere abzuwägen. Zeit zur Trauer war erst hinterher gewesen.

Edith betrat die Küche, in der Heike das Abendessen vorbereitete. Heike kam jeden Nachmittag aus Barth und kochte. Die Hotelfachschülerin Frauke deckte die Tische im Gartensaal.
»Du musst noch einen fünften decken«, sagte Edith.
Das hatte Frauke wieder völlig vergessen. Immerhin hatte sie inzwischen gelernt, die Messer richtig herum zu legen, mit der Schneide zum Tellerrand. Aber Edith hatte immer den Eindruck, Frauke interessiere sich mehr für die richtige Farbe und Lage der Strähnchen in ihren Haaren als für die Organisation eines Riesenhaushalts, wie es so eine Ferienpension war. Abends um elf wollte sie so schnell wie möglich raus und sich in Zingst herumtreiben, morgens wurde sie von dem Zimmermädchen geweckt.
Edith verließ den Gartensaal, durchquerte die Halle und trat vor die Tür. Den ganzen Tag war sie unruhig treppauf, treppab geeilt, mehr als nötig, wenn man seit vierzehn Jahren ein Gestüt mit Hotelbetrieb und Pferdepension hatte. Im Südgiebelzimmer hatte sie eigenhändig die Betten für Zilla und Richard bezogen. Ihr altes Kinderzimmer würde Zilla hoffentlich nicht wiederhaben wollen, denn das war gerade von Margret aus Freiburg belegt. Margret kam seit sechs Jahren regelmäßig für sechs bis acht Wochen mit ihrem Hannoveraner Herzbube. Das Ostseereizklima tat allergiegeplagten Stallpferden genauso gut wie ihren Besitzern mit Neurodermitis oder Schuppenflechte. Zuweilen kam es Edith so vor, als hätte die Wiedervereini-

gung die Ostseeküste in ein einziges großes Sanatorium für sämtliche Wohlstandskrankheiten des Westens verwandelt. Auch Pferde mit Mauke gab es wieder, und ihre Halter tröpfelten homöopathische Mittel ins mit Vitaminen angereicherte Kraftfutter und wollten kaum glauben, dass es genügte, die energiestrotzenden Pferde auf Heu und Wasser zu setzen.

Seit einundzwanzig Jahren leitete Edith das Gestüt. Sie hatte es über den Zusammenbruch der DDR gerettet und wettbewerbsfähig gemacht. Ihre Begabung, Erinnerungen, die sich in ihrem Kopf sammelten, in die Ebenen der Gefühllosigkeit durchrieseln zu lassen, hatte es ihr ermöglicht, sich ohne Nostalgie und Sehnsucht nach vertrauten Sorgen neuen Sorgen zu stellen – Geldsorgen, nicht mehr Beschaffungssorgen. Früher hatte man Sättel und Zaumzeug kaum kriegen können, heute konnte man sie kaum bezahlen.

Ein glückliches Geschick hatte ihr im Sommer 1989 zweihundert Hektar Land in der Zingster Heide in die Hände gespielt. Die Kummrichs von Hus Upstalsboom nämlich hatten für einen Spottpreis verkauft, ihren Trabi voll gestopft und waren losgefahren nach Ungarn, das soeben den Grenzzaun abgebaut hatte. Sie hatten es auch bis in den Westen geschafft. Aber schon ein Jahr später, noch vor der offiziellen Wiedervereinigung, waren sie mit Kind und Kegel zurückgekommen und hatten auch ihr Land zurückhaben wollen, für denselben Preis. Aber Edith verkaufte hundertvierundachtzig Hektar für teures Geld an einen Goldgräber aus dem Westen, der mit Golfplatzideen gekommen, dann aber rechtzeitig Pleite gegangen war. Von dem Erlös hatte sie eine auch für Turniere geeignete Reithalle mit zehn Außenboxen für Pensionspferde bauen lassen und die Gästezimmer eingerichtet. Sie war bestens aufgestellt, wie

man heute sagte. Aber eigentlich hatte sie nun auch genug. Vierundsechzig war sie vor wenigen Tagen geworden. Zeit, an Rückzug zu denken. Die Bandscheiben knirschten, und die Arbeit wurde nie weniger. Ein bisschen reisen wollte sie auch endlich einmal. Solange sie das noch konnte.
Zilla würde sich entscheiden müssen.

Bernstein und wilder Sellerie

Leise schlug Richard die Decke zur Seite und stand auf. Zilla regte sich nicht. Er zog Reithosen, Hemd und Jacke von der Stuhllehne, ergriff die Reitstiefel, verließ das Zimmer und trat in den kleinen Giebelsalon. Während er sich anzog, konnte er den Barther Bodden überblicken – tiefblaues Wasser vor den grünen Ufern der Insel Kirr, auf der im Herbst und Frühjahr tausende Kraniche Station machten.

Die Sonne stand als roter Ball im Osten, wie aus dem Wasser geboren, im Begriff, ihre Tagesreise übers Festland anzutreten, um abends feierlich hinter Fischland zu versinken. Tautropfen glitzerten auf der Wiese, die bis zum Wasser reichte.

Selbst vom zweiten Stock aus konnte Richard erkennen, dass die weißen Plastikstühle und Tische auf der Terrasse klatschnass waren. Spatzen hüpften auf den Tischen umher und pickten nach Krümeln. Bis Mitternacht hatten dort unten Pensionsgäste gesessen und dem Großangriff der Mücken getrotzt, während Zilla und er, erledigt von der langen Fahrt, versucht hatten zu schlafen.

Richard nahm die Reitstiefel in die Hand, verließ auf Socken die knarzenden Dielen des Giebelsalons und stieg die breite Steintreppe zur Halle hinab. Unten angekommen, blieb er stehen, um sich die Stiefel anzuziehen. Ein Sonnenstrahl, der auf verwinkeltem Weg Eingang durch das lukenähnliche Fensterchen neben der Tür fand, malte einen orangeroten Fleck auf den Boden. An der oberen Wandkante schimmerten in der Morgendämmerung die Rehschädel mit den Spießen weißlich auf ihren Holzträgern. Auf dem Tisch an der Wand krümmten sich die Geweihstangen des

Darßer Hirschs. Edith hatte es wirklich verstanden, die Erwartungen ihrer Gäste zu bedienen.
»Mit der Pferdezucht habe ich es ja nicht so«, hatte sie ihm gestanden. »Da kümmert sich unser Aki drum. Aber die Pferdepension, das ist ein voller Erfolg. Ich bin bis Mitte September ausgebucht.«
Richard öffnete einen Flügel der hölzernen Eingangstür und trat ins Freie. Es war die Stunde, die er am meisten liebte, die Stunde zwischen Nacht und Tag. Auf dem Dach über ihm sang eine Amsel in den lichten Morgen. Ein Eichelhäher flatterte rätschend in die alte Eiche auf dem Vorplatz. Richard lauschte der eigentümlich lärmenden Stille eines Tages, der noch der Natur gehörte, und sog mit geweiteten Nasenflügeln die Meeresluft ein. Das Kopfsteinpflaster des Hofs knirschte unter den Ledersohlen seiner Stiefel, als er zum Wirtschaftsgebäude ging und unter den Spitzbogen des Durchgangs trat. Das vielleicht fünf Meter lange Gewölbe warf den Hall seiner Schritte mehrfach gebrochen zu ihm zurück. Er konnte sich gut vorstellen, wie hier eisenbeschlagene Hufe lärmten.
Auf der anderen Seite bauten sich vor ihm links Speicher und Scheune und rechts die lang gestreckte neue Reithalle auf. Unter ihrem weit vorgezogenen Dach waren zehn Pensionspferdeboxen untergebracht, die man auch nach außen öffnen konnte. Ein kluges Arrangement von Edith. Denn einerseits konnten so die Gäste mit ihren Pferden bei Wind und Wetter trocken in die Reithalle gelangen. Andererseits waren die fremden Pferde räumlich getrennt von den Reit- und Zuchtpferden auf der anderen Seite der Halle, was die Infektionsgefahr erheblich minderte.
Richard hatte die Westecke noch nicht erreicht, da ging hinter ihm eine Boxentür auf, und eine junge Frau trat heraus, gefolgt von einem großen braunen Hannoveraner am Strick.

Die Sonne lugte eben übers Dach des Torweggebäudes und warf goldene Funken in ihr hüftlanges blondes Haar. Sie erschrak kurz, als sie den fremden Mann erblickte, fing sich aber und lächelte. »Guten Morgen. Auch schon auf?«
Richard blieb stehen. »Guten Morgen.«
Die junge Frau band ihr Pferd am Ring in der Wand neben der Boxentür an und wandte sich dann ihm mit ausgestreckter Hand zu. »Ich bin die Margret ... Margret Haubeisen aus Freiburg. Wir kommen seit sechs Jahren hierher, mein Herzbube und ich. Wegen der Seeluft. Er hat eine Heuallergie.«
Richard nickte stumm und schüttelte ihr die Hand.
»Und Sie ...« Margret vertiefte ihr Lächeln. »Sie sind der Schwiegersohn, gell? Die Gräfin spricht seit Tagen von nichts anderem, als dass Sie kommen, Sie und Ihre Frau.« Margret lachte. Ihre Hand zuckte in seiner wie ein Vogel.
»Richard Knappe, freut mich, Sie kennen zu lernen«, sagte er rasch, ehe Margret anfing mit Herr Graf oder Graf von Ayshoff herumzuexperimentieren.
»Die Freude ist ganz auf meiner Seite«, entgegnete sie lachend und zog den zuckenden Vogel aus seiner Hand zurück. »Ein so berühmter Reiter wie Sie, Herr Graf ...«
»Knappe«, sagte Richard. »Einfach nur Richard Knappe.«
Sie lachte erneut. »Ich dachte, das sei Ihr Künstlername. Welcher Reiter könnte Ihren Sturz bei der Vielseitigkeits-WM in Jerez vergessen. Und wie kaltblütig Sie wieder aufgestiegen sind und mit Ihrem verteufelten Wallach Hallmak am Ende sogar noch den vierten Platz belegt haben.«
»Aber nur, weil ich in der Dressur nicht runtergefallen bin.«
»Na, und beim Springen sind Sie ja auch oben geblieben, gell? Wäre Ihr Sturz im Gelände nicht gewesen, hätten Sie Gold gewonnen.«
Richard lächelte verlegen.

»Aber in letzter Zeit habe ich Sie auf gar keinem Turnier mehr gesehen.«
»Hallmak ist zu alt, und ich habe keine Zeit, ein neues Pferd zu trainieren.«
»Schade. Kann man Sie nicht freistellen? Die Schweiz müsste doch ein Interesse daran haben, dass Sie weitermachen. Sie sind der erfolgreichste Reiter der Schweiz.«
»Gewiss nicht.«
Margret lachte überaus heiter, was ihr Wallach mit einem besorgten Ohrenspiel quittierte. »Na, die Gräfin wird es freuen. Sie hat Großes mit Ihnen vor. Sie sollen Ayshoffkaten retten.«
Richard zog die Brauen zusammen.
»Oder hätte ich das nicht sagen sollen? Da habe ich mich wohl wieder einmal verplappert. Ich kann einfach meinen Mund nicht halten.« Sie lachte auf eine verschmitzte Art, die Richard verwirrte. »Aber dann will ich Sie jetzt nicht länger aufhalten, Herr ... äh ... Herr Knappe. Schönen Ritt.«
»Danke gleichfalls«, sagte Richard artig und machte sich davon, ganz froh, dass sie nicht darauf verfallen war, einen gemeinsamen morgendlichen Ausritt vorzuschlagen.
Margrets Lächeln verflüchtigte sich aus seinem Kopf, als er an der Westseite der Halle entlangging. Die Dächer der Klinkerhäuser von Zingst glühten im Morgenlicht unter dem fast violetten Himmel. Die Freifläche zwischen Gestüt und den ersten Häusern war als Weide eingezäunt. Aus dem langen Stutenstall, der die Westwand der Halle fortsetzte, traten soeben die ersten Stuten mit ihren teilweise erst wenige Wochen alten Fohlen auf die Wiese heraus. Die langbeinigen Füllen hüpften übermütig. Im Stall waren der Auszubildende Meik und ein Stallbursche eben dabei, die restlichen Stuten mit ihren Fohlen den Gang entlang und auf der anderen Seite hinauszuführen.

Meik war ein schlankes Bürschchen, das im ersten Jahr wohl hauptsächlich gelernt hatte, Routinearbeiten schnell zu erledigen. Richard beobachtete, wie er eine Stute, die sich nach ihrem Fohlen umgedreht hatte, ziemlich ruppig am Halfter weiterzog, und unterdrückte das Bedürfnis, einen Verweis zu erteilen. Stattdessen verließ er den Stutenstall durch die Tür, die zu einem von der Reithalle und zwei langen Stallgebäuden eingefassten großen Hof führte. Auf dieser Seite bedeckte das Hallendach Stauraum für die Hindernisse von Parcours, Fuhrwerke, Lederzeug und allerlei landwirtschaftliches Gerät.
»Moin«, grüßte ihn unversehens aus einer Sattelkammer heraus eine Stimme. Gleich darauf erschien ein alter dürrer Mann mit weißem Haar in der Tür und blinzelte aus eng stehenden schwarzen Äuglein zuseiten einer hakenförmigen Nase ins Licht. Es war Aki, das bestimmt achtzigjährige Stallfaktotum. An der rechten Hand fehlten ihm zweieinhalb Finger.
»Bonjour«, erwiderte Richard.
Vor vier Jahren hatten sie sich auf diese Grußformel geeinigt, nachdem Richard Aki erklärt hatte, dass man in Genf nicht Schweizerdeutsch, sondern Französisch sprach. Aber welche Rolle Aki auf Ayshoffkaten eigentlich spielte, hatte Richard noch nicht durchschaut.
»Bernstein hat den Hafer vor einer Stunde jekriegt«, teilte Aki halb hinterm Türrahmen versteckt mit.
»Sehr gut.«
»Habe mir schon jedacht, dass Sie ihn reiten wollen.«
Richard lächelte. Edith und Aki hatten ihm den vierjährigen Hengst mit dem bernsteingelben Fell, dem dunklen Mähnen- und Schweifhaar und den dunklen Fesseln bereits gestern Abend vorgeführt.
»Das ist ja Tempelhüter!«, hatte er ausgerufen.

»Das behauptet Aki auch«, hatte Edith relativ verständnislos bemerkt. »Aber Tempelhüter war doch ein Brauner.«
»Die Farbe spielt keine Rolle«, hatte Aki gesagt. »Ich habe Tempelhüter noch jesehen, 1932 in Trakehnen, als man das Zweihundertjährige feierte, wie er mit seinen jesegneten achtundzwanzig Jahren neben seiner eigenen Bronzestatue stand, die man vor dem Landstallmeisterhaus aufjestellt hat. Und Bernstein is jenau so ein Pferd.«
Richard kannte den legendären ostpreußischen Trakehner Hengst Tempelhüter nur von Fotos. Auch das Denkmal, das ein Königsberger Künstler in Lebensgröße gegossen hatte, hatte er nie gesehen, jedenfalls nicht im Original, denn das befand sich mittlerweile in Moskau. Aber vor dem Deutschen Pferdemuseum in Verden stand seit den siebziger Jahren eine Kopie, und die kannte er. Tempelhüter war Vater von an die sechzig Zuchthengsten gewesen. Zusammen mit einer bestimmten Stutenlinie hatte er die genetische Basis für die moderne Trakehnerzucht gelegt. Und wie es schien, war er in Bernstein wieder auferstanden, wenn auch die extravagante gelb-schwarze Färbung dem rüden Ernst der geschlossenen Tempelhüter'schen Silhouette zuwiderlief. Auch charakterlich schien Bernstein ein Problem zu haben. Und solange er nicht die Hengstleistungsprüfung bestand, war er für die Zucht nicht zu gebrauchen.
»Was nützt mir ein Tempelhüter, wenn er sich unterm Sattel benimmt wie ein Irrer«, hatte Edith bemerkt.
»Der ist nicht hier gezogen, nicht wahr?«, hatte Richard mehr festgestellt als gefragt.
»Das sehen Sie?«, war es aus Aki herausgeplatzt. »Sie sehen, dass Domwolke nicht sein Vater ist und keine der Stuten hier seine Mutter sein kann?«
»Ich habe ihn als Zweijährigen auf einem kleinen Bauernhof in der Nähe von Lüneburg gekauft«, hatte Edith gestanden.

»Und zwar wegen der Farbe. Die Reitgäste mögen Pferde mit ausgefallenen Farben. Aber Aki meinte, er könnte ein guter Zuchthengst werden. Und jetzt ist es zu spät, ihn noch kastrieren zu lassen. Er hat schon zu viele Hengstallüren für ein einfaches Reitpferd.«

»Wenn du willst«, hatte Richard angeboten, »dann setze ich mich mal auf ihn.«

»Ich schicke Meik, der soll ihn holen«, sagte Aki jetzt.

»Nein danke, Aki. Ich gehe selbst.«

Richard wandte sich nach Norden, der offenen Seite des Hofs zu. In der großen Sandreitbahn waren einige Hindernisse aufgestellt. Zwei junge Bereiter zogen ihre Bahnen im Trab und Galopp. Richard nickte ihnen grüßend zu und überquerte die schmale Asphaltstraße, die von Ayshoffkaten durch die Zingster Heide zum Deich führte. Jenseits der Straße lagen ausgedehnte Weiden, auf denen die Remonten, die jungen Pferde, grasten. Zwischen den Wacholderhecken hatte Ediths Mutter in den siebziger Jahren wie einst in Trakehnen zwei Paddocks bauen lassen, von hohen Hecken umgebene kleine Wiesenstücke mit einem pavillonähnlichen Stallgebäude, in denen ein Zuchthengst in Abgeschiedenheit und Ruhe für sich war. In dem einen stand Domwolke, der Sohn von Dompfeifer und Urenkel von Domfalke, dem Hengst, der Gertraud Gräfin von Ayshoff einst übers Frische Haff getragen hatte. Domwolke war über zwanzig Jahre und mithin bereits ein alter Herr.

Bernstein graste auf der vorderen der kleinen Privatweiden. Er hob den Kopf, als Richard das hohe Tor zwischen Wacholderhecke und Pavillonrückwand öffnete und eintrat. Der junge Hengst trug kein Halfter. Richard fand es in einem Kabäuschen hinter einer kleinen Tür in der Seitenwand des Pavillons. Als er mit Halfter und Strick wieder heraustrat, hatte Bernstein ihm das Hinterteil zugewendet

und die Nüstern ins Gras gesenkt und rupfte mit gespielter Gleichgültigkeit an den Halmen.
Richard ging an der Wacholderhecke entlang, damit er sich dem Pferd von schräg vorn nähern konnte. Doch der Hengst drehte sich ab und setzte sich schweifschlagend in Trab.
»Stell dich nicht so an«, sagte Richard. »Du hast deine Ration Hafer halb verdaut und eigentlich große Lust, ein bisschen rauszukommen.«
Er trat in die Mitte der Weidefläche. Wenn es vor ihm fliehen wollte, hatte das Pferd keine andere Wahl, als im Kreis um ihn herum zu laufen. Richard schwenkte Halfter und Strick, plusterte sich ein bisschen auf und gab sich bedrohlich. Nach ein paar Runden fing der junge Hengst an zu kauen und zeigte damit, dass er sich unterlegen fühlte. Nun war es Zeit. Richard drehte sich in Gegenlaufrichtung auf das Pferd zu und stoppte es durch die Schulterbewegung. Dann vollendete er seine Drehung in die Kreismitte, sodass er dem Pferd den Rücken zuwandte. Bernstein kam sofort herein und blieb seitlich hinter Richard stehen. Er brauchte ihm nur noch das Halfter über den Kopf zu streifen. Richard tat es mit gesenktem Kopf und ohne dem Pferd in die Augen zu blicken.
Willig ließ sich Bernstein aus dem Paddock über die Straße und in den Stallhof führen. Als er die Stuten witterte, wieherte und tänzelte er ein bisschen, aber letztlich ließ er sich problemlos unter das weit vorgezogene Dach der Reithalle bringen und dort anbinden. Richard holte Putzzeug, striegelte ihn, kratzte ihm die mit Eisen beschlagenen Hufe aus und sattelte ihn. Auch beim Anlegen der Trense machte der Hengst keine Probleme. Die Basis stimmte also. Ediths Bereiter hatten keine grundlegenden Fehler begangen. Zehn Minuten später ließen Pferd und Reiter Ayshoffkaten hinter

sich, folgten ein Stück dem Deichweg zum Bodden und hielten auf den Osterwald zu.
Der Magerrasen war jetzt, Ende Juni, übersät mit Grasnelken, deren rosarote Blütenköpfchen sich in Wellen unter dem Wind beugten. Bernstein schnaubte nach dem ersten Trab ab und trat entspannt in den Schatten der gewaltigen Kiefern, Buchen, Lärchen und Eichen des Osterwalds. Die steigende Sonne blitzte zwischen Blättern und Ästen auf den Königsfarn hinab. Richard überließ es dem Pferd, ihm die Gangarten vorzuschlagen. Als der Falbe an einer Wegbiegung die Ohren spitzte, ließ er ihn laufen. Mit einem gewaltigen Sprung setzte der Hengst über einen quer liegenden Baumstamm.
Schließlich öffnete sich der Urwald zur Sundischen Wiese. In den dreißiger Jahren war sie ein Bombenabwurfübungsziel der Luftwaffe Hermann Görings gewesen, danach Schießplatz der Nationalen Volksarmee und schließlich Besitz der Bundeswehr, die sie von Munition hatte räumen lassen. Nordöstlich schimmerten Wald und weißer Sand im Morgendunst. Auch der Zingst besaß eine Hohe Düne, dazu das Windwatt, die Werderinseln und den Bock. Es reizte Richard ungemein, gleich bis zur Ostspitze zu reiten, aber dann wäre er nicht vor dem Mittag wieder auf Ayshoffkaten gewesen.
Er lenkte das Pferd am Waldrand entlang bis vor zum Strand. Zerzauste Kiefern säumten den grünen Weg an den Salzwiesen und dem Sandstreifen. An diesem Morgen schwappte die Ostsee träge und grünblau heran. Unter Bernsteins Hufen knackte ein Kraut, das Richard am Duft als wilden Sellerie erkannte. Der vertraute seine Samen gern Salzwasserströmungen an. Und an den sandigen Abbrüchen leuchteten die weißen Blüten des Steinbrech. Zu Richards zahlreichen stillen Leidenschaften gehörte der

Blick auf das, was an Wegesrändern wuchs. Allerdings kannte er sich besser mit der Alpenflora aus.
Zurück Richtung Zingst konnte Richard Bernstein kilometerlang galoppieren lassen, ehe links am Weg zwischen Bäumen die schilfrohrgedeckten Dächer der Ferienanlage Achtern Diek auftauchten. Aus der Anlage strebten die ersten Familien mit Kindern, Sandeimern und Luftmatratzen über die Straße an den Strand. Zwischen Zingsthof und Kiek över bog Richard nach Süden ab und überquerte das schmale Landstück vom Deich bis zum Bodden. An der Müggenburg vorbei gelangte er schließlich ans schilfreiche Ufer des Zingster Stroms und folgte ihm bis zum Gestüt. Der östliche Treppengiebel von Ayshoffkaten leuchtete ihm schneeweiß entgegen.
Bernstein streckte den Hals am langen Zügel. Richard hatte keinerlei Macken bei dem Hengst feststellen können. Im Gegenteil, für ein junges Pferd war er im Gelände auffällig furchtlos. Keine aufflatternde Amsel hatte ihn scheuen oder auch nur unter Richard zusammenzucken lassen.
In aller Ruhe sattelte er das Pferd ab und bürstete es kurz. Dann gab er Bernstein eine Möhre und band ihn los. Der Azubi Meik bot sich an, den Hengst zurück in den Paddock zu bringen, aber Richard lehnte ab. Zu einem Ritt gehörte auch das Holen und Wegbringen.
In der Reitbahn war Margret mit ihrem großen Hannoveraner zugange. Als Richard vom Paddock zurückkam, galoppierte sie gerade auf ein Hindernis zu. Der Wallach setzte mit einem routinierten Sprung hinüber. Aber Richard entging nicht, dass Margret ihre Galopphilfen immer eine Idee zu früh gab. Der Wallach schien es ihr allerdings nicht übel zu nehmen. Unbeirrt absolvierte er seine Sprünge. Richard musste schmunzeln. Wie alt mochte Margret sein? Vielleicht Ende dreißig. Vermutlich ritt sie seit über zwanzig

Jahren. Und wenn man ein Pferd dieser Klasse besaß, dann hatte man auch schon an dem einen oder anderen Vereinsturnier teilgenommen. Und das, obgleich Margret offensichtlich niemals wirklich begriffen hatte, wann genau man im Galopp ein Pferd antreibt.

Sie parierte ihren Herzbube durch, als sie Richard erblickte. »Hatten Sie einen schönen Ritt?«, rief sie, ihrem Pferd den Zügel hingebend. Der Wallach stieß heftig den Kopf nach vorn und streckte den Hals. »Und auf Bernstein, wie ich gesehen habe. Da haben Sie sich ja gleich das Problemkind ausgesucht.«

»Im Gelände macht er keine Probleme.«

»Aber in der Bahn. Da ...«

»Bitte«, unterbrach Richard sie schnell. »Seien Sie so gut und verraten Sie mir nicht, was er in der Bahn anstellt.«

Sie lachte ihr überaus heiteres Lachen und sprang vom Pferd. Keine Spur Schweiß zeigte sich auf Herzbubes Fell. Der Morgenritt konnte kein langer gewesen sein. Richard öffnete die Balken in der Umzäunung, damit Pferd und Reiterin die Bahn verlassen konnten.

»Und warum wollen Sie nicht wissen, was Bernstein in der Bahn anstellt?«

»Ich will es selbst herausfinden«, antwortete er.

Wieder lachte sie, was Herzbube erneut mit einem irritierten Ohrenspiel quittierte. »Das werden Sie ganz schnell herausfinden.«

»Sie machen mir ja richtig Angst.«

»Sie und Angst? So sehen Sie mir nicht aus. Aber mit Bernstein ist wirklich nicht zu spaßen. Und Sie könnten sich darauf einstellen, wenn Sie ...«

»Eben darum will ich es nicht wissen. Ich will meine Unbefangenheit nicht verlieren. Wenn man weiß, dass ein Pferd bei einer bestimmten Gelegenheit Bocksprünge macht, dann sitzt man schon vorher mit erwartungsvoll angespannten Muskeln im Sattel. Und das erzeugt beim Pferd noch mehr Angst vor dem, wovor es ohnehin Angst hat.«

»Dieser Hengst hat keine Angst, er ist …«

»Bitte, Frau Haubeisen!«

»Warum so förmlich. Ich heiße Margret.«

»Richard«, antwortete Richard ergeben, während Margret ihrem Pferd den Sattelgurt lockerte.

»Und … deine Frau, reitet die auch?«, erkundigte sie sich, entschlossen, den höflichen Schweizer gleich beim Du zu packen.

»Nicht mehr.«

»Aber das Gelände hier, diese Pferde, reizt sie das denn gar nicht? Wie kann man sich das entgehen lassen! Dieses Licht, der Himmel wie geputzt, der Tau auf den Gräsern … wie alles glitzert. Aber eine Frühaufsteherin ist sie wohl nicht, deine Frau.«

»Nein.«

Margret fasste Herzbube am Zügel, um ihn in den Stall zu führen. Richard hatte das unbehagliche Gefühl, ihr bereits einen zu tiefen Einblick in sein Ehebett gewährt zu haben, und verabschiedete sich hastig.

Inzwischen war es halb acht Uhr durch. Am Torweggebäude waren acht Ponys angebunden, die von zwei barfüßigen Mädchen in Reithosen gestriegelt wurden. Neben einer offenen Tür stand ein Schild mit der Aufschrift: »Ponyreiten – Anmeldung«. Eine junge Frau in Reithosen eilte soeben mit einem weiteren Schild in der Hand in den Torweg und lehnte es am anderen Ende gegen den Seitenpfosten des gotischen Bogens, sodass man es von der Auffahrt zum Haupthaus gut sehen konnte. Sie drehte sich gerade wieder um, als Richard den Torweg erreichte.

»Hallo«, grüßte sie. »Sie sind dann wohl der Schwiegersohn,

nicht? Ich heiße Sylvie. Ich bin die, die das Ponyreiten unter sich hat. Edith hat es Ihnen sicher schon erklärt.«

Edith hatte ihm gar nichts erklärt, aber er nickte.

Er fand seine Schwiegermutter in der Küche damit beschäftigt, Kaffee und Tee zu kochen und in Thermoskannen abzufüllen. Frauke, die Hotelfachschülerin, klapperte schlaftrunken mit den Müslischälchen. Edith schaute mit gerunzelter Stirn zu, aber ihre Miene erhellte sich, als sie ihn erblickte.

»Guten Morgen, Richard. Na, schönen Ritt gehabt?«

Er nickte. »Was hat es denn mit Sylvie und den Ponys auf sich?«, erkundigte er sich.

»Oh, das ist ein besonderes Arrangement«, antwortete Edith. »Nein, Frauke, das kannst du nicht alles auf einmal tragen. Da musst du mehrmals gehen ... Entschuldige, Richard. Also, Sylvie studiert eigentlich in Rostock, aber im Sommer organisiert sie hier das Ponyreiten. Ich stelle die Ponys, sie macht den Rest. Was sie dabei verdient, ist ihre Sache ... Nein, Frauke, nicht die Jogurtschüsseln jetzt schon. Und lass die Frischhaltefolie drauf. Früchtejogurt kriegt so eine eklige Schicht, wenn er zu lange offen steht.«

Frauke verdrehte die Augen. Richard fing einen Blick aus dunkelbraunen Mandelaugen auf.

»So sind die Ponys versorgt«, fuhr Edith fort, »die sich im Lauf der Zeit angesammelt haben. Die Leute meinen ja immer, sie müssten jedes überflüssige oder kranke Pferdchen zu mir bringen. Die Ponys ziehen die Kinder an, und die Kinder bringen ihre Eltern mit, und die Eltern wollen dann auch reiten lernen oder können es schon und sind ganz wild darauf, sonntags unseren vierstündigen Ritt auf Trakehnern in den Darßer Urwald mitzumachen.«

»Nicht schlecht«, bemerkte Richard. Was Edith an Pferdeverstand abging, besaß sie an Geschäftssinn.

»Übrigens, der Kaffee ist fertig, Richard. Möchtest du einen?«
»Danke, später. Ich geh erst duschen.«
Auf der Treppe kam ihm ein älteres Ehepaar entgegen. Sie grüßte freundlich. Er hatte einen wuchtigen grauen Schnauzbart. Nichts sah Richard einem Menschen so schnell an wie den militärischen Drill, den er einmal genossen hatte. Und diesem Riesenschnauzer dampfte das Militär gewissermaßen aus allen Nähten. Zilla war schon auf und stand unter der Dusche. Edith hatte ihnen die beiden Zimmer zugewiesen, in denen einst Zillas Großmutter Gertraud gelebt hatte. Im Schlafzimmer war davon nichts mehr zu sehen, aber der Giebelsalon wirkte noch so, wie er zu Großmutters Zeiten ausgesehen haben mochte. Ein grüner Diwan, davor ein runder Tisch auf gedrechselten Beinen mit rotbraun polierter Fläche, viel zu hoch für den Diwan, zwei grüne Sessel, ein barock anmutender Schrank mit Intarsien und verglasten Türen, hinter denen Bücher standen, eine Wanduhr, dessen Pendel still stand und – an der Wand gegenüber dem Fenster – ein Ölgemälde von wahrhaft grandioser Scheußlichkeit. Es zeigte einen Herbstwald in glühenden Farben, im Hintergrund ein Schlösschen in gespenstischem Nebel und im Vordergrund einen mächtigen röhrenden Hirsch.
»Sag bloß, das gefällt dir?«, hatte Zilla gespottet, als er näher an das Bild herantrat.
»Das im Hintergrund«, hatte er sein Interesse begründet, »ist das Jagdschloss von Rominten, dem legendären Jagdrevier bei Trakehnen. Kaiser Wilhelm hat dort Hirsche geschossen, und natürlich später Reichsjagdmeister Hermann Göring.«
»Grässlich! Muss das wirklich hier hängen?«
»Du kannst mit diesem Bild machen, was du willst«, hatte

Edith bemerkt. »Es gehört dir. Deine Großmutter hat es dir vererbt.«

»Ach tatsächlich? Und warum erfahre ich das erst jetzt?«

»Es hat dich doch bisher nicht interessiert«, hatte sich Edith verteidigt. »Außerdem habe ich es dir gleich bei deinem ersten Besuch nach der Wende gesagt.«

Richard öffnete die Tür, die neben dem Diwan ins Schlafzimmer führte. Es war ein modern eingerichtetes helles Zimmer mit Doppelbett, Schrankwand, Schreibtisch und Internetanschluss, in das nachträglich wie in alle anderen Pensionszimmer auch eine Nasszelle eingebaut worden war. Richard kickte den Stiefelknecht, der unter der Kofferablage stand, in die richtige Position, hakte den Stiefelabsatz in die Klemme, trat mit dem anderen Fuß aufs Brett und befreite sich von den Stiefeln. Dann pellte er sich aus den engen Reithosen.

Zillas Bettseite war zerwühlt. Sie hatte unruhig neben ihm geschlafen. Das hatte er natürlich nur deshalb mitbekommen, weil er – obgleich todmüde – wach gelegen hatte. Wie er Zilla kannte, würde sie heute so schnell wie möglich die Halbinsel fliehen und Kontakt zur nächsten größeren Stadt suchen, um irgendwelche Besorgungen zu machen.

Seit einigen Monaten wirkte Zilla gespannt wie eine verstimmte Klaviersaite, die bei der geringsten Berührung zu reißen droht. Aber als er vor einiger Zeit den Versuch gemacht hatte, auch nur andeutungsweise infrage zu stellen, ob sie ihr Glück wirklich in der Brüsseler EU-Verwaltung finden würde, war sie explodiert und hatte ihm vorgeworfen, er unterstütze ihre Karriere nicht.

Die Dusche verstummte, als er sich jetzt das Hemd auszog. Zilla trat aus der Nasszelle mit nassen Haaren und eingehüllt in einen seidenen Morgenmantel. Ihre Reiseausrüstung war stets untadelig.

»Ich glaube«, sagte sie, »ich muss heute Vormittag nach Barth fahren, ein paar Sachen besorgen. Ich brauche Turnschuhe.«
Richard spürte, wie sie seinen nackten Oberkörper musterte, und bemerkte, dass sie zögerte, ihren Bademantel abzulegen. Eilig flüchtete er vor der zu erwartenden Frustration seiner Begierde unter die Dusche.
Zehn Minuten später stiegen sie einträchtig die Treppe hinunter.
»Wir müssen so schnell wie möglich mit Mama die Einzelheiten abklären«, sagte sie. »Nächste Woche kommt sie ins Krankenhaus, und ich habe keine Ahnung, was ich hier machen soll. Außerdem scheint mir, sie hat zu wenig Angestellte. Da müssen wir eine Lösung finden. Ich habe jedenfalls keine Lust, morgens um sechs aufzustehen und Kaffee zu kochen.«
»Das kann ich ja machen«, sagte Richard mit gespieltem Ernst, »während du im Stall nach dem Rechten siehst.«
»Witzbold!«
Edith empfing sie in der Küche mit einem aufgeräumten »Guten Morgen«. Frauke hatte offenbar das Büfett doch noch fertig gekriegt.
»Könnte man nicht draußen frühstücken?«, schlug Zilla vor, als sie in den Gartensaal traten, dessen Türen zur Terrasse weit offen standen.
Richard entging nicht, wie Edith stumm seufzte, bedeutete es für sie doch Mehraufwand, draußen zu decken, und das für die zehn Minuten, die man normalerweise am Frühstückstisch saß, er zumindest, denn er begnügte sich nach französischer Sitte mit einer großen Tasse Milchkaffee und einem Croissant.
»Man ist doch ohnehin den ganzen Tag draußen«, sprang er Edith bei.

»Außerdem gibt es Wespen«, ergänzte Edith.
»Na gut, dann eben nicht«, sagte Zilla ungewöhnlich friedlich.
Von einem der fünf gedeckten Tische standen gerade der Herr mit dem wuchtigen Schnauzer und dessen Frau auf. Das Büfett an der Wand war beladen mit Müslis, Obstsalaten, Aufschnitt, Brötchen, Brot, Karaffen mit Orangensaft und Kaffee- und Teekannen. Zilla musterte es missmutig, denn sie mochte ahnen, was das morgens für eine Arbeit war.
»Hi!«, ertönte es in diesem Moment von der Tür. Es war Margret, die ebenfalls frisch geduscht in einem frappierend kurzen Etuikleid mit langen braun gebrannten Beinen und Armen in den Speisesaal trat. »So schnell sieht man sich wieder.« Die blonde lange Mähne umfloss ihre nackten Schultern bis zur Taille hinab.
»Das ist meine Frau, Zilla Gräfin von Ayshoff«, stellte Richard die beiden einander vor. »Und das ist Margret Haubeisen aus Freiburg.«
»Freut mich«, sagte Zilla. »Gefällt es Ihnen in Zingst?«
»Und ob. Mein Herzbube und ich sind schon das sechste Jahr hier.«
Zilla runzelte die Stirn.
»Herzbube ist mein Pferd.« Richard wünschte, Margret hätte ihm dabei etwas weniger verschwörerisch zugelächelt. »Stört es euch, wenn ich mich zu euch an den Tisch setze?«
»Durchaus nicht«, erwiderte Zilla kühl.
Margret lachte, stellte rasch Kaffeetasse und Teller auf ihrem Einzeltisch ineinander und trug sie zu dem Tisch hinüber, an dem Zilla und Richard Platz nahmen. Nachdem sie Richard wegen irgendeiner Kleinigkeit mit Du angesprochen hatte, wandte sie sich lächelnd an Zilla.

»Und Ihnen, Gräfin, gefällt es Ihnen ebenfalls auf Ayshoffkaten?«
»Ich bin nicht zum ersten Mal hier«, antwortete Zilla.
»Aber oft kommen Sie nicht. Jedenfalls habe ich Sie noch nie im Sommer hier getroffen.«
»Erst vor vier Jahren waren wir im Juni hier.«
Margret lachte heiter. »Ah ja, da konnte ich erst ab Juli kommen, wegen der Scheidung von meinem Mann.«
Irgendwie ging dieses Frühstück auch herum. Margret plapperte und lachte, Zilla wurde immer kühler, und Richard bemühte sich schweigend, nicht ständig Margrets blitzblauen Augen zu begegnen.
»Na«, bemerkte Zilla hinterher, »da hast du aber eine Eroberung gemacht. Die geht ja wirklich ran.«
Er versuchte gleichgültig dreinzublicken.

Am Nachmittag gelang es Richard, Mutter und Tochter zu einer Besprechung auf der Terrasse an einen Tisch zu setzen. Zilla hatte sich mit einer Einkaufstour durch Barth wieder einigermaßen ins Lot gebracht, und Edith war ohnehin dabei gewesen, den Speiseplan für die nächste Woche aufzustellen, und daher bereit, Zilla gleich die Läden zu nennen, wo sie vormittags die Lebensmittel einkaufen musste, die die Köchin nachmittags brauchte.
In dieser Familie, dachte Richard, als er Mutter und Tochter so nebeneinander sah, sind die Stuten die Vererber – die gleiche steile Falte zwischen den dunklen Augenbrauen, die gleichen Mandelaugen mit langen Wimpern, die schwarzen Drahthaare, die bei Edith allerdings inzwischen grau waren. Nur dass um Zillas Mund herum eine andere Linie sichtbar wurde, eine weichere und vollere. Falls ihre Mutter, wie sie immer behauptete, in ihrer Jugend keine Schönheit gewesen war, so war sie es jetzt im Alter, fand Richard, obgleich

sie ständig Hosen und Hemden oder einfache Blusen trug. Sie war nicht unbedingt schlank, aber insgesamt zierlich, hielt sich aufrecht und bewegte sich leicht und lebhaft. In ihrer ganzen Erscheinung lag die Würde einer hart erarbeiteten pragmatischen Entschlossenheit, den Überlebenskampf ohne Bitterkeit zu gewinnen.

»Muss ich wirklich jeden Morgen einkaufen fahren?«, fragte Zilla entsetzt. »Kann das die Köchin denn nicht selber machen. Die weiß doch viel besser, was sie braucht.«

»Nein, mein Kind, die Köchin kann nicht einkaufen gehen, denn sie muss ihre zweijährigen Zwillinge hüten. Zum Glück hat ihr Mann auch bloß eine Halbtagsstelle, und so kann er nachmittags die Zwillinge übernehmen. Der Kinderhort, den es früher gab, ist ja leider seit einigen Jahren zu.«

Zilla seufzte. »Aber ich habe wirklich keine Ahnung, wie man so einen Hotelbetrieb führt.«

»Die EU-Verwaltung ist sicher komplizierter. Um die Zimmer kümmert sich Jutta. Sie ist die Tochter von Grotes, die früher den Konsum hatten. Du musst nur aufpassen, dass sie auch in den Ecken sauber macht. Und Frauke kann dir beim Mittagessenmachen helfen. Sie vergisst zwar immer die Hälfte, aber wenn du …«

»Wie bitte? Ich muss das Mittagessen kochen?«

Edith schmunzelte spöttisch. »Mittags gibt es nur einen Imbiss, Salat, kalte Platte oder mal etwas Kurzgebratenes. Die meisten Gäste essen mittags ohnehin nicht hier. Draußen neben meinem Büro hängt ein Zettel, den hast du sicher schon gesehen.«

Zilla schüttelte den Kopf.

»Da tragen sich die Gäste ein, die mittags essen wollen. Wer bis elf Uhr nicht draufsteht, bekommt nichts.«

Zilla seufzte. »Kann man das nicht anders organisieren?«

»Dir fällt bestimmt kein Zacken aus der Krone, wenn du auch einmal mit anpackst. Es ist ja nur für ein bis zwei Wochen. Ich mache das seit vierzehn Jahren. Und dazu noch das Gestüt seit zwanzig Jahren.«
»Du hast es dir so ausgesucht.«
»Ausgesucht? Mein liebes Kind, ausgesucht habe ich mir gar nichts in meinem Leben.«
»Aber du hättest längst verkaufen können, wenn es dir keinen Spaß macht«, sagte Zilla erbarmungslos.
Richard sah Ediths Gesichtszüge sich verhärten. Sie sprang auf. »Wenn das deine Auffassung ist, Zilla, wozu reden wir dann überhaupt noch?«
Da Zilla zu verblüfft war, um zu reagieren, verschwand ihre Mutter ungehindert durch die offene Terrassentür ins Haus. Zilla ließ sich gegen die Rückenlehne ihres Plastikstuhls fallen. »Deshalb müssen wir trotzdem besprechen, wie wir das nächste Woche machen. Aber so ist das immer. Immer kriegt Mama irgendetwas in den falschen Hals und rennt weg.«
»Bist du eigentlich noch nicht auf die Idee gekommen«, gab Richard vorsichtig zu bedenken, »dass deine Mutter hofft, du würdest eines Tages Ayshoffkaten übernehmen?«
»Ich?« Zillas Überraschung war echt. »Ich wüsste nicht, womit ich sie zu dieser Hoffnung verleitet haben könnte. Schließlich war sie es doch, die mich als Kind nach Bayern fortgeschickt hat.«
Genau so hatte Richard sich das vorgestellt, als Zilla ihm im Frühjahr mit der absurden Idee kam, sie könne und wolle für einige Wochen den Betrieb ihrer Mutter übernehmen. »Kann sie das denn nicht anders organisieren?«, hatte er damals ebenfalls gefragt. Ihm hatte nicht einleuchten wollen, dass Edith nicht längst die Aufgaben so verteilt hatte, dass sie den Betrieb auch einmal für ein paar Tage alleine lassen

konnte. Und sein Blick gestern und heute in den Stall hatte ihm das bestätigt. Aber Zilla hatte unbedingt ihre Tochtergefühle entdecken müssen und sich in die Pflicht genommen sehen wollen. Nur dass Mutter und Tochter, bevor sie auch nur zehn Minuten friedlich an einem Tisch eine Alltagsfrage klären konnten, einander erst die ganz großen Vorwürfe machen mussten.

»Na«, sagte er, sich ebenfalls vom Gartenstuhl erhebend, »mir scheint, dass Ayshoffkaten ein gut geölter Laden ist, der ein paar Wochen von alleine läuft. Deine Mutter ist eine exzellente Organisatorin.«

»Falls es bei ein paar Wochen bleibt«, warnte Zilla. »So ein Bandscheibenvorfall ist doch keine Kleinigkeit. Nach der Operation muss sie wahrscheinlich in die Rehabilitation.«

»Deine Mutter hat vielleicht Probleme mit den Bandscheiben«, sagte Richard, »aber sie hat keinen Bandscheibenvorfall.«

»Nicht?«

»Solche Leute bewegen sich anders.«

»Du mit deinem Röntgenblick. Wahrscheinlich nimmt sie Schmerzmittel.«

»So sieht sie auch nicht aus.«

»Aber was zum Teufel sucht sie dann im Krankenhaus?« Zillas Augen verengten sich besorgt, während sie zu Richard hochblickte. »Sie wird doch nichts Ernstes haben?«

Die Glasmurmelpuppe

Margret zügelte ihren Hannoveraner und fluchte. »Den fliegenden Galoppwechsel kriegt er einfach nicht hin.«
»Weil du die Hilfen zum falschen Zeitpunkt gibst«, sagte Richard. Er war vor wenigen Minuten auf die Tribüne der Reithalle getreten und stand dort, mit den Händen auf die Bande gestützt. Aufs Dach prasselte der Regen.
»Wie bitte?«, rief Margret. »Aber sonst macht er doch alles, was ich will. Nur den Galoppwechsel nicht.«
Richard lächelte. »Pferde sind Meister im Deuten unserer vagen Signale. Wenn Herzbube nicht das macht, was du willst, dann spürt er deine Gerte, und dann weiß er schon, was er soll. Er ist ja nicht blöd. Nur der fliegende Galoppwechsel ist dafür zu kompliziert.«
»Willst du damit sagen, dass ich überhaupt nicht reiten kann?«
»Das wäre übertrieben. Aber Galopp ist keine einfache Gangart für den Reiter. Nur der Schritt ist noch schwieriger, aber das merken wir meistens nicht, weil ein Pferd bevorzugt Schritt geht.«
»Richard! Willst du etwa behaupten, ich könnte mein Pferd nicht einmal richtig im Schritt reiten?« Margret legte den Kopf schief und blickte neckend zu ihm hoch. »Was mache ich denn falsch? Nun sag schon! Oder bin ich so ein hoffnungsloser Fall?«
Sie wollte ihn knacken, das spürte er. Es war das erste Mal, seit er Zilla kannte, dass ihm auffiel, wie eine Frau mit ihm flirtete. Margret hätte seine Kritik sicherlich nicht mit derselben Koketterie aufgenommen, wenn sie nicht eigentlich etwas ganz anderes von ihm erwartete als eine kleine Unterweisung in der hohen Schule des Reitens.

»Zunächst einmal«, sagte er, »müsstest du tiefer im Sattel sitzen. Du weichst den Galoppstößen immer etwas nach hinten aus. Deshalb kannst du auch nicht auf den Pferderücken einwirken.«
Margret rutschte willig im Sattel etwas weiter nach vorn und ruckelte sich mit dem Becken im tiefsten Punkt zurecht. »So?«
»Und jetzt im Schritt anreiten«, forderte Richard, ganz Reitlehrer. »Nein, stopp, Margret! Nicht so! Nicht mit den Beinen gegen den Bauch klopfen, dabei hebt sich nur dein Gesäß im Sattel. Mach dich schwer, schau nach vorn und denk einfach nur, dass du in die Ecke da vorn willst.«
Aber es gelang Margret nicht, ihren Willen aus dem Kopf über die Wirbelsäule ins Gesäß und durch den Sattel in die Rückenmuskeln des Pferdes zu senden. Er ging irgendwo auf dem Weg verloren. Sie konnte nicht einmal ihre Augen so kontrollieren, dass sie über die Pferdeohren hinweg in die Ecke blickte, in die sie sollte. Stattdessen lächelte sie verlegen zu Richard hinauf. »Wie jetzt?«
»Bleib locker! Nicht den Hintern zusammenkneifen. Du musst deine Gesäßknochen im Sattel spüren, Knochen auf Leder. Das kann durchaus am Anfang wehtun.«
Da sich das Pferd auch jetzt noch nicht rührte, blieb Richard nichts anderes übrig, als sich über die Bande der Tribüne zu beugen, Margrets Becken mit beiden Händen zu fassen und in die richtige Position zu schieben. Und schon marschierte Herzbube los.
»Ist ja irre!«, jubelte Margret.
Während Herzbube, erfreut über die neue Leichtigkeit seiner Reiterin, in munterem Schritt auf der Bahn zur nächsten Ecke zog, lief Richard die Tribüne entlang bis zum Treppchen, sprang in den weichen Sägemehlboden und ging in die Mitte der Reitbahn.

»Und wie geht jetzt Galopp?«, rief Margret, als sie an der gegenüberliegenden Langseite an ihm vorbeikam.
»Heute kein Galopp«, antwortete er. »Wer den Schritt beherrscht, kann auch galoppieren.«
Margret verzog schmollend die Lippen. Doch als Richard sie in das Geheimnis einwies, wie ein Reiter spürte, in welcher Position sich jedes Pferdebein unter ihm gerade befand und wann das rechte oder linke Hinterbein abstieß, vorschwang und aufsetzte, da vergaß sogar sie vorübergehend ihr Interesse an dem blonden Mann, der so süß verwirrt auf ihre Avancen reagierte und ihr mit sichtlicher Befangenheit zur Verdeutlichung seiner Unterweisungen immer wieder dirigierend an die Beine fassen musste.
»Spürst du das? Jetzt schwingt das Hinterbein vor. Diese Seite deines Beckens ist am tiefsten Punkt. Und jetzt setzt es auf, der Pferderücken spannt sich, dein Becken geht auf dieser Seite nach oben. Spürst du das?«
Nach einer halben Stunde in der langsamsten Gangart eines Pferdes war Margret schweißgebadet und ahnte, dass sie ein Dutzend Jahre im Irrglauben vertan hatte, reiten zu können. Zum ersten Mal trat ihr Wallach willig, entspannt und angeregt tief mit den Hinterhufen unter seinen Bauch. Ihre Gerte hatte sie kein einziges Mal einsetzen müssen, um ihn so zu versammeln.
»Könntest du nicht mal nach Freiburg kommen und meiner Tochter ein paar Stunden geben?«, fragte sie atemlos und glücklich, als sie Herzbube schließlich in die Hallenmitte lenkte und abstieg. »Ich dachte immer, sie ist mit ihren zwölf Jahren zu jung für einen Hannoveraner, aber so erklärt einem das ja auch nie jemand. Wahrscheinlich hat's bei ihr nur noch nicht Klick gemacht. Jesus, tut mir jetzt vielleicht der Arsch weh! Der Hintern, meine ich.«
Sie rieb sich lachend das Gesäß in den knappen und hinten

mit Leder besetzten Stretchhosen, und Richard fühlte sich etwas überfordert von diesem neuerlichen Angriff auf seine Männlichkeit.

Glücklicherweise schlurfte Aki durchs Sägemehl heran und fragte: »Soll ich Bernstein jetzt holen lassen?«

»Was, du willst jetzt Bernstein reiten?«, erkundigte sich Margret. »Das muss ich sehen. Stört's dich, wenn ich zuschaue? Ja, Aki, lass den Gaul holen. Aber wartet, bis ich Herzbube versorgt habe.«

Aki blickte Richard erwartungsvoll an. Richard lauschte dem Regen auf dem Hallendach. Wenn er selbst zum Paddock ging, würde er klatschnass werden. Wozu gab es Stallburschen und Azubis. Er ignorierte sein Unbehagen und nickte.

»Da bin ich ja mal gespannt«, sagte Margret grinsend, fasste ihren Herzbube am Zügel und führte ihn aus der Halle.

Also hat sie eine Tochter, dachte Richard auf dem Weg durch den Stutenstall zum hinteren Hof. Und seit vier Jahren war sie von ihrem Mann geschieden, wie sie gleich am ersten Morgen Zilla und ihm mitgeteilt hatte, hauptsächlich wohl vor allem ihm.

Bernstein stieß ein metallisches Hengstwiehern aus und tänzelte am Strick in Meiks Hand. Eine Decke schützte seinen Rücken vor Nässe. Er bog den Hals und lauschte, aber keine der Stuten auf der Weide jenseits des Stallgebäudes antwortete, was den jungen Hengst zu einem zweiten markerschütternden Schrei veranlasste.

Meik feixte mitfühlend. »Ho, ho, Bernstein, ganz ruhig.« Und dann tat er etwas, was Richard schon öfter beobachtet hatte, wenn ein junger Reiter auf einen erfahrenen Reiter wie ihn Eindruck machen wollte. Er wurde grob im Bedürfnis zu zeigen, dass er mit jedem Pferd zurechtkam, und riss Bernsteins Kopf am Strick zur Wand, um ihn anbinden zu können. Bernstein kniff Nüstern und Lippen zusammen. Dies nicht achtend, packte Meik die Decke und zerrte sie mit einem Ruck herunter. Richard sah das Weiße im Auge des Pferdes, das sich gegen den Strick stemmte. Dabei glitten die mit Eisen beschlagenen Hinterhufe auf den moosbewachsenen und regenfeuchten Steinplatten aus und rutschten ihm unaufhaltsam unter den Bauch. Der junge Hengst rang unglücklich und panisch um aufrechte Haltung. Als er wieder sicher stand, zeigte sich bereits Schweiß an seiner Flanke.

»Danke, das reicht«, sagte Richard, als Meik nun Anstalten machte, dem Pferd den Sattel schwungvoll auf den Rücken zu knallen. »Das mache ich selbst.«

Meik schaute verdutzt, und wie viele verunsicherte Menschen gab er dem Bedürfnis nach, sich irgendwo festzuhalten. Da kam das Pferd sehr gelegen. Meik klopfte klatschend auf Bernsteins Hinterbacke und ließ die Hand dann lässig auf der Kruppe liegen.

»Finger weg!«, sagte Richard scharf.

Erschrocken nahm der Junge die Hand von Bernsteins Kruppe, und das angespannte Tier zuckte erneut zusammen.

Nach dieser ganzen verkorksten Einleitung war kein ruhiger Ritt mehr zu erwarten. Aber auch das Ungemach, das ein Pferd vor dem Ritt auszustehen hatte, gehörte zu der besonderen Geschichte Bernsteins, die Richard kennen lernen wollte. Nur konnte er heute nicht erwarten, dass ihm Bernstein seinen Protest in leisen Tönen mitteilte. Er würde Radau machen. Und das war eigentlich ein sinnloses Unternehmen, wenn er wollte, dass das Pferd Vertrauen zu ihm fasste. Unter diesen Umständen hätte er abbrechen und den jungen Hengst in den Paddock zurückführen müssen. Vielleicht vorher noch eine Runde durchs Gelände drehen. Aber da wartete Margret in der Halle, da beobachtete ihn

Aki vom Stutenstall her. Da hatte Richard längst all die anderen Stallbediensteten bemerkt, die hinter halb geschlossenen Türen, verstaubten Fenstern und fernen Ecken darauf lauerten, wie der Fremde, der berühmte Vielseitigkeitsreiter, der Schwiegersohn der Gräfin, mit Bernstein zurechtkam. Kneifen war da schwer, doch die Kaltblütigkeit dazu hätte Richard sogar besessen. Er sagte sich jedoch, dass Bernstein nach all dem Ärger ein Recht dazu hatte, ihn nun vor allen Leuten zu demütigen.

Zilla blickte aus dem Fenster auf die im Regen ertrunkene Wiese. Das Wasser des Boddens war grau. Vor zwei Stunden war ihre Mutter nach Barth zum Einkaufen aufgebrochen. Zilla hatte das Angebot abgelehnt, sie zu begleiten, und behauptet, sie wolle sich lieber mit der Arbeit von Frauke und Jutta im Haus vertraut machen.

Eine Weile folgte sie Jutta durch die Gästezimmer und ließ sich erklären, was das Mädchen zu tun hatte.

»Das war einmal mein Kinderzimmer«, bemerkte sie, als sie in Margrets Zimmer kamen. Jutta blickte sie groß an. Ohne Erfolg hatte Zilla versucht ihr das Du anzubieten. Das »Moin, Gräfin« war Jutta noch leicht von den Lippen geflutscht, doch nun sagte sie gar nichts mehr. »Aber mein Bett stand an der Wand«, erklärte Zilla munter. »Es war ein Modell des Palmberger Möbelkombinats, das eigentlich nur für den Export in die Sowjetunion und Polen produzierte. Pachaly … ein Bekannter hatte uns die Betten organisiert, zusammen mit Wäscheschränken. Und die Schrankwand Sibylle vom VEB Möbelkombinat Zeulenroda stand hier. Und unten hatten wir so ein kantiges graues Plaste-Telefon von RFT mit Wählscheibe und viereckiger weißer Drucktaste rechts unten, von der ich nie erfahren habe, wozu sie eigentlich gut war. Weißt du das?«

Jutta starrte sie an.
»Ah ja«, sagte Zilla, »ich vergesse immer, dass es die DDR seit vierzehn Jahren nicht mehr gibt. Wie alt warst du denn, als die Mauer fiel?«
»Fünf«, hauchte Jutta, während sie Margrets Nachthemd unters Kopfkissen legte.
»Dann hast du vom 9. November '89 ja gar nichts mitgekriegt. Es war alles ein Missverständnis. Günter Schabowski vom Zentralkomitee verkündete neue Reisebestimmungen, die Tagesschau meldete ›DDR öffnet Grenze‹, und abends gingen die Leute los, nachschauen, ob das stimmt. Die Grenzposten an der Bornholmer Straße in Berlin wussten nicht, wie mit dem Andrang umgehen. Und auf einmal standen die Leute auf der Berliner Mauer. Ich weiß noch, wie wir vor dem Fernseher saßen und es kaum glauben konnten.«
Während Zilla so tat, als würde sie ihre Erinnerungen rekonstruieren, ließ sie die Augen über Margrets Privatsachen gleiten. Nagelfeile, Schere, roter Nagellack auf dem Nachttisch. Ein Roman, Frauenzeitschriften, Pferdemagazine. Im Grunde nichts Besonderes. Margret war nicht einmal besonders schlampig. Allerdings lag ein ganz und gar aus Spitzen bestehender Slip unter dem Waschbecken. Rosa. Und was auf der Ablage vor dem Spiegel an Liftingcremes, Augensalbe, Reinigungswasser, Peelingcreme und Make-up so versammelt war, erfüllte Zilla mit Genugtuung. Das hatte sie alles noch nicht nötig.
»Übrigens, Jutta«, sagte Zilla, bevor sie das schweigsame Mädchen alleine ließ, »bei uns oben brauchst du nicht Ordnung zu machen. Das mache ich selbst.«
»Jawohl, Gräfin.«
Zilla machte innerlich drei Kreuze. Ziellos wanderte sie dann durchs Haus. Es kam ihr zwar alles eigenartig ver-

traut vor, aber zugleich auch fremd und klein. Die Kindheit wollte nicht wieder auferstehen.
Edith hatte nach der Wiedervereinigung ganze Arbeit geleistet. Nur hier und dort begegnete Zilla mal einem Stuhl oder einem Tischchen, die ihr bekannt vorkamen. Als Kind hatte sie sich im Grunde nur zwischen Garten, Gartensaal – heute Speisesaal –, Küche und Kinderzimmer bewegt. In der Küche hatte damals noch ein eiserner Herd gestanden, der mit Holz befeuert wurde. Das Bild, wie Großmutter mit dem Haken die rot glühenden Eisenringe aus der Kochstelle hob und klirrend auf die Eisenfläche zog, war tief in Zillas Erinnerung graviert. Doch heute standen dort ein moderner Großküchenherd, Kühlschränke, Gefriertruhen, Küchenmaschinen und Kaffeeautomaten.
Es war auch nichts mehr da, was noch an die Jagdgesellschaften erinnert hätte, die sich bis in die zwanziger Jahre über die Schlafzimmer im ersten Stock mit wuchtigen Bettkästen, Waschtischen und Ankleidestühlen verteilt hatten. Gartensaal, Herrenzimmer, Salon, Bibliothek, Arbeitszimmer und Schlafzimmer waren bei Kriegsende vollständig geplündert worden. Was heute an Barockschränken, Biedermeierkommoden, klassizistischen Regalen, Tischen, Vitrinen und Stühlen, Chaiselonguen, Kanapees und Sesseln herumstand, hatte Edith zu DDR-Zeiten zusammengekauft. In der DDR waren Antiquitäten billig zu haben gewesen und überdies die einzige Möglichkeit, verdientes Geld in bleibende Werte umzuwandeln. Die Gästezimmer hatte Edith dann nach der Wende rigoros modernisiert. In ihnen mischten sich Funktionalität aus hellem Holz mit Rehspießen und Seebildern örtlicher Künstler, Ikeateppiche mit knarrenden Dielen und das blau-grün-rosa Muster von Polsterbezügen der neunziger Jahre mit Kästen für DSL-Internetanschlüsse.

Erst als Zilla auf den Dachboden kam, stieg die Erregung. Arno und sie hatten sich an Regentagen oft hinter Mutters Rücken bis hinauf in den Bereich der ehemaligen Gesindezimmer unter der Dachschräge geschlichen und waren dann die steile Treppe bis unter den Giebel emporgestiegen. Da war der alte Taubenschlag noch, in dem zu Zillas Zeit nie Tauben gegurrt hatten. Da waren die Leinen hin und her gespannt, die Arno und ihr in der Fantasie als Takelage eines Schiffs gedient hatten. Und da stand noch die Truhe, die Großmutter immer den »Koffer« genannt hatte. Der Fluchtkoffer, das große Geheimnis aus Zillas Kindertagen. Es war nicht nur verboten gewesen, ihn zu öffnen, er war auch abgeschlossen gewesen. Nur einmal hatte Großmutter das Vorhängeschloss geöffnet, nachdem Zilla drei Tage lang gebettelt hatte. »Is nuscht drin von Interesse«, hatte Großmutter behauptet. Und natürlich war es eine Riesenenttäuschung gewesen – ein alter Mantel, Bücher, Stoffe. Heute hing das Vorhängeschloss nicht mehr am Truhenverschluss. Zilla musste schmunzeln, als sie versuchte den Deckel zu heben. Kein Wunder, dass man ihr das immer verboten hatte. Er war schwer genug, ein Kind zu köpfen. Vermutlich würde es auch heute wieder eine Enttäuschung geben.
Aber nein! Die Truhe war nicht leer. Wenn auch nicht mehr so randvoll, wie sie sie in Erinnerung hatte. Obenauf lag wie damals auch schon ein grauer Herrenmantel.
»Der hat deinem Großvater jehört«, hatte Großmutter damals erklärt. »Er hat mir dann auf der Flucht jute Dienste jeleistet.«
»Wie war das denn auf der Flucht?«
»Kalt, mein Kind, kalt. Sei froh, dass du da noch nich auf der Welt warst.«
Ehrfürchtig legte Zilla den zusammengefalteten Kavallerie-

mantel ihres Großvaters beiseite. Eine Wolldecke, weißer Damaststoff und Bücher füllten den Rest der Truhe aus. Eine Bibel und Wirtschaftsbücher, wie Zilla schien, Rechnungen einer untergegangenen Landwirtschaft im großen Stil, sicherlich von historischem Wert.

Vom obersten Buch rutschte ein abgegriffenes Püppchen, nicht viel größer als die Hand eines Mannes, Leib, Arme und Beine aus Stoff, ein kariertes Röckchen, und Kopf, Hände und Füße aus Glas. In dem durchsichtigen Gesichtchen leuchtete ein Paar blauer Glaspunkte anstelle der Augen, die Lippen waren aus rotem Glas gekleckst. Ein absonderliches Kunstwerk.

Und dann tat Zillas Herz einen Hüpfer. Das Buch, auf dem das Püppchen gelegen hatte, war eigentlich ein altes Schulheft mit blassgrünen Pappdeckeln im DIN-A4-Format mit weißem Etikett, auf dem »Mein Leben« stand. Zilla nahm das Heft aus der Truhe. Es knackte leise, als sie es öffnete. Auf dem inneren Deckblatt stand mit blauer Tinte geschrieben: »Gertraud Ayshoff, 13.2.1912 – Oktober 1983.«

»O Gott!«, entfuhr es Zilla. Großmutter war 1983 gestorben. Was für eine Kaltblütigkeit, mit eigener Hand den eigenen Todesmonat zu notieren.

Die Seiten waren eng beschrieben, das Papier vergilbt und holzig. Seine Säure hatte bereits im Falz rund um die Heftfäden ihr Zerstörungswerk begonnen.

Aufs Höchste erregt, legte Zilla alles, was sich in der Truhe befunden hatte, wieder zurück, alles bis auf das Glaspüppchen und das Heft. Der Deckel fiel, so sachte Zilla ihn auch schließen wollte, mit einem Knall auf den Kasten. Mit Heft und Puppe eilte sie die Treppe hinunter. Richard war nicht im Giebelzimmer und auch nicht im Schlafzimmer. Also lief Zilla weiter hinab. In der Küche standen Kisten mit Gemüse, Salat und Obst auf dem zentralen Arbeitstisch. Offenbar war ihre Mutter vom Einkaufen wieder zurück. Ohne anzuklopfen platzte Zilla in Ediths Büro. Ihre Mutter saß hinter dem Schreibtisch, die Lesebrille auf der Nase, und blickte von den Büchern auf.

»Schau mal, was ich gefunden habe!«, rief Zilla und legte fast feierlich das große blassgrüne Heft auf den Tisch. »Und dieses Püppchen lag dabei.«

Edith fuhr förmlich auf ihrem Stuhl zurück.

Draußen rauschte der Regen, begleitet vom Rhythmus der Tropfen, die von der Dachrinne auf die Steinplatten der Terrasse platschten, und vom Gurgeln des Wassers im Fallrohr gleich neben dem Bürofenster.

»Schau …« Zilla schlug begeistert das Heft auf. »Sogar ihren eigenen Todesmonat hat sie noch angegeben.«

»Ah, Richard!«, rief Edith wie nach einem Retter.

Zilla blickte sich irritiert um. Richard stand in der Tür, sah aus wie eine nasse Katze und wirkte auch etwa so missmutig.

»Du willst Bernstein in der Halle reiten?«, fragte Edith hastig.

»Schon passiert.«

»Und?«

Umständlich zog er sich die feuchte Jacke aus.

»Bist du etwa vom Pferd gefallen?«, erkundigte Zilla sich verwundert.

»Es kann immer mal passieren«, antwortete er, »dass man von einem Pferd fällt.«

Zilla lachte. Sie hatte zwar nicht lachen wollen, aber es war zu komisch, wie er da stand wie ein begossener Pudel.

»Hast du dich verletzt?«, fragte Edith besorgt.

»Nein, außer meinem Stolz ist nichts verletzt.«

»Was ist passiert?«

»Ich habe ihn in die Halle geführt und bin aufgestiegen. Da

stand er erst einmal wie angewurzelt. Als ich gerade wieder absteigen will, legt er die Ohren an, macht einen Satz nach vorn, rast auf die Bande zu, stoppt, wirft sich zur Seite, und ich fliege über die Bande und lande auf den Tribünenbänken. Eine geschlagene halbe Stunde haben wir gebraucht, um das Biest wieder einzufangen. Er preschte sogar durch eine gespannte Longierleine. So etwas habe ich noch nie gesehen.«

»Er hasst die Reitbahn«, sagte Edith. »Entweder er steht wie angewurzelt, oder er veranstaltet Rodeo. Und wir haben keine Ahnung, was ihn eigentlich so stört.«

»Nun«, sagte Richard mit einem Grollen in der Stimme, »das werden wir herausfinden.« Dabei fielen seine Augen auf Ediths Schreibtisch und weiteten sich. »Was ist das?«

»Das habe ich in Großmutters Fluchttruhe gefunden«, erklärte Zilla. »Ihr Lebensbericht.«

Doch Richard griff nicht nach dem Heft, sondern nach der Puppe mit dem durchsichtig grauen Murmelgesicht.

»Die lag dabei«, sagte Zilla.

Richards Augen verengten sich, und sein Blick ging zu Edith hinüber.

»Ich glaube«, fuhr Zilla fort, »Großmutter hat das Heft in der Truhe versteckt, damit ich es finde. Sie wusste, wie sehr mich die Truhe als Kind immer fasziniert hat. Sie dachte sicher, dass ich hineinschaue, falls ich eines Tages wieder hierher zurückkommen sollte.«

»Wahrscheinlich nach meinem Tod«, sagte Edith schroff.

Wieder hörte man nur das Gurgeln des Regenwassers im Fallrohr und das Prasseln der Tropfen, die der Wind gegen Tische und Stühle trieb.

»'83«, sagte Edith, »hat doch niemand auch nur im Traum gedacht, dass wir so bald wiedervereinigt würden. Du hättest erst zu meiner Beerdigung die Einreise bekommen, Zilla.«

»Mag sein, aber …«

»Außerdem kannst du es gar nicht lesen. Es ist in Sütterlinschrift geschrieben, wie ich sehe. Das kann nicht einmal ich lesen.«

»Aber Richard! Du kannst doch Sütterlinschrift lesen, oder nicht? Du mit deinen historischen Studien.«

»Ich könnte dir schon helfen, Zilla«, sagte er bedächtig, »aber für wen deine Großmutter das hier auch immer geschrieben hat, für mich sicherlich nicht. Ich fürchte, das musst du alleine hinkriegen.«

»Was habt ihr denn dagegen, dass ich das lese?«, fragte Zilla verblüfft.

»Vielleicht«, sagte Edith hastig, »ist es gar nicht für dich, Zilla.«

Richard griff nach dem Heft und drehte es zu sich. »Darf ich, Edith?« Zilla sah seine blauen Augen über die Worte zucken. Dann blickte er Edith an. »Der erste Satz lautet: ›Mein Leben, aufgeschrieben für meine Enkelin Zilla, damit …‹«

»Siehst du, Mama!«

»›… damit sie weiß, woher sie kommt und wohin sie gehört.‹«

Ein Windstoß trieb den Regen gegen die Fensterscheibe. Zilla hörte Richards Atem neben sich, erstaunlich schwer. Er wandte sich rasch ab und trat ans Fenster.

»Na dann viel Vergnügen, Zilla.« Die Stuhlbeine ratzten hässlich über die Dielen, als Edith aufstand. »Hoffentlich bereust du es nicht. Ich habe jetzt jedenfalls zu tun.«

»Warum sollte ich es bereuen?«

Doch Edith war schon auf dem Weg zur Tür.

»Edith«, sagte Richard und drehte sich am Fenster um.

Sie blieb stehen, die Hand auf die Türklinke gelegt. Von Richards Hand baumelten die Glasfüßchen des Püppchens fröhlich hinab.

»Edith«, sagte er leise, »so eine Puppe habe ich schon einmal gesehen. Und zwar auf einem Foto. Mein Großvater René Knappe war Militärattaché im Nazi-Deutschland und ist viel herumgereist. Er hat auch ein Foto von einem SS-Offizier gemacht, der ein kleines Mädchen auf dem Arm trug. Dieses kleine Mädchen hielt etwas fest – so ein Püppchen mit Glasmurmelkopf.«

Ediths Fingerknöchel wurden weiß an der Türklinke.

»Das Foto entstand in Nemmersdorf.«

Zilla erschrak auf einmal bis ins Mark. Nie-mehr-doof, Nimmerdoof, Nemmersdorf! Diesen Namen hatte sie nicht erstmals von Richard gehört, er geisterte verunstaltet seit Kindertagen in ihrem Hirn herum. Ein fantastisch ferner Ort, tief drinnen im Winterabenteuer Krieg und Flucht, von dem Großmutter Blutrünstiges so mitleidlos, wie Märchen klangen, erzählt hatte.

»Nemmersdorf«, sagte Richard leise, »eins von sechs Kirchdörfern im Kreis Gumbinnen, nicht weit von Trakehnen entfernt, sechshundertfünfzig Einwohner, Handwerksbetriebe, Gutshöfe, Pferdezucht.« Seine Stimme klang fast angstvoll. »Es kann doch nicht sein, dass du das warst, Edith? Dieses kleine Mädchen auf dem Arm des SS-Offiziers, an ein Püppchen geklammert, dessen Kopf wie eine Glasmurmel aussah?«

Edith stand immer noch mit der Hand auf der Türklinke da. Sie räusperte sich hart. »Mutter wollte uns von der Front weghaben, mich und meine ältere Schwester Ursula. Eydtkuhnen war ja Grenzstadt. Keine dreißig Kilometer weiter stand die Rote Armee. Und in Nemmersdorf hatte Onkel Werner seinen Gutshof mit zehn Zuchtstuten direkt an der

Angerapp. Nur Pech, dass die Russen Nemmersdorf gleich im Oktober 1944 platt gemacht haben.«
»Das konnte ja niemand vorhersehen«, sagte Richard bestürzt.
»Nein, das konnte niemand vorhersehen, Richard. Der Führer wird doch die Russen nicht in unser schönes Ostpreußen hereinlassen, sagte man. Gauleiter Koch baute den Ostwall und organisierte den Volkssturm. Greise auf Krücken und sechzehnjährige Buben sollten uns verteidigen. Wie hätte man da auf die Idee kommen können, dass die Russen sich auf deutschen Boden vorwagen.« Sie lachte hart. »Und Flucht war verboten.«
»Verboten?«, rief Zilla.
»Gauleiter Erich Koch«, erklärte Richard, »hatte alle Bürgermeister, Kriegsbauernleiter und Landräte angewiesen, unverzüglich jede Fluchtvorbereitung zu melden. In Nemmersdorf ist sogar wenige Tage, bevor die Russen kamen, zur Abschreckung ein Bauer erschossen worden, der seinen Hausrat auf einen Wagen geladen und sich Reiseproviant besorgt hatte. Und zwar von diesem SS-Offizier, den mein Großvater fotografiert hat …«
»Von Onkel Heinrich?«, entfuhr es Edith.
Eine vage Angst flackerte in Zilla hoch.
Richard blickte Edith prüfend an. »Von SS-Offizier Heinrich Rönken. Er war ein enger Vertrauter von Erich Koch. Er war es auch, der ausländische Beobachter durch Nemmersdorf führte, mit dir auf dem Arm, Edith. ›Ihre Schwester ist tot‹, verkündete er dramatisch und posierte, damit mein Großvater ein Foto machen konnte. Denn in Wahrheit kam das so genannte Massaker von Nemmersdorf den Nazis gerade recht. Man hat sogar Fotos von den siebenundzwanzig Leichen auf Plakaten vervielfältigen lassen, um den Widerstand und Kampfgeist der Ostpreußen

anzustacheln, wenn es auch eher den gegenteiligen Effekt hatte.«

»Ursula auf diesen Pla...?« Ediths Stimme brach.

Mit zwei Schritten war Richard bei ihr, führte sie zu einem Sofa, das links neben der Tür stand, und setzte sich neben ihr nieder. Zilla war gottfroh, dass er da war, denn sie war außerstande zu reagieren. Fremd erschien ihr ihre Mutter in ihrem jahrzehntealten Schmerz. Natürlich hatte Zilla gewusst, dass Mutter im Krieg ihre Schwester verloren hatte. Aber im Krieg starben eben Menschen. Sie hatte Mutters Schwester nie als Tante kennen gelernt. Es gab auch keine Fotos.

»Ursula war die hübschere von uns beiden«, sagte Edith leise. »Sie hatte ganz feines langes hellblondes Haar, nicht dieses schwarze Gestrüpp wie ich. Und ihre Augen waren von einem wunderbaren durchsichtigen Blau.« Sie nahm Richard das Püppchen aus der Hand und strich ihm auf ihrem Schoß die Stoffglieder glatt. »So blau wie diese gläsernen Augen.«

Richard brauchte nichts zu sagen, um seine Betroffenheit auszudrücken.

»Warum ausgerechnet Ursula, warum nicht ich? Das habe ich mich immer gefragt. Doch tausende und abertausende Geschwister, Mütter und Väter haben sich das sicherlich auch gefragt. Ich weiß, wir Deutschen haben den Krieg angefangen. Aber es gibt doch auch Regeln, sagte Mutter immer, und wir waren doch Zivilisten. Wir waren Kinder! Bis in den Oktober 1944 hatten wir kaum etwas vom Krieg mitgekriegt. Ja, gut, Königsberg war im Sommer von den Briten bombardiert worden. Aber Königsberg war weit weg. Damals fuhr man noch hauptsächlich mit Kutschen, da waren schon dreißig Kilometer eine Weltreise. Wahrscheinlich hat Mutter wirklich geglaubt, dass wir in Nemmersdorf sicher seien, bis die Russen zurückgeschlagen wären.«

»Da war sie nicht die Einzige«, bestätigte Richard. »Niemand wollte glauben, dass sowjetische Panzer auf deutschen Boden rollen würden. Außerdem hielt es die deutsche Heeresleitung für unwahrscheinlich, dass die Sowjets einen direkten Vorstoß auf Königsberg wagen würden. Man rechnete damit, dass die Rote Armee im Norden die vierte Armee in die Zange nehmen werde. Völlig überraschend rückten die russischen Panzer dann am 16. Oktober vor, und schon drei Tage später wurde Nemmersdorf angegriffen. Die Deutschen kämpften auf verlorenem Posten. Von den einhundertsiebzig Mann der zweiten Fallschirmdivision fielen innerhalb einer halben Stunde alle bis auf einundzwanzig.«

»Ja, wir konnten hören, wie die Front näher kam«, sagte Edith. »Dumpfer Donner, bald sogar Maschinengewehrfeuer. Ich erinnere mich, dass Onkel Werner zu einer Versammlung beim Bürgermeister ging. Aber irgendwie kam die Flucht nicht recht in Gang. Außerdem wartete Onkel Werner auf Nachricht von meiner Mutter. Er hatte ihr geschrieben und gefragt, was aus Ursula und mir werden sollte, falls er trecken müsste. Und als der Bürgermeister dann endlich die Flucht erlaubte, blieben wir, weil noch keine Antwort da war, Onkel Werner, seine Frau, seine Kinder Adelheide und Adolf und wir beide, Ursula und ich.

Früh am Morgen sind wir in einen Bunker umgezogen. Ich weiß noch, Nebel hing über der Angerapp. Man konnte den Fluss nicht sehen. Die Spitzen der Pappeln schwebten über den Nebelschwaden, als ob die Bäume unten abgeschnitten wären.

Der Bunker war nur eine größere Röhre am Kanal. Es lag Stroh drin, und an den Wänden standen Bänke. Ursula war

sieben Jahre alt und ging schon in die Schule. Sie hat immer alles durchgezählt und zusammengerechnet. Es waren sechzehn Leute im Bunker. Darunter wir vier Kinder. Und über uns tobte der Kampf. Da war eine Frau, die zog immer den Kopf ein, wenn es krachte. Sie hatte einen verkrüppelten Fuß. Ihr Vater, ein alter Mann, stand auf, als es eine ganze Weile ruhig gewesen war, und sagte, er werde jetzt Kaffee kochen gehen. Er kam auch wirklich wieder, mit Kaffee und belegten Broten. Adelheide, Adolf, Ursula und ich, wir bekamen auch davon. Auf meinem war Leberwurst. Alles voller Russen, erzählte er, aber sie hätten ihn passieren lassen, nachdem sie ihn nach Waffen durchsucht hatten. Ich weiß noch, wie sich Erleichterung breit machte. Wir könnten bald wieder auf unsere Höfe zurück, hieß es. Auch Onkel Werner ging, um das Vieh zu füttern. Am Nachmittag hörten wir Flugzeuge und schwere Explosionen.«
»Die deutsche Luftwaffe flog einen vergeblichen Angriff«, erläuterte Richard.
»Damit hat sie nur die Russen in unseren Bunker getrieben. Die scheuchten uns von den Bänken. Aber zunächst wollten sie sich wohl wirklich nur unterstellen. Einer kam zu uns Kindern. Er hatte einen langen Schnauzbart. Ich hatte fürchterliche Angst, aber Ursula stellte sich schützend vor mich. Sie war immer so selbstlos und mutig.«
Edith fuhr mit dem Daumen übers Glasgesichtchen des Püppchens auf ihrem Schoß, als müsste sie ihm Tränen abwischen.
»Auf einmal erschien ein höherer Offizier im Bunker. Er schrie die Soldaten an, die bei uns waren. Der Soldat, der sich mit uns Kindern beschäftigt hatte, schrie besonders heftig zurück. Auf einmal hieß es, wir müssten alle raus. ›Pascholl, Pascholl!‹, brüllten sie immer wieder. Schnell, schnell!

Das Geschrei, das Gedrängel, ich dachte, ich ersticke, ich werde zerquetscht, direkt auf Nasenhöhe die Mündungen der Maschinengewehre. Ich bekam Panik. Ich höre Ursula noch schreien: ›Edith, bleib hier!‹ Ich muss losgelaufen sein, zwischen den Leuten hindurch nach draußen. Auf einmal sehe ich den Hang zum Kanal vor mir, alles voller Leute, voller Russen. Ursula muss mir nachgelaufen sein. Sie packte mich am Arm. Ein Schuss knallte – nur einer –, ich fiel hin, und sie auch.«

Edith seufzte tief.

»Ich lag ganz still, denn ich dachte, wenn Ursula still liegt, dann müsste ich es auch tun. Es war wie beim Versteckspiel, wenn wir mit angehaltenem Atem unter einem Baum hockten und sich kein Blättchen bewegen durfte, damit der Sucher nicht auf uns aufmerksam würde. Ursula schaute mich an, mit ihren schönen blauen Augen. Es war nur ganz wenig Blut in ihren hellen Haaren. Allmählich fingen ihre Augen an abzuirren. Sie wurden glasig. Dann war es dunkel, und ich hörte nur noch ihren Atem. Schließlich hörte ich auch den nicht mehr. Als es wieder hell wurde, waren Ursulas Augen noch immer offen.«

Richard ergriff Ediths unruhige Hand.

»Ich weiß nicht, wie lange ich gelegen habe. Es war kalt. Aber ich fühlte nichts. Dann kam jemand und hob mich auf. Onkel Heinrich.«

»Das muss zwei Tage später gewesen sein«, sagte Richard, »als die Deutschen den Ort zurückeroberten und die Leichen zusammentrugen.«

»Onkel Heinrich erlöste mich von Ursulas Augen. Das Erste, was ich bewusst wahrnahm, war diese kleine Glaspuppe in meiner Hand. Er muss sie mir gegeben haben. Das ist Ursula, dachte ich. Sie war auf lustige Weise kleiner geworden. Ich hatte sie nicht verloren. Ich kam nicht ohne sie heim.«

Eine Träne rollte über Ediths Wange. Sie wischte sie ärgerlich weg.
»Ich habe sie nicht mehr losgelassen. Ich musste aufpassen, dass ihr nicht wieder durch meine Schuld etwas passierte. Denn wenn ich nicht aus dem Bunker gerannt wäre, und sie wäre mir nicht nachgelaufen, dann wäre sie nicht erschossen worden.«
»Nein, Edith!«, widersprach Richard erschrocken. »Du hast keine Schuld. Die Russen haben alle erschossen, wie sie der Reihe nach aus dem Bunker kamen. Auch die Kinder.«
Edith blickte ihn zweifelnd an. »Aber es ist nur ein einziger Schuss gefallen. Und der hat Ursula getroffen.«
»Nein! Die anderen Schüsse hast du nur nicht gehört. Vielleicht der Schock. Du hast dich gewissermaßen tot gestellt und nichts mehr um dich herum wahrgenommen. Aber es hat niemand aus der Röhre überlebt, außer dir und der Frau mit dem verkrüppelten Fuß. Sie war die Letzte, sie stolperte, und so ging der Schuss in ihren Kiefer statt ins Genick. Auch sie hielten die Rotarmisten für tot und ließen sie liegen.«
»Aber ...«
»Glaub mir, Edith, du hast nicht die geringste Schuld.«
Edith brach förmlich in sich zusammen. Richard legte den Arm um ihre Schulter und zog sie an sich.
»Mein Gott, Edith, hat dir das denn nie jemand gesagt? Klar, dass man in der DDR kein Interesse hatte, ein Massaker des sowjetischen Brudervolks an Alten, Frauen und Kindern im Schulunterricht durchzunehmen, aber deine Mutter hätte es dir doch sagen müssen. Auch wenn sie nicht dabei gewesen war, Heinrich Rönken hat dich doch wohl nach Hause gebracht, und er muss ihr berichtet haben, was sich in Nemmersdorf ereignet hatte.«
Der Regen rauschte und gurgelte.

Zilla war sich nicht sicher, was sie mehr entsetzte – der Gedanke, dass Edith als Kind ein Gemetzel um sich herum hätte mitkriegen und verstehen sollen oder dass sie stattdessen fast sechzig Jahre lang geglaubt hatte, schuld am Tod ihrer älteren Schwester zu sein.

»Wahrscheinlich«, sagte Zilla beklommen, »hatte Großmutter auch Schuldgefühle, weil sie die Kinder nur nach Nemmersdorf geschickt hat und nicht gleich hierher nach Ayshoffkaten in Vorpommern zum Verwalter Engels.«

Der Futtermittelhändler

Stimmen ertönten draußen in der Halle. Zilla war die Erste, die in die Realität zurückkehrte, gleich darauf sprang Edith auf und eilte hinter ihren wuchtigen Schreibtisch. Richard brauchte am längsten, bevor er erwachte und befremdet zur Tür blickte.

»Das hätte ich beinahe vergessen«, sagte Edith mit schwankender Stimme. »Arno hat Hafer geliefert … Du weißt doch, Richard, Arno Pachaly, er ist unser Futtermittellieferant. Aber ich habe jetzt noch mal bestellt, es müsste also die nächsten Wochen reichen. Wo habe ich denn nur …« Ziellos suchte sie auf ihrem Schreibtisch herum. Die abgelegte Glasmurmelpuppe rutschte unter ein Papier.

Da klopfte es auch schon an der Tür.

Zilla verspürte eine höchst unpassende freudige Beschleunigung ihres Herzschlags.

»Ja, bitte«, sagte Edith.

Die Tür öffnete sich, und herein trat ein dunkelblonder schlanker junger Mann, dessen flinke graue Augen sofort an Zilla hängen blieben und weich wurden, während auf seinem Gesicht mit den betonten Backenknochen ein jungenhaft vergnügtes Lächeln erschien. »Hallo, Zilla!«, rief er. Er besann sich jedoch seiner Manieren und streckte zunächst Edith über den Tisch hinweg die Hand hin. »Hier, die Rechnung. Hafer und Kraftfutter. Werden gerade abgeladen.«

»Sehr schön«, murmelte Edith und studierte die Rechung, als gälte es, auf der Stelle die Rechenfehler zu finden.

Währenddessen konnte sich Arno Pachaly Zilla zuwenden. »Wie schön, dich zu sehen. Und diesmal bleibst du länger, nicht wahr? Wann haben wir uns das letzte Mal gesehen?

Vor drei, nein, vor vier Jahren. Gut siehst du aus. Du wirst immer schöner.«
Zilla spürte den warmen, lebhaften Druck seiner Hände. Seine Augen glitzerten vergnügt in ihre hinein. Verlegen blickte sie zu Richard hinüber, der vom Sofa aufgestanden war.
Arno bemerkte es und drehte sich um. »Ah, Graf, Sie sind auch hier. Freut mich, auch Sie wiederzusehen.«
»Ganz meinerseits«, erwiderte Richard und reichte ihm die Hand. »Aber waren wir nicht schon einmal beim Du?«
»Tut mir Leid. Das hatte ich völlig … ist ja auch schon eine ganze Weile her, nicht?«
Unwillkürlich verglich Zilla die beiden Männer. Auf der einen Seite Arno Pachaly, ihr Sanddünenfreund aus Kindertagen, immer bereit zu lächeln, charmant und wendig, auf der anderen Richard, aufrecht, felsenfest und herablassend. Auch er lächelte. Aber Zilla wusste genau, wie sehr es Richard hasste, mit Graf angesprochen zu werden. Schon vor vier Jahren hatte er Arno das Du angeboten, um genau das zu vermeiden. Er bot überhaupt vielen Leuten das Du an.
»Arno«, ergriff Edith wieder das Wort, »du weißt doch, ich muss nächste Woche wegen der Bandscheibe ins Krankenhaus. Richard wird solange ein Auge auf den Reitbetrieb und das Gestüt haben, und Zilla will sich um die Hotelgäste kümmern.«
»Hm«, machte Arno und ließ seine flinken Augen über den Mann in Reithosen gleiten. Dann lächelte er Zilla an. »Und wenn Richard gar nicht aus dem Stall wegzukriegen ist, dann machen wir eben zu zweit ein paar Ausflüge in die nähere Umgebung. Es wird ja nicht ewig regnen, und Vorpommern ist wunderschön. Abgemacht?«
»Abgemacht.«
»Gut. Jetzt muss ich aber wieder los. Man sieht sich.« Arno

nickte Edith zu und tippte sich mit Blick auf Richard an eine imaginäre Mütze. »Auf Wiedersehen, Capitaine. Von Bernstein zu hageln ist keine Schande. Wirklich schade um das hübsche Pferd. Übrigens – ich habe es schon Edith gesagt –, ich hätte da einen Käufer für ihn. Dem können die Pferde gar nicht verrückt genug sein.«
»Danke«, sagte Richard, »aber noch ist Rom nicht verloren.«
Arno lachte und verließ das Zimmer.

Die Goldfüchse von Gumbinnen

Mein Leben, aufgeschrieben für meine Enkelin Zilla, damit sie weiß, woher sie kommt und wohin sie gehört.«
Zilla machte es sich mit dem grünen Heft auf dem Diwan gemütlich.
»Liebe Zilla, wenn ich zurückdenke, tönt in meinen Ohren wieder das Hufgetrappel der Pferde auf dem Kopfsteinpflaster des Hofs, das leise Klirren von Kutschenketten und das Toff-toff des Lanz-Bulldogs auf dem Feld, der Schrei der Bussarde über den Wäldern und das Knarren der Dielen im Haus. In meiner Nase ist der Geruch von Erde, Heu, Pferd und Misthaufen, von Kuhdung, abgebranntem Kartoffelkraut und von Linsensuppe mit Pflaumen und Bratwurst.
Die kleine ostpreußische Grenzstadt Eydtkuhnen an der Lepone hatte Mitte des 19. Jahrhunderts begonnen aufzublühen, als die Ostbahn gebaut und ans russische Eisenbahnnetz angeschlossen wurde. Im Ersten Weltkrieg wurde sie von russischen Truppen zerstört, aber schon bald wieder aufgebaut. 1922 wurde sie zur Stadt erhoben und ihr Name zu Eydtkau eingedeutscht. Hier begann der Russlandfeldzug, von hier stieß im Juni 1941 die 121. Ostpreußische Infanteriedivision nach Litauen vor. Im Oktober 1944 wurde Eydtkuhnen von den Truppen der Roten Armee fast vollständig zerstört. Heute ist sie eine Geisterstadt und heißt auf Russisch Tschernyschewskoe.
Obgleich Schloss Ayshoff, fünf Kilometer im Nordwesten von Eydtkuhnen gelegen, beim Oktoberangriff 1944 noch unbehelligt blieb, hat der Krieg letztlich nichts mehr von ihm übrig gelassen. Vom Hörensagen weiß ich, dass nur der dreistöckige Speicher aus Natursteinen noch steht. Das Schloss haben die Russen gesprengt. Aber die Keller-

gewölbe konnten sie nicht sprengen. Die waren praktisch noch aus der Ordensritterzeit. Mauern, über einen Meter dick. Die Wohnräume darüber fingen an, wo man in einer Stadtwohnung sagen würde im Hochparterre.

Schloss Ayshoff war seit siebenhundert Jahren Stammsitz derer von Ayshoff. Der Name soll sich von Iwahoff herleiten, dem althochdeutschen Namen für Eibe, und somit eigentlich Eibenhof bedeutet haben. In der Tat sah man im Herbst überall in den Wäldern die roten Eibenbeeren leuchten.

Doch als ich als kleines Mädchen Ayshoff zum ersten Male erblickte, war ich enttäuscht. Ich hatte ein Schloss erwartet, so wie mein Vater Schlösser in seinen Erzählungen zu schildern pflegte, mit Türmen, Söllern und Schießscharten und mit Balkonen und Fenstern, hinter deren steinernem Gitterwerk Prinzessinnen seufzten. Aber Ayshoff war einfach nur ein sehr großes Haus auf rechteckigem Grundriss. Es hatte drei Stockwerke, ein Dach mit zahlreichen Dachgauben in barocken Formen und ein großes Portal, zu dem eine Freitreppe aus zwölf Stufen emporführte. Auf dem Vorplatz stand eine große Linde, die vier Mann nicht umfangen konnten. Eine Eichenallee führte von hier aus schnurgerade rund drei Kilometer in Richtung Eydtkuhnen. Fluchtpunkt der Chaussee waren die beiden Backsteintürme der Kirche von Eydtkuhnen, aber sehen konnte man sie nicht, denn die Baumkronen bildeten einen dichten grünen Tunnel, der keinen Ausgang zu haben schien.

Nach Osten zur Lepone hin erstreckten sich Weiden und Auwiesen, gen Norden reichten unübersehbare Felder bis zu den Wäldern, und im Westen des Schlosses stand der riesige dreistöckige Kornspeicher, der unsere Gäste stets fast mehr beeindruckte als das Schloss. Daneben und dahinter befanden sich die Wirtschaftsgebäude, der Kuhstall, der Stutenstall, der Stall für die Ackerpferde und die Remise für die Kutschen und später die Traktoren und Automobile. Diese Gebäude bildeten einen weiteren Hof, auf dem sich auch die Reitbahn und der Laufplatz für die Pferde befanden. Dahinter standen in Blöcken die Insthäuser, wie man die Häuser der unter Vertrag genommenen Landarbeiter nannte, mit Garten und kleinem Acker, die Familienhäuser, das Haus des Sattlers, des Schmieds und das des Stallmeisters, in dem ich bis zum Tod meiner Eltern gelebt habe.

Zwischen den Häusern führte ein Fahrweg bis zur Straße nach Stallupöhnen, die in die Straße nach Trakehnen, Gumbinnen und Insterburg überging.«

Zwei Stunden brauchte Zilla, um so weit zu kommen. Und dafür hatte sie zudem reichlich Vorarbeit geleistet. Mit Hilfe ihres Laptops hatte sie sich ins Internet gestöpselt und war nicht nur auf das komplette Alphabet in Sütterlinschrift gestoßen, sondern auch auf ein kleines Übungsprogramm. Eifrig hatte sie selbst Buchstaben gemalt und Sätze geschrieben. Aber nur langsam verwandelten sich die engen und knotigen Strickmaschen, mit denen die vergilbten Seiten des Hefts überzogen waren, in Worte, Sätze und Sinn. Zilla hatte festgestellt, dass das gesamte Maschenwerk in einzelne Kapitel zerfiel, bis zu deren Überschriften sie sich jeweils durchbeißen konnte.

»Meine Familie« lautete nach der Einleitung über das Schloss die erste Überschrift, die sie buchstabierte wie ein Abc-Schütze.

»Meine Mutter Mine und ihre Schwester Dorschanni waren Nachschrabsel, also Spätlinge. Ihre älteste Schwester, meine Tante Heddel, war schon fünfzehn Jahre alt, als die Hebamme geholt und irdene Krüge mit heißem Wasser herangeschafft werden mussten. Wenn das nur gut geht,

dachte Heddel. Und dann wurde aus der Kammer gerufen: ›Heddel, bring gleich noch einmal e Jackche.‹
Sie eilte in die Stube, wo die schönen Kirschholzmöbel standen, und entnahm der alten Kommode aus der untersten Schublade ein zweites Babyjäckchen. Der Kasten, der erst nicht schnell genug hatte aufgehen wollen, sperrte und ging nicht mehr zu. So hat es mir Tante Heddel oft erzählt. Es waren Zwillinge, die ihre Mutter auf ihre alten Tage gebar. Sollte man sich darüber freuen oder weinen? Da waren bereits der Max und der Konrad, der Klemens und sie, Heddel. Und nun waren sie zu sechst. Meine Mutter war die Erste, die kam, und erhielt bei der heiligen Taufe den Namen Wilhelmine Therese. Die zweite wurde Doris Luzia getauft, aber immer nur Dorschanni gerufen. Beider Geburtstag war der 15. August 1883. Not herrschte nicht im Hause Schirrwindt, aber zwei neue Wickelkinder bedeuteten vor allem für Heddel viel Arbeit.
Mein Großvater war der Gelbgießermeister und Hausbesitzer Hermann Schirrwindt. Er war zwar in Dresden geboren, hatte sich aber nach seiner Hochzeit mit Maria Therese Seeber in Gumbinnen niedergelassen, weil seine Familie dort ansässig war. In seinem Arbeitskittel, einem grünen Lederschurz, und mit wuchtigem Hammer formte er in seiner Werkstatt das Messing zu flämischen Leuchtern, Petroleumlampen, Bügeleisen und Türklinken und ist ziemlich wohlhabend damit geworden. Er besaß ein Haus in der Bismarckstraße nahe dem Friedrich-Wilhelm-Platz in Gumbinnen, dem Potsdam Ostpreußens. Wenn man damals über die Haltung eines Mannes zu seiner Frau etwas Gutes sagen wollte, dann sagte man, er habe sie sehr geehrt und geliebt, und an ihrer Gesundheit habe ihm alles gelegen. Und das sagte man auch über Hermann Schirrwindt, wenngleich er seiner Frau weder die zahlreichen noch die späte Schwan-

gerschaft erspart hatte. Aber wie er zu seinen Kindern stand, bleibt im Dunkeln. Kannte er sie überhaupt mit Namen? Es heißt, die Jungs habe er nur ›die Russen‹ genannt und die Mädchen ›die Pferde‹.

Von ihm gab es ein großes Ölbild, das später in der Familienstube von Ayshoff hing. Ein damals bekannter Dresdner Maler, der als verkommenes Genie gestorben sein soll, hatte ihn lebensgroß festgehalten, mit der Taschenuhr in der einen Hand und den Zeigefinger der anderen Hand wie mahnend erhoben. Seine blauen Augen hatten die Eigenschaft, einen aus dem Bild heraus bis in den entferntesten Winkel des Zimmers zu verfolgen. Ein grauer Schnauz- und Spitzbart beherrschte sein Gesicht, seine Stirn war breit, und zwischen den buschigen Brauen stand die steile Schirrwindt'sche Falte.

Meine Großmutter soll eine stille Frau gewesen sein. Sie war kränklich und starb, als die Zwillinge Wilhelmine und Dorschanni zwölf Jahre alt waren.

In einem Stübchen oben im Haus lebte außerdem die so genannte ›molsche‹ Großmutter, die Mutter meines Großvaters, die er noch mit ›Sie‹ anredete. Sie sah nicht mehr gut und hörte auch nichts mehr, und in ihrer Stube stand es mit der Sauberkeit nicht mehr zum Besten. Deshalb nannten die Kinder sie derb und herzlos, wie unser Zungenschlag zuweilen ist, die molsche Großmutter. Molsch ist das ostpreußische Wort für faulig. Sie konnte sich auch nicht an das Leitungswasser gewöhnen, das mein Großvater ins Haus hatte legen lassen, und so rief sie oft nach meiner Mutter Wilhelmine: ›Mine, bring ein Krugche Born!‹, was auf Deutsch heißt: ein Krügchen Quellwasser. Der Born befand sich zwei Minuten vom Haus entfernt, aber die Zwillinge dachten gar nicht daran, den Weg zu machen. Meine Mutter Mine füllte den Krug mit Leitungswasser, trödelte eine

Weile herum und stieg dann mit Dorschanni zur Stube der molschen Großmutter hinauf. Sie gaben ihr das Krugche Born, naschten vom Farinzucker, der auf dem Tisch stand, und suchten dann das Weite. Die molsche Großmutter bekam davon nichts mit. Sie trank von dem vermeintlichen Quellwasser und führte ihre Gesundheit auf dessen heilende Kraft zurück. Sie war auch noch rüstig genug, alleine auszugehen. Da sie jedoch nichts mehr hörte, geschah es dann, dass sie auf dem Friedrich-Wilhelm-Platz von einer Equipage überfahren wurde.

Meinen Großvater Hermann habe ich noch kennen gelernt. Er saß in seiner Stube in einem Ohrensessel und paffte eine lange Pfeife, deren Porzellankopf ein halbes Pfund Tabak fasste und auf dem Boden zwischen seinen großen Füßen stand. An dieser Stelle war der Teppich bis zu den Dielen durchgeschmort, so heiß wurde der Pfeifenkopf. Mein Großvater sah mit seinem Bart nicht nur aus wie Kaiser Wilhelm, er war auch ein glühender Anhänger des Kaisers. Gern zitierte er aus Kaiser Wilhelms Aufruf zu Beginn des Ersten Weltkriegs: ›Mitten im Frieden überfällt uns der Feind. Drum auf! Zu den Waffen! Jedes Schwanken, jedes Zögern wäre Verrat am Vaterlande. Um Sein oder Nichtsein unseres Reiches handelt es sich. Um Sein oder Nichtsein deutscher Macht und deutschen Wesens.‹

Zum Glück hat Hermann Schirrwindt es nicht mehr erleben müssen, wie am 9. November 1918 Reichskanzler Prinz von Baden die Abdankung Wilhelms II. verkündete, damit dieser furchtbare Krieg durch einen Friedensschluss beendet werden konnte. Dass der Kaiser in die Niederlande floh, hätte mein Großvater ihm nie verziehen, hatte er doch seine beiden Söhne Max und Konrad bereits im August 1914 bei der Schlacht um Gumbinnen opfern müssen. Wobei der Tod seiner Söhne ihm nicht so nahe ging wie die Tatsache, dass die deutsche Armee floh, weil sie Angst hatte, von den Russen eingekesselt zu werden. Er selbst lehnte eine Flucht ab. Lieber hätte er sich und die seinen von den Russen in seinem eigenen Haus massakrieren lassen. Glücklicherweise kam es nicht so weit, denn die Heeresleitung reaktivierte General Paul von Hindenburg, der die russischen Armeen in den legendären Schlachten von Tannenberg und den Masurischen Seen aus Ostpreußen vertrieb. Hindenburg war es gelungen, den russischen Funkverkehr zu entschlüsseln.

Der dritte Sohn meines Großvaters, mein Onkel Klemens, war der allgemeinen Mobilmachung entronnen, da er als kleines Kind unter die Räder einer Kutsche gekommen war und einen Klumpfuß hatte. Er verfasste Gedichte, reiste viel und setzte sich nach dem Krieg in Nidden, zusammen mit einer jungen Litauerin aus Memel und seinem Sohn Nikolai, auf der Kurischen Nehrung zur Ruhe. Zu ihm hatte ich bis zum Ende des Zweiten Weltkriegs noch Verbindung. Ebenso wie zu dem Sohn von Onkel Max, meinem Cousin Werner Schirrwindt, der in Nemmersdorf bei Gumbinnen einen Gutshof bewirtschaftete. Werner, seine Frau und seine beiden Kinder kamen dort beim Vorstoß der sowjetischen Truppen im Oktober 1944 ums Leben. Auch meine Tochter Ursula starb dabei. Aber davon später, meine liebe Zilla. Alles zu seiner Zeit.

Meine Großeltern väterlicherseits stammten aus dem Norden. Das Geschlecht derer von Kaldorff lässt sich bis zur Eroberung der estländischen Insel Ösel durch die Deutschen Ritter zurückverfolgen, und besonders stolz war mein Vater auf die Wikinger-Linie, die er bis zurück zu Svend I., dem so genannten König Gabelbart, belegen konnte. Die Unterlagen sind allerdings sämtlich verloren gegangen.

Mein Vater, Friedrich von Kaldorff, wurde am 21. Septem-

ber 1877 in Trakehnen geboren, wo mein Großvater als Landstallmeister tätig war, wenn auch nur kurz, denn er kam alsbald bei einem Jagdunfall in Rominten ums Leben.
Mein Vater verstand es, von Trakehnen zu erzählen, als wäre er schon bei der Trockenlegung der Sümpfe in der ersten Hälfte des 18. Jahrhunderts dabei gewesen und hätte selbst Kanäle gegraben und eine Schleuse an der Pissa gelegt. Und als 1806 Napoleon kam, schien mein Vater selbst mit den kostbaren Pferden ins Baltikum geflohen zu sein. Jeden der zwölf Ortschaften haben wir mit meinem Vater besucht, die Alleen sind wir, wenn er erzählte, mit ihm zu den Vorwerken geritten, in denen die Herden standen, die Fuchsstuten in Jonasthal, die Rappstutenherde in Gurdszen, die Hellbraunen in Kalpakin, die Gemischtfarbigen in Bajohrgallen und die Vollblutstuten im Alten Hof. Ein Gebiet von sechstausend Hektar, durchzogen von Gräben und Kanälen, aufgeteilt in Koppeln und Weiden, untergliedert in Felder und Äcker. So habe ich Trakehnen schon gekannt, bevor ich zum ersten Male dort war.
Mein Vater Friedrich war der einzige überlebende Sohn seines Vaters August von Kaldorff und seiner Mutter Rosalinde, die eine geborene von Dohna gewesen sein soll, sich aber mit der Familie überworfen hatte. Sie bekam nach meinem Vater noch zwei weitere Kinder, aber sie wurden entweder tot geboren oder starben gleich nach der Geburt. Nachdem mein Großvater August in Rominten bei der Hirschjagd durch unglückliche Umstände ums Leben gekommen war, wurde Herr von Frankenberg und Proschlitz Landstallmeister, und meine Großmutter Rosalinde zog mit ihrem damals elfjährigen Sohn Friedrich nach Gumbinnen. Sie malte wunderhübsche Landschafts- und Blumenbilder, die ich auch noch gesehen habe, obgleich sie bereits in den zwanziger Jahren Ostpreußen verließ, nach Berlin zog und

dort ein wildes Leben geführt haben soll. Sie emigrierte schon 1935 nach Amerika, und ich habe nie wieder von ihr gehört.

Als Jugendlicher war auch mein Vater fest entschlossen gewesen, Kunstmaler zu werden. Er besuchte sogar einige Zeit in Königsberg und Dresden die Kunstakademie. Doch reichten die finanziellen Mittel weder hinten noch vorn, und er musste nach Gumbinnen zurückkehren.

Da traf es sich gut, dass die Zwillinge des Gelbgießermeisters Schirrwindt, der sich als Privatus zur Ruhe gesetzt hatte, inzwischen zu blühenden jungen Frauen herangewachsen waren. Sie wurden, nicht nur ihrer rotblonden Haare wegen, allgemein die Goldfüchse von Gumbinnen genannt. Mein Vater lernte sie über meinen Onkel Klemens kennen, der als Dichter einen Künstlerkreis unterhielt. Und so kam mein Vater ins Haus Schirrwindt und wurde auch den Goldfüchsen vorgestellt. In welche der beiden er sich verliebte, ob in Mine oder Dorschanni, hat er uns niemals verraten. Aber Tatsache war, dass Dorschanni ihre blaugrünen Augen bereits auf den jungen Grafen Kurt von Ayshoff geworfen hatte. Eigentlich durfte Dorschanni nicht hoffen, denn es war damals nicht üblich, dass ein Graf dem Ruf seines Herzens folgte und eine Bürgerliche heiratete. Doch Graf Kurt als der Jüngere durfte sich wiederum keine Hoffnung auf den Stammsitz machen, und so hat er wohl all seine Kraft darauf verwendet, wenigstens die Frau zu erwerben, mit der er glücklich würde. Das Glück dauerte jedoch nur kurz, denn Graf Kurt fiel 1916 in der ›Hölle von Verdun‹. Sein älterer Bruder, Graf Gustav, gewährte Dorschanni daraufhin Asyl auf dem Schloss Ayshoff.

Im Gegensatz zu Graf Kurt ist mein Vater wohl nicht allein dem Ruf seines Herzens gefolgt, denn einen der beiden Goldfüchse konnte er nur zu gut gebrauchen, wenn er ein gefeierter Maler werden wollte. Ich bezweifle allerdings stark, dass meine Mutter Wilhelmine davon geträumt hat, einen verarmten Adligen mit künstlerischen Ambitionen zu heiraten. Sie selbst behauptete immer, sie habe meinen Vater geheiratet, weil er so schön Geschichten erzählen konnte. Beide lernten sich jedoch, so weit ich das beurteilen kann, aufrichtig und herzlich lieben. Als der Erfolg als Kunstmaler ausblieb, nahm mein Vater die Stelle eines Hauptstallmeisters beim Grafen Gustav von Ayshoff an, der entschlossen war, Trakehnen mit der Zucht erstklassiger Militärpferde Konkurrenz zu machen.

Am 13. Februar 1912 mittags um ein Uhr wurde ich in der Mietswohnung meiner Eltern in Gumbinnen geboren. Es war ein besonders kalter Februartag. In den Eisblumen am Fenster der Kammer brach sich eine rötliche Wintersonne. Meine Mutter berichtete, die Hebamme habe ihr das Töchterchen gezeigt und dazu gesagt: ›Seh'n Se nur, die Fettschicht, dat Marjellche kann jar nich frieren.‹

Meine beiden Brüder Elmar und Rudolf rannten hinaus auf die Straße und schrien beglückt: ›Wir haben eine kleine Schwester bekommen!‹ Mein Vater war selig, denn er hoffte, dass eine Tochter seine musischen Begabungen mit mehr Erfolg verwirklichen könne als er, und sah mich bereits als Sängerin auf einer Bühne, als Pianistin durch die Hauptstädte Europas reisen oder als Dichterin den Nobelpreis überreicht bekommen.

Obgleich kein Geld vorhanden war, wurde für mich ein neuer so genannter Fahrstuhl gekauft, ein Kinderwagen mit drei Rädern, dunkelgrüner Plane und dunkelgrünen Gardinen, in dem meine Mutter mich umherfuhr. Als ich drei Jahre alt war, zogen wir ins Stallmeisterhaus von Ayshoff um, und in diesem Wagen schob ich, als ich vielleicht sechs Jahre alt war, einmal meinen Bruder Rudolf und Wilhelm,

den ältesten der drei Ayshoffsöhne, die Allee entlang. Beide saßen hinter den grünen Gardinen wie Paschas und rauchten irgendwelches Rohr, dessen Qualm durch den Spalt der Gardinen hervorquoll. Natürlich brachte ich mit meinen bescheidenen Kräften den Wagen kaum vorwärts.
An den Sonntagen wurde in die Kirche gegangen. Zu Fuß die fünf Kilometer bis nach Eydtkuhnen hinein, denn natürlich durfte sonntags der Kutscher nicht bemüht werden. Von Anfang an, mit meinen drei Jahren, musste ich mit. Am Abend vorher rieb meine Mutter meine Beinchen mit Maiwuchs ein, das wunderbar nach Fichtennadeln duftete. Am Morgen wurden meine Füßchen in kleine Knöpfchenschuhe gezwängt, deren einzelne Knöpfe man mit einem dafür gebräuchlichen Haken durch die Löcher angelte. Dazu trug ich ein weißes Kleidchen mit Spitzenkragen und hellblauen Schleifen aus weichem Atlasband auf den Schultern. Elmar und Rudolf steckten in grauen Anzügen mit steifem weißem Kragen und weiß getüpfelten blauen Krawatten. Meine Mutter trug ihr hellblaues Kleid aus gutem Tuch, und mein Vater hing sich seinen Mantel um. Aber was für ein Mantel! Von den Schultern hinab hing bis zum Gürtel noch ein großer wallender Kragen darüber.
So zogen wir die Allee hinaus nach der Stadt hin zur evangelischen Kirche in der Hindenburgstraße. Den Rückweg ging es im Sommer oft an der Lepone entlang und in einem Bogen nach Westen über die Felder, und mein Vater machte die Nagelprobe, das heißt, er prüfte mit dem Daumennagel, ob das Haferkorn noch nass und weich oder schon hart und erntereif war. Wenn ich nicht mehr laufen konnte, trug er mich und erzählte die herrlichsten Dinge dabei. Zum Beispiel vom Bart des Königs Gabelbart, vom sächsischen Kurfürsten August dem Starken, der seinen Daumen ins Geländer einer Elbbrücke gedrückt haben soll, und von Tempel-

hüter, dem stolzen König der Hengste. Wie verblüfft war ich, als ich später feststellte, dass es diesen Hengst in Trakehnen wirklich gab.

Der Tod ihrer beiden Brüder nahm meine Mutter sehr mit. Seitdem war sie kränklich. 1916 fiel Graf Karl, der geliebte Mann meiner Tante Dorschanni, in Frankreich, ein Jahr darauf starb mein Großvater Hermann Schirrwindt an einem Schlaganfall, und meine Mutter legte sich ins Bett, um nicht wieder aufzustehen. Tante Heddel kam in schwarzen Trauerkleidern von Gumbinnen herüber, um meine Mutter zu pflegen und den Haushalt zu führen. Mein Vater war von Sinnen vor Sorge. Ich war sechs Jahre alt, als ich meine Mutter aufgebahrt auf dem langen Tische im Ratssaal des Schlosses liegen sah. Nur anderthalb Jahre später lag auch mein Vater dort. Er war von der Obersten Heeresleitung nach Litauen beordert worden – seiner Verbindungen zum Baltischen Ritterorden wegen –, um dort den Bolschewismus niederzuschlagen. Denn Wladimir Lenin hatte einen Friedensvertrag akzeptiert, um den Sowjetstaat aufzubauen, und die baltischen Staaten und Polen waren von Russland unabhängig geworden. Mein Vater wurde im September mit einem Lungendurchschuss nach Hause gebracht, von dem er sich nicht wieder erholte. Er starb, während der Widerstand der deutschen Truppen in Frankreich endgültig zusammenbrach. Die Franzosen und Engländer setzten ihre neue Waffe ein – Panzer.

Als der Kaiser abdankte, Arbeiter- und Soldatenräte in den Städten die Macht übernahmen und die Republik ausgerufen wurde, waren Elmar, Rudolf und ich Waisen geworden, und man beriet hinter verschlossenen Türen, was mit uns zu geschehen habe. Tante Heddel hätte sich unserer wohl angenommen, und sogar Onkel Klemens wollte uns in sein Fischerhäuschen auf die Kurische Nehrung holen, das er gerade erworben hatte, aber Tante Dorschanni, die selbst kinderlos geblieben war, bestand als Zwillingsschwester unserer Mutter darauf, uns großzuziehen. Und dies hatte im Schloss zu geschehen. Dorschanni war der Auffassung, dass der Adelsstand mehr wert war als die Schirrwindt'sche Herzenswärme. Graf Gustav stimmte zu, und so wurden wir im Schloss in den Stuben unterm Dach untergebracht, wobei sich Elmar und Rudolf eine Stube teilten, während ich als einziges Mädchen eine für mich alleine hatte. Der Graf und die Gräfin hatten drei eigene Söhne, um die sich Dorschanni ebenfalls kümmerte, wenn das Kümmern auch nicht mit der Aufmerksamkeit vergleichbar war, die man heute Kindern angedeihen lässt. Wir sechs Rabauken genossen viele Freiheiten, solange wir bei Tisch still saßen und bei den Morgengebeten, welche die Gräfin im Kreis des Gesindes und der Familie abhielt, artig waren.

Die Gräfin war eine unnahbare Dame. Ich kann mich nicht erinnern, dass sie auch nur ein einziges Mal das Wort an mich gerichtet hätte. Wenn sie im Raum war, mussten die Vorhänge zugezogen bleiben, sodass ich sie nur schemenhaft auf Stühlen thronen gesehen habe. Im Zentrum ihrer Brust hielt eine goldgefasste Bernsteinbrosche den Kragen ihrer stets dunklen Kleider zusammen. Es sah aus, als hätte sie ihr Herz auf dem falschen Fleck. Aber natürlich verteilte sie, wie es sich gehörte, zu Weihnachten reichlich Geschenke unter den Handwerker- und Bauernfamilien und gab, wo Not herrschte.

In ihrer Gegenwart musste mit leiser Stimme gesprochen werden. Wir Kinder haben darum eine ziemliche Kunstfertigkeit im Distanzflüstern entwickelt. Wenn wir dennoch zu laut wurden, entschuldigte sich Dorschanni auf Französisch bei der Gräfin. Dorschanni zeigte überhaupt viel Unterwürfigkeit den Hausherren gegenüber. Man hatte sie von Anfang an spüren lassen, dass sie eine Bürgerliche war, die nur aus Liebe geheiratet worden war. Eigentlich verrichtete sie im Hause ihres Schwagers die Arbeit einer Gouvernante. Lachodder schimpfte sie uns zuweilen, was so viel heißt wie Lümmel. Aber wenn wir sie mit großen hungrigen Augen anblickten, dann steckte sie uns aus ihrer Rolle Cailler Schokolade zu, die sie in einem Kästchen mit Intarsien in ihrer Stube aufbewahrte. Wir durften nämlich zwischen den Mahlzeiten nicht in die Küche gehen und etwas essen.

Es war sicherlich nicht leicht, sechs Rabauken in Schach zu halten, und ich muss gestehen, dass ich nicht unbedingt artiger war als meine Brüder und die Ayshoffsöhne. Ich erinnere mich, dass ich bei irgendeinem Streit um irgendein Spielzeug einmal den kleinen Karl, der zwei Jahre jünger war als ich, in die Hand gebissen habe. Man sah den Abdruck meiner Zähne, und aus einer Stelle quoll Blut. Bis heute lässt mir die Scham den Atem stocken, wenn ich an Karlchens sich mit Tränen füllende Kulleraugen denke, mit denen er auf seine Hand starrte, von der das Blut tropfte. Scham über meine brutale Tat und Scham, weil mein erster Gedanke der war: Wie vertusche ich das? Könnte ich nicht sagen, dass Karl hingefallen sei? Aber der Abdruck meiner Zähne war unverkennbar. Wie gern hätte ich die Tat ungeschehen gemacht. Heute ist mir, als wäre dies das erste Vorgefühl auf den Anblick meines Mannes gewesen, wie er tot vor mir lag, auf den brennenden Wunsch, alles rückgängig machen zu können, was dazu geführt hatte.

An die Strafe für meinen kindlichen Zornesausbruch erinnere ich mich nicht mehr. Wahrscheinlich musste ich einen Tag bei Brot und Wasser auf meiner ungeheizten Stube zubringen.

Die Nachkriegsjahre waren von Mangel gekennzeichnet, und in den zwanziger Jahren kam die Inflation. Was man heute an Geld in der Hand hatte, konnte morgen schon nur noch halb so viel wert sein. Ein Albtraum für die Erwachsenen, doch wir Kinder haben dadurch erst so richtig den Wert von Geld begriffen.

Es begann damit, dass wir für den Apotheker in Eydtkuhnen Taubnesselblüten sammelten. Von dem Geld, das wir dafür bekamen, kauften wir Dinge aus wertbeständigem Material, zum Beispiel Nägel, Schrauben, Hufnägel, Messingleuchter. Es kam zudem darauf an, etwas zu erstehen, das seit einigen Tagen im Preis nicht mehr gestiegen war. Dann konnte es nämlich sein, dass man es schon am nächsten Tag für das Dreifache verkaufen konnte. Mit dem, was wir damals in unseren Stuben horteten, hätten wir dem Kolonialwarenhändler Konkurrenz machen können.

Dann kam die Währungsreform, und die Preise waren wieder stabil. Aber wir waren das Geschäftemachen so gewohnt, dass wir säckeweise Eicheln sammelten und verkauften. Und wir zogen einen Handel mit Zwergkaninchen auf, die wir für vierzig Pfennige als Versuchstiere an die Landwirtschaftskammer in Königsberg verkauften. Über zweihundert Tiere hatten wir zeitweilig. Wir kamen mit dem Sammeln von Grünzeug und Zimmern von Ställen kaum nach. Als der Graf dann in den Pferdeställen mehrmals über Kaninchen stolperte, die uns ausgerissen waren, wurde angeordnet, dass der ›Saustall‹ zu verschwinden habe. Das Töten besorgte ein Stallbursche mit dem Spaten, dem ich dafür meine ganze Jugend hindurch böse gewesen bin. Die toten Kaninchen wurden an die Jagdhunde verfüttert, und was man nicht verfüttern konnte, wurde im Eiskeller eingelagert.

Damals hatte man Eiskeller, denn es gab noch keine Kühlschränke. Unser Eiskeller war hochmodern. Er lag auf der Nordseite des Schlosses nahe der Küche und war gekachelt. Ein ganzer Ochse hatte bequem auf den Regalen Platz. Das Eis lag in einem Nebenraum, durch ein Gitter getrennt. Er wurde nicht mit Eis gefüllt, das man im Winter von den Seen schlug, sondern mit Gerüsteis, das viel sauberer war. Dazu baute man im Winter, wenn es fror, ein Holzgerüst und ließ Wasser darüber fließen, bis alles von Eis bedeckt war. Männer sägten dann Stangen heraus und lagerten sie so kunstfertig in dem Erdloch, dass sie bis in den Herbst hielten.

In diesem Eiskeller habe ich einmal Wilhelm eingeschlossen. Auch das war wieder so eine Dummheit, die ich hinterher nicht verstand. Wir spielten Verstecken. Ich entdeckte, dass der Riegel an der Tür zum Eiskeller offen war. Natürlich durften wir da unten nicht spielen, aber ich hätte mir schon denken müssen, dass sich doch jemand darin versteckt hatte. Stattdessen dachte ich aber, die Köchin hätte den Riegel vergessen, und schob ihn zu. Dann verlor ich plötzlich die Lust am Versteckspiel, denn Wilhelm war wieder einmal nicht zu finden. Sollte er doch versauern. Erst Stunden später hörte die Köchin ein ›gespenstisches Röhren und Wummern‹ vom Eiskeller her, und man befreite Wilhelm völlig durchgefroren. Natürlich verriet er mich nicht. Das wäre gegen die Ehre gewesen. Aber die Köchin hatte mich am Eiskeller gesehen, und so identifizierte man den Übeltäter und führte mich der gerechten Strafe zu. In meiner Stube hatte ich dann viel Zeit, darüber nachzudenken, warum ich Wilhelm beinahe umgebracht hatte.

Dabei mochte ich ihn wirklich. Er war ernst und sich seiner Rolle als künftiger Besitzer von Ayshoff bewusst. Mit vierzehn war er schon fast so groß wie sein Vater. Und wie sein Vater hatte er graublaue Augen und weiches mittelblondes Haar, um das ich ihn heftig beneidete.

Es hätte viel besser gepasst, wenn mein ältester Bruder Elmar ihn in den Eiskeller gesperrt hätte. Denn Elmar war nur ein halbes Jahr jünger als Wilhelm und von brennendem Ehrgeiz besessen, eine hervorragende Rolle zu spielen. Er konnte sich nie mit dem zweiten Rang zufrieden geben. Immer wieder forderte er Wilhelm heraus, und so manches Mal wurde aus einem Ausritt eine wilde Jagd über Gräben und Zäune, die für einen von beiden mit einem bösen Sturz hätte enden können. Rudolf, mein anderer Bruder, ergriff dann Partei für Wilhelm, was Elmars Grimm nur noch steigerte. Die beiden anderen Ayshoffbrüder Heini und Karl schlugen sich mal auf die eine, mal auf die andere Seite. Ihnen gefiel zwar die Revolte, die Elmar anzuzetteln versuchte, aber schlussendlich stellten sie sich immer hinter Wilhelm.

In diesem komplizierten Beziehungsgeflecht spielte ich als einziges Mädchen eine besondere Rolle. Manchmal sollte ich Schiedsrichterin zugunsten des einen oder anderen in einer Auseinandersetzung sein, dann wieder verschworen sie sich gegen mich und meinten, als Mädchen dürfe ich nicht mitmachen. Aber Wilhelm griff ausgleichend und beschützend ein, was mir wiederum eine giftige Bemerkung von Elmar eintrug.

›Heirate ihn doch!‹, knurrte er einmal. ›Und dann gehört dir Ayshoff, und wir sind deine armen Verwandten.‹

›Da siehst du mal, dass es auch einen Vorteil hat, ein Mädchen zu sein‹, giftete ich zurück.

Meistens war es aber nachteilig für mich. Da ich keine älteren Schwestern hatte, von denen ich die Kleider hätte übernehmen können, musste für mich immer neu angeschafft werden. Die neuen Sachen mussten natürlich durch damenhaftes Benehmen geschont werden. Es war damals auch nicht üblich, dass Mädchen Hosen trugen. In den Ferien, wenn niemand so genau auf uns achtete, verabredete ich mich deshalb mit dem kleinen Karl in der Frühe in einer Feldscheune. Er brachte eine kurze Hose mit, die ich dann anzog. Das fiel den Erwachsenen nicht auf, da wir uns den ganzen Tag draußen herumtrieben. Abends zog ich mich wieder um und kehrte im sauberen Kleidchen ins Haus zurück.

Als Mädchen bekam ich zum Geburtstag auch keinen Tesching geschenkt. Das war ein leichtes Gewehr, mit dem wir im Frühsommer junge Krähen schossen, die in Horden in den Bäumen saßen. An die alten, erfahrenen Krähen wären wir mit dem Tesching nicht nah genug herangekommen, aber die gerade flügge gewordenen Jungvögel waren noch ahnungslos und flohen nicht. Man ging zu zweit. Einer legte an und schoss, der andere rannte los wie ein Apportierhund, sobald der Vogel fiel. Wilhelm ging gern mit mir, und wenn er vom Anlegen und Schießen Genickstarre bekam, dann überließ er mir das Gewehr. Ich war eine viel bessere Schützin als er. Wenn wir zu sechst mit sechshundert Patronen loszogen, brachten wir etwa dreihundert Krähen nach Hause, doch meine Quote lag bei hundert Patronen zu siebzig bis achtzig Krähen. Die Vögel verkauften wir für fünfzehn Pfennige das Stück an einen Lebensmittelladen in Gumbinnen, wo sie, ausgenommen und gerupft, als ›Sarkauer Täubchen‹ feilgeboten wurden, benannt nach dem Ort Sarkau auf der Kurischen Nehrung, wo es üblich war, Krähen zu jagen.

Die Idee zu diesem Geschäft stammte denn auch von mir. Ich hatte nämlich im Herbst Onkel Klemens Schirrwindt in Nidden auf der Kurischen Nehrung besuchen dürfen, weil ich eine hartnäckige Halsentzündung hatte und man meinte, die Seeluft tue mir gut. Onkel Klemens bewohnte zusammen mit seiner Frau Katharina und seinem Sohn Nikolai ein mit Schilf gedecktes Fischerhaus mit blauem Zaun

und blauem Dachrahmen unweit des himbeerfarbenen Leuchtturms. Er hatte einen langen Bart, kleidete sich wie ein Fischer und bildete als Dichter wiederum das Zentrum eines Künstlerkreises. Nach Nidden zogen sich ja vor allem auch während der Nazizeit viele missliebige Künstler zurück, die im Reich bereits Schaffensverbote auferlegt bekommen hatten. 1930 hatte sich auf dem Schwiegermutterberg auch Thomas Mann sein Ferienhaus bauen lassen, das er aber nicht lange nutzte. Er emigrierte nach Amerika, und das Haus ging nach dem Anschluss des Memelgebiets ans Deutsche Reich in Staatsbesitz über und wurde zu einem der zahlreichen Jagdhäuser Hermann Görings umgebaut.
Die Kurische Nehrung ist ein fast hundert Kilometer langer Landstreifen, der das Kurische Haff von der Ostsee trennt. Nur bei Memel gibt es eine Verbindung zwischen beiden Gewässern. Das Haff hat Süßwasser. Die Nehrung ist so schmal, dass man sie in einer halben Stunde überqueren kann. Früher verschluckten Wanderdünen ganze Dörfer, bis man sie befestigte. Die Fischer strichen ihre Zäune und Giebel mit einem besonders leuchtenden Blau, dem so genannten Niddener Blau. Die Häuser waren alle mit Stroh oder Schilf gedeckt, und an den Giebeln kreuzten sich heidnische Pferdeköpfe. Die Fischer sprachen Deutsch, Litauisch und Kurisch. Und im Winter ernährten sie sich von Krähen. Mit Krähenfedern waren auch die Betten im Hause meines Onkels gefüllt und ungemein schwer und lastend.
Wie Onkel Klemens seinen Lebensunterhalt bestritt, ist mir rätselhaft, wenn ich mir auch damals als Vierzehnjährige darüber kaum Gedanken machte. Ich erinnere mich, dass seine wunderschöne Frau aus Memel, die im fünften oder sechsten Monat schwanger war, im Wald Blaubeeren und Erdbeeren pflückte, die Nikolai dann vor dem Hotel Her-

mann Blode an Badegäste verkaufte. Sie saß auch viel an der Nähmaschine.
Nikolai war sechzehn Jahre alt, ein linkischer, schweigsamer Junge mit dunklen, schmalen Augen und schwarzem Kruschelhaar. Erst als er merkte, dass ich keine kapriziöse kleine Gräfin war, die nur an hübsche Kleidchen dachte, wurde er zugänglicher.
Der Herbst war eine wichtige Jahreszeit, denn da war die Nehrung Station für Zugvögel, darunter die schwarzen Saatkrähen und die grauschwarzen Nebelkrähen. In Rossitten gab es auch schon die Vogelwarte, wo man die kleinen Singvögel in aufgespannten Netzen fing, mit Ringen versah und wieder fliegen ließ.
Nikolais Interesse am Vogelzug war aber ein anderes. Er war in der Kunst des Krähenjagens bewandert. Zu diesem Zwecke hielt er sich auf einem Pfosten hinterm Haus eine zahme Krähe. Eines Abends steckte er diese Krähe in einen Sack, zusammen mit Fischen, Seilen und einem großen Netz. Nachts um drei weckte er mich. Wir tranken in der Küche Kornkaffee und aßen Roggenbrot, und dann ging es los mit dem Sack durch das schlafende Dorf. Der Schein des Leuchtturms spukte über die windschiefen Kiefern hin. Über schwere Sandwege ging es zum Fuß der Hohen Düne. Am Rand einer Lichtung im Erlen- und Birkendickicht hatte Nikolai aus Zweigen einen kleinen Unterstand geflochten.
Die Krähenfalle musste in völliger Dunkelheit aufgebaut werden, denn Krähen sind sehr schlau. Nikolai legte das Netz sorgfältig zusammengefaltet in eine bogenförmige Rinne im Sand. Ein Strick führte vom anderen Ende her bis zu uns, die wir in der Zweighütte kauerten. Eine raffinierte Vorrichtung aus Stöcken erlaubte es, das Netz durch einen Zug am Seil blitzschnell aus der Rinne herausspringen und

sich über den Boden ausbreiten zu lassen. Nikolai setzte seine zahme Krähe, an einen Pflock gebunden, in den Bereich, den das Netz abdeckte. Auch die Fische, die er auslegte, waren am Boden befestigt.

Dann warteten wir in der Zweighütte, bis es hell wurde.

Die Krähen in den Bäumen sahen unsere zahme Krähe auf dem Boden sitzen und an einem Fisch herumpicken. Nach und nach flatterten sie herab. Da die Fische festgebunden waren, mussten sie an Ort und Stelle fressen. Als Nikolai fand, dass genug Krähen beisammen waren, ließ er das Netz springen. Danach wurden die Krähen aus den Maschen befreit und ebenfalls an Pflöcken festgebunden. Das lockte noch mehr Krähen an. Dreimal ließ Nikolai das Netz fliegen. Dann mussten die Krähen getötet werden. Nikolai packte dazu jeden Vogel an Körper und Schnabel und drückte ihm mit einem Biss in den Kopf die Schläfen ein. Deswegen nennt man die Bewohner der Kurischen Nehrung auch Krajebieter, Krähenbeißer.

Ich war viel mit Nikolai unterwegs. Am letzten Abend, als wir auf dem Heimweg waren, schlang er plötzlich seine Arme um mich und küsste mich. So heftig war er dabei, dass wir umkippten. Die halbe Nacht lag ich wach und dachte darüber nach, was ich sagen würde, wenn Nikolai mir einen Heiratsantrag machte. Ich wollte ihn wohl heiraten, aber mein Leben wollte ich eigentlich nicht in einem armseligen Fischerhaus auf der Kurischen Nehrung damit verbringen, für fremde Leute Kleider zu nähen.

Am nächsten Tag saß ich im Morgengrauen auf dem Pferdekarren, ohne dass Nikolai mich gefragt hatte. Der Karren brachte mich ins mondäne Kurbad Kranz, das am südlichen Beginn der Kurischen Nehrung liegt. Dort bestieg ich die Samlandbahn, die mich nach Königsberg brachte. Mit dem Zug ging es dann weiter nach Eydtkuhnen. Wäh-

rend der ganzen Fahrt dachte ich immerzu an Nikolai, an seine Umarmung, an seinen Kuss.
Tante Dorschanni muss etwas geahnt haben, denn sie stellte sich taub, wenn ich fragte, wann ich wieder zu Onkel Klemens dürfe. Da mir die Freundinnen fehlten, mit denen ich meine erste Liebe hätte besprechen und am Köcheln halten können, vergaß ich Nikolai bald.«

Die verkämpften Hirsche

Zilla ließ das Heft sinken. Das Hirn kam ihr vor wie eingeknotet im Filz schräger Ober- und Unterlängen. Ihre Augen fühlten sich an wie ausgetrocknete Glaskugeln in Sandpapierhöhlen. Sie rieb sich den steifen Nacken und zwang ihre Augäpfel am grässlichen Bild mit dem röhrenden Hirsch von Rominten vorbei zur Wanduhr hinüber. Aber die stand. Zilla blickte auf ihre Armbanduhr. Schon fast halb acht.

Sie legte das hellgrüne Heft auf den blanken runden Holztisch, erhob sich von dem grünen Diwan und trat ans Fenster. Der Regen hatte aufgehört, die Wiese dampfte im schrägen Licht der sinkenden Sonne. Glühend blau schnitt der Zingster Strom die Salzgrasinsel Kirr von der Nehrung ab. Im Schilf unten am Ufer von Ayshoffkaten lag ein Boot, das Zilla nur deshalb auffiel, weil sein rot-weißer Anstrich im intensiven Abendlicht leuchtete.

Neidete sie ihrer Großmutter diese Jugend der Sammler und Jäger?, fragte sie sich. Wäre sie als Vierzehnjährige mit Arno, einem Jagdhund und einem Luftgewehr des Nachts Enten und Kaninchen wildern gegangen? Barfuß, frei und halb verwildert, bis der Arbeiter- und Bauernstaat sie zum Dienst in der LPG Barth verpflichtete. In der DDR hatte niemand herumgammeln können, jeder hatte arbeiten müssen.

Zilla begab sich ins Schlafzimmer, um sich fürs Abendessen umzuziehen. Richard kam wenig später, entledigte sich seiner Reitsachen und ging unter die Dusche.

»Was meinst du«, erkundigte sie sich, als er sich anzog, »werden wir auch mal Zeit für einen kleinen Ausflug in die Umgebung haben? Rügen ist ja nicht weit, und Hiddensee soll sehr schön sein.«

»Was willst du auf Hiddensee? Dort ist es auch nicht anders als hier.«
»Woher weißt du das? Warst du schon mal dort?«
Richard lachte leise. »Weißt du, wie du mir vorkommst? Wie jemand, der vor einem reich gedeckten Büfett steht und vorschlägt, woanders essen zu gehen. Hast du überhaupt schon einen Fuß in die Zingster Heide gesetzt?«
»Ich kenne die Zingster Heide«, antwortete Zilla. »Ich habe meine Kindheit hier verbracht.«
Richard lachte erneut. Er hatte sie wieder einmal durchschaut.
Seit ihrer Ankunft auf Ayshoffkaten vor vier Tagen sehnte Zilla sich woandershin. Gab es so etwas wie Antiheimweh? Wie Fluchtweh? Eine eigenartige Furcht hielt sie davon ab, über die Zingster Heide zum Osterwald zu laufen und an der Stranddüne nach der Kuhle zu suchen, in der sie vor fast fünfundzwanzig Jahren ein Kinderbuch zurückgelassen hatte. Man hatte sie damals aus dem Paradies verstoßen. Und sie wollte es nun nicht mehr suchen und wiederfinden.
»Du wirst kaum etwas wiedererkennen«, hatte Mutter behauptet. »Überall wird gebaut. Das Kurhaus ist nagelneu.«
An der Tür zum Speisesaal trafen Richard und Zilla mit Margret zusammen. Sie steckte in einem schwarzen Minirock mit Reißverschlüssen am Saum rundherum, die viel verhießen, und in einem nabelfreien Top, dessen Reißverschluss im Dekolleté noch mehr versprach.
»Das trifft sich gut«, sagte Margret fröhlich. »Dann muss ich nicht alleine essen.«
An einem Tisch speisten bereits der General mit dem Schnauzbart und seine Frau. Eine Familie mit Kindern bestellte an einem weiteren Tisch eben Getränke bei Edith.

Ein junges Ehepaar war schon beim Hauptgang. Kaum hatten Richard, Margret und Zilla sich niedergesetzt und die Servietten auseinander gefaltet, kam Frauke mit geräuchertem Forellenfilet und fragte, was sie trinken wollten.

»Ein Mineralwasser für mich«, sagte Zilla.

»Rotwein«, antwortete Margret genüsslich. »Den Châteauneuf-du-Pape.«

»Wasser«, sagte Richard.

Margret sah ein bisschen gefoppt aus. »Kein Wein? Ich dachte immer, ihr Ostschweizer seid eigentlich Franzosen.«

»Ich bin gebürtiger Berner.«

»Und Calvinist«, ergänzte Zilla. »Sie wissen doch, Frau Haubeisen, Fleiß, Anstand und Askese. Denn Gottes Gnade zeigt sich im Wohlstand.«

Richard blickte sie ziemlich irritiert an.

Auch Margret wirkte einen Moment lang konsterniert. Doch sie fasste sich schnell. »Was hast du denn jetzt mit Bernstein vor?«, erkundigte sie sich. »Ich habe mir überlegt, wenn er falsch eingeritten worden wäre, dann würde er sich auch im Gelände gegen den Reiter wehren. Es kann also bloß mit der Reitbahn zu tun haben. Nur, was haben eine Halle und eine Außenbahn gemeinsam?«

»Sie sind rechteckig«, sagte Richard.

»Aber Bernsteins Paddock ist auch rechteckig, oder vielmehr quadratisch. Können Pferde ein Rechteck von einem Quadrat unterscheiden?«

»Der Unterschied ist«, bemerkte Zilla, »dass er im Paddock nicht geritten wird.«

Margret maß Zilla kurz von unten bis oben. »Könnte stimmen, Gräfin. Womöglich hat Bernstein bei seinem Vorbesitzer in einer Reitbahn etwas Schlimmes erlebt. Allerdings dürfte er als zweijähriger Hengst dabei kaum geritten worden sein. Leider«, wandte sie sich wieder an Richard, »kann

man ein Pferd ja nicht auf die Couch legen und reden lassen.«
»Oh, ein Pferd«, sagte Richard leicht lächelnd, »erzählt einem seine Geschichte viel klarer als jeder noch so redegewandte Mensch. Man muss es nur zu fragen verstehen.«
»Und wie fragt man ein Pferd?«
»Man legt ihm einen Multiple-Choice-Test vor.«
Margret lachte so unbändig, dass sich auf Zillas Teller die Haut vom Forellenfilet kringelte. Dennoch erfüllte es Zilla mit einer gewissen Befriedigung, Margret an Richards generellem Unwillen scheitern zu sehen, über seine Pläne Auskunft zu geben. »Richard lässt sich nur ungern in die Karten schauen«, bemerkte sie.
Erneut blickte Richard sie an, diesmal mit gerunzelter Stirn.
»Ach wissen Sie, Gräfin, ich werde es schon herauskriegen«, erwiderte Margret gut gelaunt. »Irgendwann muss jeder seine Karten aufdecken.«
»Na, dann hoffen wir, dass Sie nicht das schlechtere Blatt haben«, sagte Zilla liebenswürdig.
Bis zum Hauptgang – Kalbfleisch mit Kroketten und jungen Brechbohnen – plänkelten sie sich durch dergleichen Freundlichkeiten, von denen Zilla sicher wusste, dass sie Richard überhaupt keinen Spaß machten. Er stocherte denn auch zunehmend schweigsam in seinem Essen herum.
»Schmeckt es dir nicht?«, plauderte Margret unverdrossen, »Natürlich ist Heikes Kochkunst nicht mit der Genfer Küche zu vergleichen. Wenn man hier in der Gegend wirklich gut essen will, dann muss man in den Speicher nach Barth. Das ist direkt am Hafen. Architektonisch sehr interessant, ein alter Speicher und moderne Innenausstattung, viel Holz und Stahl. Und die Küche lohnt sich. Den Angeldorsch muss man probiert haben.«

»Das klingt ja fast«, sagte Zilla freundlich, »als wollten Sie meinen Mann verführen.«
»Ça suffit, Zilla!«, knurrte Richard.
Margret zog die Brauen hoch.
»Er meint, es reicht«, übersetzte Zilla. »Richard spricht Französisch, wenn er verärgert ist.«
»Oh.« Endlich schien Margret das Lachen vergangen zu sein. Richard allerdings schon lange. Er legte das Besteck auf den Teller und die Serviette daneben und sagte: »Wenn die Damen mich entschuldigen würden. Ich ... ich habe etwas Kopfschmerzen.« Damit stand er auf und verließ den Saal, genau in dem Moment, als Frauke bei ihnen am Tisch anlangte, um abzuräumen.
Auch Margret legte die Serviette neben den Teller. »Für mich keinen Nachtisch mehr. Guten Abend, Gräfin.« Damit stand auch sie auf und ging.
»Aber mir können Sie den Nachtisch bringen, Frauke«, sagte Zilla lächelnd. Während sie das Tiramisu löffelte, hatte sie Gelegenheit, ihre Mutter zu beobachten, die von Tisch zu Tisch ging und den Gästen ihr Ohr lieh.
»Was sagen Sie zu dem Wetter?«, erkundigten sich die Eltern mit den beiden Kindern.
»Morgen scheint wieder die Sonne. Noch ein Selters? Kommt sofort.«
Selters – ein Wort aus Zillas Kindheit für Mineralwasser. Auch den Geschmack hatte sie noch in Erinnerung, ein ziemlich salziges Wasser mit sehr viel Kohlensäure in kleinen Flaschen aus dickem weißem, immer reichlich angeschlagenem Glas. Aber Mutter servierte inzwischen die gängigen westlichen Marken.
»Ja«, hörte Zilla sie jetzt sagen, »das Forst- und Jagdmuseum in Born auf dem Darß ist sehenswert.« Sie stand inzwischen am Tisch des Generals.

»Wirklich einmalig die beiden verkämpften Hirsche!«, stieß er unter seinem Schnauzer hervor.
»Aber ein bisschen gruselig ist es schon«, meinte seine Frau. »Zu denken, dass die armen Hirsche beim Kampf ihre Geweihe so verheddert haben, dass sie nicht mehr auseinander kamen und verhungern mussten. Sie sind so realistisch präpariert.«
»Dem königlich-preußischen Forstmeister Ferdinand von Raesfeld verdankt das Jägerhandwerk sehr viel!«, verkündete der Schnauzer. »Als junger Jäger habe ich seine Bücher verschlungen. *Das deutsche Waidwerk* ... Raesfeld hat die Hege mit dem Gewehr begründet, den gezielten Abschuss der schwachen und kranken, nicht der starken Hirsche.«
»Haben Sie auch das Raesfeld-Grab gesehen?«, erkundigte sich Edith, taktvoll die Aussprache von »Räsfeld« in »Rasfeld« korrigierend. »Gestorben ist er zwar am Chiemsee, aber schon 1930 hat man ihn auf den Darß umgebettet.«
Die Frau nickte. »Und mein Mann musste sich unbedingt auch auf ›Hermanns Trittleiter‹ stellen«, gestand sie verschämt lachend. »Sie wissen, der Stein vor dem Forsthaus, den Hermann Göring als Aufstiegshilfe für sein Pferd benutzte.«
Also auch hier ist Hermann Göring gewesen, dachte Zilla, nicht nur im Thomas-Mann-Haus auf der Kurischen Nehrung, Wegbegleiter Hitlers von Anfang an, bei dessen blödsinnigem Putschversuch 1923 schwer verletzt und seitdem morphiumabhängig. Vor allem ein Detail war Zilla aus dem Schulunterricht noch präsent. Bei seiner Festnahme durch die Amerikaner am 8. Mai 1945 hatte Göring einhundertvierzig Kilo gewogen. Kein Wunder, dass er ohne Trittleitern auf kein Pferd mehr gekommen war.
»Sie müssen einmal im Herbst kommen«, lenkte Edith den

Schnauzbartjäger von diesem Thema ab, »dann können Sie im Forsthaus die Hirsche des Darßwalds röhren hören.«
In zwei Tagen, dachte Zilla, würde sie mit den Gästen solche Gespräche führen, die Seele des Hauses, Gräfin von Ayshoff, die Selters brachte und Auskunft übers Wetter gab. Mit ziemlich mulmigen Gefühlen stieg sie die Treppen hinauf.
Richard lag in Kleidern mit unter den Kopf geschlagenen Armen auf dem Bett und starrte an die Decke.
»Was machen deine Kopfschmerzen?«, erkundigte sich Zilla. »Dein Abgang war jedenfalls filmreif.«
»Musstest du mich eigentlich vorführen wie ein Schlachtross?«
Zilla lachte. »Margret hat sich doch auch präsentiert wie eine rossige Stute.«
»Und du, Zilla ...?« Er sprach es nicht aus.
Da war es wieder, was Zilla so irritierte. Niemals verlor er die Beherrschung, nichts entfuhr ihm, was er hinterher zu bedauern gehabt hätte. Als ob er viel größere Geheimnisse zu bewachen hätte.
Zilla begann sich auszuziehen. Richard schwang die Beine vom Bett, setzte sich auf und griff nach dem Wecker auf seinem Nachttisch.
»Warum stellst du dir denn überhaupt noch einen Wecker?«, fragte sie. »Du wachst doch ohnehin immer mit der Sonne auf.«
»Aber Morgen sollte ich nicht verschlafen. Ich habe Gert ...« Er blickte Zilla an. »Gert ist Ediths Hauptbereiter. Jedenfalls habe ich ihm zugesagt, am Sonntagsausritt teilzunehmen. Du weißt, vier Stunden mit Kurgästen bis in den Darßwald.«
Zilla verkniff sich die Frage, ob auch Margret mitreiten würde. Keinen Streit suchen.

Richard wandte sich wieder seinem Wecker zu. »Und«, erkundigte er sich, »wie kommst du mit dem Lebensbericht deiner Großmutter voran?«

»Gut.«

Schweigend schraubte er am Wecker herum.

»Aber«, meinte Zilla, »du hättest mir eigentlich ruhig ein bisschen früher sagen können, dass du ein Kinderbild meiner Mutter besitzt.«

Richard drehte sich zu ihr um. »Aber Zilla, ich wusste doch gar nicht, dass dieses kleine Mädchen mit der Glasmurmelpuppe auf dem Arm des SS-Offiziers deine Mutter ist. Der Verdacht kam mir erst, als ich die Puppe auf ihrem Schreibtisch sah.«

»Aber der SS-Offizier – wie hieß er doch gleich? – Heinrich Rönken, der war dir bekannt?«

Richard stellte den Wecker auf den Nachttisch zurück. »Ja, weil mein Großvater René ihn fotografiert und seinen Namen hinten auf das Foto geschrieben hat.«

»Warum«, überlegte Zilla laut, »hat Rönken eigentlich meine Mutter und ihre Schwester nicht aus Nemmersdorf geholt, wenn er doch nur ein paar Tage zuvor dort war, um einen Bauern zu erschießen?«

»Muss er gewusst haben, dass sie dort waren?«

»Aber wenn er doch Mamas so genannter Onkel Heinrich war?«

Richard drehte sich erneut um. »Das musst du deine Mutter fragen. Woher zum Teufel soll ich wissen, was in dem kranken Gehirn eines Nazi-Verbrechers vor sich ging?«

»Was regst du dich denn so auf?«

Richard atmete aus. »Ich rege mich nicht auf. Aber warum wohl nennt deine Mutter diesen Heinrich Rönken ›Onkel Heinrich‹? Warum, wenn er nicht auf Ayshoff ein und aus ging?«

Zilla ließ sich auf die Bettkante sinken. »Ah, darum also! Darum seid ihr so dagegen, dass ich Großmutters Bericht lese, Mama und du. Ihr fürchtet unbequeme Wahrheiten.«
Richard langte nach ihr, aber seine Hand stoppte auf dem Bettlaken zwischen ihnen. »Überleg doch mal, Zilla. Warum hat deine Großmutter ihren Bericht nicht deiner Mutter zu lesen gegeben? Warum hat sie ihn in der Truhe versteckt? Ich fürchte, es ist wirklich so, wie deine Mutter vermutet. Du solltest das Heft erst finden, wenn auch sie tot ist.«
Zilla blickte ihn zweifelnd an.
»Und das kann nur heißen, dass ein paar Dinge darin stehen, die erst im Abstand von zwei Generationen ihre Brisanz verlieren.«
»Aber …« Zilla sammelte ihre Gedanken. »Soll ich das Heft etwa ungelesen wieder in die Truhe packen? Das wäre feige.«

Das Herz von Ayshoff

Den Sonntag verbrachte Zilla lesend auf dem grünen Diwan in Großmutter Gertrauds ehemaligem Salon, obgleich sich draußen Sonne und Wolken jagten. Welche düsteren Geheimnisse Gertrauds Lebensbericht auch enthalten mochte, es gab kein Zurück mehr, nur noch ein Vorwärts. Das anstehende Kapitel war mit »Meine Brüder« überschrieben.

»Zu meinem zwei Jahre älteren Bruder Rudolf hatte ich ein besonderes Verhältnis. Er war mir schon äußerlich am ähnlichsten, zart gebaut für einen Jungen, aber zäh und ein guter Läufer, der bei unseren Wettrennen die Allee entlang sogar die beiden erbitterten Konkurrenten Wilhelm und Elmar hinter sich ließ. Rudolf sang sehr schön und spielte ein bisschen Geige, obgleich niemand ihm Unterricht gegeben hatte. Manchmal war er stundenlang verschwunden, und dann fand ich ihn mit Büchern unter einem Weidenbaum am Ufer der Lepone oder in der Bibliothek.

Mit vierzehn Jahren teilte er Graf Gustav, der die Vormundschaft für uns übernommen hatte, mit, dass er den festen Vorsatz habe, Missionar in Afrika zu werden. Wie er darauf verfallen war, konnten wir uns nicht erklären, denn abgesehen vom sonntäglichen Kirchenbesuch, dem Morgengebet und der formellen Mildtätigkeit der Gräfin herrschte keine fromme Atmosphäre auf dem Schloss. In den Predigten war auch nie die Mission vorgekommen, und ein Missionsblatt wurde nicht gelesen. Der Versailler Friedensvertrag verbot zudem faktisch die deutsche Mission im Ausland, und es war nicht absehbar, dass der entsprechende Paragraph bald abgeschafft werden würde.

Auch mir hat Rudolf seinen Entschluss nie wirklich erklären können. Es war ein tiefes Sehnen in ihm, in die Welt hinauszukommen. Er las viel über Afrika. Mit fünfzehn wurde er ins Ehrlich'sche Gestift zu Dresden aufgenommen. Den Platz hatte ihm ein Verwandter der Schirrwindts in Dresden besorgt. Das Stift war eine Begabtenschule für Waisen und Halbwaisen, für die der fromme Kaufmann Johan Ehrlich gut zweihundert Jahre zuvor sein Vermögen hergegeben hatte. Das Geld war so angewachsen, dass man von den Zinserträgen auf dem Stübelplatz in Dresden eine Schule, Internatshäuser und eine Kirche hatte bauen können. Die Schüler konnten bis zum Einjährigen kommen, einem Zeugnis, das ihre Militärzeit auf nur ein Jahr beschränkte. Rudolf erwarb sich dort die Berufsschulfreiheit. Die Lehrer waren akademisch gebildet. Es wurden sogar Physik und Chemie gelehrt.

Ein Brief, den Rudolf mir aus dem Stift schrieb, ist noch erhalten, und er liegt jetzt neben mir auf dem Tisch. Darin heißt es: ›Der alte Pastor Koall, der zweite Stiftsprediger, ist ein zweihundertprozentiger Deutschnationaler. Er lehrt Religion und Geschichte. Er ist, obgleich er dicke Brillengläser trägt, fast vollständig blind. Nichts trägt er selbst vor. Er lässt den Lehrstoff von Schülern aus einem Buch vorlesen. Am Anfang jeder Stunde wird wiederholt. Gestern war Paul Grundig dran, und der rasselte herunter: ›Auf der Insel Krim war einst ein grimmiger Krieg. Weil dieser Krieg auf der Insel Krim seinen Anfang und sein Ende genommen hatte und in sehr grimmiger Form geführt wurde, nannte man ihn den Krimkrieg.‹ Das musst du dir aber auf Sächsisch vorstellen, Gertraud, und da klingt das ungefähr so: ›Das war een sehr grimmicher Grimmgriech. Grimmich war'n die grimmichen Grimm-Griecher beim grimmichen Angriff …‹

Nach der Schule wurde Rudolf aber noch nicht Missionar, sondern erst einmal Schreiberlehrling in der Rechtsanwalts- und Notarkanzlei Dr. Schirmer in Berlin. Zunächst brachte er Schriftsätze aufs Amtsgericht, doch bald galt er als so anstellig, dass man ihm das Mahnwesen übertrug. Er entdeckte allerlei unerledigte Akten und verhalf der Kanzlei zu Geldeingängen.
Einmal bediente er im Büro das Telefon. Jemand verlangte den Chef zu sprechen. Der Kanzleivorsteher flüsterte ihm zu, er solle sagen, der Chef sei nicht im Büro. Er war aber da. Rudolf weigerte sich, eine falsche Auskunft zu geben, und sagte hinterher zum Bürovorsteher, er gebe zwar seine Arbeitskraft her, aber er verkaufe nicht sein Gewissen fürs Gehalt. Die Antwort war: ›Das ist aber eine komische Auffassung.‹ Doch gerade deshalb genoss er das besondere Vertrauen des Bürovorstehers, denn der mochte sich sagen, dass er auch ihn nicht belügen würde.
So war Rudolf.
Im April 1928 fuhr er in der vierten Wagenklasse von Berlin nach Leipzig ins Missionshaus, Carolinenstraße 19. Es war ein hartes Studium, denn Rudolf befand sich im Hintertreffen gegenüber den anderen Schülern, da wir auf Ayshoff zunächst von Privatlehrern unterrichtet worden waren und Rudolf hernach nur ein paar Jahre das Gymnasium in Gumbinnen besucht hatte. Auch das Ehrlich'sche Gestift hatte nicht viel gerettet.
Sein Vikariat machte Rudolf in Gumbinnen in der Evangelisch-Lutherischen Gemeinde der Salzburger Kirche. Da musste er viel über die Dörfer reisen. Im Pfarrhaus hatte er freie Wohnung, und es gab ein monatliches Taschengeld von dreißig Silbermark. Das war zwar wenig, aber er ließ sich davon einen Anzug schneidern. ›Der Herr Vikar ist gut im Zeug‹, sagte man von ihm. Einmal hatte er nach dem

Dorf Stannaitschen zu laufen und einen gänzlich gelähmten Mann zu besuchen, der allein zu Hause in seinen Sessel gebannt saß, während die Familie bei der Feldarbeit war. Weil Sommer war, erschien er in seinem hellgrauen Anzug, und der alte Herr blickte ihn an und sagte: ›Die Herren Pastoren gehen wohl heute nicht mehr in schwarzen Anzügen.‹ Viel Trost hat Rudolf dem Gelähmten wohl nicht spenden können, dafür aber warf er sich selbst Eitelkeit vor.

Erst später habe ich begriffen, dass Rudolf mit sich quälende Kämpfe austrug. Zum Beispiel plagte er sich all die Jahre hindurch mit unerklärlichen Brust- und Rückenschmerzen herum, die ihn immer wieder veranlassten, sich zu fragen, ob er wirklich anstreben durfte, als Missionar nach Afrika zu gehen. Manchmal meinte er sogar ernsthaft, er werde wohl nicht lange leben. Aber eine organische Ursache hat man nie feststellen können.

1933 bestimmte das Leipziger Missionshaus, dass er nach Indien gehen solle. Ein harter Schlag für Rudolf, denn er hatte sich durch Lektüre intensiv darauf vorbereitet, in Afrika zu arbeiten. Seine Verzweiflung darüber, dass das Missionshaus anders entschieden hatte, kam mir erschreckend maßlos vor. Denn sonst war Rudolf ein duldsamer und feinsinniger Mensch. Die Intellektuellen gehen nach Indien, hieß es zur Begründung, und Rudolf verfluchte seine geistigen Kapazitäten. Er kam mir vor wie einer, dem man die einzige Tür zum Glück vor der Nase zuschlug. Ja, im Grunde wie ein Liebender, dessen Braut einem anderen zugeführt wird.

Er wurde für drei Monate nach England geschickt, um Englisch zu lernen, und anschließend ins schwäbische Tübingen zu einem Tropenkursus im Deutschen Institut für Ärztliche Mission. Im Januar 1934 besuchte er uns zum letzten Mal auf Ayshoff.

›Ich bin froh, Deutschland zu verlassen‹, gestand er mir auf einem Spaziergang durch tief verschneite Wiesen entlang der Lepone.

Zwei Jahre davor hatte sich Paul von Hindenburg bei der Wahl zum Reichspräsidenten noch gegen Hitler durchsetzen können, aber im zurückliegenden Jahr hatte er Hitler zum Reichskanzler berufen müssen. Dann brannte der Reichstag ab, und die Nationalsozialisten beschuldigten die Kommunisten. Doch bereits einen Tag vor dem Reichstagsbrand hatte Hindenburg die ›Verordnung zum Schutze von Volk und Staat‹ unterzeichnen müssen.

›Damit hat Hitler sich den Weg zur Diktatur geebnet‹, sagte Rudolf. ›Nun kann er jederzeit die Presse- und Meinungsfreiheit abschaffen und das Post- und Fernsprechgeheimnis aufheben, immer unter dem Deckmantel, kommunistische und staatsgefährdende Gewaltakte abwehren zu müssen. Hitler will nur eines – alle Vollmachten für einen Krieg.‹

Ich muss zugeben, ich hielt das damals nicht für besonders tragisch, konnten wir doch im fernen Ostpreußen die Demütigungen durch die Versailler Verträge gewissermaßen am eigenen Leib spüren, wenn wir ins Reich reisen wollten und im Danziger Korridor von den Polen gefilzt wurden. Diese Schikanen waren 1939 ja dann auch der offizielle Grund für den Überfall auf Polen. Dennoch habe ich später oft an Rudolfs Worte gedacht. Der Aufschwung rührte allein von der Rüstungsindustrie her, und die Autobahnen wurden nur gebaut, weil Hitler Straßen für Kriegsfahrzeuge brauchte.

Bei Rudolfs letztem Besuch stand ich übrigens kurz vor meiner Hochzeit mit Wilhelm, dem ältesten Sohn des Grafen. Und so beklagte ich mich: ›Kann Indien nicht noch ein halbes Jahr auf dich warten? Dann könntest du uns trauen. Wenn wir schon einen Pastor in der Familie haben.‹

›Nichts hätte ich lieber getan‹, sagte Rudolf, ›als dein Glück vor Gott zu besiegeln. Und ich kann mir keine bessere Herrin für Ayshoff vorstellen. Aber wird dich das glücklich machen?‹

›Ich liebe Wilhelm‹, sagte ich.

›Ach‹, seufzte er, ›wie oft verspricht die Liebe, was die Ehe nicht hält. Gerade die klugen Frauen überfordern ihre Männer mit Ansprüchen, die sie nach ihrer Erziehung und Natur nicht erfüllen können.‹

›Erbarmung, Rudolf!‹, rief ich. ›Wo hast du denn so viele unglückliche Ehen gesehen?‹

Er lächelte. ›In Berlin. Da gibt es viele junge Frauen, die arbeiten. Oft ist es die Not, die sie zwingt, sich als Tippmamsells zu verdingen. Und dabei verdienen sie so wenig, dass sie weiterhin von der Ehe träumen. Aber ich bin auch in wohlhabenden Kreisen so mancher jungen Frau begegnet, die als Journalistin oder Schriftstellerin Anerkennung geerntet hat.‹

›Mit Bubikopf, kurzem Rock, Seidenstrümpfen und Krawatte?‹, fragte ich lachend.

›Auch das. Doch dann hat sich die Journalistin verliebt und geheiratet. Und bald kamen die Kinder. Und mit einem Mal wollten die Männer sie nicht mehr dabeihaben, wenn sie sich mit Zigarren zum Politisieren ins Herrenzimmer zurückzogen, und sie musste bei den Frauen sitzen bleiben und sich über Kochrezepte, Affären und Ärger mit dem Gesinde unterhalten.‹

›Natürlich werden Wilhelm und ich Kinder haben müssen‹, bemerkte ich.

›Aber man kann auch etwas dagegen tun‹, sagte Rudolf rasch. ›In Frankreich applizieren sich die Frauen Spülungen mit Essigwasser. Das tötet den männlichen Samen ab. Und das hier‹, aus seiner Manteltasche zog er ein Blechdöschen, das kleine eiförmige Dinger enthielt, ›nennt man Rendells. Das sind Pessare aus Chinin und Kakaobutter. Man bringt sie vor dem Verkehr ein, und sie lösen sich später von alleine auf. Die Frauen in Berlin sagen allerdings, man solle zwei nehmen, denn ein gewisser Prozentsatz komme fehlerhaft aus der Fabrik, weil ein Krieg bevorsteht und man die Bevölkerungszahl steigern will.‹

Ich war unendlich verlegen, aber auch unendlich dankbar, dass Rudolf so aufmerksam war, mit mir ein Gespräch zu führen, dass eigentlich Tante Dorschanni auf sich hätte nehmen müssen. Aber sie lebte in der Idealisierung ihrer einzigen großen Liebe zu Graf Karl, die so verzweifelt kurz gewesen war, dass die Frage der Verhütung kaum eine Rolle gespielt haben dürfte. Und dass ich die Geburt eines Stammhalters könne hinauszögern wollen, hätte sie nie verstanden. Seltsam allerdings, dass Rudolf es verstand, verstand ich es doch selbst kaum.

›Und du‹, erkundigte ich mich bei Rudolf, ›lässt in Berlin keine Frau deines Herzens zurück?‹

Er legte lachend den Arm um mich. ›Nein, Schwesterchen. Mein Herz lasse ich auf Ayshoff zurück. Und ich hoffe, dass es sich nicht geirrt hat.‹

›Sicherlich nicht!‹, bekräftigte ich. ›Ich liebe Wilhelm und bin sehr glücklich.‹

Daraufhin küsste Rudolf mich zart auf die Stirn. Und sehr ernst und schweigsam schritt er für einige Minuten an meiner Seite dahin. Übrigens hat er nie geheiratet.«

Zilla stutzte. Hatte Gertraud Rudolf da wirklich richtig verstanden? Hatte er mit seiner brüderlichen Liebeserklärung wirklich sein Schwesterherz gemeint?

»Bevor er abreiste«, fuhr Gertraud fort, »übergab mir Rudolf seinen Hund Gulasch zu treuen Händen. Er hatte ihn sich in England zugelegt, ein kleines rotbraunes Biest auf kurzen Beinen, das uns auf unserem Spaziergang begleitete. Da Gulaschs Beine so kurz waren, musste er sich unter der Schneedecke entlangwühlen. Wenn ihm die Luft ausging, sprang er in einer Kaskade von Schnee senkrecht empor, nieste, wirbelte mit dem Kopf, um sich zu orientieren, und plumpste dann in den Schnee zurück. Als wir über ihn lachten, trottete er beleidigt eine Weile hinter uns her und holte sich von unseren Fersen Nasenstüber. Gulasch erwies sich später als überaus mutiger und treuer Hund. Dass ich ihn zusammen mit den anderen Hunden am Vorabend unserer Flucht erschießen musste, gehört zu den bittersten Momenten in meinem Leben.

Rudolf kehrte zunächst zur Leipziger Mission zurück und fuhr endlich im April 1934 mit dem Zug durch die Schweiz nach Mailand und von dort weiter nach Genua, wo im Hafen die *York* lag. Abends ging er an Bord, und morgens um acht legte das Schiff ab. Noch bis um halb zehn stand er am Oberdeck, aber nicht, weil ihm der Abschied vom im Faschismus versinkenden Europa so schwer gefallen wäre, sondern weil beträchtlicher Seegang herrschte und er sein Frühstück wieder von sich geben musste.

Wir haben uns stets geschrieben, auch in den ungewissen Zeiten, da ein Brief Monate unterwegs war und man, wenn man ihn in der Hand hielt, nie wissen konnte, ob der Absender inzwischen umgekommen war und nur noch eine Geisterstimme aus dem Jenseits zu einem sprach.

Rudolf wirkte in der Nähe von Madras in der Evangelisch-Lutherischen Tamilkirche. Er bewohnte ein Haus im Kolonialstil, ganz aus Holz. Bevor man morgens in die Schuhe schlüpfte, musste man nachschauen, ob es sich ein Skorpion darin bequem gemacht hatte. Und seine Geige zerbröselte ihm eines Tages, als er sie aus dem Kasten nahm, weil die Termiten das Holz unter der Lackierung aufgefressen

hatten. Mit einem Ochsenkarren, einem Lichtbildprojektor und einem Grammophon fuhr er über Land, um den Indern den christlichen Glauben in Bild und Ton nahe zu bringen. Einmal schickte er mir ein Foto, das ihn mit Tropenhelm, umgeben von dunkelhäutigen Kindern, zeigte. Auch Mahatma Gandhi hat er gesehen, wie er auf einem Podest im Schatten eines roten Tuchs saß.
Als der Krieg ausbrach, wurde Rudolf interniert, konnte aber fliehen. Er reiste nach Nepal und wanderte bis ins Königreich Mustang und nach Tibet, wo er sich lange in den Klöstern von Lhasa aufhielt. Über zwei Jahre hörte ich nichts von ihm. Erst im Sommer 1946 erreichte mich auf Ayshoffkaten ein Brief, der eine lange Odyssee hinter sich hatte. Er lebte und war auf der Rückreise nach Europa.
Rudolf fand Aufnahme im Evangelisch-Lutherischen Missionswerk in Niedersachsen, der einstigen Hermannsburger Mission, welche die Geschäfte der Leipziger Mission zum großen Teil übernommen hatte. Er lebte in Hannover als angesehener Fachmann für Tibet und den Lamaismus.
Rudolf starb ein Jahr, bevor du, Zilla, geboren wurdest, nämlich im Jahre 1972 im Alter von nur zweiundsechzig Jahren an Herzversagen. Es war nur wenige Monate, bevor er mich zum ersten Male auf Ayshoffkaten besuchen wollte und wir uns wiedergesehen hätten. Vorher war ja an einen Einreiseantrag nicht zu denken gewesen.«

Vor Zillas innerem Auge entstand mit seltsamer Klarheit ein Bild, das sie wiederholt im Fernsehen gesehen hatte: Willy Brandt, wie er bei Nieselregen unversehens vor dem Mahnmal im Warschauer Ghetto auf die Knie fiel, im Wintermantel, mit zerknirschtem Gesicht, ein Haarbüschel von einem misslichen Windstoß gegen den Strich gepustet und

umsprungen von aus dem Häuschen geratenen Fotojournalisten.
»1970 war das«, hatte Mutter bei Zillas erstem Besuch auf Ayshoffkaten erzählt. »Damals hatten wir noch keinen Fernseher. Aber die Kummrichs in Hus Upstalsboom, die guckten immer Westfernsehen, obgleich das verboten war. Und da habe ich es gesehen. Endlich, habe ich gedacht, endlich entschuldigt sich mal einer bei den Polen. Das weiß ich noch wie heute. Unsere Erleichterung. Nun kommt etwas in Gang, dachte man. Und Großmutter sagte: ›Nu is Schloss Ayshoff verloren, aber Rudolf kann mich besuchen.‹ Doch der starb dann ganz kurz vor der Reise.«
Beschämt erinnerte sich Zilla, wie sie damals als siebzehnjähriges Mädchen weggehört hatte, absichtlich nicht zugehört, gemauert. Das war nicht ihr Thema.
Aber es stimmte nicht. Es war sehr wohl ihr Thema. Immer wieder hatten sich der Krieg und seine Folgen in Form von seltsamen Zusammentreffen in ihr Leben gedrängt. Nicht nur, dass sie ein Seminar beim UNHCR besucht und Richard geheiratet hatte, den professionellen Flüchtlingshelfer, oder dass sie in der riesigen Brüsseler Behörde ausgerechnet im Direktorat für die Osterweiterung tätig sein würde, es hatte schon damit angefangen, dass ihr die Politik- und Geschichtslehrerin Evelyn Wagner ein Referat über die Ostverträge zugewiesen hatte. Über Frau Wagner munkelte man, sie sei Kommunistin gewesen, und ihr Unterricht wurde in Bayern, wo in jedem Klassenzimmer ein Kreuz hing, mit Misstrauen beobachtet.
Ohne daran zu denken, dass Zilla über die Heimat ihrer Mutter sprach, hatte sie forsch erklärt, mit Willy Brandts Ostverträgen sei nichts verspielt worden, was nicht Hitler fünfundzwanzig Jahre zuvor längst verspielt hatte: Ostpreu-

ßen, Pommern, Schlesien, Danzig, Stettin, Posen und Breslau. Wer seine Heimat verloren hatte, der hatte bitter für den Krieg bezahlt, das ja, aber man musste die Kette des Unrechts durchbrechen. Schließlich stammte auch Günter Graß aus den »verlorenen« Ostgebieten und hatte Brandt trotzdem unterstützt.

Und noch ein kurioser Zufall hatte sich in diesem Zusammenhang ereignet. Bei einer Fahrt des Politikleistungskurses nach Bonn, wo sie im Wasserwerk eine Bundestagsdebatte miterlebte, hatte Zilla in der Lobby den SPD-Nahostexperten Egon Bahr erkannt und, mutig, wie sie war, angesprochen. »Ich schreibe gerade ein Referat über die Ostverträge«, hatte sie dem Herrn mit der großen Nase und den lebhaften Augen erklärt, »und da hat doch der damalige Oppositionsführer Rainer Barzel, auch in Ostpreußen geboren, behauptet, Willy Brandt sei bereit gewesen, für die Versöhnung mit der Sowjetunion das Ziel der deutschen Wiedervereinigung aufzugeben. Stimmt das?«

»Darf ich fragen, wie alt Sie sind?«, hatte Egon Bahr geantwortet. »Sechzehn? Da waren Sie ja noch gar nicht auf der Welt. Dann sage ich Ihnen: Ich habe schon in den ersten Gesprächen 1970 mit Außenminister Gromyko darauf hingewiesen, dass eine wirkliche Normalisierung zwischen der BRD und der UdSSR nicht denkbar sei, wenn das natürliche Ziel der deutschen Selbstbestimmung von der Sowjetunion nicht zur Kenntnis genommen werde.«

Das war im September 1989 gewesen, als sich in der deutschen Botschaft in Prag DDR-Bürger drängelten, um die Ausreise in den Westen zu erzwingen.

»Aus Rudolfs Bibel, die man mir nach seinem Tod schickte«, endete Gertrauds Bericht über ihren Bruder, »fiel ein Zettel mit einem Liebesgedicht von Friedrich Rückert. Es lautete:

Ich liebe dich, weil ich dich lieben muss;
Ich liebe dich, weil ich nicht anders kann;
Ich liebe dich nach einem Himmelsschluss;
Ich liebe dich durch einen Zauberbann.

Dich lieb' ich, wie die Rose ihren Strauch;
Dich lieb' ich, wie die Sonne ihren Schein;
Dich lieb' ich, weil du bist mein Lebenshauch;
Dich lieb' ich, weil dich lieben ist mein Sein.«

Der schwarze Orden

Ihren sechs Jahre älteren Bruder Elmar beschrieb Gertraud als klein, kompakt und drahtig und als verbissenen Reiter, immer darauf aus, die schnellsten Pferde auf den waghalsigsten Jagdparcours zu reiten.

Dafür bot das nahe gelegene Trakehnen ein ideales Betätigungsfeld. Die Koppelzäune, die torfschwarzen Entwässerungsgräben, die Wälle und Flüsse lockten im Herbst, wenn die Felder abgemäht waren und die Ernte eingebracht war, den ostpreußischen Adel zu ausgedehnten Schleppjagden an. Trakehnens Wiesen und Koppeln reichten topfeben bis zum Horizont unter blauem Himmel und weit verstreuten Wolken. Glühend rot leuchteten die Weinblätter an den Häusern und Ställen. Braun raschelte das Laub in Trakehnens Eichenalleen. Korn- und Wiesenweihen schwebten im Tiefflug über die Stoppelfelder, Rebhühner flüchteten, die Stare hatten sich gesammelt und rauschten in großen Flügen hinauf, hinab und hin und her. Der eine oder andere Schwarzstorch stolzierte noch an einem Graben entlang.

»Die Schleppjagd«, erklärte Gertraud ihrer Nichte aus der Stadt, »verläuft so, dass der Schleppenleger eine Kugel oder einen Schwamm, mit Duftstoffen präpariert, oder auch eine Hirschkeule am Sattel hinter seinem Pferd herzieht. Die Hunde mit dem Master und den Pikören nehmen die Fährte auf, und die Reiter, geführt vom Jagdherrn, folgen der Meute in mehreren Gruppen.«

Unwillkürlich erinnerte sich Zilla, dass auch Richard in Verden an Schleppjagden teilgenommen hatte. Einmal, am Anfang ihrer Ehe, war sie dabei gewesen, allerdings nicht mitgeritten. Der anwesende Adel hatte sie darüber belehrt, dass das Gelände zwischen Celle und Lüneburg am ehesten mit Trakehnen vergleichbar war – weiche Böden, Birken- und Buchenwälder, Naturgräben und Steilhänge. An die siebzig Reiter in roten Jacken hatten sich an der ehemaligen Holzmarktkaserne vor dem Tempelhüter-Denkmal versammelt, jener Kopie der Bronzestatue des legendären Deckhengstes von Trakehnen, dessen Original in Moskau steht. Hinter Meute und Master war Richard gleich in der ersten Gruppe Zillas Gesichtsfeld entschwunden.

»Elmar«, schrieb Gertraud, »ritt nicht im roten Jagdrock, den die Engländer erfunden haben, damit man einen gestürzten Reiter im Gelände besser wieder findet, und er ritt immer vorne mit, immer auf den ungestümsten Dreijährigen, um die er extra bat. Hinterher erzählte er noch tagelang, wie hart er hatte kämpfen müssen, um das Pferd zu halten und nicht am Master vorbeizustürmen, was strengstens verboten war. Nicht am Master vorbeizudürfen war gewissermaßen Elmars Trauma, aber nur bei der Jagd in Trakehnen wusste er als Heldentat umzudeuten, was ihm daheim auf dem Gut Ayshoff neben Wilhelm so sauer wurde. Aber auch ich fühlte mich in Trakehnen stets wie ein anderer Mensch. Als ich alt genug war mitzureiten, hielt ich mich lieber im Hintertreffen auf. So konnte ich sehen, wie die Hindernisse von den Pferden genommen wurden, und mich selbst darauf einstellen. Vor allem vor den ersten Koppelzäunen und Gräben, wenn Pferd und Reiter noch morgenmüde und steif in den Gelenken sind, hatte ich Respekt. Später fliegt das Herz über Gräben und Ricks, und Pferd und Reiter folgen nach, zu einer Einheit verschmolzen, und das ganze Leben wird einem leicht. Zum Schluss machte die Frau des Masters die Runde und verteilte Eichenbrüche aus einem Strauß, die man sich ins Knopfloch steckte.

Im Jahre 1926 stürzte Elmar auf der Strecke zwischen dem Vorwerk Kalpakin und dem Vorwerk Birkenwalde beim

Sprung über den Faulen Graben und erlitt eine schwere Gehirnerschütterung. Noch halb benommen vom Sturz beschuldigte er Wilhelm vor allen Leuten, ihn vom Hindernis abgedrängt und den Sturz verschuldet zu haben. Wilhelm verwahrte sich gegen diesen Vorwurf, und Graf Gustav war über die Streitsucht seines Sohnes und seines Ziehsohnes so ergrimmt, dass er bestimmte, dass die beiden im folgenden Jahr keine Jagd in Trakehnen mitreiten dürften.

Als der Herbst kam, ging Elmar mit finsterer Miene umher und hatte plötzlich die Idee, er müsse nach Königsberg und dort bei einem Landmaschinenhändler eine Melkmaschine anschauen, um zu sehen, ob sie für uns tauglich wäre. Er fuhr dann aber, kaum in Königsberg angekommen, mit einer befreundeten Familie nach Trakehnen. Es musste natürlich herauskommen, denn Elmar hatte ja nicht gut unsere Freunde und Bekannten bitten können, bei einem späteren Besuch auf Ayshoff nichts über die neuerlichen Waghalsigkeiten des jungen Kaldorff bei der Jagd in Trakehnen verlauten zu lassen. Ich glaube, Elmar legte es bewusst auf die Machtprobe mit dem Grafen an.

Graf Gustav bestellte ihn, als die Gäste wieder abgereist waren, zu sich ins Arbeitszimmer und verfügte, dass Elmar die Reitställe nicht mehr betreten dürfe, es sei denn mit der Mistgabel in der Hand wie ein Stallknecht. Und da er vorgegeben habe, sich für eine Melkmaschine zu interessieren, werde er, wenn er auf Ayshoff Kost und Logis genießen wolle, künftig die Wartung und Reparatur der landwirtschaftlichen Geräte und Maschinen besorgen und sich zu diesem Zwecke dem Kutscher Luschnat unterstellen.

›Was glaubt der, wen er vor sich hat?‹, knirschte Elmar, als er aus dem Arbeitszimmer herauskam, wo ich im Gang auf ihn wartete. ›Ich bin Elmar von Kaldorff und nicht der Paslack des Grafen! Dafür wird er büßen!‹

›Was hast du vor?‹, fragte ich angstvoll.
Aber Elmar schüttelte nur den Kopf und stampfte zornig davon.
Ich weiß nicht, warum er sich fortwährend im Nachteil sah, verglichen mit den drei Söhnen des Grafen, warum er immer Ungerechtigkeit und Benachteiligung witterte, wo er hätte dankbar sein müssen für Zuwendung und Versorgung, die uns zuteil wurden. Doch wenn ich Elmar anschaute, mit den dunklen Haaren und nussbraunen Augen unseres Vaters, dann glaubte ich begreifen zu können, wie hart es meinem Vater geworden sein musste, seine Träume vom Künstlerleben zu begraben und ohne eigenes Land und Vermögen in Diensten des Grafen Ayshoff seinen Lebensunterhalt zu verdienen.
Im Sommer 1928 sah ich Elmar in der Kolonie von Eydtkuhnen in Begleitung eines jungen Mannes mit blauen Augen und strohgelbem Haar. Ich hätte mir nichts dabei gedacht, wenn Elmar diesen Mann nicht sofort von der Hauptstraße in eine Seitengasse gezogen hätte, in der Meinung, ich hätte ihn noch nicht bemerkt. Ein weiteres Mal sah ich Elmar mit diesem blauäugigen Mann im Café am Markt sitzen. Abends fand ich meinen Bruder in der Remise, über den Motor unserer Rosinante gebeugt. So nannten wir den Wanderer W 250 des Grafen, ein hässliches Ungetüm mit sechs Zylindern und sechs Sitzen unterm Buckeldach. Aber es war der größte Wagen, der damals zu haben war. Der Graf hatte ihn für ungefähr siebentausend Reichsmark im Werk in Chemnitz erworben.
›Wann stellst du uns den stattlichen jungen Mann denn mal vor?‹, neckte ich Elmar.
›Ich glaube kaum, dass er Lust hat, an einer gräflichen Tafel zu speisen.‹
›Wieso nicht? Ist er Kommunist?‹

›Er kommt aus Königsberg und heißt Heinrich Rönken. Und er gehört der Stabswache Adolf Hitlers an, dem Führer der Nationalsozialistischen Deutschen Arbeiterpartei. Ich trete in diese Partei ein.‹

Ich lachte Elmar aus. ›Du und Arbeiterpartei!‹

Elmar zuckte mit den Schultern. ›Erstens, was bin ich denn hier anderes als ein Arbeiter? Und zweitens, es muss etwas geschehen.‹

›Dieser Hitler, das ist doch dieser Österreicher, der vor fünf Jahren von München aus diesen dilettantischen Putsch versucht hat, diesen Marsch nach Berlin am 9. November 1923. Sitzt der nicht im Gefängnis?‹

›Nicht mehr. Und die NSDAP ist stärker denn je, auch wenn Hitler noch Redeverbot in Bayern und Preußen hat. Man fürchtet die Wahrheiten, die er sagt. Er ist der Einzige, der Deutschland durch eine Diktatur vor der jüdisch-kommunistischen Brut retten kann und dem germanischen Menschen deutscher Nation den Lebensraum wiedergibt.‹

›Du spinnst‹, entfuhr es mir. ›Dein Lebensraum ist hier, und hier ist Platz genug.‹

›Hier? Hier werde ich nicht gebraucht. Aber Hitlers Schutzstaffel, die braucht Männer hochwertiger Rassen, die nicht in der zweiten Reihe stehen bleiben und fähig sind, sich für die Gesamtheit opfern.‹

Mitte November fuhr Elmar nach Berlin, um Hitlers Rede im Sportpalast zu hören. Als im Januar 1929 Heinrich Himmler zum Reichsführer der SS berufen wurde, gehörte Elmar bereits dem so genannten Schwarzen Orden an, dazu berufen, die Blutsreinheit des deutschen Herrenmenschen zu verteidigen, trug die schwarze Uniform mit Hakenkreuzbinde und schwor: ›Unsere Ehre heißt Treue!‹

Ende Juni 1934, kurz vor meiner Hochzeit mit Wilhelm, ermordete die SS die gesamte Führungsmannschaft der

SA unter Ernst Röhm. Röhm hatte seine Sturmabteilung zur Volksmiliz ausbauen wollen, was der Reichswehr nicht passte. Hermann Göring wollte lieber die Reichswehr modernisieren. Die SS streute Gerüchte, die SA habe einen Putsch vor und außerdem sei Röhm homosexuell, und Ende Juni wurde dann die gesamte SA-Führung liquidiert. Graf Gustav war entsetzt.

›Mir soll's ja recht sein‹, sagte er angewidert, ›wenn die Nazis sich gegenseitig umbringen, aber wie können Leute von so erbärmlichem Format einen so gewaltigen innenpolitischen Erfolg erzielen?‹

Wenige Tage vor meiner Hochzeit fuhr nun Elmar mit diesem blonden, blauäugigen Mann auf den Hof. Sie waren in schwarzen Uniformen und entstiegen einem riesigen schwarzen Horch – der Luxuslimousine der damaligen Zeit. Der Graf bestellte meinen Bruder sofort zu sich ins Arbeitszimmer. Ich weiß nicht, was dort passiert ist und wie Graf Gustav seinen Ekel vor Hitler und seine Verachtung für dessen Vasallen ausgedrückt hat, aber Elmar stürmte schon nach wenigen Minuten die Treppe hinunter und stieß, als ich ihn begrüßen wollte, zwischen den Zähnen hervor: ›Das wird er bereuen! Wer nicht für uns ist, ist gegen uns.‹

Und damit fuhren er und sein schwarzer Waffenbruder wieder ab.«

Ediths Manöver

Tu mal langsam«, sagte Edith. »Hier muss es gleich rechts abgehen.«
Zilla bremste.
»Ach nee, doch nicht. Erst müssen links die Häuser von Stralsund anfangen. Ich kann mir das nie richtig merken.«
Zilla beschleunigte wieder. »Wir sind ohnehin viel zu früh.«
»Wenn wir in einen Stau geraten wären, dann wären wir jetzt froh, beizeiten losgefahren zu sein.«
»Aber Mama, zwei Stunden für knapp fünfzig Kilometer von Zingst nach Stralsund. So viel Stau kann es auf dem platten Land gar nicht geben. Und wo sollen morgens um acht die Touristen herkommen, die über den Damm nach Rügen wollen?«
Edith schwieg eigensinnig.
»Wir wär's denn, wenn wir in die Stadt hineinführen und noch irgendwo einen Kaffee trinken?«, schlug Zilla mit genervter Munterkeit vor.
»Nachher verfahren wir uns noch. Ich möchte nicht zu spät kommen.«
Zilla seufzte.
»Außerdem müssen wir noch einen Parkplatz suchen.«
»Ich bin berühmt dafür, dass ich überall einen Parkplatz finde, sogar in Paris. Und Stralsund ist ja nun weiß Gott nicht annähernd ...«
»Hier!«, rief Edith plötzlich. »Hier ist es. Der Park! Hier muss es jetzt gleich rechts abgehen.«
Zilla blickte in den Rückspiegel und reduzierte ihr Tempo. Sie befanden sich auf der Rostocker Chaussee, der Einfallstraße nach Stralsund. Hastig versuchte sie auf den Straßenschildern die Richtungspfeile den Namen zuzuordnen.

»Knieper West nach links, Stadtmitte und Rügen geradeaus, Klinikum West … da steht es ja.«
»Du musst rechts, Zilla!«
»Hier kann ich nicht reinfahren. Da vorn, Mama.«
Sie fuhren an einem saftig grünen Park entlang, aus dem ein Turm emporragte, und bogen dahinter in den Kastanienweg ein. Es war überhaupt kein Problem, für Richards langen Volvo einen Parkplatz zu finden. Zilla hoffte auf eine akzeptable Cafeteria in der Klinik, wenn auch die Aussicht auf Kaffee und Käsekuchen zwischen Leuten mit Verbänden und Infusionsflaschen in den Bademanteltaschen sie nicht gerade beflügelte. Sie holte Mutters leichtes Krankenhausköfferchen aus dem Kofferraum. Edith langte danach.
»Nein, ich trage ihn«, sagte Zilla.
»Fang jetzt bloß nicht an mich wie eine Invalide zu behandeln!«
»Schöne alte Bäume«, lenkte Zilla ab. »Hoffentlich hast du ein Zimmer mit Blick auf den Park.«
Edith schwieg. Vielleicht hat sie Angst vor der Operation, dachte Zilla. Sie sollte sich einfühlsamer zeigen und geduldiger mit ihr sprechen. Aber schon der Start am Morgen war nervenaufreibend gewesen. Frauke war nicht erschienen, um das Frühstück zu machen. Während Mutter schon bereit war, den Krankenhaustermin abzusagen, war Zilla Frauke wecken gegangen. Richard war auch nicht da gewesen. Vermutlich war er mit dem Pferd draußen, womöglich mit Margret. Allerdings war er zur Stelle gewesen, als sie abfahren wollten, um seine Schwiegermutter zu umarmen und ihr alles Gute für die Operation zu wünschen. Wahrscheinlich hätte sich Edith lieber von ihm fahren lassen.
Als Zilla dann noch in Zingst falsch abbog und in der Sack-

gasse des Kirchwegs landete, hatte sie trocken bemerkt: »Du hast wohl alles vergessen.«
Zilla hatte sich eine Entgegnung verkniffen, aber die ganze Fahrt über mit überempfindlichem Ohr in Richtung ihrer Mutter gelauscht, die schnaufte und fast nichts sagte. Erwartete sie, dass sie mit ihr über Großmutters Lebensbericht sprach? Oder interessierte es sie nicht? Schließlich hatte Gertraud sie übergangen und ihren Lebensbericht der Enkelin gewidmet. Nu sieh zu, wie du damit klarkommst. Zilla erinnerte sich plötzlich an einen Satz, den ihre Mutter einmal gesagt hatte: »Ich bin die Falsche, die überlebt hat.« Mitleid übermannte Zilla zwischen Barth und Löbnitz. Musste es denn so laufen? Warum all diese Vorbehalte, Geheimnisse und Bockigkeiten? Konnten sie denn nicht alle ruhig und vernünftig miteinander reden?
»Gnappen« hatte Großmutter dieses Herumstreiten genannt. Und Kadding hatte der Wacholder geheißen, der in der Zingster Heide wuchs. »Und so spiddrig dat Marjellche«, hatte Großmutter über sie geseufzt. Mit einem Mal purzelten all die Worte wieder durch Zillas Kopf, die das Omche immer benutzt hatte, und sie vernahm wieder den eigenartig resoluten Ton mit den unnachahmlichen G-Lauten, der für sie so sehr mit offenem Feuer im Küchenherd und Alter verbunden war. Wer sprach das denn heute noch? Mutter klang nach Mecklenburger Platt, und bei sich hörte Zilla bayrische Untertöne. Das ist Heimatlosigkeit, dachte sie, in keinem Dialekt groß geworden sein, für seine Erinnerungen nur Hochdeutsch haben. Vielleicht war sie darum in andere, fremde Sprachen geflüchtet. Aber natürlich sprach sie auch Französisch nicht wie eine Muttersprache. Die Genfer fragten sie, aus welchem Teil Frankreichs sie denn komme, und die Franzosen hielten sie für eine Schweizerin. Sie war überall fremd. Nach Stralsund fuhr sie

wie eine Touristin mit Reiseführer in der Handtasche. Sie wollte sich die Altstadt ansehen, nachdem sie Mutter im Krankenhaus abgeliefert hatte, ein bisschen bummeln.

»Du brauchst nicht mit rein«, sagte Mutter, als sie an der Pforte anlangten, und machte einen zweiten Versucht, Zilla das Köfferchen abzunehmen.

»Ich bringe dich aufs Zimmer«, erwiderte Zilla.

Und irgendwie hatte sie es geahnt, denn nach einem kurzen Wortwechsel an der Aufnahme, drehte sich Edith zu ihr um und sagte: »Wir sind hier falsch. Wir müssen in den anderen Betriebsteil am Sund.«

»Wie? Wo ist das denn?«

»Komm«, sagte Mutter und stürmte hinaus. »Wir müssen über den Moorteich Richtung Knieper Nord. Siehst du, wie gut das war, dass wir beizeiten losgefahren sind.«

»Stand das denn nicht auf deiner Einweisung? Lass mal sehen.«

Aber Edith steckte den Zettel eigensinnig in ihre Handtasche zurück. »Ich sag's dir doch, wir müssen zum Sund.«

Und so marschierten sie durch den Park zum Auto zurück. Zilla legte das leichte Köfferchen wieder in den Kofferraum, parkte aus, wendete und fuhr auf die Rostocker Chaussee zurück. Und nun erwies sich Stralsund als groß genug, um sich anständig zu verfahren. Zilla kapierte zunächst nicht, dass der andere Klinikteil nicht in der Nähe war, sondern dass sie durch die ganze Stadt hindurchmussten. Sie waren schon fast auf dem Rügendamm, als sie es aufgab, auf Mutters Hinweise: »Da hättest du jetzt links abbiegen müssen!« mit einer Vollbremsung zu reagieren, und an den Rand fuhr, um den Stadtplan in ihrem Reiseführer zurate zu ziehen. Der zeigte allerdings nur die Altstadt.

»Ich werd's schon erkennen, wenn ich es sehe«, behauptete Edith.

Nun war auch Zilla froh, dass sie beizeiten aufgebrochen waren. Sie kreuzte durch die Altstadt mit einer beeindruckenden Ansammlung alter Hansehäuser mit verschiedenartigen Prunkgiebeln und einem Rathaus in Backsteingotik mit Rosetten in der Sechserreihe von Giebelchen und Türmchen. Dreimal hielt Zilla an, um Passanten nach dem Weg zu fragen. »Wir sind leider auch nicht von hier«, lautete jedes Mal die Antwort. Allerdings lösten das Schweizer Kennzeichen eine lächelnde Hilfsbereitschaft und das Stichwort »Krankenhaus« zusätzliche Hektik aus. Schlussendlich passierten sie ein blaues Binnengewässer und kamen auf den Knieperdamm. Und plötzlich rief Edith: »Da hättest du rechts abbiegen müssen.«

Zilla nahm die nächste rechts und schlingerte durch Seitenstraßen. »Große Parower Straße. Und jetzt?«

»Rechts, glaube ich. Nein! Links! Du hättest nach links müssen.«

Punkt neun Uhr umrundeten sie, bewaffnet mit dem Köfferchen und schweißgebadet, ein rotes Backsteingebäude, hinter dem sich ein riesiger Klinikkomplex bis zum Strand erstreckte, und stürzten den Eingang C hinein zur Aufnahme. Befremdet musterte Zilla die Hinweisschilder. »Stangerbad, Elektrotherapie, Dialyse …« Wie hießen eigentlich die Abteilungen für Bandscheibenoperationen?

»Die haben mich vergessen«, hörte Zilla ihre Mutter schräg hinter sich sagen.

Sie fuhr herum. »Wie?«

»Hier weiß auch niemand, dass ich heute aufgenommen werden soll.«

»Ich kann gerne mal im Betriebsteil West anrufen«, erbot sich die Frau in der Annahme.

»Nicht nötig, da waren wir schon«, sagte Zilla.

»Wenn Sie vielleicht noch einmal Ihren Hausarzt konsultie-

ren würden«, schlug die Frau in der Annahme vor. »Hier sind Sie jedenfalls verkehrt.«
»Komm, Mama«, sagte Zilla, ergriff das Köfferchen und zielte auf die Straße hinaus. »Und nun zeig mir mal deine Einweisung oder was das für ein Blatt Papier ist, das dein Arzt dir mitgegeben hat.«
»Das habe ich verloren.«
Zilla blieb abrupt auf dem Fußweg im Schatten einer grauen Mauer stehen. »Sag mal, Mama, was soll das hier eigentlich werden, wenn es fertig ist?«
Edith brach unvermittelt in Tränen aus.
Wie knochig ihre Schultern sind, dachte Zilla, als sie zögernd ihren Arm um ihre Mutter legte, wie fremd sie sich anfühlt. »Was ist denn eigentlich los?«, erkundigte sie sich zwischen Abwehr und Mitleid.
Edith rutschte mit einer kleinen Bewegung aus ihrem Arm heraus und wischte sich die Tränen von den Wangen. »Ja, wärst du denn sonst gekommen?«
»Wie soll ich das verstehen?«
»So schwer ist das doch nicht zu verstehen. Du kommst ja nur alle Schaltjahre mal, und dann immer nur für drei Tage. Wie soll man denn da irgendetwas mit dir besprechen?«
Dazu fiel Zilla erst einmal gar nichts ein. Mechanisch wandte sie sich dem Volvo zu, ließ die Zentralverriegelung per Druck auf den Schlüssel schnarren und legte das albern gewordene Krankenhausköfferchen in den Kofferraum. Edith saß schon im Auto, ordentlich angeschnallt und mit im Schoß übereinander gelegten Händen, und starrte zur Windschutzscheibe hinaus, als Zilla hinter den Lenker rutschte und startete.
»Würdest du mir das bitte genauer erklären, Mama?«
»Ich denke, du hast mich schon richtig verstanden, mein Kind.«

»Mit anderen Worten, du hast gar keinen Bandscheibenvorfall. Die Geschichte mit der Operation war nur eine … eine Lüge. Eine Zwecklüge, eine echte Pachaly-Lüge. Musste das sein, Mama? Hättest du nicht wenigstens heute früh sagen können, dass es gar keinen Krankenhaustermin gibt? Wie hast du dir das denn vorgestellt? Dass ich dich im Krankenhaus abliefere, und du machst dir einen schönen Tag in Stralsund …«
»Ich hätte bei meiner Freundin Ria übernachten können.«
»Und dann? Dann hättest du morgen angerufen und dich abholen lassen. Bandscheibenoperation geglückt, Wunderheilung, alles wieder gut, oder wie?«
Edith schwieg.
Die blanke Wut leitete Zilla reibungslos über den Grünufer Bogen aus Stralsund hinaus. Oder lag es daran, dass sie sich diesmal nur auf die Straßenschilder verließ und nicht mehr auf Mutters »Da hättest du abbiegen müssen!« lauerte?
»Ein Scheißspiel! Weißt du das, Mama?«
»Es war deine Idee, gleich für sechs Wochen zu kommen. Ich hatte nur von ein bis zwei Wochen geschrieben.«
»Mein Gott, nach einer Bandscheibenoperation ist man doch nicht nach einer Woche schon wieder fit genug für einen Hotelbetrieb mit Gestüt!«
Edith lachte leise vor sich hin.
»Was gibt es da zu lachen?«
»Ach Zilla, was regst du dich so auf? Eigentlich bist du doch heilfroh, dass du nicht für sechs Wochen meine Pension leiten musst. Das hättest du doch ohnehin nicht durchgehalten. Du bist so gar nicht hilfsbereit veranlagt.«
Zilla war dankbar, ein Lenkrad festhalten zu können. »Lassen wir mal die Charakterstudien beiseite, Mama. Du hast eben angedeutet, dass du anders nicht gewusst hättest, wie du mich dazu bringen solltest, dass ich lang genug auf Ays-

hoffkaten bin, damit du ein paar Dinge mit mir besprechen kannst. Was ist das denn, was du unbedingt mit mir besprechen musst?«

»Ich werde ja auch nicht jünger«, antwortete Edith mit starrem Blick zur Windschutzscheibe hinaus.

»Und?«

»Und was wird dann aus Ayshoffkaten?«

Angst schoss in Zilla hoch. »Aber … aber sonst bist du gesund, Mama? Du hast doch nicht … nicht etwas Ernstes, oder? Bitte sag es mir einfach geradeheraus.«

Edith lachte auf. »Nein, Zilla. Ich bin gesund, soviel ich weiß, und habe vor, noch ein paar Jahre zu leben.« Sie blickte zu ihrer Tochter hinüber, die soeben dem Wagen auf der Landstraße freie Fahrt ließ. »Aber wir müssen trotzdem besprechen, wie es mit Ayshoffkaten weitergehen soll. Mir wird das alles langsam zu viel. Außerdem habe ich eigentlich immer in Berlin leben wollen. Und ich möchte auch einmal eine Kreuzfahrt machen oder so etwas.«

»Kreuzfahrten sind langweilig.«

»Das würde ich gerne selbst herausfinden, Zilla.«

»Ich verstehe. Du möchtest sozusagen in Rente gehen. Aber da wird es doch eine Lösung geben. Zum Beispiel könntest du Ayshoffkaten verpachten.«

Edith schwieg eine Weile. »Weißt du, Zilla«, sagte sie dann, »es ist gar nicht so leicht, einen geeigneten Pächter zu finden. Er müsste etwas von Pferden verstehen, einen Reit- und Zuchtbetrieb leiten können, und außerdem müsste er, wenn er finanziell über die Runden kommen will, auch die Pension weiterführen. Mit Aussteigern geht es nicht, die nach einem Jahr die Lust verlieren, weil sie merken, dass es harte Arbeit ist. Und Leute, die schnell viel Geld verdienen wollen, sind auch ungeeignet. Wenn ich Pech habe, suche ich schon nach zwei Jahren neue Pächter, weil der Laden nicht läuft und sie die Pacht nicht zahlen können. Und dann brennt die Scheune ab, dann gibt es Wasserschaden, und was nicht alles passieren kann. Und ich habe den Stress damit.«

»Und verkaufen?«, fragte Zilla.

»Auch das ist nicht so einfach. Das Haus steht unter Denkmalschutz. Man kann nicht einfach eine Hotelanlage mit Ferienhäuschen daraus machen.«

»Na, irgendwelche Millionäre finden sich doch immer, die ein Schlösschen suchen.«

Edith seufzte.

Durch den Spalt der angelehnten Tür des Wagenschuppens konnte Aki, wenn er gerade nicht die Deichselketten und Radnaben ölte, auf den Reitplatz und auf die daneben liegende Wiese schauen, wo der Herr Richard auf Bernstein seine Runden drehte. Der konnte mit den Pferden. Glück mit den Tieren, Pech in der Liebe. Die Gräfin hatte auch kein Glück gehabt mit ihrem Grafen Wilhelm. Wohl aber mit den Pferden, da hatte sie eine glückliche Hand gehabt. Zilla war ihr wie aus dem Gesicht geschnitten. Nur den Weg innen Stall fand sie nicht mehr.

Aki konnte es ihr nicht einmal übel nehmen. Mit sieben Jahren war sie ausgesetzt worden wie einst Moses in seinem Binsenkörbchen, weil der Pharao die Söhne Israels ermorden ließ. Und nun hockte dem Marjell so ein ängstliches Schimmern wie von Einsamkeit in den Augenwinkeln.

Und er, Aki, war daran nicht ganz unschuldig gewesen. Er hatte das Boot gefunden, das Binsenkörbchen für seine kleine Zilla, damit sie wie Moses im Palast aufwuchs. Und nun war sie zurückgekehrt, doch ausgerechnet mit diesem jungen Herrn Richard. Millionen Männer gab es auf der

Welt. Warum hatte Zilla ausgerechnet diesen einen treffen und heiraten müssen, den Aki nicht anschauen konnte, ohne dass ihm schauderte, und der dennoch so gut hierher passte mit seinem Auge für Pferde und seiner ruhigen Hand, wie dafür geboren, das Werk seiner Gräfin fortzusetzen. Und der trotzdem nicht hier sein durfte.

Sämtliche Cavalettis hatte Meik auf die Wiese tragen und mit den Bodenricks ein Viereck bauen müssen, eine Reitbahn, aber eben mit niedriger Umgrenzung. Da hinein hatte der Herr Richard Bernstein geführt und war aufgestiegen. Und nuscht! Nichts war passiert.

»Wir nähern uns ganz allmählich dem Bild, das Bernstein von einer Reitbahn im Kopf hat«, hatte er ihm erklärt. »Jeden Tag erhöhen wir die Umgrenzung um ein paar Zentimeter mit Cavalettis, die wir übereinander stellen, mit Stangen und Hindernissen. Ich möchte, dass alles so allmählich geht, dass Bernstein gar nicht merkt, wann die kritische Höhe erreicht ist.«

Darauf hätte auch Gert kommen können. Seine Gräfin Gertraud wäre sicher darauf gekommen, aber Edith und diese Herren Reitlehrer, nein, die nicht. Und er auch nicht, denn er hatte zwar sein ganzes Leben lang mit Pferden zu tun gehabt, aber das war nicht der Sinn und Zweck von seiner Existenz gewesen. Das war einfach so gekommen. Wenn alles mit rechten Dingen zugegangen wäre, hätte er dreimal tot sein müssen. Aber er hatte überlebt und mehr nicht zu wollen gehabt, als seine Gräfin Gertraud vor der Barbarei der sowjetischen Soldaten zu bewahren und für den Rest seines unverdienten Lebens als Paslack, als Lohndiener, im Seitenhaus zu wohnen und Pferde zu füttern. Für immer zum Schweigen verpflichtet.

Aki verließ die Remise und stöberte hinter dem Stutenstall Meik auf, der eine Zigarette rauchte.

»Geh die Stallgänge fegen, wenn du nichts zu tun hast«, raunzte er ihn an.
»Zu Befehl!«, sagte Meik grinsend, aber er trollte sich.
Aki überquerte den Hof zwischen Halle, Torbogenhaus und Speicher, nickte Sylvie zu, die eine Kinderschar auf die an der Speicherwand angebundenen Ponys verteilte, und ging in den Speicher, um Pachalys Lieferung von Hafer und Kombifutter zu besichtigen. Wieder einmal kamen ihm die Vierzig-Kilo-Säcke nicht so voll vor, wie sie hätten sein müssen. Aber er selbst hatte nicht mehr die Kraft, sie auf die Sackwaage zu hieven. Und Meik bitten wollte er nicht, denn den hatte Pachaly vermittelt, und der hätte ihm womöglich weitergesagt, dass der alte Aki den Verdacht hatte, dass zu wenig drin war in den Säcken.
Ein gerissener Bursche, dieser Arno Pachaly, ein richtiger Wendehals. Der hatte gleich nach der Wiedervereinigung kapiert, was Kapitalismus ist, und den Futtermittelhandel ganz groß aufgezogen. Kaufte in Polen, Litauen und Weißrussland und führte über Italien ein, mit allen Stempeln für EU-Normen. Gegen den jungen Pachaly war der alte ein aufrechter Bösewicht gewesen. Von dem hatte man gewusst, wo er stand. Ihm war die Liebe zum Verhängnis geworden. Dass er Gräfin Edith nicht hatte heiraten können, hatte ihn letztlich in den Suff getrieben. Und wer behauptete, er sei kurz vor der Wende an Krebs gestorben, der log. Fritz Pachaly war am Suff gestorben.
Aber vielleicht schaffte der junge Pachaly ja, was der Alte nicht geschafft hatte – sich in der Adelskate einzunisten. Und ans Kaufen dachte der bestimmt nicht, solange er hoffen konnte, Zillas Herz zu gewinnen. Egal, ob es seiner kleinen Freundin in Barth das Herz brach. Warum sonst hatte Arno Edith immer vom Verkauf abgeraten? Warum sonst hatte er Edith beredet, Zilla für ein paar Wochen hierher zu

bringen. Damit sie Ayshoffkaten wieder lieben lernte. Oder ihn, Arno. Von Frauen verstand der was, von Pferden allerdings nicht viel. Um einen Trakehner zu erkennen, musste er dem Pferd auf die beiden Elchschaufeln auf der Hinterbacke schauen. Aber geschäftstüchtig war er. Und wenn Edith erst erfuhr, wen sie da als Schwiegersohn in die Arme geschlossen hatte …

Aki hörte ein Auto auf den Vorhof fahren, verließ den Speicher und linste durch den Torweg. Es war der silberne Volvo, aus dem auch Edith wieder ausstieg. Es hatte Aki nicht sonderlich erstaunt, dass sie die Täuschung bis zum letzten Moment aufrechtzuerhalten versucht hatte. Die Mutigste war Edith nie gewesen, und wie so viele Mütter, die ihre Fehler nicht zugeben konnten, hatte sie Angst vor ihrer Tochter.

»Aki, was soll ich nur tun? Für Zilla bin ich eine Rabenmutter«, hatte sie geseufzt. »Was mach ich nur, damit sie ihr Herz für Ayshoffkaten wiederentdeckt?« Sie hatten beim Machandel gesessen, beim Wacholderschnaps, oben in seiner Stube im Seitenhaus. »Arno meint, ich solle mich ins Bett legen und behaupten, ich sei krank.«

Edith ging direkt ins Haus. Aber Zilla überquerte den Hof und kam auf den Torweg zu. Unter ihren Absätzen hallte das Kopfsteinpflaster im Durchgang.

»Guten Morgen, Aki. Weißt du, wo ich meinen Mann finde?«

Aki deutete in Richtung jenseits der Halle. »Da hinten, bei der Reitbahn.«

Sie lächelte höflich. »Danke.«

»Und die Gräfin? Will sie nich ins Krankenhaus?«

Zilla lachte. »So ungefähr.«

Aki schaute ihr nach, wie sie westlich um die Halle bog und verschwand. Ganz wie Gräfin Gertraud einst. Aber nein, nicht ganz. Zilla ging anders, schneller, hastiger. Ihr fehlte die innere Ruhe von Menschen, die wussten, wo ihr Platz in der Welt war.

Natürlich hatte Zilla die falschen Schuhe an, Pumps. Im Stutenstall fegte der Azubi den Gang und musterte sie grinsend.
»Wo ist mein Mann?«, erkundigte sich Zilla unnötigerweise, einfach, damit der Bursche aufhörte zu feixen.
»Draußen.«
Zilla verließ den Stutenstall am Ende des Stallgangs. Links dampfte ein Misthaufen. Dahinter standen die Stuten mit ihren staksigen Fohlen auf der Weide. Die Reitbahn lag verlassen im Sonnenlicht. Die dort aufgestellten Hindernisse leuchteten rot, weiß, blau und grün. Erst als Zilla die Reitbahn fast erreicht hatte, sah sie auf der Wiese hinter dem östlichen Schulstallgebäude die provisorisch aus Cavalettis zusammengebaute Reitbahn und Pferd und Reiter. Zillas Fuß stockte. Aber was war das eigentlich genau, was sie dort sah?
Ein Pferd ohne Reiter – Fell und Sattel glänzten bernsteinfarben in der Sonne, Schulter und Flanke hatte der Schweiß dunkler gefärbt. Der Reiter war abgestiegen und stand vor dem Pferd. Und vor ihm stand eine Frau in knallengen cremefarbenen Reithosen und strich die blonde Haarflut nach hinten.
Richard und Margret fuhren in dem Moment auseinander, als Zilla hinter dem Ostflügel der Stallanlage hervortrat. Oder kam es ihr nur so vor?
Margret grinste wie ertappt. »Guten Morgen, Gräfin. Na, doch endlich Lust auf einen kleinen Ritt?«
Zilla versuchte sie zu ignorieren. »Richard«, sagte sie, »pack deine Koffer, wir reisen ab.«
Margret lachte hell auf.

Erstaunt zog Richard die Brauen hoch. »Und deine Mutter?«
»Die braucht uns nicht. Sie hat uns reingelegt. Sie ist überhaupt nicht krank und wird auch nicht operiert. Das war alles nur ein Trick, um uns hierher zu locken.«
»Hat aber gut funktioniert«, sagte Margret lachend.
Zilla sah ein kleines Lächeln Richards Mundwinkel kräuseln, das so typisch für ihn war, und ein fürchterlicher Zorn stieg in ihr auf. »Hast du das etwa gewusst, Richard? Hat sie es dir gesagt? Oder noch besser, habt ihr euch das gemeinsam ausgedacht? Mama will, dass ich Ayshoffkaten übernehme, und dir ist ja alles recht, was mich von Brüssel fern hält.«
»Aber Zilla!«
»Wirklich fein ausgedacht. Mit mir kann man es ja machen. Mich kann man in den Westen verschiffen, ohne mich zu fragen. Warum soll man mich dann nicht auch wieder nach Ayshoffkaten zurückschmuggeln? Ist ja zu meinem Besten, ist alles nur zu meinem Besten, ja? Dass du da mitmachst, Richard, dass du mich so hintergehst … das hätte ich wirklich nicht von dir gedacht!«
Nur schemenhaft sah Zilla die Gesichter der beiden im Sonnenlicht, denn ihr stiegen die Tränen in die Augen, und sie musste sich hastig umdrehen.
Tausend Dinge rasten ihr gleichzeitig durch den Kopf, während sie über den Stallhof rannte. Woher kam ihre plötzliche Wut? Wo war der nächste Flugplatz? Oder würde sie mit der Bahn fahren müssen? Musste sie jetzt wirklich fort? War es ihm recht, wenn sie ging? Sie hörte keine Schritte hinter sich. Er rief ihr nicht einmal hinterher. Kein: Zilla, warte doch!
Er ließ sie so gehen?
Ja, die Pferde gingen immer vor. Sie waren wie kleine Kin-

der, ihnen konnte man nichts erklären. Richard musste sich um Bernstein kümmern, das kranke Tier, das vermutlich um Tage zurückgeworfen wurde in seinem Heilungsprozess, wenn er jetzt Margret die Zügel in die Hand drückte und ihr hinterhereilte, statt ihn selbst abzusatteln und in den Paddock zurückzubringen. Menschen konnten warten, bis Zeit war für vernünftige Erklärungen. Sie war seine Frau, sie war vernünftig, sie würde ihn verstehen, sie kannte ihn doch. Ja, sie kannte ihn, immer auf der Seite der Schwächeren.

Zilla flüchtete durch den Stall.

Ist es damit entschieden?, fragte sie sich. Mit keinem anderen Plan war sie nach Ayshoffkaten gefahren als dem, ihr Verhältnis zu Richard zu klären. Mit Diskussionen hatte sie gerechnet, mit schmerzhaften Gesprächen, aber nicht damit, dass er die erstbeste Blondine küsste.

Womöglich überlegte er schon seit Monaten, wie er es ihr beibrachte, dass seine Liebe erloschen und sein Interesse an ihr auf den Nullpunkt gesunken war. Und die Nacht vor ihrer Abreise in seiner Genfer Wohnung in der Rue Zurlinden? Das war wohl nur ein letztes nostalgisches Strohfeuer gewesen. Ein Irrtum, der ihm endlich Augen und Sinne dafür geöffnet hatte, dass es noch andere Frauen gab, Frauen, die seine Interessen teilten und ihn bewunderten. Die ihm folgten.

Liebte sie ihn denn noch? War es Liebe, wenn sie ihn zwang, ihr zu folgen? Musste er sich nicht eines Tages zwischen Brüssel und seinem eigenen Glück entscheiden? Zilla wankte im Tordurchgang. Dass es so wehtun würde, hatte sie nicht gedacht.

Auf dem Platz zwischen Eiche und Haustür stand immer noch Richards Volvo. Den Autoschlüssel nehmen, sich hinters Steuer setzen und den Wagen hinters Seitenhaus auf den Gästeparkplatz fahren, beruhigte Zillas aufgebrachtes Gemüt etwas. Als sie die Zentralverriegelung zuschnappen ließ, bog ein weißer Mercedes auf den Parkplatz ein. Ein Mann in hellen Hosen und mit hellem Sakko stieg aus – Arno Pachaly.

»Hallo, Zilla!«, rief er ehrlich erfreut, wurde jedoch sofort ernst. »Ist etwas passiert?« Sie fühlte, wie er ihre Hand nahm. »Was ist los, Zilla?«

»Meine Mutter ... Sie ist gar nicht krank.«

»Um so besser. Das ist doch eine gute Nachricht.«

»Aber sie ... sie hat ...« Zilla fühlte ihre Augen feucht werden, schüttelte sich und zwang sich zu einem Lachen. »Mein Gott, die haben mich vielleicht alle reingelegt!«

»Inwiefern denn?«

»Das ist eine lange Geschichte, Arno.«

»Ich habe Zeit«, erwiderte er. »Ich wollte dich ohnehin fragen, ob du nicht Lust zu einem kleinen Ausflug hast. Wir könnten ...«

»Ich muss Koffer packen. Ich reise ab.«

»Nein, Zilla! Warum so überstürzt? Was ist denn passiert? Du bist ja völlig durch den Wind. Komm, wir fahren nach Zingst und gehen irgendwo ein Eis essen. Und du erzählst mir in aller Ruhe, was los ist. Und dann überlegen wir, was zu tun ist.«

Das Johannisfeuer

Ich mochte Wilhelm herzlich gern«, begann das Kapitel, das Gertraud mit dem Titel »Meine Ehe« versehen hatte. »Er war hoch gewachsen, schlank und ein guter Reiter, wenn auch ein wenig ernst. Wilhelm war 1906 geboren und somit nur sechs Jahre älter als ich. Mit siebzehn war er in die Reichswehr eingetreten und hatte sich für die Offizierslaufbahn verpflichtet. Mittlerweile gehörte er zum Stab der ersten Kavalleriedivision in Frankfurt an der Oder, dessen Regimenter im ostpreußischen Tilsit, Osterode oder Allenstein standen, aber auch in Potsdam und Belgrad stationiert waren.

Im Herbst 1933 hatte er vierzehn Tage Urlaub, bevor er zu einer Reise nach Belgrad aufbrechen sollte, und kam nach Ayshoff. Gleich in den ersten Tagen fragte er mich am Mittagstisch, ob ich wohl am Nachmittag mit ihm einen Spaziergang machen würde. Ein etwas wunderlicher Einfall. Ich überlegte noch, ob ich hinaufgehen und mir das gute grüne Kleid anziehen sollte, andererseits war es ein ganz normaler Wochentag.

Wir spazierten die Eichenallee entlang. Das Laub raschelte um unsere Füße. Immer mal wieder glitt man auf den Eicheln aus, oder sie barsten unter unseren Tritten. Ich musste daran denken, wie wir als Kinder säckeweise Eicheln gesammelt und zu Geld gemacht hatten.

›Der Vorsitzende der Deutschen Friedensgesellschaft ist nun auch in die Schweiz ausgewandert‹, sagte Wilhelm unvermittelt. ›Albert Einstein hat alle Kontakte zu deutschen Institutionen abgebrochen. Die Pazifisten verlassen Deutschland, die Nobelpreisträger, unsere geistige Elite.‹

Das war nun gar nicht das, was ich erwartet hatte.

›Weißt du‹, fuhr er fort, ›für einen Offizier ist es gefährlich, Pazifist zu sein. Es hat Fememorde gegeben. Viel zu lange habe ich selbst geglaubt, dass nur ein starkes Militär in den Wirren der Weimarer Republik für Stabilität sorgen könne, nachdem Kaiser Wilhelm abdanken musste. Unsere Streitkräfte seien im Feld unbesiegt geblieben, aber aus der Heimat mit einem Dolchstoß erledigt worden, habe ich gedacht. Dem Parlamentarismus und der Demokratie habe ich misstraut. Aber inzwischen weiß ich, dass wir im Sommer 1914 nicht so unschuldig in den Krieg gezogen wurden, wie es immer behauptet wird. Doch wenn ich heute unter meinen Kameraden auch nur andeute, dass man die Kriegsschuldfrage auch anders sehen kann, dann bin ich gleich ein Vaterlandsverräter, ein Kommunist, ein pazifistischer Feigling.‹

›Erbarmung, Wilhelm!‹, rief ich erschrocken.

Er lachte seltsam. ›Keine Sorge, Gertraud, ich kenne meine Pflicht. Aber diesen Kerl, der jetzt unser Reichspräsident ist, dieser österreichische Armenhäusler, den habe ich nicht gewählt. Und ich hätte ihn auch nicht gewählt, wenn ich als Reichswehrangehöriger hätte wählen dürfen.‹

›Ich habe ihn auch nicht gewählt‹, sagte ich.

Eine Weile raschelte nur das Laub und knackten die Eicheln. Dann sagte er: ›Ich habe Angst vor dem nächsten Krieg. Natürlich sehe ich ein, dass die Demütigungen durch den Versailler Vertrag nicht länger hingenommen werden können. Es kann nicht angehen, dass wir unsere Soldaten in die Sowjetunion schicken, damit sie dort an der Luftwaffe und an Panzern ausgebildet werden, nur weil uns hier der technische Fortschritt verboten wird. Aber irgendwo in mir drinnen bin ich auch Pazifist, Gertraud. Vielleicht bin ich ein Feigling, ich weiß es nicht. Fest steht, eines Tages werde ich in den Krieg müssen und vielleicht nicht wiederkehren.

Trotzdem frage ich dich, meine liebe, geliebte Gertraud, jetzt, da ich dir mein zerrissenes Herz geöffnet habe: Würdest du mich heiraten?‹

Da hatte ich nur auf diese Frage gewartet, und nun stellte er sie mir so holterdiepolter, dass ich mich überrumpelt fühlte. Er teilte mir mit, dass er den falschen Beruf ergriffen habe. Aber musste mich sein innerer Kampf interessieren, musste er mich beunruhigen? Hatte er eine Bedeutung für die Frage, ob ich ihn heiraten sollte? Ich wusste darauf keine Antwort und weiß sie bis heute nicht.

›Ich habe dich groß werden sehen‹, meinte Wilhelm mich überzeugen zu müssen. ›Ich weiß, wie sehr du an Ayshoff hängst. Du bist hier zu Hause. Du hast einen Blick für Pferde. Vater kann auch nicht mehr so, wie er will, und nachdem vorletztes Jahr Mutter gestorben ist, braucht Ayshoff wieder die ordnende Hand einer Frau mit Herz und Verstand. Und mit Verlaub, so sehr wir alle deine Tante Dorschanni schätzen, eine richtige Gräfin Ayshoff ist sie eben doch nicht. Das Gesinde tanzt ihr auf der Nase herum. Dich aber respektieren sogar die Stallknechte. Dich als Herrin von Ayshoff zu wissen, wäre mir eine große Beruhigung, denn ich kann sicherlich nicht so oft und so lange hier sein, wie ich möchte. Darum frage ich dich: Willst du Herrin von Ayshoff werden?‹

Auch darauf hatte ich nicht gleich eine Antwort. Ich wollte brennend gern Herrin von Ayshoff werden, aber durfte das der Grund sein, aus dem ich Wilhelm das Jawort gab? Musste es nicht aus Liebe geschehen? Und so erforschte ich ähnlich verwirrt wie einst nach dem Kuss von Nikolai mein Herz und kam zu dem Schluss, dass ich zu dem hoch gewachsenen Reichswehroffizier eine herzliche Zuneigung empfand und zudem große Lust hatte, an seiner Seite die Rolle zu spielen, wie sie seine selige Mutter an der Seite des

Grafen gespielt hatte, allerdings ohne Bernsteinbrosche auf der Brust in verdunkeltem Zimmer. Also sagte ich Ja. Und ich sagte es aus aufrichtigem und freudigem Herzen heraus, denn ich war wirklich überzeugt, dass ich keinen besseren Mann finden könnte als Wilhelm und dass dies nun die große Liebe wäre und mein Schicksal sich aufs Beste erfüllt hätte.

Wilhelm blieb am Judengraben stehen und nahm mein Gesicht in beide Hände.

›Mein Hietscherche‹, sagte er. Er hatte mich früher oft Hietscher gerufen, was der ostpreußische Ausdruck für Fohlen ist. ›So kann ich leichten Herzens nach Belgrad reisen, und wenn ich im Sommer zurückkomme, dann feiern wir Hochzeit.‹

Daraufhin küsste er mich, vorsichtig und mit spitzen Lippen. Was für einen ganz anderen Kuss hatte mir da mein Cousin Nikolai Schirrwindt, der Krajebieter, vor acht Jahren gegeben. Wilhelms Kuss warf mich nicht um, und ihn schon gar nicht. Ich war tatsächlich ein ziemlich unerfahrenes junges Mädchen, das bis dahin mehr über Zuchthengste und -stuten nachgedacht hatte als über die Liebe. Nicht einmal mein gutes Kleid hatte ich angezogen, obgleich ich geahnt hatte, dass er mir einen Heiratsantrag machen würde.

So war es denn beschlossene Sache. Der Graf gab seine Einwilligung. Tante Dorschanni bemerkte, man habe es kommen sehen. ›Hoffentlich ist Wilhelm auch der Mann, den du dir wünschst.‹

Die Hochzeit fand nach der Getreideernte statt. Denn Hochzeiten feierte man, wenn in der Landwirtschaft die Hauptarbeit gemacht war.

Mehr als fünfhundert Gäste waren geladen. Die mussten alle verköstigt werden. Tagelang vorher fingen wir an zu

schlachten. Aus Gumbinnen wurden zwei zusätzliche Köchinnen bestellt.
Wilhelms Brüder Karl und Heini kamen von ihren Reiterregimentern aus Insterburg und Potsdam. Sie schossen Enten, Hasen und Rotwild, was ihnen vor die Flinten kam. Rudolf telegrafierte seine Glückwünsche aus Madras. Von Elmar kam aus Berlin nur ein Brief, in dem er mir alles Gute wünschte. Unterzeichnet war er mit ›Heil Hitler‹. Onkel Klemens kam mit seiner Frau Katharina, einer mittlerweile achtjährigen Tochter und Nikolai. Er war inzwischen ein erwachsener Mann, der seine Frau, eine Fischertochter aus Nidden, und seinen dreijährigen Sohn durch Fischerei ernährte. Von den Schirrwindts kam außerdem Tante Heddel, die es nicht weit von Gumbinnen hatte. Sie war auch schon fünfundsiebzig Jahre alt und ging am Stock. Rosalinde von Kaldorff, meine Großmutter väterlicherseits, schickte eine Karte aus Berlin, in der sie auch mitteilte, sie habe eine Passage nach Amerika auf der *M.S. Milwaukee* gebucht.
Am Hochzeitstag um zehn Uhr ging es in einem langen Kutschenzug nach der Kirche von Eydtkuhnen hin. Wilhelm und ich saßen am Schluss in Heinis offenem Ford. Auf dem Rückweg fuhren wir dann vorneweg. Heini lenkte und hätte uns noch fast in den Graben gefahren, weil der Tusch der Blaskapelle, die uns erwartete, ihn so erschreckte. Es wurde gegessen und gefeiert und am Abend getanzt. Um Mitternacht nahm Wilhelm mir den Schleier ab, und ich bekam nach altem ländlichen Brauch ein Häubchen aufgesetzt. Er bekam eine Zipfelmütze und eine Pfeife.
Schließlich und endlich waren wir allein in unserem ehelichen Schlafzimmer, dessen Bett Tante Dorschanni mit dem Weißzeug aus ihrer Aussteuer bezogen hatte, denn ich hätte sonst nichts mit in die Ehe gebracht.
Ich hatte mir bei all der Arbeit während der Ernte und dann

während der Hochzeitsvorbereitungen eigentlich keine Gedanken über meine Hochzeitsnacht gemacht. Unsereiner wurde in traditionelle Abläufe hineingeboren, der Rhythmus der Jahreszeiten, Saat und Ernte, Geburt der Fohlen und Kälber bestimmten unser Arbeitsleben. Da ging ich selbstverständlich davon aus, dass es auch für die Hochzeitsnacht einen naturgegebenen Ablauf gab, in den ich nun eingeführt würde. Als einziges Mädchen unter fünf Jungs hatte ich immer ein Zimmer für mich allein gehabt, und wenn das nun anders wurde, dann hatte mein Mann zu wissen, wie es wurde. Aber ganz offensichtlich hatte auch Wilhelm keine klare Vorstellung davon.
Er küsste mich mit spitzen Lippen und knöpfte sich dann die Jacke auf. Musste ich mich nun auch ausziehen? Und wie weit? Es war eine natürliche Scham zwischen uns beiden, die nicht von einer ebenso natürlichen Leidenschaft überwunden wurde. Mit aufsteigendem Unmut fragte ich mich, ob Wilhelm eigentlich niemals ein Mädchen in Tilsit oder an sonst irgendeinem seiner Standorte gehabt hatte, das ihn den Ausdruck der Begierde gelehrt hätte, die uns weitergeholfen hätte. Oder meinte er bei seinem Hietscher der Kindheit, bei der Herrin von Ayshoff, bei einer frisch gebackenen Gräfin vorsichtiger vorgehen zu müssen? Jedenfalls kam es, als wir in Nachtgewändern unter den Bettdecken lagen, nicht richtig in Gang. Erst als er es am Morgen noch einmal versuchte, klappte es. Und ansonsten schnarchte er fürchterlich, und ich lag wach, hin und her gerissen zwischen Erleichterung und Sorge. Erleichterung, weil Wilhelms Mangel an Leidenschaft und Begierde in mir die Hoffnung weckte, das Kindbett noch lange aufschieben zu können, und Sorge, weil ich mich fragte, ob diese Fremdheit und mein daraus folgendes inneres Schwanken die Zukunft meiner Ehe sein würde.«

Zilla legte das Heft auf den Tisch vor dem Diwan, stand auf und trat ans Fenster, ohne das glühende Blau des Zingster Stroms zwischen dem goldenen Grün der Wiese und den Ufern des Großen Kirr wahrzunehmen.
Arno Pachaly und sie waren dann doch nicht in Zingst Eis essen gegangen. Vielmehr hatte Arno nach kurzer Rücksprache mit ihr seinen weißen Mercedes nach Osten gesteuert und an der Ferienanlage Achtern Diek abgestellt. Am Osterwald waren sie an den Strand hinabgegangen und hatten ihre Schuhe ausgezogen.
Zilla spürte den Sand zwischen ihren Zehen. Mal war er warm und trocken, dann wieder kühl und feucht. Jeder Flecken erzählte den nackten Fußsohlen etwas anderes über sich. Hier wärmte die Sonne den Sand schon seit Stunden auf, dort knisterte trockenes Seegras schon lange am Seesaum. Auf der anderen Seite tränkte kühles Meerwasser den Sand. Er war mit scharfen Muscheln durchsetzt. Ein paar Meter weiter zum Wald hin war der trockene Sand kühl, weil der Schatten einer zerzausten Kiefernkrone langsam über ihn hinwegwanderte.
»Vielleicht sollte ich Richard nicht festzuhalten versuchen«, überlegte Zilla laut. »Ich kann ja nicht so tun, als wäre meine Europakarriere wichtiger als seine Arbeit beim UNHCR. Er rettet Menschenleben. Margret ist vielleicht wirklich die bessere Partnerin für ihn.«
Arno lächelte verlegen.
»Allerdings verstehe ich nicht, warum er sich so in den Reitbetrieb meiner Mutter reinhängt.«
»Vielleicht will er Margret imponieren«, bemerkte Arno.
Zilla schüttelte den Kopf. »Ich kann mir nicht vorstellen, dass er irgendjemandem imponieren will.«
Sie wichen drei splitternackten Kindern aus, die mit Schwimmringen ins Wasser stürmten. Zilla nahm erst jetzt

den Badebetrieb am Strand wahr. Arno streckte plötzlich den Arm zum Meer aus und rief: »Robben! Siehst du sie? Unsere Robben. Weißt du noch?«

Zilla lachte. »Die Robben waren die Boote feindlicher Eingeborener. Robinson und Freitag feuerten aus allen Rohren aus ihrer Festung. Meistens konnten wir die Boote dazu bringen, dass sie beidrehten. Immer gelang es uns allerdings nicht. Eigentlich ungeheuerlich, dass du Robinson warst und ich Freitag.«

Arno lächelte. »Aber du warst ein ziemlich bestimmender und frecher Freitag.«

Zilla drehte sich zum Waldrand um. »Irgendwo hier muss doch auch unsere Dünenkuhle gewesen sein. Unsere Festung.«

»Ja, dort.« Arno deutete auf eine Gruppe krummer Kiefern, die knorrig im Sand wurzelten. »Der alte Baum steht zwar nicht mehr, er ist vor zehn Jahren bei einem Sturm umgefallen – das hier sind die Reste –, aber die anderen beiden, die stehen noch. Vater und Söhne haben wir sie genannt. Nur die Söhne sind noch übrig.« Arno stapfte zum Waldrand und blieb am Fuß einer Sanderhebung stehen, aus der waagrecht ein fast weißer Stamm ragte. »Die Kuhle ist natürlich auch nicht mehr zu sehen. Du hattest übrigens ein Buch darin vergessen.«

»Ich habe es nicht vergessen, Arno, ich konnte es nicht mehr holen.«

Arno senkte seine lebhaften grauen Augen. »Tja, du hattest Wichtigeres vor. Ein echtes Abenteuer in einem richtigen Boot, das dem Suchscheinwerfer der Küstenwache nur knapp in internationale Gewässer entkommt. Keine Kinderspiele mit Robben.«

»Es war nicht meine Entscheidung, Arno. Ich wurde gar nicht gefragt. Wenn es damals nach mir gegangen wäre,

hätte ich dich niemals ...«, Zilla scheute einen Augenblick vor dem großen Wort, »... niemals verlassen.«
»Tatsächlich?«
»Ich bin praktisch von meiner eigenen Mutter entführt worden.«
»Aber zu deinem Schaden war es nicht, wenn ich mir dich heute so anschaue. Währenddessen musste ich mich die acht Jahre bis zur Wende als armer FDJler von Vita Cola und Schlager Süßtafeln – die vermutlich kein Gramm Schokolade enthielten –, Nudossi und Kyffhäuser Käseköstlichkeiten ernähren und abends *Ein Kessel Buntes* im Fernsehen schauen und ...«, er verfiel in einen nuschelnden Singsang, »... und in der Freien Deutschen Jugend unter Führung der Sozialistischen Einheitspartei Deutschlands als aktiver Friedenshelfer und Kampfreserve meinen täglichen ...«, er hob den Zeigefinger, »... täglichen Beitrag im Bruderbund sozialistischer Völker zum Schutz des Friedens und unserer Errungenschaften leisten.« Er beendete die Rede mit dem FDJ-Gruß: »Immer bereit! – Ja, ich war ganz schön traurig, Zilla, weißt du das. Verschwindest einfach, ohne mir Auf Wiedersehen zu sagen. Und einem Jungpionier der Polytechnischen Oberschule hat man ja nichts erklärt.« Arno malte mit der nackten Zehenspitze einen Halbkreis in den grauen Sand. »Deine Mutter hat behauptet, du seist fortgelaufen. Und später hieß es, du seist in Passau und wolltest nicht mehr zu deiner Mutter zurück. Ich habe dich bedauert. Wirklich, ich habe dich ernsthaft bedauert, weil du so dumm warst, den bourgeoisen Betrügern im kapitalistischen Westen auf den Leim zu gehen. Weil du einfach unglücklich werden musstest. Und manchmal habe ich dich regelrecht gehasst.« Arno blickte sie an. »Hättest du das Buch zu Ende gelesen, das ich hier in der Kuhle gefunden habe, dann hättest du mich verstanden.«

»Was war es denn für eins?«
Er lächelte. »*Mohr und die Raben von London.*«
»O ja, ich erinnere mich.« Zilla lachte verlegen. »Karl Marx im Exil in London erweckt den Klassenkampfgeist irgendwelcher Proletarierkinder in …«
»In einer Spinnerei. Sie arbeiten zwölf Stunden in der Nachtschicht.« Arno schmunzelte. »Und in den Lesepausen rechnet Marx Matheaufgaben. Das hat mich besonders beeindruckt.«
»Ja?« Zilla lachte heiter. »So weit bin ich, glaube ich, gar nicht mehr gekommen.«
»Und ich bin bis in die neunte Klasse gekommen, hatte gerade meinen FDJ-Ausweis gekriegt und gute Aussichten, die EOS zu besuchen. Erweiterte Oberstufe, falls dir das nichts mehr sagt, und dann machten sie im Sommer in Ungarn über die grüne Grenze, demonstrierten in Leipzig und machten am 9. November, dem deutschen Schicksalstag, die Grenze auf. Zum Glück hat mein Vater das nicht mehr erlebt. Krebs. Ich weiß nicht, ob du das weißt, aber er hat Ende der siebziger Jahre Schwierigkeiten bekommen. War wohl nicht mehr ganz auf Parteilinie.«
Zilla blickte betreten zu Boden. »Das tut mir Leid.«
Arno zog die Brauen hoch. »Das tut dir Leid? Nobel! Hier in der Gegend tut es niemandem Leid.«
Arno senkte den Kopf und wandte sich wieder dem Strand zu. Er trug ein olivenfarbenes T-Shirt unter einem hellen Leinensakko. Mit den Schuhen in der Hand und dem dunkelblonden Strubbelhaar wirkte er jung und lässig, ein bisschen wie ein Lausbub, der sich dennoch seines Geschäftssinns bewusst war, ein richtiger Jungunternehmer. Auf den zweiten Blick meinte Zilla allerdings Spuren seiner DDR-Jugend und des paramilitärischen Drills in der FDJ erkennen zu können. Zuweilen zog er die Mundwinkel zu einem Aus-

druck forcierter Männlichkeit herunter. Doch meist zauberte sein Lächeln diese Reste des Fahnenappells hinweg.
»Tja, mein Vater!«, seufzte er. »Meine Mutter hat immer gewusst, dass sie nur zweite Wahl war. Warum er ihr das angetan hat, sie zu heiraten, weiß ich nicht.«
»Zweite Wahl, warum?«
»Weißt du das nicht?« Arno blickte sie erstaunt an. »Mein Vater war wohl ziemlich verliebt in …«
»In meine Mutter?«, erkundigte sich Zilla zögernd.
Arno nickte. »Aber wirklich bewundert hat er wohl deine Großmutter. Sie muss eine sehr beeindruckende Frau gewesen sein. Schön bis ins Alter und unnahbar. Eine Gräfin wie aus dem Märchenbuch. Wenn auch in Gummistiefeln zwischen Pferden. So jedenfalls habe ich sie in Erinnerung. Mein Vater hatte ein Foto von ihr in der Schreibtischschublade liegen.«
»Ein Foto? Ich habe kein einziges Foto von meiner Großmutter.«
»Dann musst du dir mal Mutters Fotoalbum ansehen. Sie hatte eine Leica. Sie hat immer viel fotografiert. Wir waren oft bei euch auf Ayshoffkaten zu Besuch.«
Zilla erwiderte sein Lächeln. Ihr Herz klopfte auf einmal heftig. Plötzlich ahnte sie, warum sie bei ihren wenigen Besuchen in Zingst Arno innerlich immer ausgewichen war. Ein uraltes Vertrauen verband sie. Es hatte den Duft einer Ostseebrise, es fühlte sich an wie warmer Sand zwischen den Zehen, wie Meerschaum und wie der federnde Boden im Osterwald. Es wartete nur darauf, größer zu werden. Er liebt mich, dachte Zilla erschrocken, jedoch kaum überrascht. Hätte sie nicht vor neun Jahren Richard kennen gelernt, so wäre sie sicherlich öfter nach Zingst gefahren, um herauszufinden, ob aus dem Gefühl geschwisterlichen Vertrauens Liebe werden konnte. Aber dann war sie als Verhei-

ratete wiedergekommen, und Arno war einen Schritt zurückgetreten, war ihr zurückhaltend begegnet. Und nun, nachdem sie ihm von ihrem Ehefrust erzählt hatte, durfte er seine Chancen wieder steigen sehen. Aber er war nicht mehr Robinson und sie nicht mehr Freitag, und welche Gefühle sein zärtlicher Blick aus grauen Augen auch wecken mochte, ihre Zukunft sah Zilla ganz und gar nicht hier, barfuß zwischen Himmel, Meer und Urwald.

Auf dem Rückweg erzählte sie, dass sie auf dem Sprung nach Brüssel war.

»Wunderbar!«, rief Arno. »Da hätte ich gleich ein paar Aufträge an dich, was die Europäische Kommission anders regeln müsste. Aber ich schimpfe nicht auf Europa, nicht dass du das denkst. Die EU-Osterweiterung ist eine riesige Chance. Jetzt sind Polen, Litauen und Tschechien Mitglieder der EU. Und schon bald kann sich jeder EU-Bürger niederlassen, wo er will. Stell dir vor, du könntest zurück nach Ayshoff ...« Arnos Blick verdüsterte sich. »Ach nein, Eydtkuhnen gehört zwar inzwischen zu Litauen, aber Ayshoff gerade eben so nicht. Es liegt im Kaliningrader Gebiet und gehört damit zu Russland. Aber viele aus dem südlichen Ostpreußen, deren Kinder und Enkel, könnten nach Polen umsiedeln, in ihre alte Heimat, vorausgesetzt, sie wollen das. Ich würde es tun, wenn mein Großvater in Olsztyn, vormals Allenstein, Besitz gehabt hätte.«

So hatte Zilla das noch gar nicht gesehen. »Natürlich werden die Familien die alten Güter nicht einfach zurückkriegen.«

»Natürlich nicht. Polen wird verhindern, dass die Deutschen Grundbesitz aufkaufen. Trotzdem gibt es einige, die bereits zu Grund und Boden gekommen sind. Und auch Kaliningrad macht Rückkehrern eigentlich keine Schwierigkeiten. Ich kenne eine Ostpreußin, die wieder ihr altes Gut bewirtschaftet. Ich komme ja immer wieder in die Gegend, und letztes Jahr bin ich extra nach Jasnaja Poljana gefahren, wie Trakehnen heute heißt. Alle Bewässerungsgräben vertrocknet, das Land verwildert. Ein Russe hat mit ein paar Pferden und einem Schuppen eine Trakehnerzucht begonnen. Die alten Stallgebäude, Scheunen und Speicher sind verfallen. Im Landstallmeisterhaus ist heute eine Schule untergebracht. Auf dem leeren Sockel des Tempelhüter-Denkmals prangt immer noch der rote Sowjetstern. Aber das Eingangstor mit der Elchschaufel und der Jahreszahl 1732, das steht noch. Mit ein bisschen Geld könnte man viel tun. Und vielleicht tritt irgendwann ja auch Russland der EU bei. Daran muss man arbeiten. Das wäre doch eine Aufgabe für dich.«

»Ich werde daran arbeiten«, versprach Zilla lächelnd.

Auf seine leichte Art hatte Arno es geschafft, sie von der trotzig kindischen Absicht abzubringen, noch an diesem Nachmittag abzureisen.

»Im zweiten Jahr unserer Ehe«, schrieb Gertraud, »hatte ich eine Fehlgeburt. Am 15. März 1938, zwei Tage nachdem die deutsche Wehrmacht in Österreich einmarschiert war, kam dann Ursula zur Welt. Sie kam zu früh und wollte doch nicht heraus. Die Hebamme bekam es mit der Angst zu tun. Der Doktor aus Eydtkuhnen wollte die Verantwortung auch nicht übernehmen. Und so habe ich Ursula im Krankenhaus von Gumbinnen zur Welt gebracht. Man befürchtete, dass sie nicht lange leben werde. Deshalb wurde sie gleich am Sonntag darauf zur Taufe gebracht, während ich noch im Wochenbett lag. Zu Paten wurden Graf Gustav und Tante Dorschanni bestimmt.

Für meinen Schwiegervater mussten wir jedoch schon im November die Uhr anhalten. Er hatte sich Mitte Oktober einen Husten geholt und verbrachte die Nachmittage auf dem Diwan in seinem Arbeitszimmer unter der Fuchsbalgdecke und trank Zwiebeltee mit Kandiszucker, den sein Diener ihm bereitete.

Wilhelm befand sich bei seinem Regiment in Tilsit, und seine beiden Brüder Heini und Karl waren bei den ihrigen.

In der zweiten Novemberwoche brach Tante Dorschanni am Montag für ein paar Tage nach Gumbinnen auf, um Besorgungen zu machen und Tante Heddel zu besuchen. Ich hatte gerade mit der Köchin Indre das Abendessen besprochen, als am Mittwochnachmittag ein schwarzer Horch 780 Cabrio mit verschlossenem Verdeck auf den Hof fuhr. Ihm entstiegen mein Bruder Elmar und sein blauäugiger Freund Heinrich Rönken, beide in Uniform.

Elmar sprang mit vier Sätzen die zwölf Stufen der Freitreppe hinauf und sagte mit leuchtenden Augen: ›In Paris hat vorgestern ein Judenschwein den Legationssekretär Ernst von Rath erschossen. Das wird einen Volksaufstand geben.‹

›In Paris?‹, fragte ich blöde.

›Nein, im Deutschen Reich, Schwesterchen. Hast du denn keine Zeitung gelesen? Und heute ist der fünfzehnte Jahrestag des Hitler-Putsches. Da wird sich der Volkszorn gegen die Juden entladen. Heinrich und ich haben dafür Sorge zu tragen, dass in Eydtkuhnen alles in den richtigen Bahnen verläuft. Natürlich im Hintergrund. Und deshalb werden wir uns hier einquartieren.‹

›Aber du weißt doch …‹

›Wir sind in Österreich einmarschiert, wir haben das Sudetengebiet ins Reich geholt. Da wird der alte Graf mich nicht daran hindern, das Haus zu betreten, in dem ich aufgewachsen bin. Es sei denn, er möchte sich mit dem Führer persönlich anlegen. Darf ich vorstellen? Das ist SS-Sturmbannführer Heinrich Rönken.‹

Rönken hob die Hand zum Hitlergruß, nahm die Mütze ab und verbeugte sich. ›Gräfin, bitte entschuldigen Sie den Überfall. Wir wollen Ihnen keine Ungelegenheiten machen, aber äußere Notwendigkeiten zwingen uns dazu. Übrigens, könnte man den Wagen nicht irgendwo unterstellen? Er ist doch etwas auffällig.‹
›In der Remise‹, antwortete ich.
›Ich fahre ihn gleich weg‹, erbot sich Elmar. ›Meinen ehemaligen Strafarbeitsplatz werde ich noch finden. Wie geht es dir denn, Gertraud? Dein Töchterchen gedeiht und wächst?‹
Mittlerweile standen wir in der Eingangshalle, und der Diener kam die Treppe herab, um im Auftrag des Grafen zu schauen, wer angekommen war.
›Tja‹, sagte Elmar, ›dann werden wir wohl erst einmal hinaufgehen müssen und dem alten Herrn einen guten Tag wünschen.‹
›Er hat eine schwere Erkältung und Fieber‹, sagte ich. ›Er sollte sich nicht aufregen.‹
›Er muss sich ja nicht aufregen.‹
Ich hatte Rönken wohl Hilfe suchend angeschaut, denn er trat an Elmar heran und raunte ihm etwas ins Ohr, von dem ich nur die letzten drei Worte verstand: ›… kein Aufsehen erregen.‹
Elmar nickte und war wohl entschlossen, seinen Grimm auf den Grafen zu beherrschen, als wir die Treppe hinaufstiegen, nachdem der Diener bereits vorausgegangen war, um den Besuch zu melden. Ich wollte eigentlich draußen bleiben, aber Elmar zog mich am Ellbogen mit hinein.
Gustav Graf von Ayshoff saß hinter seinem Schreibtisch, als die beiden Herren eingelassen wurden. Über seinen Knien lag die Decke aus Fuchsbälgern. Vor vier Jahren hatte er einem unverschämten Vertreter von Hitlers Sturmstaffel

noch angewidert die Tür weisen können, im Glauben, dass auch Hitler sich wie so viele seiner Vorgänger höchstens ein Jahr auf dem Stuhl des Reichspräsidenten halten würde. Aber mittlerweile hatten sich die Verhältnisse geändert. Entweder Graf Gustav war zu krank, um aufzubegehren, oder er besaß die Größe, anzuerkennen, dass er gegen diese Eindringlinge in ihren schwarzen Uniformen keine Macht hatte.

›So«, sagte er kühl, ›die Herren wollen also den spontanen Volkszorn gegen die Juden organisieren? Reicht es Ihnen noch nicht, dass mein Arzt die Approbation entzogen bekommen hat?‹

Elmar zog die Brauen hoch. ›Was, du lässt dich immer noch von dem alten Juden behandeln? Aber damit ist jetzt Schluss. Ab morgen wird Eydtkuhnen judenfrei sein, und dein Arzt befindet sich auf dem Weg ins KZ Heydekrug.‹

Der Graf wollte wohl lachen, aber ein Husten schüttelte ihn. ›Das ist keine Politik mehr‹, röchelte er, ›das ist Willkür und Barbarei.‹

›Nimm dich in Acht‹, stieß Elmar hervor. ›Was könnte mich daran hindern, dich als volks- und staatsfeindliches Element in Schutzhaft nehmen zu lassen? Wer nicht für uns ist, ist gegen uns.‹

Graf Gustav hob die Augenbrauen und holte Luft. ›Für eine Bande von …‹ Ein neuerlicher Hustenanfall rettete ihn und vielleicht mich und Wilhelm und das gesamte Gut Ayshoff vor dem womöglich vernichtenden Zorn Elmars.

Auch Heinrich Rönken schien nicht an einer Eskalation interessiert. ›Graf von Ayshoff‹, sagte er mit gefährlich leiser Stimme, ›Sie haben Fieber. Sie sind nicht ganz Herr Ihrer Kräfte. Sie sollten sich ins Bett legen und auskurieren. Wir werden Sie gerne entschuldigen. Auch können Sie versichert sein, dass wir Ihre Gastfreundschaft nicht über Ge-

bühr in Anspruch nehmen werden.‹ Damit wandte er sich mir zu. ›Leider müssen wir auch auf die Ehre verzichten, mit Ihnen zu Abend zu essen.‹
Rönkens Blick trieb mir das Blut in die Wangen. Und zwar, weil ich den Eindruck hatte, er habe sich mir zu Gefallen dazu herabgelassen, den Grafen zu schonen, vorerst jedenfalls. Umso beklemmender war die unausgesprochene Drohung, dass wir damit der Gnade dieses Offiziers mit den silbrig blitzenden SS-Runen auf den Kragenspiegeln ausgeliefert waren.
›Sie haben Recht, Sturmbannführer‹, hustete mein Schwiegervater nicht ohne einen beißenden Unterton. ›Nichts für ungut. Fühlen Sie sich ganz wie zu Hause. Und wenn Sie mich nun entschuldigen würden.‹
Rönken verbeugte sich lächelnd. ›Heil Hitler!‹
›Heil Hitler!‹, echote Elmar. Beide schlugen die Hacken der Reitstiefel zusammen und verließen das Zimmer.
Ich wollte ihnen folgen, sah aber, dass der Graf vom Stuhl zu sinken drohte, fing ihn auf und klingelte nach dem Diener. Gemeinsam brachten wir ihn in sein Schlafzimmer hinauf, das er nicht mehr lebend verlassen hat. Er atmete schwer und hatte hohes Fieber. Ich machte ihm kalte Wadenwickel, während mein Bruder und sein Kumpan ihre Zimmer bezogen und die Uniformen gegen Zivil austauschten.
Ich muss gestehen, dass ich mir über Juden nie viele Gedanken gemacht hatte. In der Zeitung hatte ich gelesen, dass man jüdischen Ärzten die Zulassung entzogen hatte und dass alle Juden ihr Vermögen hatten registrieren lassen müssen. Mir war auch bekannt, dass man zehntausende Juden nach Polen abgeschoben hatte. In Eydtkuhnen lebten um diese Zeit noch ungefähr hundert Juden, und es gab eine Druckerei für jüdische Bücher. Unser Arzt war Jude, wie mir nun bewusst wurde, und auf einmal fiel mir auch

ein, dass Wilhelm unsere Eheringe bei dem Goldschmied Noschon Schenker hatte machen lassen.
Als mir am frühen Abend dieses 9. November zufällig der halbwüchsige Enkel des Kutschers Luschnat über den Weg lief, schickte ich ihn, einem nicht sonderlich überlegten Einfall folgend, mit einer kurzen Notiz nach Eydtkuhnen zu eben diesem Goldschmied Schenker, in der ich ihm mitteilte, dass heute Nacht höchstwahrscheinlich sein Geschäft geplündert und er selbst verhaftet werden würde. Er solle seine jüdischen Bekannten und Freunde warnen und sich in Sicherheit bringen. Dabei überlegte ich mir allerdings nicht, wohin sich Schenker eigentlich hätte wenden sollen und in welche Gefahr mich selbst dieser Brief bringen konnte, wenn man ihn bei Schenker fand.
Elmar und Heinrich Rönken verließen Ayshoff in der Abenddämmerung und wanderten die Allee entlang nach Eydtkuhnen, beide in Zivil, denn es sollte ja nicht so aussehen, als würde die SS im Hintergrund die Aktionen der SA-Männer dirigieren, die wiederum prügelnd und brandschatzend einen Volkszorn inszenierten, an dem sich weder in Eydtkuhnen noch sonst irgendwo im Reich die Bevölkerung wirklich beteiligte, auch wenn viele auf den Straßen standen und zuschauten. In dieser Nacht, die man später die Reichskristallnacht genannt hat, brannten nicht nur in dem Grenzstädtchen Eydtkuhnen, sondern in ganz Deutschland jüdische Geschäfte, splitterten Schaufensterscheiben und wurden jüdische Bürger zusammengeschlagen. Vom Krankenbett meines Schwiegervaters aus sah ich im Morgengrauen des 10. November 1938 am fernen Ende der Eichenallee Rauch aufsteigen. Es war die Synagoge, die brannte.
Die beiden SS-Offiziere in Zivil kamen im Lauf des Morgens zu Fuß nach Ayshoff zurück, lachend und albernd wie zwei

Halbstarke nach einem Dorftanz mit ordentlicher Rauferei. Mein Schwiegervater war in den Morgenstunden in einen unruhigen Schlaf gefallen, und ich ging hinab, um unsere Köchin Indre und das Küchenmädchen anzuweisen, im Esszimmer ein Frühstück zu servieren, während sich mein Bruder und Rönken auf ihren Stuben frisch machten.

Als sich beide, wieder in Uniform, soeben am Frühstückstisch niedergelassen hatten und sich vom kalten Braten nahmen, eröffnete ich Elmar, dass unser gemeinsamer Ziehvater im Sterben liege.

›An die Einheiten von Wilhelm, Heini und Karl habe ich heute Nacht schon telegrafiert. Aber wir müssen überlegen, wie wir mit Tante Dorschanni verfahren. Sie ist in Gumbinnen bei Tante Heddel, und die hat keinen Fernsprechapparat. Wir müssen entscheiden, ob wir auch ihr ein Telegramm senden oder ob ich gleich den Luschnat mit einer Kutsche losschicke.‹

›Warum nicht mit dem Auto?‹

›Rosinante hat einen Platten, und es fehlt ein Ersatzreifen.‹

Elmar runzelte missmutig die Stirn.

›Gräfin‹, ergriff da Rönken das Wort, ›bitte verfügen Sie über mich und meinen Wagen.‹

›Erbarmung!‹, entfuhr es mir. ›Da erschrickt Tante Heddel doch zu Tode. Am Ende denkt sie noch, sie soll verhaftet werden.‹

›Na‹, sagte Rönken etwas ungehalten, ›sie wird sich schon wieder beruhigen, wenn ihr Neffe Elmar dabei ist.‹

›Müssen wir uns nicht schnellstmöglich in Königsberg zurückmelden?‹, gab Elmar wenig begeistert zu bedenken.

›So viel Zeit ist immer, um deine Tante ans Sterbebett des Grafen zu holen‹, erwiderte Rönken. ›Und wenn wir gleich losfahren, schaffen wir es auch bis heute Nachmittag nach Königsberg.‹

Und so blieb Elmar nichts anderes übrig, als nach einem abgekürzten Frühstück Rönkens Wagen zu holen.

›Sie müssen Ihren Bruder verstehen‹, sagte Rönken zu mir, während wir auf der Freitreppe auf den Horch warteten. ›Er ist eine Herrennatur. Aber anders als Sie durfte er nicht hoffen, durch Heirat an Besitz und Herrschaft über ein so großes Gut wie Ayshoff zu kommen.‹

›Ich habe meinen Mann aus Liebe geheiratet!‹, widersprach ich entrüstet.

Er lachte nur.

Gegen Mittag kamen sie mit Tante Dorschanni aus Gumbinnen wieder. Dorschanni eilte sofort hinauf in die Stube des Grafen, und auch Heinrich Rönken ließ es sich nicht nehmen, sich ordentlich vom Hausherrn zu verabschieden, was meinem Schwiegervater kaum so gut gefallen haben dürfte wie dem Offizier, der mit der Mütze unterm Arm artig einem Sterbenden salutierte und damit einer sterbenden Welt.

Als er und Elmar am frühen Nachmittag nach dem Mittagessen endlich den Horch besteigen wollten, um nach Königsberg zu verschwinden, kam gerade Wilhelm zusammen mit Heini in dessen Ford auf den Hof gefahren. Sie steuerten direkt auf die beiden zu.

›Lebt er noch?‹, waren Wilhelms erste Worte, und erst als ich nickte, wandte er sich Elmar und Rönken zu, die noch nicht eingestiegen waren.

›Hast du dich endlich mit Vater ausgesöhnt, Elmar?‹, stellte er mehr fest, als dass er fragte.

›Heil Hitler, Oberstleutnant!‹, grüßte Rönken.

›Sturmbannführer!‹, erwiderte Wilhelm den Gruß auffällig zerstreut. ›Sie wollen schon fahren? Aber meine Frau und ich dürfen doch hoffen, Sie bald unter glücklicheren Umständen wieder auf Ayshoff zu sehen?‹

›Es wird mir eine Freude und Ehre sein‹, antwortete Rönken mit einem eigenartigen, fast spöttischen Lächeln.
›Was ist das denn für einer?‹, fragte mich Heini, nachdem der Horch endlich vom Hof gefahren und Wilhelm ins Haus gehastet war und wir ihm nicht ganz so schnell, aber doch eilig folgten.
›Heinrich Rönken aus Königsberg‹, antwortete ich.
›Und wie kommt es, dass Wilhelm so einen kennt?‹
›Wieso sollte er ihn kennen?‹
›Es sah so aus‹, sagte Heini. ›Fandest du nicht? So wie der Bursche gegrinst hat. Wie … wie … nun wie einer, der einen mal in die Kaserne zurückgebracht hat, als man sturzbetrunken war. Und was zum Teufel wollte Elmar hier?‹
›Sie kamen gestern‹, sagte ich. ›Er wollte … er wollte mich besuchen, die kleine Ursula sehen …‹
Heini gab sich damit zufrieden, denn die Sorge um seinen Vater überwog sein Interesse für meinen abtrünnigen Bruder. Ich habe tatsächlich nie jemandem erzählt, welchen Anteil Elmar an dem Zusammenbruch meines Schwiegervaters hatte. Und ich konnte mich darauf verlassen, dass auch der Diener ungefragt nichts sagen würde, zumal er ja nicht dabei gewesen war, und warum hätte ihn jemand fragen sollen?
Am Abend kam auch Karl von seiner Einheit. Tante Dorschanni meinte Graf Gustav das Sterben schmackhaft machen zu müssen und wies darauf hin, wie froh er als Christenmensch sein müsse, das irdische Jammertal zu verlassen.
›Jammertal?‹, röchelte er mit letzter Kraft und richtete seine fiebrigen Augen auf das Fenster, hinter dem sich – unsichtbar für ihn – unsere fruchtbaren Äcker, weiten Koppeln und wildreichen Wälder bis zum Horizont erstreckten. Es war sein letztes Wort. Er verschied am frühen Morgen, als gerade niemand bei ihm war.

Der Leichnam des Grafen wurde einen Tag auf dem Tisch im Ratssaal aufgebahrt, damit das Gesinde, die Arbeiter und Handwerker des Guts und die Freunde und Bekannten der Umgebung Abschied nehmen konnten, und am Freitag zwischen seinem Bruder Kurt und seiner Frau unter den drei Eichen am Judenbach beigesetzt. Damit gehörte Wilhelm der Ayshoff'sche Stammsitz, und ich war Herrin über das Gut. Nachdem die Brüder die finanziellen Dinge geklärt hatten, der Leichenschmaus überstanden war und Heini, Karl und Wilhelm wieder zu ihren Regimentern abgefahren waren, betrat ich mit feierlichen Gefühlen erstmals das Arbeitszimmer des Grafen, das ich nun als meines betrachten durfte.

Dabei musste ich an Rönkens bösen Satz denken, dass Elmar nicht die Chance gehabt hatte, durch Heirat Herr über diese Wirtschaft zu werden. Da er aber nun offenbar in irgendeiner Form Herr über die Geschicke anderer hatte werden müssen, hatte er sich einer leeren und kalten Macht verschrieben, die zerstörte, während ich säen, ernten und aufbauen durfte. Vielleicht gab es für uns nur diese beiden Wege zum Glück – Besitz oder die Zerstörung von Besitz.

Zum ersten Mal in meinem Leben blieb ich, nachdem ich den langen Weg von der Tür zurückgelegt hatte, nicht vor dem wuchtigen Nussholzschreibtisch meines Zieh- und Schwiegervaters stehen, sondern trat dahinter und nahm auf dem grünen Lederpolster des Lehnstuhls Platz. Von hier aus konnte man durch das Fenster den Auslauf der Fohlen sehen. Der erste Schnee fiel in großen Flocken, und die jungen Pferde tobten im ungewohnten Element.

Ich ließ den Blick durch das Zimmer gleiten, das aus dieser Perspektive zwar nicht weniger düster, aber deutlich harmonischer wirkte. Von der Tür her führte ein roter orientalischer Teppich über die dunklen Dielen bis zum Schreibtisch heran. Der über zwei Meter hohe dunkelgrüne Kachelofen fiel, wenn man am Tische saß, weniger ins Auge. Dafür konnte der Blick bequem auf den Bildern des wilhelminischen Schlachten- und Pferdemalers Theodor Rocholl verweilen. Auf der Nussbaumkommode neben der Tür schimmerten dezent Kavalleriesäbel und Kürassierhelm, auf dem Sofa links an der Wand lag die Fuchsbalgdecke, und über der Tür hing das Geweih des Hirschs, den der Graf in der Jagdgesellschaft von Kaiser Wilhelm in Rominten hatte schießen dürfen.«

Zillas Blick erhob sich unwillkürlich vom Heft zur Wand ihrer Stube, wo das Gemälde mit dem röhrenden Hirsch vor Kaiser Wilhelms Jagdschloss von Rominten hing. Aber aus dem Arbeitszimmer des Grafen von Ayshoff stammte es offenbar nicht.

»Links auf dem Tisch«, fuhr Gertraud fort, »tickte emsig das goldene Kugelpendel der Tischuhr in ihrem Rahmen aus hellem und dunklem Alabaster hin und her. Vor mir lag auf der grünen Filzplatte die braune Ledermappe mit dem Wappen der Ayshoffs, in der Graf Gustav seine Tageskorrespondenz aufbewahrte. In einer Messingschale am Kopf der Mappe befand sich der extra lange schwarze Füllfederhalter des Grafen, ein Mont Blanc Securité mit dem weißen Stern auf der Kappe. Mit bebenden Händen schlug ich die Ledermappe auf und fand darin unbeantwortete Briefe und einige unbezahlte Rechnungen. Es waren keine großen Summen, allerdings lag darunter eine Schneiderrechnung vom September. Mittlerweile brauchte sie niemand mehr zu begleichen, denn der Schneider hatte Jessekiel Kirschkorn geheißen. Der Graf hat doch nicht insgeheim darauf gehofft, fragte ich mich. Das ließ vermuten, dass zumindest Bargeld knapp war. Trotzdem war mir nicht bange. Die Speicher waren voll, fast alle Stuten tragend.

Man musste nur die notwendigen Modernisierungen angehen, die der Graf in den letzten Jahren etwas hatte schleifen lassen. Die Silos zum Einsäuern von Kartoffeln und Zuckerrübenblättern mussten erneuert werden, aber die Gebäude waren in bestem Zustand. Wir besaßen zwei Feldscheunen und eine Hofscheune und den dreistöckigen aus Naturstein gemauerten Speicher.

Mangel an Personal gab es auch noch nicht. In diesen Jahren galt es, ein Millionenheer von Arbeitslosen in Lohn und Brot zu bringen. Vom Staat bekam man billige Kredite und erhebliche Zuschüsse, wenn man Sümpfe trockenlegte, Wälder rodete und Gebäude errichtete und dafür Leute einstellte. Viele Gutsbesitzer ließen ihre Söhne damals Landwirtschaft studieren. Aber ich war in den letzten Jahren dem Grafen so viel zur Hand gegangen und im Übrigen von klein auf in die Arbeiten, die verrichtet werden mussten, hineingewachsen, dass ich mir das alles zutraute.

Als Kinder hatten wir selbstverständlich auf dem Feld mitgeholfen. Ich hatte den Vierspänner gefahren, der den Erntewagen zog. Man saß auf einem Lenkpferd, und es kam darauf an, dass die Pferde so sachte anzogen, dass die eben aufgeladenen Garben nicht wieder herunterfielen. Fünfzig Pfennige hatte es dafür am Tag gegeben. Und wer die Hungerharke fuhr, hatte eine Mark bekommen. Das war ein Einspänner, mit dem man hinter dem Erntewagen herfuhr und Ähren aufsammelte.

Ich hatte sogar auch noch mit den Frauen der Instmänner das gemähte Korn zu Garben gebunden, eine schwere Arbeit, da sie gebückt verrichtet werden musste. Inzwischen mähten wir mit dem Selbstbinder der Mannheimer Firma Lanz. Auch diese Maschine wurde von vier Pferden gezogen. Sie schnitt nicht nur die Halme, sie beförderte sie auch über breite Laufbänder in einen Mechanismus, der sie zu

Garben band, die hernach von Arbeitern zu Hucken aufgestellt werden mussten. Außerdem besaßen wir einen Lanz Bulldog mit Eisenrädern, einen der ersten Traktoren, dessen Einzylindermotor mit jeder Art von Öl, Naphtha oder Petroleum betrieben werden konnte. Er fraß zwar anderthalb Kilo Schmieröl und zwanzig Kilo Treibstoff am Tag, aber er war unverwüstlich, denn er besaß keine empfindlichen Teile wie Zündkerzen, Vergaser oder Ventile. Sein blechernes Toff-toff-toff hallte bei der Aussaat vor der Drille, vor dem Selbstbinder bei der Ernte und vor dem Pflug stundenlang über die Felder. Später haben wir einen Bulldog mit Ackerluftreifen dazugekauft. Aber für die Hanglagen brauchten wir immer noch Pferdegespanne.
Mähdrescher gab es noch nicht in Ostpreußen, aber eine Dampfdreschmaschine mit Trieur besaßen wir. Der Trieur trennte über gelochte Bleche die Unkrautsamen von den Getreidekörnern, die man hernach für einen höheren Preis verkaufen konnte. Und wir hatten etwas, das war sensationell, und zwar ein Gebläse. Da musste das gedroschene Korn nur unten rein, und dann wurde es durch eine Röhre auf den Speicher geblasen. Und langsam wurden auch die Melkmaschinen interessant. Von den ersten Vakuumpumpen hatte es geheißen, dass sie Euterentzündungen auslösten. Jetzt schaffte ich eine an, deren Pumpe von einer Dampfmaschine betrieben wurde. Der technische Fortschritt hat uns immer fasziniert.
Und ich ritt wirklich durch kein Jammertal, wenn ich mit meinem damals noch jungen Hengst Domfalke die Wirtschaft inspizierte. Der Raps blühte gelb bis zum Horizont, das Korn wogte im Wind, auf den Koppeln tummelten sich Fohlen, Schwalben schossen an dem blauen Himmel hin und her. Auf dem großen Speicher nisteten Störche, deren Klappern uns den Sommer über begleitete.

Ursula wuchs und gedieh, obgleich sie anfangs so schwächlich gewesen war, und entwickelte sich zu einem wahren Sonnenschein. Tante Dorschanni war täglich entzückt über ihr feines weißblondes Haar, das sie nicht von mir haben konnte, und über die blauen Äuglein, die vom gleichen Blau waren wie die meines Großvaters Hermann Schirrwindt, vorausgesetzt, der Maler hatte die Farbe auf dem Bildnis richtig getroffen. Auch Wilhelm beschäftigte sich, wenn er zu Hause war, viel mit dem kleinen Engel.

Eigentlich hätte ich vollkommen glücklich sein können, wäre nicht Heinrich Rönken gewesen, der alsbald der Einladung meines Mannes folgte und uns kurz vor Weihnachten auf Ayshoff besuchte. Da mein Bruder Elmar in der Führerbegleitbrigade mit Hitler unterwegs war, kam Rönken alleine, nur mit Chauffeur.

Wilhelm empfing ihn ungewöhnlich freudig, geradezu mit offenen Armen, lebhaft, regelrecht begeistert. Mein sonst so melancholischer und ernster Wilhelm lächelte und lachte fast über jede Bemerkung Rönkens, der sich ebenfalls ausgesprochen vergnügt, ausgelassen, gesprächig und leutselig gab. Sogar Flüsterwitze gab er beim Abendessen zum Besten.

›Kennt ihr den? Die Juden wollen das deutsche Volk aussaugen. Adolf Hitler ist ihnen zuvorgekommen.‹

Er lachte unbändig, und Wilhelm lachte so laut mit, dass mir ganz bange wurde. Wenn Rönken auch gern ›ihr‹ zu uns sagte, so duzten sich Wilhelm und er nicht, noch nicht. Doch ich musste Heini Recht geben, auch ich hatte nun den Eindruck, dass sie sich bereits gut kannten. Warum auch nicht? Sie konnten sich in Königsberg begegnet sein. Aber da war noch etwas anderes. Wilhelms Augen wanderten immer wieder zu Rönken hinüber, auf dessen Lippen ein Lächeln spielte und dessen blaue Augen seinen Blick erwider-

ten und dann zu mir wanderten. Ich hatte das absurde Gefühl, dass er regelrecht um uns warb, um uns beide.
Er kam aus einer ganz anderen gesellschaftlichen Klasse. Sein Vater, so erzählte er, sei im Ersten Weltkrieg gefallen und seine Mutter bald darauf gestorben. Verwandte waren nicht greifbar gewesen, und so hatte er seine Jugend im Waisenhaus von Königsberg, Ecke Litauer Wallstraße und Sackheim, verbracht.
›Die Zucht war streng, zu essen gab es wenig‹, sagte er, ›aber wir büchsten aus und fuhren im Winter auf dem zugefrorenen Kupferteich Schlittschuh und witschten dabei so dicht an den Mädchen vorbei, dass ihnen die Röcke zwischen die Beine schlugen und sie sich verhedderten und fielen.‹
In die Schülerbadeanstalt schlichen sie sich im Sommer ein, denn im Fluss konnte man nicht baden. Er war schwarz von den Abwässern der Zellstofffabrik. Und im Herbst, wenn der Westwind das Wasser vom Frischen Haff in den Pregel drückte und die Fleischwiesen überschwemmte, machten sie Jagd auf Bisamratten und Hasen.
›Ja‹, sagte er, ›ich komme von ganz unten. Ich habe Hunger gelitten. Ich habe in der Zellstofffabrik malocht. Der Fabrikant fuhr mit einer dicken Zigarre an mir vorbei. Dann stand ich wie Millionen andere auf der Straße und wusste nicht, wie ich Frau und Kind ernähren sollte. Mein Töchterchen wurde krank, Geld für einen Arzt war nicht da, es starb. Da habe ich mir geschworen, dass ich meine ganze Kraft geben werde, Deutschland von den jüdischen Blutsaugern zu befreien. Inzwischen habe ich einen Sohn, Hans. Er ist drei Jahre alt, und er soll stolz darauf sein, ein Deutscher zu sein.‹
Rönken verhexte uns förmlich. Ich erwischte unsere Köchin Indre und das Küchenmädchen in seltener Eintracht

hinter der Tür, wie sie atemlos lauschten. So ein Menschenschlag war uns noch nicht unterkommen. Auf dem Lande hatte jeder Mensch je nach Abstammung seinen Platz. Die Natur des Emporkömmlings war uns fremd. Rönken hatte sich durchaus Bildung und Manieren angeeignet, besaß aber weder Vornehmheit noch humanistische Grundsätze. Mein sonst so von Zweifeln geplagter Wilhelm war offensichtlich ganz hingerissen von dieser blitzenden Mischung aus Intelligenz, Manieren, Skrupellosigkeit und Brutalität. Nur Tante Dorschanni ließ sich von Rönken nicht blenden.
›Der sieht zwar aus wie der Rassenadel in Person‹, murrte sie, als wir spät in der Nacht die Treppe zu unseren Schlafkammern hinaufstiegen, ›aber das ist jenau so ein daherjelaufener Hornochse wie der Hitler. Und wenn Wilhelm nich so dammlig wäre, würde er sich mit so einem nich an einen Tisch setzen. Nimm dich vor dem in Acht, Gertraudche!‹
›Keine Sorge, er hat Frau und Kind.‹
›Aber er hat keinen Respekt!‹, behauptete Dorschanni. ›Auch wenn ich nur eine jeborene Schirrwindt bin und hier nur mein Gnadenbrot kriege, so weiß ich doch, was echter Adel ist. Den können keine Demokraten abschaffen mit ihren Gesetzen und keine Nazis züchten mit ihren unchristlichen Geboten zur Rassenreinhaltung. Der steckt hier …‹ Sie tippte sich an den Kopf. ›Und hier.‹ Sie tippte sich ans Herz. ›Aber wer hört schon auf eine dumme alte Tante, die nur ihr Gnadenbrot im Haus des Grafen bekommt?‹
Das mit dem Gnadenbrot war eine stehende Redensart von Tante Dorschanni, und jeder von uns beeilte sich sofort zu betonen, dass wir alle nicht wüssten, wie wir ohne sie, ohne ihre reiche Erfahrung und ohne ihre tätige Hilfe im Haus auskämen.
›Und meine kleine Ursula, was würde sie denn ohne dich

machen‹, sagte ich. ›Und ich erst, wo ich noch die ganze Wirtschaft am Hals habe und allein schon deshalb nicht auf dumme Gedanken kommen kann.‹

Am anderen Morgen ritt Wilhelm nach dem Frühstück mit dem Verwalter durch die Wirtschaft. Er hatte Rönken eingeladen, mit ihm zu reiten, aber der hatte dankend abgelehnt. Er habe sich kürzlich erst das Knie etwas verrenkt und wolle, dass es ausheile. Ich weiß noch, dass ich dachte: Was für eine seltsame Empfindlichkeit. Aber es war natürlich eine Ausrede, denn erstens hatte er nie richtig reiten gelernt und wollte sich nicht blamieren, und zweitens hatte er anderes vor. Es dauerte denn auch nicht lange, dass er im Familienzimmer auftauchte, wo ich bei kleineren Näharbeiten saß und auf Ursula aufpasste, die über den Boden kroch.

›Was für ein Bild!‹, rief er aus.

›Das ist mein Großvater, Hermann Schirrwindt‹, erwiderte ich.

Er lachte. ›Das meinte ich eigentlich gar nicht. Ich meinte Sie, die deutsche Mutter und ihr Kind. Aber dieses Großvaterbild ist natürlich auch sehr beeindruckend. Sie mögen Kunst?‹

›Ja‹, antwortete ich, ohne recht auf das geachtet zu haben, was er sagte, denn Ursula war dabei, die Fransen des Teppichs abzulutschen, und ich nahm sie hoch auf meinen Schoß und gab ihr das Stopfei, das sie sogleich auf den Boden warf. Rönken bückte sich und hob es auf. Ursula starrte ihn mit großen Augen an, als er es ihr reichte, und wollte es nicht nehmen. Also gab er es mir.

›Ist es hier nicht zuweilen ein bisschen langweilig?‹, sagte er dabei. ›Für eine junge Frau wie Sie.‹

›Ich habe mehr als genug Arbeit, die mir Freude macht.‹

›Löblich‹, bemerkte er.

Ursula ließ das Stopfei erneut auf den Boden fallen. Rönken

fing es wieder ein. Diesmal nahm sie es aus seiner Hand, und er setzte sich auf den anderen Stuhl, der am Nähtisch stand.

›Vielleicht würden Sie aber doch gern einmal ins Theater gehen‹, sagte er. ›Im Neuen Schauspielhaus in Königsberg wird gerade Hermann Sudermanns *Johannisfeuer* gegeben, mit Paul Wegener in der Hauptrolle. Kennen Sie das Stück?‹

Ich schüttelte den Kopf. ›Sudermann, ist der nicht im Memelland geboren, in der Nähe von Heydekrug?‹

›Richtig. Man nennt ihn auch den Balzac Ostpreußens. Das *Johannisfeuer* erzählt die Geschichte des jungen Mannes Georg, der nach Jahren in Afrika auf den Hof seiner Pflegeeltern zurückkehrt, um die Tochter des Hauses zu heiraten. Doch eigentlich handelt das Stück von dem anderen Pflegekind, Marikke. Ein bildhübsches Mädchen, das von einem dunklen Geheimnis umgeben ist. Als Georg zurückkommt, entflammt eine alte Liebe zwischen beiden. Doch Marikke erfährt, dass sie die Tochter eines Pracherweibes ist, einer Bettlerin. Darf sie unter diesen Umständen Georg der Gutsbesitzertochter ausspannen? In der Mittsommernacht, in der Johannes den Unglücklichen alle Wünsche erfüllt, finden Georg und Marikke zueinander. Nun ist er bereit, seine Braut zu verlassen, doch Marikke besinnt sich. Sie meint, Georg werde in der Gesellschaft unglücklich werden mit der Tochter eine Pracherweibes, weist ihn zurück und verlässt das Dorf in eine ungewisse Zukunft.‹

Ursula ließ erneut das Stopfei fallen. Ich versuchte es zu fangen, ehe es zu Boden fiel, damit Rönken sich nicht wieder bücken musste. Er versuchte dasselbe, und unsere Hände schlossen sich beide um das Holzei.

›Ein Stück über eine kluge Ehe, die nicht immer der wahren Liebe entspricht‹, sagte er lächelnd.

›Aber auch über Weitsicht, die wir Frauen nun einmal haben müssen.‹

Rönken ließ widerstrebend meine Hand los und seufzte: ›Eine Nacht war Georg immerhin glücklich.‹

›Das ist Dichtung‹, sagte ich.

›Aber die Wahrheit ist, Gräfin Gertraud, dass ich mich schon vor zehn Jahren in Sie verliebt habe, als ich Sie zum ersten Mal in Eydtkuhnen in der Kolonie sah und Ihr Bruder Elmar mich hastig in eine Seitenstraße zog, weil er von Ihnen nicht mit mir gesehen werden wollte. Ich habe in meinen Kreisen geheiratet und Sie in den Ihren, aber ich sehe an Ihren Augen, dass auch Sie mich seitdem nicht vergessen haben.‹

›Ich liebe meinen Mann!‹

Rönken lachte. ›Aber ist Oberstleutnant Graf von Ayshoff auch der Mann, der Sie glücklich machen kann? Eine Frau wie Sie?‹

›Hören Sie mir auf mit diesem Unsinn, Sturmbannführer. Ich habe alles, was ich brauche. Und jetzt muss ich gehen und mich mit der Köchin übers Mittagessen unterhalten.‹

›Einen Augenblick werden Sie noch Zeit für mich haben‹, sagte Rönken in unvermittelt schärferem Ton und holte dabei aus seiner Uniformtasche ein Zettelchen. ›Erkennen Sie Ihre Handschrift, Gräfin? Außerdem steht deutlich Ihr Name darunter.‹

Der Schreck jagte mir den Puls in den Hals.

Rönken lächelte. ›Sie wundern sich vielleicht, wo ich das herhabe. Dieses Briefchen hat man am 9. November auf dem Tisch im Hause des Goldschmieds Noschon Schenker gefunden und mir übergeben, damit ich der Sache nachgehe.‹

Die Zeilen, mit denen ich Schenker vor den Pogromen hatte

warnen wollen, verschwammen mir vor den Augen. Und Rönken zelebrierte seinen Triumph.
›Natürlich muss man hier von irregeleiteter Menschenfreundlichkeit sprechen‹, sagte er. ›Sie taten, was Ihr mitfühlendes Frauenherz forderte. Niemand versteht das besser als ich. Ihr Mut steigert meine Hochachtung für Sie nur noch. Aber auch meine persönlichen Gefühle müssen zurückstehen, wenn es darum geht, Schaden vom Deutschen Reich abzuwenden. Das hier ist Staatsverrat. Allerdings hoffe ich davon ausgehen zu können, dass dieser Brief der erste und letzte seiner Art war. Denn hätten Sie Übung in solch staatsfeindlichem Tun, dann hätten Sie Schenker unbedingt anweisen müssen, den Brief sofort nach Erhalt zu verbrennen.‹
Darauf fiel mir beim besten Willen keine Erwiderung ein.
›Noschon Schenker hat nun im Konzentrationslager Heydekrug Gelegenheit, darüber nachzudenken, warum er Ihnen keinen Glauben schenkte und Sie stattdessen in Gefahr brachte. Und ich darf vermuten, dass Sie sich nicht eine ähnliche Gelegenheit zum Nachdenken wünschen.‹
Rönken blickte mich erwartungsvoll an wie ein Vater, vor dem sich ein sündiges Kind in Reue winden soll. Mich packten Zorn und Stolz. Ich erhob mich mit Ursula auf dem Arm.
›Sturmbannführer‹, sagte ich, ›ich verstehe nicht, was Sie meinen. Aber mir scheint, Sie sind auf dem besten Weg, meine Wertschätzung zu verspielen.‹
Er sprang von seinem Stuhl auf. Hinter ihm hing das Bildnis meines Großvaters mit dem warnend erhobenen Zeigefinger.
›Wie Sie meinen‹, sagte er eisig. ›Dann muss ich leider …‹
›Geduld, Sturmbannführer‹, unterbrach ich ihn lächelnd. ›Haben Sie mir nicht gerade erklärt, dass sich die Wünsche

der unglücklich Verliebten erst in der Johannisnacht erfüllen?‹

Ein dünnes Lächeln erschien auf Rönkens Lippen.

›Und jetzt muss ich wirklich in die Küche und nach dem Mittagessen schauen. Mein Mann kehrt sicher bald aus der Wirtschaft zurück. Wenn ich Ihnen einstweilen unsere Bibliothek empfehlen darf. Dort finden Sie sicher auch die Werke Hermann Sudermanns. Ich werde jedenfalls Ihren Rat beherzigen und in den nächsten Tagen das *Johannisfeuer* lesen.‹«

Der Eiffelturm von Gleiwitz

*E*s tut mir wirklich Leid, Zilla«, sagte Edith. »Es war nicht richtig, dich so zu täuschen. Bist du mir noch böse?«
Zilla lächelte. »Ein bisschen schon, Mama. Aber eigentlich bin ich froh, dass du nicht krank bist.«
Es war früher Morgen. Sie standen in der Küche, Edith am Kaffeeautomaten, Zilla gegen eine der Arbeitsflächen gelehnt.
»Sei ehrlich, Zilla«, sagte Edith, »wärst du denn gekommen, wenn ich dir geschrieben hätte, dass ich Ayshoffkaten verkaufen muss, wenn du dich nicht dafür interessierst? Verkauf doch, hättest du mir geantwortet. Ich wollte eben einfach, dass du weißt, was du verlierst.«
»Vielleicht hätte ich wirklich so reagiert, Mama, vielleicht auch ganz anders. Und nun bin ich hier, und Ayshoffkaten gefällt mir ja auch. Man kann hier wunderbar seinen Urlaub verbringen. Aber mach dir nichts vor, es ist völlig unmöglich, dass Richard und ich in absehbarer Zeit hierher ziehen könnten. Er hat seinen Beruf in Genf, und ich gehe nach Brüssel.«
»Das ist doch noch gar nicht entschieden.«
»Doch, Mama. Ich fange im November im Direktorat für die Osterweiterung an.«
Edith blickte ihre Tochter prüfend an. »Was sagt eigentlich Richard dazu?«
»Wozu?«
»Na, dazu, dass du …« Edith unterbrach sich, und ihre dunklen Augen gingen zur Tür. »Ah, Richard, da bist du ja. Na, schönen Ritt gehabt?«
Zillas Pulsschlag beschleunigte. Sie hatten gestern nach der Szene, die sie ihm gemacht hatte, kein weiteres Wort mitein-

ander gewechselt. Nachmittags hatte er offenbar keine Zeit gefunden, das klärende Gespräch mit ihr zu suchen, und abends hatte sie ihm keine Gelegenheit gegeben. Rechtzeitig vor dem Abendessen hatte sie sich auf den Dachboden zurückgezogen, in Großmutters Truhe gekramt und Rudolfs Bibel mit dem Liebesgedicht gefunden.

»Danke«, sagte Richard und kam in die Küche, in Reitstiefeln und erhitzt vom Ritt, mit durchgeschwitztem Polohemd und braun gebrannt nach mittlerweile etlichen sonnenheißen Tagen. Die hellen Härchen auf seinen Unterarmen schimmerten golden, und der Ehering an seiner linken Hand leuchtete ungewohnt hell im Kontrast zur gebräunten Haut. Er ging zum Wasserhahn und füllte sich ein Glas mit Wasser. Sein Blick suchte Zillas Augen, aber sie wich ihm aus.

»Ich muss dann wohl mal nach den Gästen schauen«, sagte Edith in die angespannte Stille und eilte aus der Küche.

Richard leerte das Glas in einem Zug und stellte es dann leise in die Spüle. »Zilla, ich möchte mich bei dir entschuldigen. Es tut mir Leid, dass wir uns gestern derartig missverstanden haben.«

Sie schwieg abwartend.

»Natürlich habe ich nicht gewusst, dass deine Mutter nicht ins Krankenhaus muss. Wenn mir auch, wie du weißt, nicht so recht einleuchten wollte, dass sie ihren Betrieb nicht so organisiert hat, dass er auch eine Weile ohne sie läuft.«

»Schon gut«, murmelte Zilla. Merkte er denn gar nicht, dass das nicht das Thema war?

»Allerdings«, fuhr er fort, »muss ich mich schon wundern, dass du mir unterstellst, ich hätte das zusammen mit deiner Mutter ausgeheckt. Und dann läufst du einfach weg und bist verschwunden.«

»Wärst du bei deinen Pferden nicht so unabkömmlich gewesen, hättest du mich am Nachmittag bereits wieder oben im Giebelsalon antreffen können.«

»Als ich mich zum Abendessen umzog, warst du allerdings nicht dort.«

»Muss ich dir über jeden meiner Wege im Haus Rechenschaft ablegen? Du sagst mir ja auch nicht, wann du mit wem ausreitest.«

Richards Brauen zuckten. Würde er das Thema Margret aufgreifen oder nicht? Zilla schloss mit sich Wetten ab.

»Zilla«, sagte er, »was genau erwartest du von mir? Du verkriechst dich hinter dem Heft deiner Großmutter, lässt dich den ganzen Tag lang nicht blicken und bist kaum ansprechbar. Deine Mutter hofft, dass wir Ayshoffkaten übernehmen, und du möchtest, dass ich mit dir nach Brüssel gehe …«

»Ich habe nie verlangt, dass du mit mir nach Brüssel ziehst«, widersprach Zilla schnell.

»Dann sei doch bitte so gut, Zilla, und sag mir, welche Rolle du mir in deinem Leben eigentlich zugedacht hast.«

Sie blickte ihn verdutzt an.

»Dann könnte ich nämlich entscheiden, ob ich sie annehme oder … oder nicht.«

In Zillas Hirn purzelten die Gedanken auf einmal wild durcheinander.

»Du musst es mir nicht auf der Stelle sagen«, fuhr er in seiner ruhigen Art fort. »Auf ein paar Tage kommt es jetzt nicht mehr an. Lies ruhig erst einmal Gertrauds Lebensbericht zu Ende.«

»Glaubst du etwa, ich ginge aus der Lektüre geläutert hervor und würde auf einmal nicht mehr nach Brüssel wollen?«

Richard schüttelte müde den Kopf. »Nein, Zilla. Ich hoffe nicht, dass das die Konsequenz ist, aber …« Er verstummte.

Zilla hob das Kinn. »Was aber?«

»Aber womöglich wird sich dein Blick auf deine Zukunft ändern, wenn du deine Vergangenheit kennst.«
»Großmutters Leben ist nicht *meine* Vergangenheit!«, sagte Zilla scharf. »Dass du und dein Vater das nie kapiert!«
Richard zuckte mit den Schultern. »Dann kann ich nur hoffen, dass du es auch nie kapieren musst.« Entschlossen ging er zur Tür.
»Meine Großmutter war keine Freundin der Nazis«, rief Zilla ihm hinterher. »Sie hat am Tag der Reichskristallnacht sogar versucht, die Juden von Eydtkuhnen zu warnen.«
Richard drehte sich um. »Tatsächlich?«
»Leider hat Heinrich Rönken das herausbekommen und versucht sie zu erpressen.«
»Er hat versucht sie zu erpressen? Wozu?«
Zilla stockte plötzlich. Ein schrecklicher Gedanke war ihr gekommen. »Die Johannisnacht ... Das ist doch Mittsommer, die Sommersonnenwende, nicht? Wann ist das denn?«
»Am kommenden Montag«, antwortete Richard, »dieses Jahr am 21. Juni.«
Zilla seufzte erleichtert. »Mutter wurde am 8. Juni 1940 geboren. Also zwölf Monate nach der Johannisnacht 1939.«
Richard blickte zu Boden. Er wirkte müde und abgekämpft. Zu dem schrecklichen Gedanken, der Zilla eben gekommen war, gesellte sich ein beunruhigender Verdacht.

»Natürlich ist das noch kein Beweis«, setzte sie am Nachmittag ihre Überlegungen mit Arno fort.
»Beweis wofür?«
»Ein Beweis, dass meine Großmutter und dieser SS-Sturmbannführer Rönken nichts miteinander hatten. Es kann ja auch nach der Johannisnacht geklappt haben. Meine Mutter könnte durchaus seine Tochter sein. O Gott, Arno! Dann wäre ich die Enkelin eines Nazis!«

»Na und?«
»Wenn das wirklich so wäre«, fuhr Zilla erregt fort, »darf ich dann überhaupt meine Stelle im Direktorat für die EU-Osterweiterung antreten? Ich bin vermutlich für Polen zuständig. Und wenn herauskommt, dass mein Großvater einer dieser SS-Schergen war? Die SS war für die Konzentrationslager verantwortlich. Für Auschwitz.«
Arno zuckte mit den Schultern. »Man kann dich doch nicht für einen Seitensprung deiner Großmutter mit einem Nazi verantwortlich machen.«
»Juristisch nicht, aber ... Arno, man hat mich auch wegen meines Namens genommen. Und wenn nun hinter meiner Existenz eigentlich der Name eines SS-Sturmbannführers Heinrich Rönken steht ... Und das kriegt irgendein polnischer Journalist heraus ... Dann ist völlig egal, ob ich es gewusst habe oder nicht, als ich meine Stelle antrat. Und ich habe es ja gewusst!«
»Gar nichts weißt du im Moment«, versuchte Arno sie zu beruhigen. »Mach dich doch nicht verrückt, Zilla.«
Sie standen am Ende der Seebrücke von Zingst. Die See lag still unter blauem Himmel. Der Wind kam vom Land her und war warm.
»Vielleicht ist das der Grund«, überlegte Zilla laut, »warum Richard so dagegen ist, dass ich nach Brüssel gehe. Vielleicht ist es das, was er befürchtet. Dass eines Tages herauskommt, dass mein Großvater nicht Wilhelm Graf von Ayshoff war, sondern der Nazi-Verbrecher Heinrich Rönken.«
»Und woher sollte er das wissen?«, erkundigte sich Arno erstaunt.
»Sein Großvater war bis Kriegsende Gesandtschaftsangehöriger in Berlin. Er war überall, hat alles fotografiert, hat in die Schweiz berichtet. Wer weiß, was in seinen Berichten über Rönken steht. Gewiss ist, dass er ihn in Nemmersdorf

getroffen und fotografiert hat, mit meiner Mutter auf dem Arm, vielleicht seiner Tochter. O je, Arno, das überlebe ich nicht!«

Arno blickte sie ernst mit seinen grauen Augen an. »Doch, du wirst es überleben. Ich habe es auch überlebt, dass mein Vater Stasioffizier war. Was hat die Presse über mich gehetzt, als ich versuchte, mich als Futtermittelhändler zu etablieren. Den Journalisten war völlig egal, dass ich erst siebzehn war, als der so genannte antifaschistische Schutzwall fiel. Ich hatte meinen Ausweis als FDJ-Pionier gerade in der Tasche. Und ich habe daran geglaubt. Ja, denn es war meine einzige Zukunft damals. Aber trotzdem bin ich nicht verantwortlich für das, was mein Vater getan hat. Ich habe niemandem die Zukunft versaut. Ich habe niemanden ins Gefängnis gebracht, niemanden drangsaliert. Weißt du, Zilla, ich verstehe ja, dass man nach dem Zusammenbruch des SED-Regimes den Fehler nicht wiederholen wollte, den man im Westen nach dem Zusammenbruch des Faschismus gemacht hat. Bei euch im Westen waren dieselben Leute Richter und Politiker, die es schon während der Nazizeit gewesen waren. Bei uns nie. Da ist es natürlich bitter, dass man uns heute unter Generalverdacht stellt, dass wir alle Mitarbeiter des Staatssicherheitsdienstes waren. Doch irgendwann hört die Presse auch wieder auf und treibt eine andere Sau durchs Dorf.«

Zilla blickte ins Wasser hinab, das im Schatten des Brückenstegs gegen die rötlichen Pfosten der Seebrücke schwappte. Eben noch blitzte ein Sonnenpunkt auf dem Kamm einer türkisblauen Welle, und schon versank sie glucksend im unergründlichen Schwarzgrün des Schattens. Es roch nach geteertem Schiffstau, obgleich an dieser Seebrücke vermutlich noch nie ein Schiff angelegt hatte, denn die Häfen befanden sich stets auf der Boddenseite.

Die Tage vergingen. Zilla las um ihr Leben, bis ihr die Augen tränten. Gertrauds Sütterlinknötchen wurden immer kleiner und enger, denn sie musste allmählich befürchtet haben, dass die Seiten des DIN-A4-Hefts nicht ausreichen würden für all das, was sie noch zu erzählen hatte.
»Kannst du dich eigentlich an deinen Vater Wilhelm erinnern?«, fragte Zilla ihre Mutter einmal, als sie nach einem gemeinsamen Vormittagseinkauf die Kisten mit Obst und Gemüse in der Küche abstellten.
»Eigentlich nicht«, antwortete Edith. »Er war selten zu Hause gewesen. Er war ja immer bei seinem Reiterregiment in Insterburg.«
»In Tilsit«, korrigierte Zilla. »Er war in Tilsit stationiert.«
»Und später stand er bei Leningrad.«
Aber bevor sie zu diesen Ereignissen kam, musste sich Zilla durch seitenlange Schilderungen von Auktionen auf dem Gestüt Trakehnen lesen, bei denen sich die landwirtschaftlichen Betriebe ganz Ostpreußens, auch Ayshoff, mit dreijährigen Wallachen eindeckten, den kastrierten Junghengsten, die in Trakehnen nicht gut genug für die Zucht waren, aber begehrte Reit-, Fahr- und Rennpferde für die anderen. Ayshoff hatte aber immer auch einen eigenen Zuchthengst besessen. Zuletzt war es Domfalke, den Gertraud selbst gezogen hatte und der ihr bevorzugtes Reitpferd war. Voller Stolz berichtete sie, dass der Landstallmeister von Trakehnen einmal sogar nach Ayshoff gekommen war, um sich einen von Domfalkes Söhnen anzusehen und zu kaufen.
»Schon im Sommer 1939«, schrieb Gertraud endlich, »fehlten uns Arbeitskräfte für die Ernte. Der Krieg warf seine Schatten voraus. Es wurde eingezogen. Der Landarbeiterdienst für unbeschäftigte Frauen unter fünfundzwanzig Jahren und der neue Landdienst der Hitlerjugend schickten uns zwar Hilfskräfte, aber sie waren vielfach der schweren

Landarbeit nicht gewachsen. Dass wir bevorzugt mit Arbeitskräften versorgt wurden, hatten wir übrigens Rönken zu verdanken.
Mit Bangen hatte ich dem Mittsommertag entgegengesehen. Ehrlicherweise muss ich sagen, dass tief in mir drinnen irgendetwas diesen Tag auch herbeiwünschte. Ein Schicksalstag. Doch dann hielt die Pflicht Rönken fern. Er hatte in Böhmen und Mähren für die Entjudung der Wirtschaft zu sorgen, und ich erhielt Anfang Juni einen Brief von ihm.
›In der Johannisnacht‹, schrieb er, ›soll mein Traum mich weisen, und dann werfe ich den Hut.‹
Liebe Zilla, man muss die ostpreußischen Bräuche kennen, um zu wissen, worauf er anspielte. In unserem kleinen Dorf, das Ayshoff bildete, wurden zwar nur wenige jahreszeitliche Bräuche gepflegt, aber einige doch. Zu Neujahr wurde das alte Jahr mit Peitschenknallen vertrieben, und am Ostermontagmorgen prügelte die männliche Jugend die jungen Mädchen scherzhaft – manchmal aber auch ziemlich schmerzhaft – mit frischen grünen Birken- oder Wacholderzweigen aus den Betten, was ›schmackostern‹ genannt wurde und auf dem Volksglauben beruhte, dass die Berührung mit der grünen Lebensrute die Mädchen fruchtbar machte. Allerdings hatte Hitler das Schmackostern verboten, weil die Jungs riefen ›Schmackostern, schmackostern, drei Eier und ein Stück Speck, sonst gehe ich nicht weg‹ und erst abzogen, wenn man ihnen etwas gegeben hatte. Hitler fand jedoch, das deutsche Volk bettle nicht.
Zur Sommersonnenwende brannten auf den Hügeln Johannisfeuer. Vor allem aber hieß es, zu Johannis könne man sich unsichtbar machen und die heimliche Liebe aufsuchen. Ein junges Mädchen musste vom ihr bestimmten Liebsten träumen, und wenn sie einen Hut in die Zweige eines Baums

warf, so zeigte die Zahl der Zweige, die er beim Herabfallen streifte, die Jahre an, die sie auf ihren Liebsten noch warten musste. Logischerweise warf man ziemlich tief. Und darauf hatte Rönken in seinem Brief angespielt.

Noch aus einem anderen Grund ist mir diese Johannisnacht 1939 in Erinnerung geblieben. Während alles Volk draußen bei den Feuern war, schlugen auf dem Gut die Hunde an, als ich mich gerade zu Bett begeben wollte. Natürlich kam es immer wieder vor, dass die Hunde bellten, wenn eine Katze sie neckte oder ein nächtlicher Fußgänger das Gehöft auf dem Weg von Eydtkuhnen nach Stallupöhnen durchquerte. Und gerade in dieser Nacht waren viele Menschen unterwegs. Aber die Hunde wollten gar nicht wieder aufhören. Ich holte also Wilhelms Schrotflinte aus dem Waffenschrank, steckte außerdem zwei Patronen für einen Fangschuss ein, falls ein Tier zu töten war, und ging hinten zur Küche hinaus. Gen Stallupöhnen hin fiel auf einem Hügel ein Johannisfeuer in sich zusammen. Funken stoben in den Nachthimmel bis unter die Sterne. Von der Lepone her waberte silbriger Dunst herauf, Engelsnebel, wie Tante Dorschanni ihn nannte. Es war eine recht kühle Juninacht.

Ich ging zunächst zum Zwinger. Die drei Jagdhündinnen waren zwar inzwischen still, aber sie saßen noch steil und mit gespitzten Ohren da, die Schnauzen in Richtung des großen Speichers. Ich holte Gulasch aus seinem Zwinger, den Hund, den mir Rudolf geschenkt hatte. Gulasch war zwar kurzbeinig und klein, aber teufelsmutig. Er jagte nicht, doch er pflegte mich und Ursula – später auch Edith – so geifernd gegen jeden Menschen zu verteidigen, dass man ihn meist wegsperren musste. Ich habe ihn darum oft nachts, wenn Wilhelm nicht da war, mit auf mein Zimmer genommen.

Mit geladenem Gewehr und mit Gulasch am Strick schlich

ich von Ecke zu Ecke zum Speicher. Und richtig, an der kleinen Südtür machte sich jemand zu schaffen. Ein Vengtiner, dachte ich, ein Landstreicher, der eine Schlafstatt suchte. Denn im Speicher hätte er nicht viel stehlen können außer Leinensäcken und etwas Korn. Gulasch knurrte und zerrte am Strick. Als ich losließ, schoss er wie eine Kanonenkugel auf die Gestalt zu. Sie wankte und fiel um. Ich war auch sofort zur Stelle und rammte dem Burschen den Doppellauf der Flinte unters Kinn.
Es war ein fürchterlich mageres Bürschchen in abgerissener Kleidung, ziemlich jung, so weit ich das in der Dunkelheit erkennen konnte. Seine rechte Hand sah aus wie ein Stumpen. Dann erkannte ich, dass er einen Lumpen darum gewickelt hatte. Er zitterte, als würde Winterkälte herrschen.
Ich fragte ihn, wie er heiße.
›A… Ar… Achim«, stotterte er. »Achim Kraßel.« Er komme von Lauscha in Thüringen her und habe nach Eydtkuhnen gewollt, weil er hier Verwandte habe. Doch die seien fortgezogen. Also habe er weiter nach Norden gewollt, nach Memel, wo er geboren sei. Irgendwelche Leute hätten ihn mit Knüppeln von der Straße gejagt. Er sei im Wald gestolpert und gefallen, mit der Hand in eine Tierfalle.
Er zitterte, während er redete, gar so fürchterlich, dass mir der Gedanke kam, es sei nicht nur die Angst, sondern er friere, weil er durch die Handverletzung viel Blut verloren hatte. Ich zog Gulasch zurück, der die ganze Zeit an seiner Kehle geknurrt hatte, schwenkte mein Gewehr beiseite und half ihm auf die Füße. Bis in die Küche schaffte er es mit Müh und Not. Beim Schein eines Hindenburglichts – das waren Kerzen in kleinen Näpfen, dem heutigen Teelicht ähnlich – wickelte ich den Lappen von seiner Hand, um einen sauberen Verband anzulegen. Es sah schrecklich aus.

Die Falle, in die er geraten war, hatte ihm zwei Finger gekappt und den dritten halb …«
Zilla fuhr von dem Diwan hoch. Aki! Das war Aki!
»Die Wunden bluteten noch. Achim Kraßel konnte sich kaum auf dem Stuhl halten, und so brachte ich ihn in eine der Gesindestuben unters Dach und legte ihn aufs Bett. Er war ein ganz junger Mensch, vielleicht sechzehn oder siebzehn Jahre alt, und der hässlichste, den ich bis dahin erblickt hatte. Eng stehende Augen, klein und pechschwarz, dazwischen eine Nase, die eher einer Zoche, einem Flug, ähnelte denn einer Nase.«
Zilla musste laut lachen.
»Das Gesicht hohl und knochig mit einem ungemein blöden Ausdruck. In seinem Gebiss stand kein einziger Zahn gerade, obgleich mir die Zähne noch das am besten Geratene an ihm erschienen.«
Zilla gluckste vergnügt. So erbarmungslos hatte sie den alten Aki noch gar nicht gesehen. Er war keine Schönheit, das stimmte, aber für sie war er auch seit ihrer Kindheit immer ein uralter Mann gewesen.
»Er hatte viel Blut verloren und Fieber. Die Wunden entzündeten sich. In der zweiten Nacht schwebte er zwischen Leben und Tod. Doch am fünften Tag stand er schon wieder auf. Ich dachte, er würde verschwinden, aber man sagte mir, er treibe sich auf dem Gut herum. Also bestellte ich ihn zu mir ins Arbeitszimmer. Da stand er neben dem roten Teppich an der Tür, die Kappe in der Hand, und druckste herum. Ich musste aufstehen und zu ihm gehen, wenn ich ihn verstehen wollte.
Er habe im thüringischen Lauscha das Glasbläserhandwerk gelernt, sagte er und zeigte mir eine kleine Puppe, deren Glieder aus Stoff genäht und deren Kopf, Hände und Füße kunstvoll aus Glas gezogen waren.«

Die Glasmurmelpuppe! Zillas Erregung wuchs.

»Er habe die Puppe für seine Schwester gefertigt, erklärte er. Sie sei zwei Jahre alt gewesen, als er vor drei Jahren Memel verlassen habe.

›Also wollen Sie doch wohl nach Memel zurück‹, sagte ich.

›Wollen vielleicht schon‹, entgegnete er, ›aber können kann ich nich.‹ Und mit einem treuherzigen Blick aus seinen kohlschwarzen Äuglein fuhr er fort: ›Wissen Sie, Gräfin, es is nu mal so, dass ich wie ein Jude aussehe mit meiner Zoche anstelle von einer Nase. Und Sie haben sich doch auch schon jefragt, ob ein J in meinem Pass steht, und jehofft, dass ich bei Nacht und Nebel verschwinde, so wie ich jekommen bin. Aber es steht kein J in meiner Kennkarte und keine jüdische Großmutter in meinem Ahnenpass. Nur habe ich vielleicht keine Zeit, mich auszuweisen, ehe sie mich totschlagen. Und so würd ich lieber erst einmal bei Ihnen arbeiten.‹

›Als Glasbläser?‹

›Ich habe mich als Jungche schon in Trakehnen nützlich jemacht.‹

›Sie sind aber weit herumgekommen‹, bemerkte ich.

›Die gnädige Gräfin denken, mein Vater sei ein Vengtiner jewesen. Aber er ist als Buchhändler jereist. Drei Jahre hat er mich in Trakehnen jelassen, damit ich was Praktisches lerne. Und Ihr Schweizer sagt, er brauche einen für die Melkmaschine, denn mit der komme er nich zurecht. Ich kann mit Maschinen. Ich nehm Ihnen jeden Motor auseinander und setz ihn wieder zusammen, und er schnurrt wie eine Katze vor einer Schale Schmant.‹

›Und was können Sie nicht?‹, erkundigte ich mich schmunzelnd.

›Schießen‹, sagte er wie aus der Pistole geschossen.

In der Tat, für den Kriegsdienst war er mit seiner verstümmelten Hand nicht mehr tauglich. Und er hatte in seiner ganzen Hässlichkeit etwas an sich, was mich rührte. Ich glaubte ihm zwar kein Wort – und Landstreicher ist ja noch die harmlosere Variante, vermutlich ist er Wilderer und Schmuggler, dachte ich –, aber wenn er im Stall arbeiten wollte, warum nicht. Und so steckte ich ihn zum Schweizer in die Kuhställe.

Am 1. September 1939 hieß es dann im Radio: ›Seit fünf Uhr fünfundvierzig wird zurückgeschossen.‹ Das deutsche Linienschiff *Schleswig-Holstein* feuerte auf polnische Munitionslager bei Danzig. Die Wehrmacht marschierte ohne Kriegserklärung in Polen ein. Nachts musste Eydtkuhnen verdunkelt werden. Das Hören ausländischer Sender wurde unter Strafe gestellt. Der Zweite Weltkrieg hatte begonnen.

Mitte September hörte ich zu nachtschlafender Zeit Rönkens Horch auf den Hof fahren. Es hatten sich schon alle zurückgezogen, und auch ich war im Auskleiden begriffen. Eilig zog ich mir das Kleid wieder über und ging hinunter, um die Haustür aufzuschließen. Rönken war allein. Ich sah keinen Chauffeur.

›Mein Mann ist nicht da‹, sagte ich, als er die Freitreppe heraufsprang. ›Er ist bei seinem Regiment. Wir haben Krieg.‹

›Ich weiß‹, sagte er. ›Deshalb bin ich hier. Darf ich eintreten?‹

Ich führte ihn ins Empfangszimmer. ›Elektrisches Licht gibt es nicht. Stromsperre‹, erklärte ich die Tatsache, dass wir uns mit einer Kerze begnügen mussten. ›Was ist mit meinem Mann? Ihm ist doch nichts passiert? Sein Regiment ist doch nicht nach Polen beordert worden?‹

›Nein‹, antwortete Rönken, während wir auf zwei Stühlen Platz nahmen, die Kerze zwischen uns auf dem Tisch.

›Was ist denn dann so dringend, dass Sie mich mitten in der Nacht …‹

›Entschuldigen Sie. Ich bin gerade auf der Durchreise‹, sagte er. ›Ich muss zu Göring nach Rominten.‹
Reichsjagdmeister Hermann Göring besaß ein Jagdschloss in der Rominter Heide, den so genannten Reichsjägerhof.
›Er ist besessen davon, den stärksten Hirsch abzuschießen‹, erläuterte Rönken. ›Aber man sagt, er schießt sie alle viel zu jung. So wird er nie den stärksten Hirsch aller Zeiten erlegen.‹
›Was wird er denn jetzt jagen gehen, wo wir kaum zwei Wochen Krieg haben?‹
Rönken lachte. ›Da kennen Sie Göring aber schlecht.‹
›Ich kenne ihn überhaupt nicht!‹
›Er ist extra so lange in Berlin geblieben, bis der Führer von seiner Frontfahrt aus Polen zurückkam, um sicherzustellen, dass die polnischen Wälder um Bialystock ins deutsche Reichsgebiet einbezogen werden. Er sagt, des Holzes wegen, aber er meint, wegen der Hirsche. Morgen wird er mit seinem ganzen Hauptquartier in Rominten ankommen. Und da es um die Lösung der Judenfrage in Polen geht, muss ich auch hin.‹
›Hm‹, machte ich. Rönken gefiel mir immer weniger.
›Leider hat sie mich im Sommer nach Böhmen und Mähren entführt.‹ Er ergriff meine Hand. ›Aber ich habe von Ihnen geträumt.‹
›Die nächste Johannisnacht kommt bestimmt.‹
Rönken ließ unwillig meine Hand fahren, erhob sich und sah eine Weile durch die finstere Fensterscheibe nach draußen. ›Wer weiß‹, sagte er finster, ›ob ich Sie dann noch hier als stolze Gräfin von Ayshoff antreffen werde.‹
›Was soll denn das heißen, Sturmbannführer?‹
Er drehte sich langsam um und blickte auf mich hinab. ›Deshalb bin ich hier, Gräfin. Sie, Ihre Tochter und der Hof sind in Gefahr. Ich verstehe Wilhelm nicht …‹

Offenbar verkehrte er mit meinem Mann inzwischen per Vornamen.
›Ich habe ihm vertraut wie einem Freund …‹
›Erbarmung!‹, rief ich. ›Was ist passiert?‹
Rönken setzte sich wieder. Seine Knie berührten fast die meinen. ›Ich weiß aus zuverlässiger Quelle‹, sagte er, ›dass Wilhelm in einem Kreis von Offizieren Dinge verbreitet, die den Kampfgeist der Truppe zersetzen. Sie haben doch von dem Überfall polnischer Milizen vor zwei Wochen auf den Sender Gleiwitz auf deutscher Seite gleich an der Grenze zu Polen gehört. Eine Provokation! Deshalb sind wir in Polen einmarschiert. Doch Wilhelm erzählt herum, den Überfall habe die SS begangen.‹
›Wie kann er so etwas behaupten?‹
Rönken lachte plötzlich. ›Ich habe es ihm erzählt. Verstehen Sie, Gräfin, die Polen hätten den Sender früher oder später ohnehin überfallen. Der Sendemast ist deutsche Technik, genannt der Eiffelturm von Gleiwitz. Mit ihm haben wir weit nach Polen hinein gesendet. Er musste ihnen ein Dorn im Auge sein. Aber sollten wir warten, bis sie endlich einen Überfall wagen? Sollten wir uns von den Polen unser Handeln diktieren lassen?‹
›Sie haben … die SS hat diesen Sender …‹
›Ihr Bruder Elmar und ich, wir waren das.‹ Rönken lachte wie ein Lausbub. ›Natürlich trugen wir Zivil. Wir fuhren auf den Hof und gaben ein paar Schüsse ab. Dann fesselten wir das deutsche Personal. Außerdem hatten wir einen toten Häftling in der Uniform eines polnischen Befreiungskämpfers dabei, den wir hinlegten, damit es hinterher wie ein polnischer Überfall aussah. Dann haben wir ein Mikrofon gesucht. Das war gar nicht so leicht, denn Gleiwitz sendete nur zu ein paar Stunden am Tag Wetterberichte nach Polen hinein. Schließlich fanden wir in einem Schrank das grüne Un-

wettermikrofon. Und das habe ich dann genommen, weil ich ein bisschen Polnisch kann. Uwaga, Uwaga habe ich gesagt, und dann auf Deutsch: Achtung, Achtung! Hier ist der polnische Sender Gleiwitz. Der Sender befindet sich in polnischer Hand. Die Stunde der Freiheit ist gekommen. Hoch lebe Polen!‹ Heinrich Rönken lachte vor sich hin. ›Leider hat Elmar einen Fehler gemacht. Er hat die Verstärker abgeklemmt, sodass ich nur in einem kleinen Umkreis zu hören war, nicht im ganzen Reichsgebiet. Aber egal. Die Provokation genügte. Polen ist unser.‹

Kein vernünftiger Mensch, den ich kannte, hatte die Nachricht vom Einmarsch in Polen mit Jubel aufgenommen. Es herrschte vielmehr eine gewisse Bangigkeit. Man sprach bereits von Lebensmittelkarten, die demnächst wieder eingeführt werden sollten. Vielen war der Mangel nach dem Ersten Weltkrieg noch gut in Erinnerung, wenn auch niemand wissen konnte, in welcher Katastrophe dieser Krieg enden würde. Und Heinrich Rönken prahlte mit dieser Art von makabren Lausbubenstreichen, mit der die deutsche Führung Weltpolitik betrieb.

›Warum erzählen Sie mir das?‹, fragte ich bestürzt. ›Und warum mussten Sie es Wilhelm erzählen? Wenn Sie sein Freund sind, dann wissen Sie doch, was für ein aufrechter und wahrheitsliebender Charakter er ist.‹

›Ein deutscher Offizier muss schweigen können. Das deutsche Volk ist von Feinden umgeben.‹

›Von Feinden, scheint mir, die von der deutschen Führung gefälscht werden‹, bemerkte ich.

›Sie verstehen nichts von Strategie, Gräfin. Das Gesetz des Handelns muss immer in unserer Hand sein. Wilhelm sollte wissen, wie gefährlich seine Neigung ist, sich zum Mittelpunkt eines defätistischen Kreises von feigen Pazifisten zu machen.‹

›Wenn Friedensliebe gefährlich ist, dann ist sie doch wohl nicht feige‹, erwiderte ich. ›Und wie ist es eigentlich mit Ihrer eigenen Verschwiegenheit bestellt, Sturmbannführer. Fast könnte man auf die Idee kommen, Sie hätten mit Ihrer Räuberpistole einen Mann in Versuchung führen wollen, unter den Offizieren die Wahrheit über Gleiwitz zu verbreiten.‹ Rönken lächelte seltsam. ›Von Ihrer Klugheit, Gräfin, hatte ich immer eine hohe Meinung. Leider hat Wilhelm die Probe weniger gut bestanden als Sie. Wenn er so weitermacht, weiß ich nicht, wie lange ich ihn noch schützen kann und damit Sie. Es hängt jetzt alles von Ihnen ab, Gräfin.‹
›Gut, ich werde mit Wilhelm reden.‹
›Ich fürchte, Gräfin, das wird nicht reichen.‹
Es hatte keinen Sinn, so zu tun, als verstünde ich nicht, was genau er von mir erwartete. In dieser Nacht kehrte sich mein bis dahin stolzes und naives Herz um – so habe ich es empfunden – wie eine hübsche Postkarte, die man umdreht, um auf der Rückseite eine bittere Nachricht zu lesen. Bis heute kann jeder dahergelaufene Mensch mit Parteibuch oder in Uniform, was ein und dasselbe ist, damit drohen, meine Existenz zu zerstören. Die Rönkens und Pachalys sind zahlreich.«
»Nein!«, stöhnte Zilla. »Das darf nicht wahr sein!« Hätte sie doch auf ihre Mutter gehört. Und auf Richard. Beide hatten sie gewarnt. Nun gab es keine Umkehr mehr.
»Noch vor Morgengrauen«, las sie weiter, »entschwand Rönken nach Rominten. Anfang Oktober sagte er sich erneut an. Glücklicherweise hatte Wilhelm sich auf mein Drängen für ein paar Tage von seinem Regiment beurlauben lassen können und war zu Hause. Ich bin sicher, Rönkens Spitzel informierten ihn darüber, denn er kam mit Chauffeur.
Diesmal duzten er und Wilhelm sich offen. Doch wie völlig anders war ihr Umgang, kühl, formell, fast eisig höflich, vor

allem auf Wilhelms Seite. Rönkens Aufgeräumtheit prallte an ihm ab. Als ich einmal in den Salon trat, unterbrachen sie einen leise geführten, aber offensichtlich erbitterten Wortwechsel. Rönken lächelte überlegen, und Wilhelms Gesicht war von Zorn gerötet.

Beim Abendessen erzählte Rönken von Rominten. Wieder mit dieser verführerischen Offenheit. Er sei überhaupt nicht zum Schuss gekommen, erzählte er, und auch sonst niemand. Göring habe gleich am ersten Tag den Dorfhirschen abgeschossen und am zweiten den so genannten Tonnenhirsch. Am dritten sei er zum Truppenbesuch nach Polen gereist, am vierten Tage habe er den kapitalen Schwarzen erlegt, und danach sei er erneut zur Truppenbesichtigung nach Polen gereist.

›Das ist ein Mann!‹, sagte Rönken. ›Die Witze, die man über ihn macht, erzählt er am liebsten selbst. Kennt ihr den schon? Hitler schickt einen Botschafter nach Rom, um den Papst für den Nationalsozialismus zu gewinnen. Doch der hat keinen Erfolg. Auch Goebbels schafft es nicht. Also wird Göring losgeschickt. Drei Tage später bekommt Hitler ein Telegramm von Göring aus Rom. Darin heißt es: Auftrag ausgeführt, Papst tot, Vatikan brennt, Tiara passt. Dein Heiliger Vater.‹ Rönken wollte sich schier ausschütten vor Lachen.

›Das verstehe ich nicht‹, sagte Tante Dorschanni trocken. ›Die haben doch schon vor Jahren eine Vereinbarung mit dem Vatikan geschlossen.‹

›Aber den verstehen Sie?‹, erkundigte sich Rönken lachend. ›Was bekommt man für einen neuen Witz? – Zwei Jahre Dachau.‹

›Wieso Dachau?‹

›Dachau liegt in Bayern‹, sagte Wilhelm hastig. ›Ein … ein Arbeitslager.‹

›Das erste‹, ergänzte Rönken munter, ›Vorbild für alle weiteren. Wir vernichten unwürdige Elemente durch Arbeit. In Auschwitz werden wir auch ein Lager bauen. ›Arbeit macht frei‹ wird über dem Eingang stehen. Und dann werden wir die Judenfrage lösen. Es werden bereits Versuche mit Zyklon B gemacht. Sehr vielversprechend. Man könnte es in Duschräumen zur Anwendung bringen.‹

›Das ist doch ein Insektenvertilgungsmittel aus Blausäure‹, entfuhr es Wilhelm erschrocken.

›Gerade richtig für menschliches Ungeziefer‹, erwiderte Rönken.

Nie werde ich den weißlichen Stich ungläubigen Entsetzens in Tante Dorschannis großen graugrünen Augen vergessen, mit denen sie diesen fürchterlichen Mann anstarrte. Ich stürzte raus und schärfte der Köchin Indre und dem Küchenmädchen ein, dass sie auf keinen Fall weitersagen durften, was sie womöglich an der Tür erlauscht hatten. Mit Tante Dorschanni sprach ich am Abend in ihrer Stube.

›Weißt du‹, sagte ich, ›Rönken legt es darauf an, dass man es weitererzählt. Und dann schreit er Staatsverrat. Es sind nicht nur Juden, die in diesen Konzentrationslagern landen.‹

›Und Wilhelm hat er schon in der Zange‹, seufzte Dorschanni hellsichtiger, als man es ihr oft zutraute. ›Und dich auch, mein Kind.‹

›Ich werde schon mit ihm fertig.‹

›Du musst mit Wilhelm sprechen, ganz offen.‹

›Um Gottes willen, Tante! Der geht hin wie ein Held und fordert Rönken zum Duell. Und wenn Rönken ihn erschießt, dann hat er freie Bahn, denn als SS-Offizier geht er straffrei aus. Und wenn Wilhelm ihn erschießt, dann wird man ihn ins Gefängnis werfen und in Plötzensee hinrichten. Und wir verlieren Haus und Hof.‹

›Erbarmung!‹, seufzte Dorschanni.

Wilhelm schlief schon, als ich zu ihm ins Bett kroch. Ich hatte mich zwar nie sonderlich nach seinen hilflosen ehelichen Intimitäten gesehnt, aber seit einigen Tagen wusste ich, dass ich wieder schwanger war, und wenn Wilhelm dieser Tage seine ehelichen Interessen nicht wahrnahm, dann würde er, wenn das Kind im Juni zur Welt kam, wissen, dass es nicht von ihm war. Ich lauschte seinem schweren Atem und fühlte mich so einsam und verlassen wie nie wieder in meinem Leben. Wilhelm stand vor Morgengrauen auf, um mit Rönken auf die Jagd zu gehen. Ich war gerade im Stall bei den Stuten, als eines der Melkmädchen zu mir gelaufen kam und rief: ›Der Sturmbannführer erschießt den Aki!‹

Ich befahl dem Sattelmeister, die Leute fernzuhalten, und rannte los. Da standen Wilhelm und Heinrich in Mänteln, mit Hüten und Hunden, aber offensichtlich ohne Beute auf dem Vorplatz, und Rönken hielt das Gewehr auf Aki gerichtet, die Mündung genau in Höhe seiner Magengrube.

Aki wankte nicht, er war wie zu Stein erstarrt, sein Gesicht ausdruckslos. Wie oft habe ich später auf der Flucht noch diesen Ausdruck von Todesangst sehen müssen, wenn die Russen ihre Waffen zogen.

›Achim Kraßel heißt du?‹, sagte Rönken gerade. ›Achim Israel Kraßel wolltest du wohl sagen. Sogar hier in Ostpreußen dürfte sich herumgesprochen haben, dass Juden mit deutschem Namen ein Israel oder Sara hinzufügen müssen.‹

›Nein, ich heiße nur Achim Kraßel‹, erwiderte Aki leise, ›auch wenn mich manche Zoche nennen wegen meiner Nase.‹

Rönken lachte auf und sagte im Ton unheilvoller Gemütlichkeit: ›Zoche? Nu, dann zeig mal deine Papiere.‹

›Die habe ich auf meiner Stube.‹

›Und dich in die Büsche schlagen, wenn man dich sie holen schickt. So hast du dir das wohl gedacht, Jude!‹ Rönken spannte den Hahn.

›Sturmbannführer‹, mischte ich mich ein, ›wenn Sie ihm ein Loch in den Bauch schießen, dann nützt er mir nichts mehr.‹

›Was nützt er denn?‹

›Er ist Hilfsschweizer.‹

›Mit dieser Hand?‹, fragte nun auf einmal Wilhelm erstaunt. ›Wie will der Bursche denn damit melken?‹

›Die Melkmaschine muss auch bedient werden, Wilhelm. Das habe ich dir doch geschrieben.‹

›Das hast du nicht.‹

›Aber Wilhelm!‹

Rönken lachte lauthals. ›Tja, Wilhelm, so ist das mit dem Soldatenleben. Derweil zieht die Frau auf dem Hof die Hosen an und zieht sie nicht wieder aus.‹

›Übrigens, das Frühstück wartet‹, sagte ich munter.

Rönken senkte sein Gewehr und entließ Aki mit einem kurzen Wink. Geschwind wie ein Spuk verdrückte er sich hinter das nächste Gebäude.

›Wie kannst du mich so in Verlegenheit bringen‹, beschwerte sich Wilhelm am Abend, als wir allein in unserer Stube waren. ›Da schleicht dieser Kerl über den Hof, und Heinrich sagt: ‚Ihr habt Juden in Lohn und Brot?‘ Und ich weiß nicht, was ich darauf antworten soll.‹

›Wieso musstest du auch in Zweifel ziehen, dass Aki im Kuhstall arbeiten kann?‹

Wilhelms Augen blitzten zornig. ›Ist doch nicht zu übersehen, dass dem Kerl drei Finger fehlen. Wenn ich nicht gefragt hätte, hätte es Heinrich getan.‹

›Was habt ihr denn auf der Jagd getrieben?‹, fragte ich dagegen. ›Hättet ihr nicht was schießen können? Dann hätte

Rönken vielleicht weniger Lust gehabt, auf deinem Hof jemanden zu erschießen.‹

Die zornige Glut in Wilhelms blaugrauen Augen verlosch wie ein Strohfeuer. Schweigend mit gesenktem Gesicht nestelte er an seinen Hemdknöpfen. Ich trat zu ihm, um ihm zu helfen. Seine Hände hielten erstaunt inne. Da drehte ich mich um, damit er mir den Reißverschluss am Kleid aufmachte.

›Komisch‹, sagte er hinter meinem Rücken, ›dass Heinrich so schnell abgelassen hat. Nicht einmal mehr die Papiere wollte er von diesem Kerl sehen.‹

›Vielleicht hat er selber keine Papiere.‹

Wilhelm lachte auf. ›Gertraud, wo denkst du hin? Der hat Papiere! Der hat eine Ahnentafel, die bis ins Jahr 1800 zurückreicht, wie jedes NSDAP-Mitglied und die SS sowieso.‹

›Kann man so etwas nicht fälschen?‹, fragte ich. ›Wer sagt denn, dass unter den vielen tausend Sippenforschern im Reich nicht auch ein paar sind, die für Geld arische Ahnentafeln zusammenbauen? Die Reichsstelle für Sippenforschung kann doch auch nicht alles nachprüfen.‹

›Wer in der SS ist, wurde auf Herz und Nieren geprüft. Und Heinrich gehört zur Elite, zum Sicherheitsdienst, Amt IV, Gegnererforschung, Kirchen, Sekten, Juden.‹

Dennoch war wieder etwas Glanz in Wilhelms Augen, als ich mich zu ihm umdrehte. Ich drückte mich an ihn und zog ihn sanft ins Bett.

›Dabei‹, sagte er leise, ›sitzt der größte Gegner des deutschen Volks in Berlin. Mit Müh und Not hat die Generalität es geschafft, Hitler davon zu überzeugen, dass er den Angriff auf Frankreich verschiebt.‹

Da ihn sein Grimm in Fahrt zu bringen schien, unterbrach ich Wilhelm nicht.

›Erst im März die Besetzung der Tschechoslowakei und

jetzt Polen‹, sagte er, über mich kommend. ›Und gleichzeitig Frankreich. An so vielen Fronten kann die Wehrmacht nicht kämpfen. England hält momentan nur still, weil es die Schlagkraft der Wehrmacht überschätzt.‹
Er vollbrachte den ehelichen Akt.
›Und bald ist die Sowjetunion dran‹, keuchte er. ›Man muss etwas tun!‹
Ich war durchaus zufrieden mit dem, was er tat. Aber vielleicht wäre unser Leben anders verlaufen, wenn ich mich in dieser Nacht damit nicht zufrieden gegeben hätte.
Am Morgen des 9. November kam ein Telegramm mit der Nachricht, dass mein Bruder Elmar in Ausübung seiner Pflicht gefallen sei. Es hatte im Münchner Bürgerbräukeller am Vorabend der Feiern zum Jahrestag des so albern missratenen Hitlerputsches von 1923 einen Sprengstoffanschlag auf Hitler gegeben. Sieben Menschen waren dabei ums Leben gekommen, darunter Elmar. Hitler selbst aber blieb unverletzt, denn er hatte seine Rede zehn Minuten früher beendet als erwartet und den Keller verlassen, um einen Zug zu erreichen. Im Radio hörte ich, dass man einen schwäbischen Tischler namens Georg Elser an der Grenze zur Schweiz festgenommen hatte.«

Capitaine Richard Knappe

Muss ich meiner Mutter nicht sagen, dass sie die Tochter des Mannes ist, den sie Onkel Heinrich genannt hat?«, überlegte Zilla laut bei einem Spaziergang mit Arno am Freitagnachmittag in der zweiten Woche ihres Aufenthalts in Zingst.

»Meinst du nicht, dass sie es längst weiß?«, gab Arno zu bedenken. »Und wenn nicht, wozu ihr diesen Schock versetzen? Beweise gibt es doch ohnehin nicht. Und schau dir deine Mutter mal an, Zilla. Kann sie überhaupt Rönkens Tochter sein? Er war doch ein arischer Typ, blond und blauäugig.«

»Wilhelm war auch ein heller Typ!«, widersprach Zilla. »Allerdings ist er definitiv nicht ihr Vater.«

»Kommt es denn heute eigentlich wirklich noch drauf an, von wem man abstammt, Zilla?«

Sie bemühte sich zu lächeln. »Mein Großvater ein NS-Verbrecher und mein Vater ein Freischwimmer. Ich kenne nicht einmal seinen Namen.«

»Deine Mutter wird ihn schon noch wissen. Frag sie halt.«

»Und ich habe immer behauptet, mein Nachname Gräfin von Ayshoff sei nur ein Name und habe überhaupt nichts mit blauem Blut und aristokratischer Abstammung zu tun.«

Zilla lachte auf. »Wie wahr!«

Als sie gegen sechs alleine aus der Zingster Heide nach Ayshoffkaten zurückkehrte, saß ihre Mutter bei geöffneter Tür in ihrem Büro, in dem sie gerade neue Gäste empfangen hatte, und ordnete die Papiere. Sie blickte auf, als Zilla in der Tür stehen blieb.

»Wie hieß eigentlich mein Vater?«, fragte Zilla. »Wie hieß dieser Freischwimmer?«

Edith starrte sie an. »Dein Vater heißt … Den Freischwimmer meinst du?«
»Sag bloß, du weißt nicht einmal mehr, wie mein Erzeuger hieß?«
»Doch, Zilla.« Edith stand auf und kam hinter dem Tisch hervor. »Aber dein Vater ist …«
Das Telefon schrillte. Edith unterbrach sich und griff nach dem Hörer. Sie lauschte eine Weile, dann hielt sie Zilla den Hörer hin. »Nimm du mal. Da ist jemand, der spricht nur Französisch.«
Es war Jacqueline, die Lebensgefährtin von Richards Vater. Sie schluchzte. Etwas Schreckliches sei passiert. Jean sei im Stall zusammengebrochen und mit Blaulicht ins Krankenhaus gefahren worden. Vielleicht ein Herzinfarkt, ein Schlaganfall. Leichenblass habe er dagelegen, der Krankenwagen sei eben abgefahren. »Vielleicht ist er schon tot. Und Richard ist nicht da! Ich habe versucht ihn auf seinem Handy zu erreichen. Aber er hat es abgestellt. Was mache ich nur? Heute Morgen ging es ihm doch noch gut … Und nun das, so plötzlich!« Jacquelines Stimme erstickte im Schluchzen.
»Nun wollen wir mal nicht gleich das Schlimmste annehmen«, sagte Zilla. »Vielleicht ist es auch nur eine kleine Kreislaufschwäche. Fahr du jetzt erst einmal ins Krankenhaus, und dann telefonieren wir wieder. Ich gehe inzwischen Richard suchen. Du weißt doch, er nimmt sein Handy zu den Pferden nicht mit.«
Jacqueline fasste sich etwas, während sie umständlich besprachen, wer wen wann auf welchen Nummern anrufen würde. Als Zilla auflegte, sah sie im Gesicht ihrer Mutter ihre eigene Bestürzung gespiegelt.
»Das war Jacqueline«, erklärte sie. »Richards Vater ist im Krankenhaus. Vielleicht ein Herzinfarkt oder ein Gehirn-

schlag. Genaues weiß man noch nicht. Weißt du, wo Richard ist?«

»Du liebe Güte! Ich denke, draußen. Er arbeitet mit Bernstein.«

An diesem Nachmittag hatte Richard es gewagt, Bernstein in die richtige Reitbahn zu führen, nachdem er gestern mit der aus Hindernissen zusammengestoppelten Umgrenzung auf der Wiese die Höhe einer normalen Bande erreicht hatte. Nun zeigten sich die Früchte seiner geduldigen Arbeit mit dem jungen Hengst. Bernstein ließ sich besteigen und ohne Probleme reiten. Seit einer halben Stunde absolvierte Richard mit dem Pferd ein Dressurprogramm: Pirouetten, Piaffen, fliegenden Galoppwechsel. Bernstein hatte die Anlage zu einem großen Dressurpferd. Wenn es heute gut ging, würde er in den nächsten Tagen mit den Springübungen anfangen. Und wenn das Pferd dann noch den Test bestand, einen anderen Reiter auf sich zu dulden, dann konnte man ihn für die Prüfungen anmelden, die für einen Zuchthengst erforderlich waren.

Als er durch den Zirkel wechselte, sah Richard von der Halle her die ihm mittlerweile vertraute lange und schlanke Gestalt mit dem wehenden blonden Haar über den Platz kommen. Er war heute Abend mit Margret zum Angeldorsch-Essen im Hotel Speicher in Barth verabredet. Oder vielmehr sie hatte sich mit ihm verabredet, ohne ihm Zeit zur Ablehnung zu lassen. Er hatte auch noch keine Gelegenheit gefunden, es Edith und Zilla zu sagen.

Richard ließ Bernstein aus dem Zirkel heraus und ritt die Langseite hinunter. Als Margret eben an der Bande anlangte, sah er im Augenwinkel eine zweite Gestalt in der Ecke zwischen Halle und Stutenstall auftauchen. Zilla. Sie schien es ziemlich eilig zu haben. Sie hob den Arm, winkte und rief etwas. Aber das hörte er nicht mehr, denn im selben Moment machte Bernstein einen riesigen Satz zur Seite. Nur mit Müh und Not gelang es Richard, oben zu bleiben.

Während der Hengst hinten hochging und sich dabei wie ein Rodeopferd unter ihm drehte, fragte er sich mit kühler Neugierde, wie viele solcher Bocksprünge er wohl im Sattel überstehen würde. Wie viele musste er überstehen, um sich nicht vor Zilla zu blamieren? Idiotisch, dass er immer noch glaubte, vor seiner Frau den starken Mann spielen zu müssen.

Mit angelegten Ohren preschte Bernstein auf die Bande zu. Zilla wich zurück, sogar Margret zuckte. Aber da hatte Bernstein sich bereits herumgeworfen und keilte gegen die Stange, dass Richard das Holz splittern hörte.

Margret schrie, aber Zilla hatte nicht aufgeschrien, registrierte Richard befriedigt. Mit purer Körperkraft schraubte er das Pferd so zusammen, dass Bernstein nur noch kreiseln konnte. Er würde das Pferd besiegen können. Aber wollte er das? Auf wen wollte er damit Eindruck machen? Auf den alten Aki, der bestimmt hinter irgendeiner angelehnten Tür stand, auf den jungen Azubi Meik, den er erst kürzlich wegen seines groben Umgangs mit den Stuten getadelt hatte, auf Margret oder auf Zilla? Oder wollte er sich selbst beeindrucken? Auf Kosten eines Pferdes?

Zu viele Fragen. Sie katapultierten ihn geradezu aus dem Sattel. Richard schoss kopfüber in einen Schwall von Sand und Steinchen, den Bernsteins Hufe beim Davonpreschen über ihn ergossen. Mit schlagenden Steigbügeln raste der junge Hengst in die entfernteste Ecke.

Margret kam schneller in die Reitbahn gelaufen, als Richard seine fünf Sinne wieder beisammen hatte, und half ihm beim Aufstehen. Dass sie ihm auch noch den Sand von Schulter

und Rücken klopfte, unterband er mit einer schnellen Ausweichbewegung. Dabei spürte er einen Stich im Knie.
»Hast du dir was getan?«, fragte Margret. »Du blutest, da an der Hand.«
»Nur eine kleine Schürfwunde«, wehrte er sich erneut. Er sah Aki und Meik über den Stallhof herbeilaufen. Zilla betrat nur zögernd die Bahn. Sie behielt Bernstein im Auge, der an der kurzen Seite hin und her trabte, bereit, böse zu werden, sobald sich ihm jemand näherte.
»Keine Angst«, sagte Richard, »er tut nichts.«
»Das hat man ja gerade gesehen«, entgegnete Zilla.
»Was hat das nur ausgelöst?«, fragte sich Margret laut. »Bis eben ging er ganz ruhig.«
»Ich habe gewinkt und gerufen«, räumte Zilla ein. »Wahrscheinlich hätte ich das nicht tun dürfen.«
»Daran lag es sicher nicht«, sagte Richard warm. »Du hast keine Schuld. Es war etwas anderes.«
Er hoffte, dass sie lächeln würde, aber sie blieb ernst.
»Richard, ich muss dir etwas sagen, etwas Unangenehmes. Dein Vater …«
Er erschrak bis in die Kniekehlen. »Was ist mit meinem Vater?«
»Er ist im Krankenhaus. Er ist im Stall ohnmächtig geworden. Jacqueline hat versucht dich auf deinem Handy zu erreichen. Sie will sich wieder melden, sobald sie mehr weiß.«
Nur am Rande bekam Richard mit, dass Margret etwas Tröstliches zu sagen versuchte und er auf ihre Frage nach dem Alter seines Vaters mit »neunundsechzig« antwortete. Am liebsten wäre er sofort losgelaufen, um Jacqueline anzurufen. Aber erstens hatte sie im Krankenhaus sicherlich das Handy abgestellt, und zweitens konnte er jetzt das verstörte Pferd nicht einfach Aki und Meik überlassen, wenn er es Anfang der Woche nicht einmal Margret hatte übergeben wol-

len, als Zilla tief gekränkt davonlief. Und damals war Bernstein alles andere als verstört gewesen.
»Margret«, sagte er also, »sei so gut und geh ganz weit weg, damit Bernstein dich nicht sieht. Und du bitte auch, Zilla. Ich komme gleich ... ich muss nur erst Bernstein einfangen. Wenn ich es mache, geht es schneller.«
Das kleine spöttische Lächeln auf Zillas Lippen schmerzte ihn. Es mochte sie allerdings befriedigen, dass er nicht einmal aus Sorge um seinen Vater ein Pferd vernachlässigte.
Als auch Aki und Meik verschwunden waren, kam der junge Hengst zur Ruhe und blieb mit fliegenden Flanken in einer Ecke der Bahn stehen. Richard schlenderte mit gesenktem Blick von schräg vorn auf Bernstein zu, eine Annäherungsrichtung, die ein Pferd als freundlich empfand. Bernstein wandte ihm den Kopf zu und stoppte ihn förmlich mit seiner Stirn, als wollte er sagen: Steig nur nicht wieder auf! Ich will keinen Tanz mehr.
Richard rieb ihm die Stirn und wartete, bis Bernstein von selbst die Blockade aufgab und den Kopf beiseite nahm. Erst dann ergriff er die Zügel und trat an den Sattel, um den Gurt zu lockern und die Steigbügel hochzuziehen.
»Du hättest das Problem auch gerne gelöst«, raunte er Bernstein ins Ohr. »Freut mich, dass du mir zutraust, dass wir es hinkriegen.«
Es muss doch mit dem zu tun haben, was außerhalb der Reitbahn passiert ist, dachte Richard, nicht mit der Höhe der Umgrenzung. Das hatte Zilla ganz richtig beobachtet. Allerdings hatte Margret schon so manches Mal drüben auf der Wiese an der provisorischen Bande gestanden und ihm etwas zugerufen, ohne dass der junge Hengst ausgeflippt war.
Er führte Bernstein aus der Bahn über den Platz unter das

Vordach der Reithalle, um ihn abzusatteln. Meik und Aki erschienen wieder bei ihm.
»So was hab ich nich mehr jesehn seit dem Domfalken von meiner Gräfin Gertraud«, sprach ihn Aki von hinten an. »So'n karsches Pferd.«
Richard drehte sich nur halb um. »Karsch?«
»Oh, ich verjess immer, dass der Herr Richard keiner von uns is. Ich wollte sagen, der Domfalke, der meine Gräfin übers Frische Haff jetragen hat, der war auch so ein stolzes Pferd oder mutig oder einjebildet wie der Bernstein, immer jleich auf Krawall, wenn ihm etwas verquer kam. Der Herr hat sich absichtlich fallen lassen, nich wahr.«
Richard vermied es, den Alten anzublicken. »Hm.«
»Aber«, meldete sich Meik zu Wort, »da lernt er doch nur, dass er damit durchkommt.«
Den Jungen konnte Richard immerhin direkt ansehen, ohne dass er vor Respekt zusammenschlurrte. »Warst du beim Bund, Meik?«
Der Junge nickte kurz.
»Dann hat von dir sicher so mancher Feldwebel etwas verlangt, was du ums Verrecken nicht eingesehen hast.«
Meik grinste verlegen.
»Und nun überleg mal. Der Feldwebel hat sich durchgesetzt, weil Durchsetzen einfach zum Prinzip gehört. Und er saß am längeren Hebel. Und was war das Ergebnis? Du hast ihn gehasst. Und selbst wenn eine Maßnahme sinnvoll war, die er angeordnet hat, hast du sie nur so gut ausgeführt, wie du eben musstest, nicht so gut, wie du gekonnt hättest. Und genau das will ich nicht bei Bernstein. Er muss die Freiheit haben, es selber zu wollen.«
Meik senkte den Blick.
»Übrigens kannst du mir einen Gefallen tun, Meik. Könntest du Bernstein fertig machen und wegbringen? Ich muss

nämlich bei mir zu Hause anrufen. Ich habe gerade erfahren, dass mein Vater im Krankenhaus ist.«
»Geht klar.«
»Danke, Meik.«
»Jute Besserung für den Vater«, sagte Aki leise. »Und dass es nuscht Schlimmes is.«
»Vielen Dank, Aki.« Im selben Moment, da Richard die Augen auf den Alten richtete, drehte der sich weg und bückte sich nach einem Strohballenstrick. Die Frage, was Aki eigentlich gegen ihn habe, lag Richard ganz vorn auf der Zunge. Aber das war wohl jetzt nicht der richtige Moment. Und so fragte er nicht, sondern eilte durch die Ställe dem Wohnhaus zu.
Im Torweg hallten die Lederabsätze seiner Reitstiefel wider. Die Amseln hatten ihre Abendgesänge begonnen. Die Fassade des Haupthauses strahlte weiß im Licht der Sonne, die auf dem Weg zum Untergang weit nach Norden wanderte.
Von der Zingster Heide her betrat eben ein Grüppchen Touristen – Großeltern mit ihren Enkeln – den Vorplatz.
»Sie, hallo!«, rief die Frau. »Sind Sie hier zuständig?«
Richard stoppte auf dem Weg zur Haustür.
»Wo kann man sich hier zum Ponyreiten anmelden?«
»Durch den Torbogen durch und dann links«, antwortete Richard. »Es ist ausgeschildert.«
In der Halle kam ihm Edith entgegen. »Weißt du schon was?«, fragte sie besorgt.
»Nein, aber Jacqueline ruft mich auf dem Handy an«, antwortete Richard.
»Hoffen wir das Beste. Sag mir sofort Bescheid, ja?«
Richard dankte Edith für ihre Sorge, indem er kurz seine Hand auf ihre Schulter legte. Dann eilte er die Treppen hinauf, immer zwei Stufen auf einmal nehmend. Zilla saß

mit hochgezogenen Beinen auf dem grünen Diwan und verfolgte mit den Augen seinen Gang zur Schafzimmertür, sagte aber kein Wort.
Im Schlafzimmer nahm er als Erstes sein Handy vom Nachttisch und stellte es an, widerstand aber dem Bedürfnis, sofort Jacquelines Nummer einzutippen. Er hakte den Absatz in den Stiefelknecht, doch das lädierte Knie meldete sich mit einem derartig biestigen Schmerz, dass ihm der Schweiß ausbrach. Richard lehnte sich gegen den Schrank und versuchte seine Panik zu bekämpfen. Was, wenn er jetzt nicht aus den Stiefeln kam? Aber das war natürlich nicht seine eigentliche Angst. Er atmete aus. Und dann ging es doch. Er brauste sich hastig ab, immer in der Angst, das Handy könnte klingeln, während er unter der Dusche stand. Das Wasser brannte in der Schürfwunde an seinem rechten Handgelenk. Als er sich beim Anziehen das Hemd zuknöpfte, merkte er, dass seine Hände zitterten. Er bekam die Knöpfe kaum zu und hatte den ohnmächtigen Wunsch, zu Zilla zu gehen und sich von ihr helfen zu lassen – ihre flinken Hände an seiner Brust spüren, das Lächeln auf ihren Lippen sehen, wenn sie die dunklen Augen zu ihm aufschlug, sie an sich ziehen! Doch er fand nicht einmal den Mut, sie zu bitten, dass sie ihm ein Pflaster aufs Handgelenk klebte.
Wo war nur das körperliche Vertrauen hingekommen, das sie immer verbunden hatte? Es war untergegangen in der Sprachlosigkeit, in seinem Schweigen. Niemals hatte er sich Zilla restlos anvertraut.
Doch bevor sie in Brüssel anfing, musste er es ihr sagen. Er musste, aber er durfte es nicht, solange sein Vater lebte. Und er konnte es nicht um seiner selbst willen. Denn die Konsequenzen waren furchtbar. Seine eigene Mutter hatte sich einst voller Abscheu von ihm abgewandt, von einem

Elfjährigen, der die Dimension der Schande gar nicht begriffen hatte.
Ein Geräusch ließ ihn zusammenzucken. Er drehte sich um. Da stand Zilla in der Tür und schaute ihn an. »Weißt du schon was?«
Er schüttelte den Kopf.
In ihrem Mienenspiel erkannte er, dass neben dem normalen Mitgefühl der Ehefrau für die innere Befindlichkeit des Ehemannes in ihr auch ganz praktische Überlegungen abliefen. Zum Beispiel: Fuhr sie mit, oder blieb sie hier? Würde sie sich schwarze Sachen für eine Beerdigung kaufen müssen, hier oder in Genf?
Wie vertraut waren ihm doch Zillas Gefühlsregungen, diese Mischung aus ahnungsvoller Scheu vor den inneren Dramen anderer Menschen und praktischem Verstand, der ihr half, auch in für sie schwierigen Situationen eine gute Figur zu machen. Auch jetzt glaubte sie, es sei für ihren stets so beherrschten Mann ein völlig ausreichender Ausdruck von Anteilnahme, wenn sie rasch Entscheidungen traf und effizient die anstehende Reise organisierte. Dabei wünschte er sich einfach nur, dass sie ihn in den Arm nahm. Nicht mehr.
»Zilla«, sagte er langsam. »Was auch immer geschieht, ich möchte, dass du weißt, dass ich dich …«
In diesem Moment schrillte sein Handy.
»Oui, Jacqueline«, sagte er, nachdem er es frei geschaltet hatte.
Schon ihrem ersten Wort hörte er an, dass er erleichtert aufseufzen durfte. Zilla drehte sich in der Tür um und verschwand. Nachdem er das Gespräch beendet hatte, fand er sie wieder auf dem Diwan im Giebelsalon.
»Nur eine Kreislaufschwäche«, erklärte er.
Sie lächelte. »Na, Gott sei Dank!«

»Sie wollen ihn aber noch ein paar Tage im Krankenhaus behalten und ein paar Untersuchungen machen.«
»Das kann sicher nicht schaden.«
Er nickte. »Ich fahre trotzdem noch heute nach Divonne.«
Zillas Lächeln bekam eine spöttische Färbung. »Hat er es also geschafft. Erst sein Sturz kurz vor unserer Reise und jetzt das. Er hat wohl Angst, du könntest dich ernsthaft in Ayshoffkaten verlieben, hm?«
»Es ist allein meine Entscheidung. Ich muss etwas mit ihm besprechen.«
»Und das geht nicht telefonisch?«
»Nein.«
»Na, wie du meinst, Richard. Ich will mich natürlich nicht zwischen deinen Vater und dich stellen.«
Richard seufzte. »Zilla, bitte!«
Sie blickte ihn nachdenklich an.
»Ich kann dir das jetzt nicht erklären«, zwang er sich zu sagen. »Ich muss erst mit meinem Vater reden.«
»Tja, wenn du erst seine Erlaubnis brauchst, um mit mir zu reden ...« Sie wandte den Blick ab und griff nach dem grünen Heft auf dem Tisch.
Richard fühlte unseligen Zorn in sich erwachen. »Ich fürchte«, sagte er, kaum fähig, sich zu kontrollieren, »wenn ... wenn du so weitermachst, Zilla ... wenn du mich und meinen Vater so ... wenn du wirklich nach Brüssel gehst, dann müssen wir uns trennen.«
Zilla erstarrte.
Er wollte, erschrocken über das, was er gerade ausgesprochen hatte, zu ihr treten, aber aus dem Knie fuhr ihm der Schmerz bis unter die Haarwurzeln.
Sie richtete sich langsam auf dem Diwan auf. »So ... so ernst ist es dir?«, stammelte sie. »So sehr bist du dagegen? Aber warum denn? Was hast du gegen Brüssel?«

»Nichts, Zilla, aber ich fürchte, ich kann nicht mit dir gehen.«
»Das ist doch absurd!«, rief sie, zunehmend aufgebracht. »Ich habe doch auch nie verlangt, dass du mit mir nach Brüssel ziehst. Dann bleibst du eben in Genf, und wir jetten weiterhin von einer Stadt zur anderen. Bisher ging das doch auch.«
Richard schüttelte den Kopf.
»Oder gibt es einen anderen Grund, warum du dich auf einmal von mir trennen willst?« Zilla richtete sich noch ein Stück auf. »Hat es etwa damit zu tun, dass meine Großmutter höchstwahrscheinlich etwas mit SS-Sturmbannführer Heinrich Rönken hatte? Ist es das? Werde ich dadurch zur Persona non grata?«
»Zilla, bitte, lass uns darüber reden, wenn ich wieder zurück bin.«
»Unter diesen Umständen brauchst du gar nicht mehr zurückkommen.«
Er nahm ihren Ausfall äußerlich unbewegt hin.
»Wenn du erst die Erlaubnis deines Vaters brauchst, um mit mir ...« Zillas Stimme drohte zu versagen. »... mit mir zu leben, dann ... Verdammt, Richard, dann verschwinde!« Sie sprang vom Diwan auf und stand mit blitzenden Augen vor ihm. »Verschwinde! Fahr endlich nach Divonne!« Er trat auf sie zu, aber sie wich zurück und floh zum Fenster. »Hau ab!«
Richard drehte sich ins Schlafzimmer um, wo er rasch ein paar Sachen in die Reisetasche warf, die er sonst für die Reitsachen benutzte. Oder sollte er gleich alles packen?, fragte er sich.

Edith war auf dem Weg in die Küche, als er in der Halle anlangte. Richard erklärte ihr, dass es seinem Vater schon wieder besser gehe, dass er aber dennoch für zwei Tage nach Divonne fahre. »Montagabend bin ich zurück.«

»Musst du wirklich? Du siehst müde aus. Willst du nicht wenigstens vorher noch etwas essen? Es ist eine lange Fahrt.«
»Danke, Edith, aber ich esse unterwegs. Ich hätte jetzt doch keine Ruhe.«
Sie lächelte. Einem spontanen Gefühl folgend, zog er sie in seine Arme. »Und streitet euch nicht, Zilla und du. Sie hat derzeit an einigem herumzuknabbern.«
»An mir soll es nicht liegen. Und fahr du vorsichtig.«
Doch bevor er fuhr, musste er Aki erklären, was während seiner Abwesenheit mit Bernstein zu geschehen hatte. Darum ging er, nachdem er die Reisetasche im Wagen abgestellt hatte, noch einmal zu den Ställen hinüber. Im Torgang kamen ihm die Großeltern mit den Enkelkindern entgegen.
»Na«, erkundigte er sich, »hat es geklappt?«
»Ja, die Führung für Kinder morgen um drei«, antwortete die Frau nach einem kurzen Stutzen, denn sie hatte den Reiter von vorhin in den hellen Jeans und dem hellgrünen Seidenhemd gar nicht gleich erkannt.
»Und ich darf auch einmal ganz alleine reiten!«, krähte das kleine Mädchen. »Das hat die Reitlehrerin gesagt.«
»Das werden wir sehen«, entgegnete die Oma.
Richard lächelte. »Keine Sorge, die Ponys wissen genau, wo es langgeht.«
Die Vorfreude der beiden Kinder auf den morgigen Ausritt fiel wie ein Sonnenstrahl in sein Gemüt. Er fand Aki im Geräteschuppen und erläuterte ihm, dass Bernstein in den Tagen, da er nicht da war, von niemandem in irgendeiner Reitbahn geritten werden dürfe. Aber wer ihn zum Ausritt nehmen wolle, könne ihn sich nehmen, auch Margret.
»Und Zilla?«, erkundigte sich Aki mit der Andeutung eines Schmunzelns.
»Auch Zilla«, sagte Richard. »Falls sie will.«

»Ich werd' se fragen. Wie jeht's dem … deinem Vater?«
»Ganz gut. Aber ich muss trotzdem nach ihm schauen.« Richard lächelte offen, denn ihm war nicht entgangen, dass der Alte sich zum ersten Mal zu dem im Reitstall üblichen Du durchgerungen hatte.
»Dann jute Fahrt.«
»Au revoir!«
Etwas leichteren Herzens wandte sich Richard der Halle und den Pensionsställen zu. Ihm war eingefallen, dass er heute Abend mit Margret zum Angeldorsch-Essen im Speicher in Barth verabredet war. Er fand sie bei ihrem Herzbuben in der Box. Was Frauen derartig lange in den Boxen ihrer Pferde zu tun hatten, war Richard rätselhaft. Herzbube war jedoch anscheinend ein Pferd, das es gerne hatte, wenn jemand stundenlang an ihm herumfummelte, dem es zumindest nichts ausmachte. Margret war dabei, ihm Zöpfchen in die Mähne zu flechten.
Sie hörte jedoch sofort auf. »Wie geht es deinem Vater?«
»Nur eine kleine Kreislaufschwäche vermutlich.«
»Da bin ich aber echt erleichtert. Ich selbst habe meinen Vater vor zwei Jahren verloren. Zwar habe ich mich nie gut mit ihm verstanden, aber sein Tod ist mir doch ziemlich an die Nieren gegangen. Es hängt einem so vieles nach, wenn einer geht, ohne dass alles geklärt wurde, gell?«
»Trotzdem«, sagte er, »wird heute Abend nichts aus unserem Essen. Ich fahre nach Divonne.«
Herzbube drehte sich in der Box und schubste Margret dabei gegen Richard. Er konnte wegen seines Knies nicht so rasch ausweichen, wie er wollte.
Margret hielt sich an ihm fest und lachte. »Das verstehe ich. Lieber einmal zu viel Sorgen gemacht als einmal zu wenig. Schade. Ich habe mich so auf unser Essen gefreut. Aber aufgehoben ist ja nicht aufgeschoben, gell?« Richard spürte

ihre Hüfte an seiner. »So schnell«, sagte sie, »gebe ich nämlich nicht auf.«
Er lächelte ratlos. »Ich weiß aber noch nicht, wann ich zurückkomme und …«
»… und ob überhaupt? So, gibt es also eine kleine Ehekrise?« Sie gurrte ihr immer flüssiges Lachen, schüttelte die blonde Mähne, rief: »Herzbube, schubs mich doch nicht so!«, und drängte sich an ihn. Anscheinend musste sie diesmal sogar die Arme um seinen Hals schlingen, damit das unartige Pferd sie nicht umwarf.
»Nein, Margret«, sagte er leise und versuchte ihre Hände zu lösen.
Sie lachte und lachte. »Ganz locker, Richard. Ich fress dich schon nicht gleich. Du willst mich doch auch. Eine Frau spürt so etwas. Ich hätte eine nette Überraschung heute Abend für dich gehabt. Das Zimmer im Speicher ist schon reserviert.«
»Nein, Margret, das geht wirklich nicht. Ich …«
»Seid ihr Schweizer alle so? Es kommt doch nicht darauf an, ob du ein paar Stunden früher oder später bei deinem Vater bist. Er liegt ja nicht im Sterben. Wir könnten doch noch gut im Speicher ein Stündchen … hm? Ist doch ideal so. Alle glauben dich auf der Autobahn. Keiner wird Verdacht schöpfen. Du fährst jetzt los ins Hotel, und ich komme in einer halben Stunde nach. Das Zimmer ist auf deinen Namen reserviert.«
»Nein, Margret!«
Sie lachte. »Hat Zilla dich dermaßen unter ihrer Fuchtel, oder bist du katholisch? Ach nein, noch schlimmer, du bist ja Calvinist. Keine Beichte, die eine kleine Sünde wieder auslöscht. Immer brav bleiben. Gott, wie schrecklich!«
Richard fühlte sich in seiner schlichten Gottesfürchtigkeit ziemlich überrumpelt. »Damit hat das gar nichts zu tun.«

»Au! Nun habe ich dich völlig verschreckt.« Sie fuhr ihm mit der Hand durchs kurze Haar.
Er fing ihre Hand ab. »Hör auf, Margret!«
Sie lachte.
»Du missverstehst mich gründlich«, sagte er. »Ich bin verheiratet, und ich … ich liebe meine Frau. Ich liebe Zilla mehr als alles andere in meinem Leben, mehr als mein Glück.«
Margret pfiff anerkennend.
»Und selbst wenn ich mich von Zilla trennen muss …«
»So weit ist es schon?«
»… selbst dann werde ich immer nur sie lieben, so wie ich immer nur sie geliebt habe. Es gibt in meinem Leben nur eine einzige Frau, und das ist Zilla.«
Nun lachte Margret nicht mehr, sogar ihr Lächeln war versiegt. Sie biss sich auf die Lippe, wich zurück und schob dabei energisch Herzbube beiseite. Um ihre Nasenflügel herum zuckte Bitterkeit.
Richard konnte endlich aus der Box entweichen und floh hinkend aus dem Pensionsstall.
Den dringenden Wunsch, noch einmal in den Giebelsalon hinaufzugehen und Zilla sein Herz auszuschütten, unterdrückte er. Aber noch bis hinter Hannover nagte in ihm das Gefühl, erneut einen schweren Fehler gemacht zu haben.

Das Florentiner Mosaik

Edith erblickte am 8. Juni 1940 das Licht der Welt, zwei Tage vor der Kapitulation Norwegens.
Es war eine rasche und leichte Geburt, zu der eine Hebamme aus Eydtkuhnen aufs Gut kam. Edith war ein Winzling, fast zu schwach zum Trinken. Und so konnte sie als Achtmonatskind durchgehen, auch wenn die Hebamme davon nicht recht überzeugt war.
›Sie kommt ganz nach dir‹, sagte Tante Dorschanni mit verschwörerischer Miene, als sich zeigte, dass Edith dunkles Haar und braune Augen bekommen würde.
›Das Kaldorff'sche Blut muss ja auch zum Zuge kommen‹, bemerkte ich. ›Ein blondes Engelchen haben wir schon, das nach den Ayshoffs geraten ist.‹
Dänemark war inzwischen besetzt, Belgien und die Niederlande hatten im Mai kapituliert. Die Schlacht um Frankreich hatte begonnen, und kurz nach Ediths Geburt fiel Paris kampflos. Mitte August begann die Luftschlacht um England, mit der Hermann Göring kein Glück hatte.
Auf Ayshoff veranstalteten wir den letzten unserer traditionellen Sommerbälle. Zum letzten Mal sah ich meinen Onkel Klemens und seine Frau Katharina. Nikolai kam nicht. Er war damals bereits mit seiner Frau, die offensichtlich eine jüdische Großmutter gehabt hatte, nach Wilna geflohen, das seit 1939 unter sowjetischer Herrschaft stand. Das Letzte, was ich von ihm hörte, war, dass seine Frau 1941 zusammen mit anderen Juden ins Innere von Russland deportiert wurde. Nikolai kam vermutlich bei dem Bombardement am 22. Juni 1941 ums Leben, das dem Einmarsch der Wehrmacht in Wilna vorausging. Was aus seinem Sohn wurde, weiß ich nicht. Die Spur von Onkel Klemens, seiner Frau

Katharina und seiner Tochter verliert sich für mich Ende 1944. Sie sollen ein Schiff bestiegen haben. Aber wohin es fuhr und ob es am Ziel ankam, habe ich nie erfahren. Tante Heddel starb friedlich im Januar 1941 in ihrem Bett. Und so waren viele unter den Festgästen, die ich damals zum letzten Male sah, darunter auch einige Offiziere, die nach dem gescheiterten Attentat auf Hitler im Juli 1944 hingerichtet wurden.

In meiner Erinnerung stand das Fest unter einem düsteren Zeichen. Die älteren Gäste erinnerten sich an die schlimmen Folgen des Ersten Weltkriegs. Die jüngeren Gutsbesitzer klagten über den Mangel an männlichen Arbeitskräften. Die polnischen Zwangsarbeiter, die man uns damals schon massiv zuwies, konnten die Landarbeiter, die seit Generationen auf den Gütern arbeiteten und denen die Wirtschaft am Herzen lag, nur unvollkommen ersetzen.

Da war es geradezu gespenstisch, anzuhören, wie Heinrich Rönken in schweigender Runde davon schwärmte, dass man im Herbst, spätestens aber im kommenden Jahr den Lebensraum im Osten erobern werde. ›Wir sind die Herrenrasse‹, sagte er. ›Die Bevölkerung muss für uns arbeiten, arbeiten und wieder arbeiten. Wir müssen immer daran denken, dass der niedrigste deutsche Arbeiter rassisch und biologisch tausendmal wertvoller ist als die Bevölkerung in der Ukraine, in Polen oder als die russischen Bolschewiken.‹

›Noch ist die Lufthoheit über England nicht gewonnen‹, meinte Wilhelm finster, ›und da will Hitler schon die Sowjetunion angreifen?‹

›Du wirst sehen‹, erwiderte Heinrich lächelnd, ›Stalins blutige Säuberungen haben die russische Schlagkraft geschwächt. Den Bolschewismus werden wir innerhalb weniger Monate zerschlagen haben.‹

Ein Jahr später sah es tatsächlich so aus, als werde Heinrich

Recht behalten. Die sowjetische Luftwaffe wurde am Boden zerstört, die Rote Armee in Kesselschlachten zerrieben. In der Ukraine feierte man die Deutschen als Befreier vom stalinistischen Joch.

Dann, im Sommer 1941, kam der Marschbefehl für Wilhelm und seine Einheit nach Leningrad. Es war Ende August, etwa um die Zeit, da wir im Jahr zuvor unser letztes Sommerfest veranstaltet hatten, als am späten Vormittag Wilhelm überraschend aus Tilsit nach Ayshoff kam.

›Hitler hat den Sturm auf Leningrad abgebrochen und eine Belagerung angeordnet‹, teilte er mit. ›Ich muss in den Krieg.‹ Er sah fast erleichtert aus. ›Vielleicht besser so.‹

Ich fragte ihn nicht, was er damit meinte. Ich schätze, der Heldentod war für Männer wie Wilhelm die einfachste Lösung, während wir Frauen uns zu Hause mit den Widerwärtigkeiten des Alltags herumschlagen mussten, für die es keine radikalen Lösungen gab. Es waren ja Kinder zu versorgen, und ich hatte Verantwortung für über hundert Leute, die auf Ayshoff arbeiteten.

Ein privater Abschied war Wilhelm und mir nicht vergönnt, denn Heinrich Rönken kam am Abend. Lächelnd betrat er die Stube, in der Wilhelm und ich beisammensaßen, um die Kleinigkeiten zu besprechen, die man regeln zu müssen meinte, wenn einer zu einer sehr langen Reise aufbrach.

›Ich beneide dich, Wilhelm‹, sagte er fröhlich. ›Du darfst uns zum Endsieg führen und dir das eiserne Kreuz verdienen, während mich meine Pflichten hinter der Front festhalten.‹

›Leningrad ist eine Festung‹, erwiderte Wilhelm. ›Die hungert man nicht in wenigen Monaten aus. Außerdem irrt Hitler, wenn er meint, den tödlichen Stoß gegen die Rote Armee von den Flügeln über die Krim und das Baltikum führen zu können. Die deutschen Heere werden im Osten untergehen.‹

›Immer dieser Skeptizismus, Wilhelm. Das kostet dich noch Kopf und Kragen‹, bemerkte Heinrich. »Zweifler wie du haben auch den Blitzsieg über Frankreich für unmöglich gehalten.‹
›Ihr unterschätzt die französische Résistance. Und wenn erst Amerika in den Krieg eintritt …‹
Heinrich lächelte. ›Deutscher sein heißt Sieger sein.‹
Er stand neben mir auf den Treppenstufen, als ich Wilhelm zum Abschied hinterherwinkte. Mit dem Tod in den Augen hatte Wilhelm sich abgewandt, doch sein letzter Blick hatte nicht mir gegolten, sondern Heinrich.
›Sei nicht traurig, Gertraud‹, sagte Heinrich, als wir uns dann dem Haus zuwandten. ›Es war die einzige Möglichkeit, sein Leben zu retten. Ich hoffe, es dient ihm als heilsame Warnung.‹
›Wie soll ich das verstehen?‹, fuhr ich auf. ›Bist du etwa dafür verantwortlich, dass seine Einheit nach Leningrad entsandt wird?‹
›Du überschätzt meinen Einfluss. Allerdings habe ich mich dafür eingesetzt, dass Wilhelm auf dem Feld die Chance erhält, seine strategischen Fähigkeiten in den Dienst des Deutschen Reichs zu stellen. Er ist unter den Einfluss zersetzender Kräfte geraten.‹
›Was soll denn das heißen?‹
›Nun, unseren Informationen zufolge‹, erklärte Heinrich genüsslich, ›ist Wilhelm der Verbindungsmann des so genannten Kreisauer Kreises, der einen Umsturz plant, zu General Ludwig Beck, der sich der gefährlichen Illusion hingibt, nach einem Umsturz Staatsoberhaupt zu werden.‹
›Wilhelm und Umsturz‹, sagte ich. ›Er ist Offizier. Das widerspricht seiner Berufsehre.‹
›Wie ich sehe‹, erwiderte Heinrich lächelnd, ›ist Wilhelm

Offizier genug, dir gegenüber als seiner Ehefrau Stillschweigen bewahrt zu haben. Aber glaub mir, Gertraud, Wilhelm muss an die Front, sonst fliegt er mit auf, wenn wir zum entscheidenden Schlag gegen den Kreisauer Kreis ausholen. Und dann könnte nicht einmal mehr ich ihn retten.‹ Er zog mich an sich. ›Und dich.‹

›Und dich selbst‹, sagte ich.

›Mich?‹

›Nun, vor Wilhelms Pistole.‹

Er lachte übermütig.

In dieser Nacht rettete mich ein anderer. Es war Aki, der sich gegen elf Uhr mit unbegreiflicher Verwegenheit ins Haus, die Treppe hinauf und bis an meine Tür vorgewagt hatte, klopfte und rief: ›Gräfin! Domfalke hat eine Kolik.‹

Als ich meine Tür öffnete und hinaustrat, kam auch Heinrich aus seinem Zimmer gestürzt. ›Dich kenne ich doch!‹, rief er. ›Was machst du hier? Was hat sich der Hilfsschweizer um die Pferde zu kümmern?‹

Seine Hand ging an die Stelle, wo er normalerweise am Koppel die Pistole trug. Doch er hatte sich bereits bequemer gekleidet, um später, wenn es still im Haus geworden wäre, zu mir zu schleichen.

›Ich weiß nuscht‹, stammelte Aki mit ungemein blödem Gesichtsausdruck. ›Aber der Oberstallknecht sagt, Domfalke hat seit vier Stunden nich mehr jeäpfelt. Er führt ihn herum und hat selber nich wegkönnen. Aber er möcht wissen, was jeschehen soll.‹

›Ist gut, Aki‹, sagte ich. ›Geh schlafen. Ich kümmere mich darum.‹

›Hast du nicht die Köchin wecken können‹, sagte Heinrich schneidend, ›oder ein Hausmädchen? Musstest du dich selbst hier raufschleichen bis vor die Tür der Gräfin?‹

›Die Köchin schnarcht auf ihrer Stube, dass die Wände wa-

ckeln, und wird nich wach. Und was weiß ich, wo die Mädchen ihre Stuben haben.‹
›Aber wo die Gräfin ihre Stube hat, das weißt du?‹
›Nu geh schon, Aki‹, griff ich ein. Und während der Junge sich schlurfend trollte, schob ich Heinrich vom Gang in seine Stube. ›Ich muss nach meinem Hengst schauen. Aber sobald ich kann, bin ich wieder hier.‹
Er presste mich an sich. ›Ja, ja. Aber was hat dieser Zoche im Schloss zu suchen?‹
›Das ist doch bloß ein armer Idiot‹, sagte ich und küsste Heinrich beschwichtigend.
›Ein Jude ist das! Ich hätte mir längst seine Papiere zeigen lassen sollen. Ich wette, sie sind gefälscht.‹
›Kann man den Ariernachweis so leicht fälschen?‹, fragte ich. ›Kann man ihn überhaupt fälschen?‹
Da ließ Heinrich mich endlich los.
Domfalke verhielt sich wirklich, als hätte er eine Kolik. Nachdem wir ihn zwei Stunden im Auslauf herumgeführt hatten, kam seine Verdauung jedoch wieder in Gang. Aber ich kehrte nicht in mein Zimmer zurück, sondern suchte Aki in seiner Stube in einem der Insthäuser auf, um mit ihm zu besprechen, dass er Ayshoff verlassen musste.
Es war ein schmerzlicher Abschied, Zilla, einer von vielen, die wir in diesen Zeiten nehmen mussten.
Heinrich fuhr am frühen Morgen verärgert nach Königsberg zurück. Bereits am Nachmittag kam die Polizei aus Eydtkuhnen in Begleitung zweier SS-Leute. Sie suchten das ganze Gut nach Aki ab und fuhren ziemlich grimmig wieder weg. Drei Jahre lang hörte ich nichts von ihm. Ich hatte die Hoffnung, dass Aki sich durchschlagen würde, ohne mir allerdings denken zu können, wohin. Aber als Rönken schließlich meine Tochter Edith mit dem Glaspüppchen aus Nemmersdorf brachte, kam zum unendlichen

Schmerz über Ursulas Tod die furchtbare Gewissheit, dass Aki tot und Heinrich Rönken sein Mörder war. Doch davon später.

Zunächst einmal hatten wir andere Sorgen. Während Wilhelm mit seinem Regiment die Belagerung von Leningrad aufnahm, die zweieinhalb Jahre dauern sollte und in der Stadt einer Million Menschen den Tod brachte, bekamen Ursula und Edith einen schweren Husten. Tante Dorschanni steckte sich an und legte sich mit einer Lungenentzündung ins Bett. Der junge Arzt aus Eydtkuhnen wollte uns wenig Hoffnung machen.

Nächtelang saß ich an ihrem Bett und flößte ihr Milch mit Honig ein, sobald sie erwachte. Dorschanni war erst achtundfünfzig Jahre alt und viel zu jung zum Sterben, wenn auch der stumme Gram um ihre so früh verlorene große Liebe an ihr genagt haben mochte und obgleich sie sich im Haus des Grafen nicht geschont hatte. Sie hatte uns Kaldorffern die Mutter ersetzt, sie hatte mir unermüdlich mit meinen eigenen Kindern geholfen, und es stimmte, was wir stets sagten, wenn sie davon sprach, sie genösse im Haus des Grafen nur das Gnadenbrot: Was würden wir ohne sie anfangen? Nicht zuletzt ihre unverhohlene Abneigung gegen Heinrich und ihre Wachsamkeit hatten mir stets als gutes Argument gedient, Heinrichs Zudringlichkeiten in Grenzen zu halten. Dorschanni werde anfangen sich was zu denken, hatte ich ihn gewarnt, sie werde es meinem Mann erzählen und Tante Heddel, und dann gehe es in Gumbinnen herum und bald in der ganzen Gegend, und es gebe einen Skandal. Und den könne er sich mit Frau und Kind in Königsberg sicherlich auch nicht leisten.

Und genau in diesen sorgenvollen Tagen, Mitte Oktober 1941, kam Heinrich wieder ohne Chauffeur mit seinem Horch auf unseren Hof gefahren. Eigenhändig trug er ein in braunes Papier gewickeltes und verschnürtes flaches rechteckiges Paket von offensichtlich einigem Gewicht in den Salon.

›Für dich‹, sagte er. ›Pack es aus.‹

Es war kein Gemälde, wie man aus der Form hätte schließen können. Allerdings war es ein Bild, und zwar eine Landschaft mit römischen Ruinen und Figuren, die aus geschnittenen Halbedelsteinen zusammengesetzt waren.

›Es stellt die Allegorie des Sehens dar‹, erklärte Heinrich. ›Und du wirst nicht ahnen, woher es kommt. Dies, Gertraud, ist eines von vier Florentiner Mosaiken aus dem berühmten Bernsteinzimmer im Katharinenpalast in Zarskoje Selo bei Leningrad, und es gehört dir.‹

›Erbarmung!‹

Rönken lachte. ›Das Bernsteinzimmer ist endlich wieder unser. Wir haben es abmontiert, aus der Frontlinie gerettet und nach Königsberg geschafft. Ich selbst habe die siebenundzwanzig Kisten begleitet. Wir werden es im Königsberger Schloss wieder aufbauen und dem deutschen Publikum zugänglich machen. Allerdings ist es ein bisschen gerupft. Viele Soldaten haben sich kleine Andenken einbehalten.‹

›Und das hier?‹, erkundigte ich mich unbehaglich. ›Ist das auch so ein kleines Andenken?‹

›Das ist ein Geschenk von Erich Koch an mich. Und ich schenke es dir.‹

Dass der Dieb der Gauleiter persönlich war, versöhnte mich nicht sonderlich mit diesem absurden Geschenk.

›Außerdem‹, fuhr Heinrich fort, ›ist es hier im Schloss sehr viel besser … aufgehoben als … als irgendwo anders.‹

So war das also. Er wollte den Kunstraub nicht bei sich zu Hause haben, in einer vermutlich bürgerlichen Wohnung mit Eichenschrank und Hitlerbild. In Schlössern wie Ayshoff hing ja immer allerlei Kunst in goldenen Rahmen he-

rum. Und wer schaute sich die düsteren Galerien schon so genau an?
›Wo wollen wir es aufhängen?‹, fragte Heinrich, ergriff den Rahmen und schritt zielstrebig in die weniger öffentlichen Räume des Hauses. Schließlich blieb er vor dem Bildnis meines Großvaters Schirrwindt stehen, der uns aus seinen blauen Augen ernst anblickte, den Zeigefinger mahnend erhoben.
›Dieses Bild ist viel zu schade, um hier zu hängen‹, behauptete er. ›Außerdem ist es zu groß.‹
›Das ist mein Großvater, der bleibt!‹
›Im Salon würde er sich viel besser machen.‹ Heinrich blickte mich an. ›Übrigens, unverkennbar, die Familienähnlichkeit. Vor allem die kleine Falte zwischen seinen Brauen, die hast du auch. Aber seine Statur hast du glücklicherweise nicht geerbt.‹
Er stellte das Florentiner Mosaik auf den Boden und lehnte es gegen den nächstbesten Sessel, um mich um die Taille zu fassen und an sich zu ziehen.
›Und diesmal kommt uns kein unbotmäßiger Knecht dazwischen. Und auch deine klatschsüchtige Tante Dorschanni nicht, denn sie ist ja krank ans Bett gefesselt, wie mir der Wind zugeflüstert hat. Heute gehörst du mir.‹
Als er mich küsste, tat es einen lauten Knall. Das steinerne Mosaikbild war nämlich so schwer, dass es den Sessel, an dem es lehnte, allmählich und dann immer schneller weggeschoben hatte und auf die Dielen gekracht war.
Anfang Dezember wurde mir klar, dass ich erneut ein Kind erwartete. Und Wilhelm an der Front! Selbst wenn er zu Weihnachten Heimaturlaub bekam, war es zu spät, um ihm noch einmal vormachen zu können, das Kind sei von ihm.
Aber Dorschanni machte mir zunächst größere Sorgen. Ihr Zustand wollte und wollte sich nicht bessern, auch ein Arzt

aus Königsberg, den Heinrich in seiner beklemmenden Fürsorglichkeit für uns schickte, konnte nicht helfen, und am 23. Dezember mussten wir sie begraben.
Wilhelm kam gerade rechtzeitig zur Beerdigung. Er wirkte müde und erschöpft. Er berichtete, dass die Rote Armee bei der Verteidigung von Leningrad einen neuartigen Geschosswerfer einsetzte, die so genannte Stalinorgel.
›Wenn man da draußen bei seinen Männern ist‹, sagte er, ›dann glaubt man vielleicht, man tue nur seine Pflicht. Doch man jagt die Männer in den Tod. Leningrad ist eine Festung und der Krieg ohnehin verloren. Ich müsste eigentlich etwas anderes tun. Aber fünf Tage Heimaturlaub sind nicht genug, um mit sich ins Reine zu kommen. Und so bleibt mir nichts anderes übrig, als den leichteren Weg zu wählen und an die Front zurückzukehren.‹
Das Einzige, was ihm ein Lächeln entlockte, waren Ursulas Plappereien und Ediths Purzelbäume.
Schon fünf Tage später, noch vor Neujahr, kehrte er an die Front zurück. Er reiste deprimiert und angewidert von seinem Tun. Ich sollte ihn erst an seinem Todestag wiedersehen.
Ende März schrieb mir Engels, der Verwalter von Ayshoffkaten, dass seine schwangere Frau schwer krank darniederliege. Sie sei jetzt fast fünfzig Jahr alt – er selbst war über sechzig –, und er befürchte, dass sie die späte Schwangerschaft nicht überleben werde. Daher bitte er darum, dass man ihn freistelle und einen anderen Verwalter suche.
›Sie bleiben, und ich komme‹, telegrafierte ich ihm.
Sein Hilferuf war ein Geschenk des Himmels. Ich war im fünften Monat schwanger, hatte aber bislang meinen Zustand noch verbergen können. Nur lange würde ich das nicht mehr können. Ich schrieb Wilhelm, dass ich nach Pommern reisen werde, um Engels und seiner Frau beizu-

stehen, übergab die Wirtschaft unserem überaus fähigen Verwalter mit dem Versprechen, ich sei zur Ernte wieder zurück, ließ für einige Monate packen und bestieg mit Ursula und Edith in Eydtkuhnen den Zug nach Königsberg. Von dort ging es mit der Bahn weiter über Danzig und Stettin nach Stralsund.

Mein Plan war, Frau Engels gesund zu pflegen oder dafür zu sorgen, dass sie die beste Pflege im Krankenhaus bekam und die Geburt überlebte, und ihr dann mein Kind zu überlassen, das im Juli zur Welt kommen musste. Ich überlegte sogar, ob man behaupten könne, Frau Engels habe auf ihre alten Tage Zwillinge bekommen.

Aber all diese Gedanken, die ich mir über die Frau des Verwalters machte, waren unnütz, denn ihr Zustand verschlechterte sich nach unserer Ankunft und trotz meiner Mühen rapide, und nach zwei Wochen war sie tot.

Doch der Verwalter hatte einen Sohn, Gottfried, der zwei Jahre zuvor eine sehr patente junge Frau aus Zingst mit Namen Ingrid geheiratet hatte. Obgleich man in diesen unsicheren Zeiten eigentlich froh war, wenn eine zärtliche und leidenschaftliche Liebe in den Wochen des Heimaturlaubs keinen Nachwuchs zeitigte, begann Ingrid sich Sorgen zu machen, weil der Kindersegen ausblieb. Ich gestand ihr die Sorgen, die mir das werdende Leben in meinem Leib machte. Ingrid dachte keineswegs sofort daran, auf diese Weise zu einem Kind zu kommen, aber mit der Zeit reifte die Idee in ihr und nahm Gestalt an. Nur durfte Gottfried davon nichts wissen.

Das musste er auch nicht, denn er war im November nach Afrika geschickt worden und stand derzeit zusammen mit der Panzerarmee unter dem Kommando von Generalleutnant Erwin Rommel in Al Alamein hundert Kilometer vor Alexandria. Und es war wenig wahrscheinlich, dass die Briten das Afrikacorps in den nächsten Monaten nach Libyen zurücktreiben und den Soldaten Heimaturlaub bescheren würden.

Obgleich der Verwalter um seine Frau trauerte, Ingrid in steter Sorge um ihren Mann war und auch in mir schmerzliche Hoffnungen und Befürchtungen miteinander stritten, waren es eigentlich unbeschwerte Wochen und Monate auf Ayshoffkaten. Ursula und Edith sprangen am Strand umher und lernten im eiskalten Wasser schwimmen. Zingst war voller Badegäste. Es gab Kurkonzerte. Ingrid wurde zur ersten und einzigen vertrauten Freundin, die ich jemals gehabt habe. Es war im Kriegsjahr 1942 mein erster richtiger Urlaub von der rastlosen Geschäftigkeit, der ich mich verschrieben hatte. Ich hatte Muße zu langen Spaziergängen am Meer entlang. Seitdem ich mit vierzehn auf der Kurischen Nehrung gewesen war, liebte ich das Meer. Und meine einstige Schwärmerei für den Krajebieter Nikolai war vermutlich nur Ausdruck meiner Sehnsucht nach der Freiheit und Weite der Ostsee gewesen.

Bei meinen Spaziergängen lernte ich im Waldhaus im Freesenbruch, im Westen von Zingst gelegen, auch die Sulzers kennen. Sie stammten aus der Schweiz. Der alte Herr war ein leidenschaftlicher Jäger gewesen, und so hatte man das Waldhaus im Freesenbruch schon in den zwanziger Jahren gekauft. Auch Mitglieder von Görings Jagdgesellschaften übernachteten gelegentlich in der Mansarde. Zu meiner Freude durfte ich die Sulzers nach dem Krieg wiedersehen. Sie beherbergten in ihrem Waldhaus vor allem Kinder. Leider mussten sie ihr Anwesen 1954 überstürzt aufgeben und in die Schweiz fliehen, denn sie sollten im Zuge der ›Aktion Rose‹ enteignet und verhaftet werden. Zweck dieser Aktion war es, alle Hotels und Gastwirtschaften entlang der Ostseeküste für den FDGB-Feriendienst zu requirieren. Das Waldhaus ging in den Besitz des VEB Landmaschinenwerke Barth über. Fünfzig Arbeiter konnten im Waldhaus Freesenbruch Ferien machen. Inzwischen haben hundert Gäste im neuen Bettenhaus Platz. 74 Mark kostet ein vierzehntägiger Urlaub dort.«

Wieder musste Zilla sich daran erinnern, dass Großmutter ihren Bericht 1983 geschrieben hatte. Was war wohl aus diesem Waldhaus Freesenbruch inzwischen geworden? Ein leichtes Schwindelgefühl erfasste sie. Sie brauchte nur hinzugehen und nachzuschauen. Es war ganz einfach, auf Großmutters Spuren zu wandeln.

»Ich hatte vieles zu bedenken auf meinen Spaziergängen. Wollte ich das Kind, das ich im Leib trug, wirklich Ingrid überlassen? Wollte ich, nachdem ich Wilhelm betrogen hatte, Ingrid helfen, ihren Mann um die Vaterschaft für das Kind zu betrügen, das er aufziehen würde. Oder war dies der Zeitpunkt der Wahrheit, jetzt, nachdem Hitler Amerika den Krieg erklärt hatte. Das Deutsche Reich war größer denn je. Doch der deutsche Siegeszug stand unmittelbar vor der Wende. Die britische Luftwaffe hatte mit der Bombardierung deutscher Städte begonnen. Nach Lübeck brannte Ende April auch Rostock. Nun starben nicht mehr nur Soldaten an der Front. Der Krieg schlug auf Deutschland zurück. Konnte man in diesen Zeiten überhaupt noch eine richtige Entscheidung treffen?

Ingrid nahm sie mir schließlich ab. Sie hatte sich so sehr in die Idee hineingesteigert, dass sie mein Kind bereits als ihres betrachtete. Wir begannen ein groß angelegtes Täuschungsmanöver. Ingrid stopfte sich Kissen unter die Kleider, und ich – die ich bis in den siebten Monat meiner insgesamt schlanken Gestalt wegen relativ in Form geblieben war – legte mich ins Bett und täuschte eine Krankheit vor. Mein Sohn kam am 27. Juli 1942 auf Ayshoffkaten zur Welt.

Nur die Hebamme kannte die Wahrheit. Das Kind, das danach in Ingrids Armen lag, wurde auf den Namen Peter Engels getauft. Ich habe meinen Sohn nie wiedergesehen, denn als ich mit Edith und Aki bei Kriegsende auf Ayshoffkaten anlangte, hatten sich Gottfried und Ingrid zusammen mit Peter bereits in den Westen aufgemacht.«

Zilla seufzte tief. Der gute Onkel Peter, der sie zusammen mit Tante Lilly aufgezogen hatte, war also nicht nur nominell, sondern tatsächlich ihr Onkel, Mutters Bruder, Heinrich Rönkens Sohn. Wusste er das? Wusste Mama es? Hatte sie ihre Tochter Zilla leichter nach Passau verfrachten können, weil Onkel Peter ihr Bruder war? Leichten Herzens hatte Mama sie sicherlich nicht weggegeben, genauso wenig wie Großmutter ihren Sohn. Doch letztlich dürfte es Peter das Leben gerettet haben. Andernfalls wäre er wohl zusammen mit Ursula in Nemmersdorf von den Russen erschossen worden. Und ob Mama unter diesen Umständen Nemmersdorf überlebt hätte, war auch fraglich. Ein kleiner Bruder mit im Bunker hätte vielleicht eine völlig andere Situation hergestellt.

»Von Wilhelm wurde mir ein Brief nachgeschickt«, fuhr Gertraud fort, »in dem er mir mitteilte, er habe zur Getreideernte vier Wochen Wirtschaftsurlaub beantragt. Es war bereits August, als mich diese Nachricht erreichte, und ich nahm Abschied von Ingrid und meinem Sohn und brach umgehend mit Edith und Ursula nach Ostpreußen auf.

Als ich ankam, schlug die Köchin Indre die Hände über dem Kopf zusammen und rief: ›Und der Graf is jestern abjereist!‹ Ich erfuhr, dass Wilhelm nur drei Tage auf Ayshoff gewesen war. Dann habe er wohl Befehl bekommen, zu seiner Einheit zurückzukehren. Mir kam das seltsam vor. Auf Nachfrage erfuhr ich, dass Heinrich Rönken sich in meiner Abwesenheit mehrmals nach mir erkundigt habe, zuletzt vor zwei Tagen, und da sei er auf Wilhelm getroffen. Sie hätten sich im Arbeitszimmer unterhalten, und das nicht immer leise, aber verstanden habe trotzdem niemand, worum es gegangen sei. Rönken habe dann das Haus verlassen und der Graf seine Sachen gepackt. Traurig sei er gewesen, sehr traurig.

Ich hätte es mir auch ersparen können, meine eigene Köchin nach der Befindlichkeit meines Mannes auszufragen, denn als ich ins Arbeitszimmer trat, lag ein Brief gegen die Alabasteruhr gelehnt, deren goldenes Pendel unermüdlich hin und her schwang. Er war mit dem Ayshoff'schen Siegelring versiegelt worden, den Wilhelm seit dem Tod seines Vaters trug.

Mit zitternden Fingern erbrach ich das Siegel.

›Meine geliebte Gertraud‹, begann er. ›Unsere Ehe hat von Anfang an unter keinem guten Stern gestanden, und niemand hat das mehr bedauert als ich selbst, der ich dich gebeten habe, meine Frau zu werden, obgleich ich wusste, dass ich dir nicht der Mann sein konnte, den dein damals noch kaum erwachtes jugendliches Herz sich gewünscht haben mag.

Zu den größten Fehlern, die ich gemacht habe, zählt meine unselige und naive Freundschaft zu Heinrich Rönken. Er war heute hier und hat so schamlos triumphiert, dass ich meine Augen nicht mehr vor der Tatsache verschließen kann, dass er zu deinem Herzen einen Zugang gefunden hat, den ich nicht finden durfte. Selbst wenn ich an seinen Worten zweifeln wollte, so ist das Florentiner Mosaik, das im Schlafzimmer hängt, Beweis genug, dass du von ihm Geschenke angenommen hast. Ich kann nur hoffen, dass dieses Stück Diebesgut dir niemals zum Schaden gereichen wird, wenn die Bande von Mördern eines Tages abtreten muss.

Nach der heutigen Begegnung mit Heinrich ist es mir unmöglich, noch länger auf Ayshoff zu bleiben. Du wirst in den nächsten Tagen mit einem Kind heimkehren, von dem er behauptet, dass es von ihm ist.‹

Dann ist mein Handel mit Ingrid also sinnlos gewesen, dachte ich plötzlich voller Reue. Wie hatte ich nur hoffen können, Rönken, dem die Begierde den Blick geschärft hatte, sei mein Zustand verborgen geblieben? Wie hatte ich so töricht sein können zu glauben, er werde Wilhelm die letzte Demütigung ersparen? Und ich feige Närrin hatte dafür meinen Sohn hingegeben!

›Ich werde das Kind stillschweigend als meines anerkennen‹, fuhr Wilhelm in seinem Brief fort, ›aber du wirst verstehen, dass ich nicht wünschen kann, dir persönlich zu begegnen.

Also kehre ich an die Front zurück, wo ich, wenn Gott will, mein Leben lassen werde. Dann bist du frei. Sei klug, meine liebe Gertraud, und fange das Richtige damit an. In aufrichtiger Liebe, dein Wilhelm.‹

So oder so ähnlich lautete sein Brief. Er ging in den Wirren des Aufbruchs zur Flucht verloren. Deshalb kann ich ihn nur aus dem Gedächtnis wiedergeben. Ich habe immer gemeint, sein Inhalt sei mir ins Gedächtnis eingebrannt, aber jetzt stelle ich fest, dass ich nur einzelne Sätze behalten habe, und zwar diejenigen, die in mir eine unerträgliche Scham auslösten und schließlich Zorn. Warum hatte er nie mit mir gesprochen?

Ich schrieb ihm natürlich, aber ich bekam keine Antwort. Auch die Nachricht kam nie, dass er auf dem Feld der Ehre gefallen sei. Es war nicht immer leicht, den Bediensteten und meinen Freunden und Bekannten gegenüber, die sich nach Wilhelm erkundigten, die Fiktion aufrechtzuerhalten, er sei zu unser beider Leidwesen an der Front unabkömm-

lich. Ich erfand Ankündigungen seines Heimaturlaubs, die sich dann zerschlugen.
Im Januar 1944 musste die Wehrmacht die Belagerung Leningrads endlich aufgeben. Wilhelm kehrte nach Tilsit zurück, wie mir Rönken berichtete. Er drängte mich auch, mich von Wilhelm loszusagen. Es werde nicht mehr lange dauern, da werde man ihn verhaften und als Verräter hinrichten.
Erst reichlich fünfzehn Jahre später wurde mir unvermutet von unabhängiger Seite bestätigt, dass Wilhelms politische Aktivitäten keine Erfindung Heinrich Rönkens gewesen waren, um mich gefügig zu machen.
Es war Anfang der sechziger Jahre, als ein Student von der Universität Potsdam hier auf Ayshoffkaten erschien. Er forsche über die Beteiligten am Stauffenberg-Attentat vom 20. Juli 1944 auf Hitler, sagte er. Wilhelms Name befinde sich in den Akten der Gestapo. Er habe zum Kreisauer Kreis gehört, benannt nach einem Gut in Niederschlesien, wo sich verschiedene Grafen auf die christlich-soziale Neugestaltung Deutschlands nach Hitler vorbereiteten. Wilhelm habe, so stehe es in den Akten, Kontakt zu General Ludwig Beck gehabt, der als Staatsoberhaupt vorgesehen gewesen war.
›Und nach dem Krieg‹, fuhr der Student fort, ›haben Sie den Behörden der sowjetischen Verwaltung gegenüber angegeben, dass Ihr Mann zwei Tage nach dem gescheiterten Attentat im ostpreußischen Führerbunker Wolfsschanze auf dem Gut Ayshoff bei Eydtkuhnen von SS-Sturmbannführer Heinrich Rönken vor Ihren Augen erschossen worden sei.‹
›Ganz recht‹, sagte ich.
›Bestätigt wurde das von einem Zeugen namens Achim Kraßel.‹
›Sie können Ihn gern selbst fragen, wenn Sie wollen‹, sagte ich.

Der junge Student lächelte, wie diese jungen Herren im Vollgefühl ihrer Macht über unsereinen zu lächeln verstanden. ›Und deshalb sind Sie im Zuge der Landreform nicht enteignet worden, da man beschlossen hatte, dass Widerstandskämpfer und deren Familien ihren Landbesitz behalten dürfen, wenn sie eine freiwillige Bodenspende erbringen. Wie ich sehe, war es Ihr Schaden nicht.‹

›Verstehen Sie was von Pferden?‹, erwiderte ich. ›Dann schauen Sie sich das Edle Warmblut einmal genauer an. Ihm fehlt es an Eleganz. Und diese Eleganz habe ich hier in meinen Stuten Trakehner Abstammung und meinem Hengst Domspatz, der unlängst in Güstrow zum Deckhengst gekört wurde. Wissen Sie, was da für Arbeit drinsteckt? Knochenarbeit! Und alles zum Wohl der Deutschen Demokratischen Republik.‹

›Niemand zieht Ihre Verdienste um die Verfeinerung des Edlen Warmbluts in Frage‹, sagte der junge Mann im Anzug mit Schlips und Kragen, nachdem er mich zunächst gehörig in Angst und Schrecken versetzt hatte. ›Ich selbst verstehe nichts von Pferden. Ich bin Historiker. Und ich hoffe von Ihnen Einzelheiten über die Rolle Ihres Mannes im Zusammenhang mit dem Stauffenberg-Attentat zu erfahren.‹

›Da kann ich Ihnen nicht viel sagen. Mein Mann war Pazifist, aber …‹

Der Student blickte gefährlich enttäuscht drein, sodass ich meine Taktik augenblicklich änderte.

› … aber ich erinnere mich, dass mich im April 1944 Marion Gräfin Dönhoff überraschend besucht und sich nach Wilhelm erkundigt hat.‹

›Gräfin Dönhoff‹, bestätigte er erfreut, ›hatte in der Tat die Aufgabe, einen Mann zu finden, der anstelle von Gauleiter Koch nach einem Putsch Ostpreußen verwalten sollte. Vielleicht sollte Ihr Mann das sein.‹

›Vielleicht. Aber wieso‹, erkundigte ich mich, ›interessiert man sich in der Deutschen Demokratischen Republik auf einmal für das Attentat eines Grafen? Stauffenberg ging es doch gar nicht um eine soziale Revolution, sondern nur darum, das sinnlose militärische Treiben Hitlers – übrigens reichlich spät, wie ich finde – und das verheerende Bombardement der Alliierten auf deutsche Städte zu stoppen.‹

›Soll der antifaschistische Widerstand um Graf Stauffenberg etwa allein von der BRD beansprucht werden? Nein! Deshalb hat der SED-Generalsekretär und Staatsratsvorsitzende Walter Ulbricht angeordnet, dass die Akademie der Wissenschaften neue Thesen ausarbeitet. Wir planen eine Festveranstaltung mit den Witwen ehemaliger Widerstandskämpfer. Da möchten wir auch Sie und Ihren Mann würdigen. Die BRD soll erkennen, dass der ehemalige ostpreußische Adel keinen Grund hatte, nach dem Krieg in den Westen abzuwandern.‹

Darum also ging es. Der junge Student, der im Auftrag Walter Ulbrichts vor mir saß, brauchte eine gute Geschichte. Und so erzählte ich: ›Mein Mann ist immer Pazifist gewesen. Bereits zu Kriegsbeginn hat er versucht in Offizierskreisen die Wahrheit über den Überfall auf den Sender Gleiwitz zu verbreiten. Auf Betreiben von SS-Sturmbannführer Heinrich Rönken wurde er zur Belagerung Leningrads beordert. Im Januar 1944 gelang es der Roten Armee endlich, die unmenschliche Belagerung der Stadt zu beenden und die Wehrmacht zurückzutreiben. Wilhelm kehrte nach Tilsit zurück und erhielt im Sommer vier Wochen Wirtschaftsurlaub.

Ich spürte wohl, dass irgendetwas im Gange war, aber Wilhelm hat mit Rücksicht auf mich und unsere beiden Töchter nichts gesagt. Am 19. Juli kam ein Brief, den Wilhelm mit der Bemerkung quittierte: Morgen geht es los. Erst da er-

zählte er mir, dass ein Attentat auf Hitler unternommen werden sollte. Anderntags brach er frühmorgens um sechs Uhr nach Königsberg auf, um dort die Übergabe der Macht an die Vertreter von General Beck zu organisieren. Er verließ den Hof zu Pferd und in Zivil, zog sich im Wald um, weil die Sicherheitspolizei, die uns ständig beobachtete, nicht mitbekommen durfte, dass er Uniform trug, und fuhr mit dem Auto nach Königsberg.
Doch das Attentat scheiterte, wie wir wissen. Mein Mann erzählte mir, Stauffenberg habe in der Aktentasche nur das eine von zwei Sprengstoffpäckchen scharf machen können, bevor er zum Führer gerufen wurde. Er stellte die Aktentasche unter dem Tisch ab. Der Sprengsatz explodierte, nachdem Stauffenberg den Führerbunker wieder verlassen hatte, und tötete vier Menschen. Doch Hitler wurde nur leicht verletzt. Als bekannt wurde, dass er noch lebte, gelang es in Berlin nicht mehr, das Militär zum Aufstand zu bewegen. Und in Königsberg war schon gar nichts zu machen. Am Boden zerstört, kehrte Wilhelm nach Ayshoff zurück. Das Auto ließ er auf einem Vorwerk stehen und ritt wiederum in Zivil auf den Hof, damit es so aussah, als würde er aus der Wirtschaft heimkehren.
Zwei Tage später fuhr die Gestapo mit einem Auto auf den Hof, angeführt von SS-Sturmbannführer Heinrich Rönken. Wilhelm hatte es kommen sehen und sich die Uniform angelegt. Er trat aus der Haustür, stieg die Treppe hinab – sie hatte zwölf Stufen – und ging den Gestapo-Männern entgegen.
Rönken erklärte ihm, dass er ihn festnehmen müsse, es sei ihm aber noch erlaubt, sich von seiner Frau und seinen Töchtern zu verabschieden. Man sei ja kein Unmensch. Als Wilhelm sich daraufhin zu mir und dem Haus zurückwandte, zog Rönken die Pistole und erschoss ihn. Das hat

man gern so gemacht, um die Opfer nachträglich als ehrlose Feiglinge hinzustellen: Auf der Flucht erschossen, sollte es heißen.‹

Der junge Student schwieg zwar einen Moment ergriffen, meinte aber dann: ›Seltsam, dass es darüber in den Akten der Berliner Gestapozentrale keinen Vermerk gibt.‹

Es war klüger, dazu nichts zu sagen.

›Es ist sonst sehr genau festgehalten‹, fuhr der Student fort, ›was aus den über hundert Männern wurde, die der Verschwörung beschuldigt wurden. Claus Schenk Graf von Stauffenberg wurde noch in derselben Nacht in Berlin zusammen mit anderen standrechtlich erschossen, und zwar auf dem Hof des Bendlerblocks, in dem das Oberkommando der Wehrmacht seinen Sitz hatte. Ludwig Beck erhielt eine Pistole, um ihm Gelegenheit zum Selbstmord zu geben. Er verletzte sich jedoch nur schwer und bekam schließlich von einem Wachmann den Gnadenschuss. Hunderte wurden in den folgenden Tagen noch verhaftet. Hitler befahl, dass man die Verschwörer aufhänge wie Schlachtvieh. Aber über das Schicksal Ihres Mannes gibt es keine Notiz.‹

›Das liegt vermutlich daran‹, erklärte ich, ›dass ich anschließend bei meinem Verhör in Königsberg den Gestapochef davon überzeugen konnte, dass mein Mann nicht zu den Verschwörern gehört und Rönken vorschnell gehandelt habe. Und das sollte dann wohl nicht nach Berlin weitergegeben werden.‹«

Zilla ließ das Heft sinken. In Bayern hatte man des Aufstands preußischer und ostpreußischer Militärs nicht unbedingt begeistert gedacht, aber die Festreden zum 20. Juli gehörten zum festen Bestandteil ihrer Erinnerung. Wieder musste sie an ihre Politik- und Geschichtslehrerin Evelyn Wagner denken.

»Was feiern wir hier eigentlich? Die Palastrevolution erzkonservativer aristokratischer Militärs!«, hatte die Frau mit der großen Brille und den kurzen Haaren bemerkt. Erst waren die Eltern und dann die Passauer Zeitungen Sturm gelaufen. Aber so kurz vor dem Abitur hatte die Rektorin die Lehrerin dann doch nicht aus dem Leistungskurs nehmen wollen, zumal sich die Schülerinnen und Schüler hinter sie stellten. Lange war Frau Wagner danach allerdings nicht mehr im Schuldienst geblieben. Zilla erinnerte sich, sie Mitte der neunziger Jahre auf einer Podiumsdiskussion als Vertreterin von Greenpeace gesehen zu haben.
Als Gymnasiastin hatte Zilla nicht einmal geahnt, dass ihr eigener Großvater an diesem Attentat in irgendeiner Form beteiligt gewesen sein könnte. Und stimmte das überhaupt? Oder war die Geschichte, die Gertraud dem Studenten aus Potsdam Anfang der sechziger Jahre erzählt hatte, nicht nur teilweise, sondern von vorn bis hinten erlogen?

»Ich weiß nicht«, schrieb Gertraud, »was Wilhelm in seinem Leben wirklich bewegt hat. Vielleicht hat er sich 1942 so rigoros von mir getrennt, um sich unbelastet von Bindungen in den Widerstand zu begeben und, so gut es ging, die Gefahr von uns fernzuhalten, dass wir der Sippenhaft zum Opfer fielen, wenn er als Vaterlandsverräter verhaftet wurde.
Im Grunde ist unsere Ehe am großen Schweigen gescheitert. Niemals haben wir das vertrauensvolle Verhältnis zueinander gefunden, das wir als Kinder gehabt hatten, ehe der Nationalsozialismus die Familien spaltete und der Krieg jegliches menschliche Miteinander zerbombte.«
Ja, dachte Zilla, das große Schweigen hatte immer im Haus der Gräfinnen geherrscht. Unterm Nazi-Terror, unter der SED-Diktatur. Pachaly-Lügen als Lebensprinzip. Und genau

dieses Schweigen hatte sich auch in ihrer Ehe mit Richard eingenistet.
Er hatte ihr gegen sieben Uhr morgens, als sie noch schlief, eine SMS geschickt. »Bin in Divonne, R.« Knapp, aber vernünftig nach ihrer ziemlich hysterischen Aufforderung zu verschwinden, sich nicht mehr blicken zu lassen.
Zilla schüttelte immer noch fassungslos den Kopf. Wie hätte sie auch ruhig bleiben können, wenn Richard ihr mitteilte, dass er sie verlassen werde, wenn sie nach Brüssel gehe? Ohne ihr zu erklären, was für ein Problem er wirklich damit hatte. Es war wie absurdes Theater. Aber es war real, und hier saß sie im Giebelzimmer von Ayshoffkaten vor den Scherben ihrer Ehe, bis ins Innerste verunsichert. Auf einmal kamen ihr sogar Zweifel, ob sie in Brüssel genau die steile Karriere machen würde, an die sie immer geglaubt hatte. Womöglich machte sie sich Illusionen, und ihr realistisches Schicksal war es, die nächsten zwanzig Jahre in irgendeinem Büro am Ende des Gangs zu sitzen und dem Referenten des Referenten des Vizedirektors statistisches Material zuzuliefern. War es das, was sie wollte?
»Meine Töchter waren meine ganze Freude in jenen schweren Jahren«, hatte zum Beispiel ihre Großmutter vor mehr als zweiundzwanzig Jahren geschrieben. An wen hatte sie dabei gedacht? An das kleine siebenjährige Mädchen Zilla, das Ayshoffkaten in einer Nacht-und-Nebel-Aktion verlassen hatte, oder an die Zwölfjährige, die im fernen Passau ihr Alter in seine Primfaktoren zerlegte: 2 x 2 x 3 = 12. Oder an die erwachsene Frau, die eines Tages hierher zurückkehrte, sich ihrer Kindertage besann und in der alten Truhe das Heft fand? An eine Mutter mit Kindern, die wusste, was das heißt, wenn Kinder die ganze Freude in schwerer Zeit darstellten?
Zillas Herz begann zu klopfen. Ein sonderbarer Gedan-

ke kam ihr. Sie schob ihn beiseite. Nein, das konnte nicht sein.

»Ursula war schon recht vernünftig«, schrieb Gertraud, »und kümmerte sich hingebungsvoll um ihre jüngere Schwester. Edith war versonnen und eigensinnig. Einmal, im Frühjahr 1944, verblüffte sie uns damit, dass sie beim Abendessen Brotreste in ihr Schürzenkleidchen steckte und erklärte: ›Das ist für die Kinder in Leningrad. Die haben doch bestimmt Hunger. Wenn Papa kommt, soll er es mitnehmen.‹
›Papa kommt nicht!‹, wies Ursula sie zurecht. ›Er hat viel zu viel zu tun.‹
Edith machte das im Grunde nicht viel aus, denn sie kannte ihren Vater kaum. Aber Ursula fragte mich immer wieder nach ihm. Von ihren Schulkameradinnen in Eydtkuhnen wusste sie, dass Väter von der Front auf Heimaturlaub kamen. Zwar gab sie sich mit meiner Auskunft zufrieden, dass ihr Papa besonders wichtige Dinge zu tun habe, aber mit ihren klugen blauen Augen schaute sie ihren so genannten Onkel Heinrich manchmal so abweisend an, dass ich den Eindruck hatte, sie wusste, wie die Dinge standen.
Heinrich fragte mich immer wieder nach dem Kind, das ich seinen Informationen zufolge auf Ayshoffkaten zur Welt gebracht haben musste. Ich behauptete, sein Sohn sei tot geboren worden. Er wollte es einfach nicht glauben.
›Was willst du?‹, sagte ich schließlich. ›Du hast doch schon eine Tochter mit mir.‹
Edith gefiel ihm allerdings nicht sehr. Sie war ihm nicht blond genug. ›Vielleicht meine polnische Urgroßmutter‹, überlegte er einmal laut, als er Edith hochnahm.
›Und die Familie meines Vaters. Die Kaldorffs waren auch eher dunkel‹, ergänzte ich.

Doch er betrachtete Edith mit sehr gemischten Gefühlen. Darum nahm ich Anfang 1944 meine Tochter Ursula beiseite und setzte mich mit ihr im Familienzimmer unter das Großvaterbild hin. ›Du bist doch nun schon meine große Ursula‹, sagte ich zu ihr. ›Und so verstehst du sicherlich auch, dass wir ein paar Vorsichtsmaßnahmen treffen müssen.‹
Ich erläuterte ihr, dass plötzlich jemand auf dem Hof erscheinen könne, der Böses im Schilde führe. Und für diesen Fall hätte ich im großen Hofspeicher rechts hinter der Südtür unter leeren Kornsäcken einen gepackten Koffer versteckt. Und wenn ich nun zu ihr, Ursula, sagen würde, sie solle der Köchin sagen, sie solle die Eiskellertür verriegeln, damit der Fuchs nicht hineinkommt, oder wenn die Köchin Indre zu ihr komme und sage, sie müssten fort, dann solle Ursula nicht zu mir gelaufen kommen und nachfragen, sondern ganz still und heimlich Edith holen, den Koffer nehmen und zum Kutscher Luschnat gehen, und der werde sie beide zu Onkel Werner nach Nemmersdorf bringen.
›Und du?‹, fragte Ursula mit großen Augen.
›Ich komme nach, sobald ich kann.‹
›Aber es kann sein, dass … Onkel Heinrich dich nicht lässt?‹, fragte meine so erwachsene kleine Ursula.
Ich drückte sie ganz fest an mich. ›Eher bringe ich ihn um!‹«

Das Trillern des Handys schreckte Zilla auf und holte sie in die Gegenwart zurück. Es war Arno. »Hast du heute schon mal aus dem Fenster geschaut?«, fragte er. »Die Sonne scheint, der Himmel ist blau.«
Zilla lachte, stand auf und trat ans Fenster. »Stimmt«, erwiderte sie. »Das Schilf schwankt im Wind, die Boote schaukeln, die Möwen kreischen.«
»Und es ist Sonntag«, plauderte Arno. »Wie wär's, wenn wir

uns in einer Stunde im Eiscafé Venedig treffen. Du weißt doch, wo das ist. An der Seestraße.«
Zilla blickte auf die Uhr. Es war nachmittags um drei. »Okay.«
»Ich freue mich«, sagte er.
»Ich auch. Bis nachher.«
Sie duschte, zog sich weiße Jeans und eine hellgrüne Seidenbluse an, schlüpfte in grüne Ballerinas, nahm eine leichte Strickjacke, sagte Mutter Bescheid und verließ das Haus. Sie hatte noch Zeit und schlenderte ein Stück am Bodden entlang bis zum Hafen. Von dort bog sie in den Ort ein. Am Fischmarkt fiel ihr das Schild einer Apotheke ins Auge, und ihr Herz begann erneut zu klopfen. Der kleine Gedanke, den sie bei Großmutters Freude über ihre Kinder zurückgedrängt hatte, meldete sich wieder. Wie viele Tage war sie eigentlich überfällig? Oder gehörte das zu den normalen Zyklusschwankungen, nachdem sie vor zwei Monaten die Pille abgesetzt hatte, aus gesundheitlichen Gründen und weil Richard sie ohnehin kaum noch anrührte. Die Nacht in Genf vor ihrer Abreise war doch nicht in ihre empfängnisbereiten Tage gefallen … eigentlich nicht. Aber viele Kriegskinder, hatte sie einmal gelesen, waren spontanen Eisprüngen zu verdanken gewesen, wenn der Mann auf Heimaturlaub kam, Freudensprüngen im Fortpflanzungsapparat sozusagen.
»Erbarmung!«, murmelte Zilla.
Der Wind hatte auf Nordwest gedreht. Fahrradkolonnen rollten durch die Straßen von Zingst. Zilla bog in die Klosterstraße ein und spazierte zur Seestraße vor. Am Kurhaus ging die Straße direkt in die Seebrücke über. Kinder in Badeanzügen mit sandigen Beinen rannten umher. Der Strand war voll. Zilla suchte nach dem Café Venedig, eroberte sich einen Tisch unter einem gelben Sonnenschirm und bestellte einen Eiskaffee. Wenige Minuten später erschien Arno in

hellem Leinenzeug, aber mit ziemlich klobigen Schuhen an den Füßen, und ergriff, während er den Stuhl heranzog, wie selbstverständlich ihre Hand. »Na, wie geht's?«

»Frag nicht«, antwortete sie. »Ich werde langsam ganz meschugge im Kopf.«

Arno lachte und bestellte sich einen Eisbecher. Währenddessen dachte Zilla erstaunt darüber nach, dass sie »meschugge« gesagt hatte, ein Wort, das sie noch nie in ihrem Leben zuvor benutzt hatte. »Gibt es eigentlich das ehemalige FDGB-Heim Waldhaus Freesenbruch noch?«

»Wie kommst du denn jetzt darauf? Natürlich nicht. Das heißt jetzt Ferienpark Freesenbruch. Wieso fragst du überhaupt?«

»Meine Großmutter hat vor dem Krieg die Sulzers kennen gelernt, eine Familie aus der Schweiz, die bis zur Enteignung dort an Gäste vermietet hat.«

»Eine Tochter der Familie Sulzer hat die Anlage 1995 nach ewig langen Streitereien rückübertragen bekommen und dann an eine Bauherrengemeinschaft verkauft. Die hat alles abgerissen und Ferienhäuschen gebaut. Schön geworden, übrigens. Und was schreibt sie sonst noch so, deine Großmutter?«

»Zum Beispiel, dass sie eines der vier Florentinischen Mosaike aus dem Bernsteinzimmer besessen hat.«

Arno pfiff durch die Zähne. »Und wo ist das hingekommen?«

Zilla lachte. »Tja, das weiß man nicht.« Sie genoss es, unbefangen plaudern zu können. »Zumindest hat sie es mir noch nicht verraten.«

»Na, dann lies mal hurtig weiter. Hast du überhaupt eine Vorstellung, was so etwas wert ist?«

Zilla schüttelte den Kopf.

»Ich auch nicht.« Arno feixte. »Vor ein paar Jahren sind ein paar Stücke aus dem Bernsteinzimmer wieder aufgetaucht. Das war eine Riesenaufregung. Eine Kommode und ...« Arnos Blick verdüsterte sich. »Ein Florentinisches Mosaik. Vielleicht war es das. Die Allegorie des Riechens und Schmeckens.«

»Dann war es das nicht. Großmutter hatte die Allegorie des Sehens.«

»Und wie ist deine Großmutter zu dem Stück gekommen?«

»Rönken hat es ihr geschenkt. Er hat das Bernsteinzimmer in den siebenundzwanzig Kisten nach Königsberg gebracht und sich eins der Mosaike unter den Nagel gerissen.«

»Wenn das wahr wäre«, sagte Arno leise. »Wenn das wirklich stimmt. Weißt du, wie viele Leute schon nach dem Bernsteinzimmer gesucht und wie viele dabei sogar ihr Leben gelassen haben?«

Zilla schüttelte den Kopf. »Aber ich darf dich daran erinnern, dass meine Großmutter nicht das ganze Bernsteinzimmer besessen hat. Und sie ist auch nur mit einer Kiste übers Frische Haff geflohen, nicht mit siebenundzwanzig.«

»Trotzdem! Mein Gott, Zilla! Mein Vater war wie besessen von diesem Bersteinzimmer. Zusammen mit Genosse Bernstein alias Paul Enke vom MfS hat er es in diversen Stollen in Sachsen und Thüringen gesucht. Zuletzt aber meinte er, es habe Königsberg nie verlassen und liege noch immer im Keller des gesprengten Stadtschlosses. Es war wohl so, dass der Direktor der Kunstsammlung, Alfred Rohde, seit dem Bombenangriff der Briten im August 1944 ein Versteck für das Bernsteinzimmer suchte. Aber noch am 12. Januar 1945, als die Sowjets ihren Großangriff auf Königsberg begannen, schreibt er ans Kulturamt, er sei dabei, das Bernsteinzimmer in Kisten zu verpacken. Wenn Rohde nicht damals schon seine Irreführungen begonnen hat, war es an diesem Tag also noch im Königsberger Schloss. Den Sowjets sagte Rohde nichts. Dann starb er.

Die einen sagen, an Typhus, die anderen, unter ungeklärten Umständen.«
»Wahrscheinlich ist es verbrannt«, bemerkte Zilla lächelnd. »Bernstein ist ein Harz. Das Getäfel dürfte unter der Hitze des Feuers geschmolzen sein wie Wachs.«
»Ach hör auf! Das Bernsteinzimmer existiert …«
»Aber sicher. Man kann es sogar wieder besichtigen – im Sommerpalast von Katharina der Großen in Zarskoje Selo. Es ist letztes Jahr gerade rechtzeitig zum dreihundertsten Geburtstag von St. Petersburg fertig geworden.«
Arno bemühte sich sichtlich, seine Schatzsuchererregung zu dämpfen. »Schon merkwürdig«, sagte er, »welche Mühen man auf sich genommen hat, um das Achte Weltwunder wieder auferstehen zu lassen. Vor allem, wenn man bedenkt, dass es anfangs niemand wirklich haben wollte. Preußenkönig Friedrich hatte 1701 Wandtäfelungen aus baltischem Bernstein für Schloss Charlottenburg in Auftrag gegeben. Aber sie gefielen ihm nicht recht. Und so schenkte er sie Zar Peter dem Großen . In Petersburg fand man das Zimmer etwas düster. Gefallen daran fand wohl erst Peters Tochter, Zarin Elisabeth I. Sie ließ es im Winterpalast von St. Petersburg einbauen. Als der Sommerpalast von Zarskoje Selo fertig war, kam es dorthin. Elisabeth ergänzte die Tafeln mit Spiegeln und eben jenen vier Florentiner Mosaiken aus Halbedelsteinen. Letzte Hand hat dann noch Katharina die Große angelegt. Sie ließ von Bernsteinschnitzern noch eine Bernsteindecke machen und Möbel und Vitrinen. Und fortan galt das alles als das Achte Weltwunder. Sechs Tonnen Bernstein, das Gold des Nordens!«
»Dein Eis wird warm«, bemerkte Zilla trocken.
Arno beeilte sich, den Löffel zu nehmen. »Aber im Ernst, ich denke, einige würden viel Geld für ein Florentiner Mosaik aus dem berühmten Bernsteinzimmer bezahlen.«

Das Liebesgedicht

Am 20. und 21. Juli 1944 saß, wer Zeit hatte, am Volksempfänger und verfolgte die Nachrichten über den gescheiterten Putsch.

Der 22. Juli war ein sonniger Tag. Edith und Ursula spielten nach dem Mittagessen im Schatten der Linde. Ich hatte sie wie am Vortag auch angewiesen, sich nicht weit vom Haus zu entfernen. Gegen drei Uhr kam Heinrichs schwarzer Horch von der Straße nach Gumbinnen her auf den Hof gefahren. Ich sah vom Arbeitszimmer aus, wie er auf der Beifahrerseite ausstieg. Also hatte er einen Chauffeur dabei.

›Ist Wilhelm schon hier?‹, war seine erste Frage, als er die zwölf Stufen unserer Treppe heraufkam.

Ich verneinte. ›Du weißt doch, ich habe von ihm nichts mehr gehört, seit Leningrad von der Sowjetarmee zurückerobert wurde und seine Einheit nach Tilsit zurückgekehrt ist.‹

›In Tilsit ist er aber nicht. Er war in Königsberg, und wenn ich ihm nicht zuvorkomme …‹ Damit schob Heinrich mich beiseite und betrat mit gezogener Pistole die Halle.

›Erbarmung, Heinrich!‹, rief ich. ›Was hast du vor?‹

Er antwortete nicht, sondern stürmte die Treppe hinauf. Ich griff mir das erstbeste Hausmädchen und schickte es mit der Nachricht zur Köchin Indre, dass sie die Eiskellertür zusperren solle, damit der Fuchs nicht hineinkommt. Indre war instruiert, würde Ursula und Edith suchen gehen und sie auf den Weg nach Nemmersdorf schicken. Dann lief ich Heinrich hinterher, der inzwischen in meinem Arbeitszimmer angelangt war, immer noch die Pistole in der Hand.

›Was soll das?‹, sagte ich. ›Wilhelm ist nicht hier. Was um Himmels willen ist denn los?‹

Doch er drehte ohne ein Wort um, stürmte zur Tür hinaus, lief noch eine Treppe hinauf und wandte sich meinem Schlafzimmer zu.
›Hat es etwas mit dem Attentat zu tun?‹, fragte ich, obgleich es ausgesprochen unklug war, zuzugeben, dass ich das für möglich hielt.
Wortlos stieß Heinrich die Schlafzimmertür auf und trat ein.
›Hier ist er auch nicht, wie du siehst‹, sagte ich.
Endlich steckte er seine Luger Parabellum zurück in die Ledertasche am Koppel. ›Er wird kommen‹, sagte er. ›Er wird kommen.‹ Mordlustig hatte ich Heinrich ja schon gesehen, aber noch nie so aufgebracht, ja, gehetzt und hasserfüllt. ›Schon vor fünfzehn Jahren‹, stieß er hervor, ›hätte ich ihn erledigen können, als dein Bruder Elmar mir erzählte, was er für einer ist. Aber habe ich es getan? Das Attentat auf Hitler, sagst du? Ja, warum nicht? Vaterlandsverräter sollen hängen wie Schlachtvieh! Mich verleumden, aus mir einen Juden machen wollen! Aber mich kriegt er nicht! Mich nicht!‹ Er trat ans Ehebett heran und riss mit einem seltsamen Zorn die Decke auf. ›Mit wie vielen Männern hast du dir hier geholt, was Wilhelm dir nicht geben konnte, hm?‹
›Du bist ja völlig von Sinnen!‹
Heinrich lächelte bitter. ›Wie hast du ihn eigentlich dazu gebracht, dass er dich heiratete und du Herrin von Ayshoff werden konntest?‹
›Nu lass doch diese alten Vorwürfe!‹
›Aber Wilhelm hat dich nie geliebt! Keine Minute seines Lebens hat er dich geliebt. Er hat niemals eine Frau geliebt. Du hast doch selbst gesehen, wie er mich immer angeschaut hat.‹
Ich stand wie erschlagen da. Es stimmte, ja, wie ein verliebter Pennäler hatte Wilhelm sich benommen, als Heinrich

uns zum ersten Mal besuchte. Und dann die Ernüchterung, der Streit, der denkwürdige Jagdausflug, von dem er so finster und Heinrich so schießwütig heimgekehrt war …

›Ein Wort von mir‹, sagte Heinrich, ›eine Unterschrift hätte gereicht, um ihn ins KZ zu bringen. Aber ich habe einfach ein zu gutes Herz. Armer Kerl, dachte ich. Welche Tragödie! Wenn du mit deiner Frau nichts anfangen kannst, habe ich zu ihm gesagt, dann kann es dir doch egal sein, wenn ich mein Glück bei ihr versuche. Du wirst kein Glück haben, behauptete er, dieser Narr!‹

›Heinrich! Was willst du damit sagen?‹

Glaub mir, Zilla, ich begriff es wirklich kaum.

›Du meine Güte, Gertraud‹, erwiderte er, ›du hast doch all die Jahre zugesehen, wie Wilhelm und Rudolf miteinander turtelten.‹

›Wie? Was sagst du da?‹

Heinrich lachte. ›Langsam glaube ich wirklich, dass du Wilhelm geliebt hast. Nur Liebe kann so blind machen. Dein Bruder Elmar war weniger blind. Schon Ende der zwanziger Jahre hat er mir von Briefchen berichtet, die zwischen Rudolf und Wilhelm hin und her gingen. Briefe wie: Ich liebe dich, weil ich dich lieben muss,/ Ich liebe dich, weil ich nicht anders kann;/ Ich liebe dich nach einem Himmelsschluss;/ Ich liebe dich durch einen Zauberbann …

Himmel, Gertraud, was dachtest du denn, warum Rudolf nach Indien abgehauen ist? Er hatte Wilhelm angefleht, mit ihm nach Berlin zu gehen, mit ihm nach Amerika auszuwandern, als wir in Berlin den dekadenten Sumpf trockenlegten. Aber Wilhelm zögerte. Er hatte Angst vor seinem Vater und vor der unehrenhaften Entlassung aus der Armee. Er konnte sich einfach nicht entschließen. Und so musste Rudolf fort. In seiner Verzweiflung hat Wilhelm sich in Königsberg mit einem jungen Schauspieler getröstet. Nichts

leichter für mich als unter diesen Bedingungen Wilhelms Freundschaft zu gewinnen. Er suchte Trost, er vertraute sich mir an, er hoffte …‹
›Und mir erzählst du, er sei im Widerstand, damit ich …‹ Mir versagte die Stimme.
›Spricht ein Offizier zu einer Dame von derartiger Unnatur? Und ist solche Unnatur nicht Aufstand gegen das deutsche Wesen? Ich dachte, wir verstünden uns, Gertraud. Wilhelm war so maßlos in seiner Verzweiflung darüber, dass Rudolf ihn verlassen hatte. Schließlich hat er sogar eine Affäre mit einem jungen Offizier seines Reiterregiments angefangen. Als ob er es auf Entdeckung anlegte. Darum musste er nach Leningrad, Gertraud. Ich habe ihn geschützt! Ich habe Wilhelm das Leben gerettet und dir die Schande erspart zu sehen, wie dein Mann – der angesehene Graf von Ayshoff – als Homosexueller im KZ endet. Und das ist nun der Dank dafür.‹
›Ich glaube‹, sagte ich, kaum fähig, Haltung zu bewahren, ›du solltest mein Haus verlassen. Solche Verleumdungen höre ich mir nicht länger an.‹
Heinrich lachte, trat plötzlich auf mich zu, packte mich und zog mich an sich. ›Tu doch nicht so erschüttert.‹
Ich stieß ihn weg. Der Zorn verlieh mir Kraft. Heinrich taumelte und fiel aufs Bett.
Er hatte sich noch nicht wieder aufgerichtet, da sprang die Schlafzimmertür auf, und Wilhelm stand im Zimmer. Er trug die Uniform des Wehrmachtsoffiziers mit dunkelgrünem Samtkragen und Nahkampfabzeichen. In der Hand hielt er die gezogene Pistole. Er war staubig und erhitzt von einem langen Ritt.
›Dachte ich mir doch, dass ich dich hier finde, Heinrich‹, sagte er verächtlich, ›denn in Königsberg warst du nicht.‹
Heinrich war so perplex, dass er erst einmal nicht vom Bett

hochkam. Auch ich starrte auf die Pistole, ohne zu begreifen. Niemals zuvor hatte Wilhelm im Haus mit einer geladenen Waffe hantiert.

›Hast wieder mal bei meiner Frau Schutz gesucht, wie ich sehe‹, fuhr er fort. ›Ein Feigling warst du schon immer. Andere Leute ausspionieren und ihnen die Pistole zum Selbstmord reichen, ja, aber selbst davonlaufen, wenn es gilt, Verantwortung zu übernehmen. Zu feige, die eigenen Durchhalteparolen an der Front auszubaden. Die Soldaten krepieren auf dem Feld, Heinrich. Und Hitler schaut sich die Fotos von Wehrmachtsangehörigen an und fragt sich, ob sie auch arisch genug aussehen. An deinem Foto hätte er fiel Freude. Aber es wäre nur der Beweis, dass man Menschen ihr wahres Wesen nicht ansieht. Genauso wie dein Ahnenpass der Beweis ist, dass man ihn fälschen kann.‹

Heinrich fuhr auf.

›Langsam, Heinrich! Ganz langsam! Eine falsche Bewegung, und ich schieße. Ich habe so viele Menschen erschossen, dass es mir auf einen mehr oder weniger nicht mehr ankommt. Das habe ich dir zu verdanken, dir und der Mörderbande in Berlin. Fünf Jahre lang habe ich deinem Treiben zugesehen. Deinen Orgien im Königsberger Schlossweinkeller Blutgericht mit den Hitlerjungen, deinen Affären mit Schauspielerinnen – wie ein Bock hast du deinen Samen in Ostpreußen verteilt –, deinem Handel mit Beutekunst hinter dem Rücken von Rohde und Koch. Als du schließlich auch über mich triumphiertest, über mich und meine Frau, habe ich nicht anders gekonnt als das Feld zu räumen. Gegen so viel Niedrigkeit komme ich nicht an. Was ich unterm Feuer der Stalinorgeln von Leningrad gehofft habe, schäme ich mich zu sagen. Ein Narr, der daran glaubt, dass das Böse sich selbst richtet. Aber du bist nicht das Böse, Heinrich. Du bist eine Banalität, ein Gelegenheitsdieb, ein dummer Junge, der Fröschen die Beine ausreißt, weil er keine Strafe zu fürchten hat, nur dass diese Frösche Menschen sind. Und wenn du dich eines Tages für deine Untaten verantworten sollst, dann wirst du sagen, du habest auf Befehl gehandelt.‹

Heinrich war weiß wie der Tod.

›Ich könnte dich jetzt abknallen wie einen tollwütigen Hund‹, fuhr Wilhelm fort. ›Wenn ein Mann, der aus dem Krieg heimkehrt, den Hausfreund in seinem Schlafzimmer vorfindet, wird er ihn wohl im Affekt erschießen dürfen. Wer wollte mich richten? Aber ich nehme dich mit nach Königsberg. Deine eigenen Leute sollen dich richten. Sie sind gnadenloser, als ich es je sein könnte.‹

Mit der Pistole winkte er ihm aufzustehen. Und Heinrich erhob sich zittrig.

›Und glaub nicht, dass Reichsmarschall Göring dich wieder einmal rausboxt. Der kämpft um seine Macht und gegen seine Morphiumsucht‹, fuhr Wilhelm fort. ›Warum kann einer wie du Polnisch, habe ich mich seit deinem Überfall auf den Sender Gleiwitz gefragt. Und warum steht von polnischen Ahnen nichts in seinem Ahnenpass? Nun verfügt das Reichssippenamt aber inzwischen über alle jüdischen Gemeindebücher aus Polen. Deine jüdische Urgroßmutter Grynspan bringt dich zwar nicht ins KZ, Heinrich, aber deine schwarzen Waffenbrüder werden das gar nicht lustig finden.‹

Heinrich versuchte zu lachen. ›Alles Lüge!‹

›Und Gauleiter Koch wird toben, wenn er erfährt, wo das Florentiner Mosaik aus dem Bernsteinzimmer hingekommen ist, Heinrich. Dass es hier hängt, ist nur der Beweis, dass du es meiner Frau als … als Liebeslohn geschenkt hast. Du, ein SS-Sturmbannführer mit Frau und Kind … und nicht-arischer Urgroßmutter!‹

Wilhelm lächelte, wie ich ihn nur in unserer Jugend habe lächeln sehen, wenn er meinen herausfordernden Bruder Elmar aus dem Feld hatte schlagen können.
›Ja, glaubst du denn‹, versuchte Heinrich aufzutrumpfen, ›Koch hört dir auch nur eine Minute zu, dir, einem, der Unzucht treibt mit Offiziersanwärtern, einem, der zu der feigen Bande gehört, die vorgestern das Attentat auf unseren Führer verübt hat?‹
Wilhelm blickte etwas erstaunt drein.
›Deine eigene Frau hat es mir bestätigt‹, sagte Heinrich. ›Und wenn sie so klug ist, wie ich sie kenne, dann wird sie das beim Verhör wiederholen. Du wirst in Plötzensee hängen, Wilhelm.‹
›Darauf lasse ich es ankommen, Heinrich. Die Offiziere, die ihr heute umbringt, fehlen euch zum Endsieg. Und nun beweg dich, wir fahren nach Königsberg. Und dann werden wir sehen, wem man glaubt, einem Dieb und Betrüger oder einem Offizier mit Nahkampfabzeichen.‹
Es blieb Heinrich nichts anderes übrig, als zu gehorchen. Wilhelm fasste mich am Arm und schob mich hinter sich, damit Heinrich mich nicht im Vorbeigehen ergreifen und als Schutzschild missbrauchen konnte. Ich spürte in Wilhelm auf einmal die Kraft und Überlegenheit des erfahrenen Soldaten, der im Gegensatz zu dem SS-Mann mit Gegenwehr zu rechnen gelernt hatte. Die Waffe in Wilhelms Hand zitterte nicht. Mit sicherem Griff zog er Heinrich die Luger aus der Tasche am Koppel, schubste ihn vor die Tür und steckte seine eigene Waffe zurück in die Gürteltasche. Erst nach Wilhelm durfte ich das Schlafzimmer verlassen.
Tausend Worte lagen mir auf der Zunge, so viel wollte ich Wilhelm sagen und fragen.
Als wir durch die Haustür auf die Freitreppe traten, waren meine Kinder unter der Linde nicht mehr zu sehen. Einige

Meter vom Stamm des Baums entfernt – der geflügelte Globus auf dem Kühler gerade noch im Schatten – stand der Horch mit geöffnetem Verdeck. Der Chauffeur hielt an der Westecke des Schlosses ein Schwätzchen mit Indre, und ich weiß noch, dass sich zu meinem inneren Aufruhr die Sorge gesellte, ob Rönkens Chauffeur wohl mitbekommen hatte, dass Indre meine Kinder, die unterm Baum gespielt haben mussten, zum Kutscher Luschnat und auf die Reise nach Nemmersdorf geschickt hatte.
Wilhelm ließ Heinrich vorangehen, auf den Wagen zu, und winkte dem Chauffeur, der sich von Indre verabschiedete und in Bewegung setzte.
›Wilhelm‹, sagte ich, ›hör mir zu!‹
Er wandte sich nur halb nach mir um. ›Willst du, dass ich diesen … diesen …‹, Wilhelm deutete mit Heinrichs Waffe auf Heinrich, der beinahe den Wagen erreicht hatte, ›… laufen lasse? Bittest du um Gnade für ihn?‹
›Nein, Wilhelm! Du missverstehst mich. Du hast mich immer falsch verstanden. Nur zu deinem Schutz und um der Kinder willen …‹
›Lass gut sein, Gertraud. Ich kann rechnen. Edith ist nicht von mir.‹
›Aber Ursula ist deine Tochter, und um deiner Tochter willen lass uns reden. Es ist vielleicht die letzte Gelegenheit.‹
Da endlich blickte er mich mit seinen traurigen graublauen Augen an. Er öffnete die Lippen, doch was er sagen wollte, konnte er nicht mehr sagen. Ein Schuss knallte. Er hallte von den Wänden des Schlosses und des Speichers wider. Verwunderung trat in Wilhelms Augen, die Pistole entglitt seiner Hand. Er sank in die Knie und fiel vornüber auf den Boden.
An der Beifahrertür seines Horch stand Heinrich und hielt eine Pistole in der Hand. Da erinnerte ich mich plötzlich,

dass er mir einmal die Mauser gezeigt hatte, die er in der Innentasche im Fußraum des Beifahrers aufbewahrte.
›Sie sind Zeuge‹, sagte Heinrich zu seinem Fahrer. ›Es war Notwehr. Der Graf gehörte zur Stauffenberg-Sippe.‹
Unter all denen, die vom Schuss angelockt zusammenliefen, sah ich vom Boden aus, den toten Wilhelm in meinen Armen, nur das gute runde Gesicht meiner Köchin Indre, die mir zunickte. Die Kinder waren also auf dem Weg nach Nemmersdorf. Wenigstens das!
Wilhelms Leiche wurde ins Leichenschauhaus nach Königsberg gebracht und wenige Tage darauf im Krematorium verbrannt. Mich brachte man zum Verhör in den Gestapokeller von Königsberg. Der Chef des Sicherheitsdienstes, ein Obersturmbannführer, befragte mich persönlich.
›Sie bestreiten nicht, dass Ihr Mann Verbindungen zum Stauffenberg-Kreis hatte?‹, fragte er.
›Nein.‹
Ob ich Namen nennen könne, war die nächste Frage. Ich nannte die Namen derer, die ich im Radio gehört hatte, Namen von Männern, großteils Freunden, die längst verhaftet waren.
›Und welche Aufgabe hatte Ihr Mann im Zusammenhang mit dem feigen Putsch?‹, wollte der Gestapochef wissen.
›Das hat er mir nicht gesagt.‹
›Sie selbst sind 1942 nach Vorpommern gereist. Mit wem haben Sie sich dort getroffen?‹
›Ich bin dorthin gefahren‹, antwortete ich, ›um heimlich einen Sohn zur Welt zu bringen. Er wurde tot geboren. Sturmbannführer Heinrich Rönken war der Vater.‹
Der Gestapochef zog die Brauen hoch. ›Und wo halten sich momentan Ihre beiden Töchter auf?‹
Aus seiner Frage hoffte ich schließen zu dürfen, dass auf Indre und Luschnat Verlass gewesen war. Oder sie waren

noch nicht befragt worden. Ich wäre im Zusammenhang mit dem Stauffenberg-Attentat nicht die einzige Witwe eines Widerstandskämpfers gewesen, deren Kinder man, mit neuer Identität versehen, irgendwohin ins Reich verschleppt hätte.

›Das, Obersturmbannführer‹, antwortete ich, ›würde ich gern für mich behalten, wenn Sie erlauben. Denn leider hat sich Heinrich Rönken nicht immer wie ein Ehrenmann verhalten. Nach der Totgeburt seines Sohnes hat er einen seltsamen Hass auf meine und Wilhelms Töchter entwickelt. Zuletzt meinte er, meine Tochter Edith sehe aus wie ein polnisches Judenkind. Ich habe Grund zu der Befürchtung, dass er mir meine Kinder wegnehmen und in ein KZ überstellen könnte, insbesondere Edith.‹

Der Gestapochef runzelte indigniert die Stirn.

›Und leider‹, fuhr ich fort, ›muss ich Ihnen nun gestehen, dass ich vorhin nicht die Wahrheit gesagt habe. Ich habe so getan, als hätte Sturmbannführer Rönken meinen Mann als Vaterlandsverräter erschossen. Aber nun muss ich Ihnen sagen, dass er ihn in einem Streit unter Männern erschossen hat. Mein Mann hatte zuerst die Waffe gezogen.‹

›Das heißt, Sie bestreiten nun doch, dass Ihr Mann zum Stauffenberg-Kreis gehört hat.‹

›Ja‹, antwortete ich. ›Ich habe es zunächst nicht gewagt, dem Verdacht zu widersprechen, weil ich befürchtete, Sie könnten den Eindruck gewinnen, ich wolle nicht kooperieren. Aber tatsächlich habe ich keinerlei Kenntnisse über eine politische Tätigkeit meines Mannes. Alles, was ich über die Tätigkeit von Staatsfeinden weiß, hat Rönken mir erzählt, um mich zum Beischlaf zu erpressen.‹

Und der Gestapochef glaubte mir.«

Die Tränen der Götter

Zilla warf das hellgrüne Heft auf den Tisch und rieb sich den Nacken. Auf einmal erschien ihr das Giebelzimmer mit Großmutters alten Möbeln unerträglich.

Außerdem hatte sie Durst.

Unten in der Küche war niemand. Es war später Vormittag. Eine Kiste mit weißen Pfirsichen, eine mit Fenchelknollen, Tomaten, Sellerie und Salatköpfen und eine mit Möhren, Lauchstangen, Petersilienbüschen, Schnittlauch, Koriander und Salbei standen auf dem zentralen Arbeitstisch. Zilla öffnete eine Wasserflasche, schenkte sich ein Glas ein, leerte es in einem Zug und nahm sich dann einen Pfirsich aus der Kiste. Sie biss in das saftige Fruchtfleisch, während sie die Halle zur Haustür durchquerte, und trat gerade in dem Moment auf die drei Stufen hinaus, als der nicht zu haltende Saft aus dem Pfirsich zu Boden tropfte. Er hinterließ zwei dunkle Flecken auf den Sandsteinstufen.

Ein sachter Nordwestwind spielte mit den Zweigen und Blättern in der mächtigen Krone der Eiche, die den Vorplatz von Ayshoffkaten beherrschte. Soeben kam eine Gruppe von kleinen Kindern auf den acht Ponys unter dem Torbogen hervor und zog um den Baum herum hinüber zur Zingster Heide. Der Zug wurde zu Fuß von drei barfüßigen Mädchen in Reithosen begleitet.

Zilla wandte sich dem Durchgang zwischen Stallungen und altem Speicher zu. Dem Kopfsteinpflaster war es egal, wie viele dunkle Flecken der Pfirsichsaft hinterließ. Jenseits des Torwegs war der Kern abgenagt. Zilla widerstand der Versuchung, ihn in die Wiese hinauszuschleudern, die Ayshoffkaten von Zingst trennte, denn bei Sylvie stand ein Pulk Erwachsener und Kinder. Also hielt sie nach einem Mülleimer

Ausschau. Er befand sich neben der Tür zu Sylvies kleinem Büro und war voller Eisverpackungen.
Fehlte nur noch ein Wasserhahn, um die klebrigen Finger zu waschen. Sie wandte sich der Halle mit dem Pensionsstall zu.
Zu den schönsten Momenten ihrer Kinderzeit hatte es gehört, wenn Großmutter sie nach dem Abendessen mit in die Zuchtställe nahm, »Inspektion machen«. Während Mutter sich vor den neuen Fernseher setzte und die *Schlagerrevue* mit Heinz Quermann anschaute, hatten Großmutter und sie Fohlen und Stuten beschaut. Eine geschlagene Stunde konnte sie bei einer einzigen tragenden Stute in der Box verweilen und Qualitätsmerkmale herausstreichen.
»Schau, Zilla, so schöne trockene Beine jibt es kein zweites Mal.«
Zilla schmunzelte vor sich hin. Trockene Beine – das große Geheimnis des Pferdeblicks. Noch bevor Zilla zwei und zwei zusammenzählen konnte, hatte sie auf ein Pferd zeigen und »Das hat aber mal trockene Beine« krähen können. Doch sie hatte erst erwachsen werden müssen, um sagen zu können, was sie ausmachten. In einem kurzen Rock hatte sie Anfang der neunziger Jahre vor dem Spiegel gestanden und ihre eigenen Beine gemustert, sehnig, schlank, gerade Linie, keine hervorspringenden Gelenke. Trockene Beine eben.
Zilla öffnete die Tür zum Stallgang der Pensionspferde. Es war ein heller Stall mit großen Boxen, von denen die Hälfte belegt war. Gleich links befand sich ein Waschbecken zum Spülen der Trensen. Die Sonne hatte das Wasser in der Leitung so aufgeheizt, dass es zunächst fast heiß aus dem Hahn kam. Ein Handtuch gab es nicht. Zilla schüttelte die Tropfen von den Händen und blickte sich um. In diesem Moment

rumpelten die Rollen einer Boxtür, und Margret trat mit der Putzkiste hinaus auf den Gang.
»Guten Morgen«, sagte Zilla erschrocken.
»Guten Morgen«, antwortete Margret weniger erschrocken. »Gibt es was Neues von Richards Vater?«
»So schlecht ging es ihm weder gestern noch vorgestern, dass man stündlich ein ärztliches Bulletin herausgeben müsste.«
»Na«, entgegnete Margret, »Richard war aber in ziemlicher Sorge. Er hat sogar unser Abendessen im Hotel Speicher abgesagt.«
Zilla schluckte. »Tatsächlich. Das ist natürlich bedauerlich für Sie.«
Margret grinste und wandte sich mit der Putzkiste der Sattelkammer zu. »Übrigens«, sagte sie beiläufig, »es tut mir Leid, dass er sich von Ihnen trennen will.«
Zilla erschrak erneut. Zugleich stieg Ärger in ihr auf.
Margret verschwand in der Sattelkammer und erschien Sekunden später wieder in der Tür. »Vielleicht die sauberste Lösung, nicht? Sie gehen ja ohnehin Ihrer eigenen Wege. Zum Glück haben Sie ja keine Kinder. Das vereinfacht die Sache enorm. Wie lange sind Sie jetzt verheiratet? Sieben Jahre? Da ist's auch im Bett nicht mehr so prickelnd, gell?«
Zilla ärgerte sich vor allem über ihre Sprachlosigkeit.
»Richard gehört wohl zu den Männern, die mit Karrierefrauen nichts anfangen können. Er hat's lieber häuslich und gemütlich, hab ich Recht? Unter uns gesagt, mir scheint, er ist ziemlich frustriert, so wie er vorgestern hier in der Box von meinem Herzbube rangegangen ist.« Margret lachte überaus vergnügt. »Der hätte mich doch am liebsten gleich flachgelegt.«
»Wenn da mal nicht der Wunsch der Vater des Gedankens ist«, sagte Zilla unter Aufbietung all ihrer Kräfte.

Margret lachte laut heraus. »Tut mir wirklich Leid, aber irgendwann müssen Sie es ja erfahren. Richard hatte für die Nacht bereits ein Zimmer im Speicher reserviert.«
»Na dann, gratuliere!«
Wie sie aus diesem Stall hinauskam, konnte Zilla hinterher nicht mehr sagen. Die pralle Sonne auf der weißen Wand trieb ihr das Wasser in die Augen. Am liebsten wäre sie in ihr Zimmer gelaufen, um sich aufs Bett zu werfen, aber dazu hätte sie durch Pulks von Kindern und Eltern hindurchmüssen, und womöglich wäre sie auch noch ihrer Mutter in der Halle begegnet.
Und so floh sie in die andere Richtung, außen herum um die Stallungen zur Reitbahn, deren Sandkristalle in der Sonne glitzerten. An der Ecke zum Innenhof prallte sie – halb blind vor Licht und Wut – in Aki hinein.
»O Jott, Zilla!«
»Aki! Ich habe dich gar nicht gesehen. Mir ... mir ist etwas ins Auge geflogen."
»Fliegen auch arg viele Mücken herum. Is einfach zu wenich Wind. Die Pferde sind auch schon janz meschugge.«
Zilla versuchte zu lächeln. Eigentlich machte es ihr nichts aus, dass Aki ihre innere Auflösung bemerkte. Wie alt war er wohl jetzt? Er musste über achtzig sein, der windschiefe Alte mit dem zerfurchten Gesicht, den eng stehenden kleinen kohlschwarzen Augen und dieser Nase ...
»Is was?«
»Entschuldige, Aki. Ich habe mich nur gerade gefragt, wie alt du bist.«
»Zweiundachtzig.«
»Und du warst siebzehn, als du nach Ayshoff kamst, nicht?«
»Is lange her.« Er wich ihrem Blick aus und schaute zur Koppel hinüber, auf der die Stuten mit ihren Fohlen standen. Dahinter leuchteten zwischen Hagebuttenbüschen die

Dächer von Zingst. Sogar das stumpfe Ende der turmlosen Dorfkirche sah man.
»Magst du nicht über früher reden?«, erkundigte sich Zilla.
Aki richtete seine kleinen Augen wieder auf sie. »Das kommt darauf an.«
»Worauf kommt das an?«
»Darauf, wozu das jut sein soll.«
Zilla malte ein Fragezeichen in ihr Gesicht.
»Nu, ich meine, es soll ja immer zu was jut sein, wenn man in der Verjangenheit herumkramt. Nach dem Krieg bei die Russen war's jut, wenn du niemals inne NSDAP jewesen warst, und danach in der DDR war es besser, wenn du inne KPD jewesen warst. Und in der BRD, da war's jut, wenn du einen Juden versteckt hattest. Und so haben sich die Leute immer nur an das erinnert, was jut war zu erinnern.«
»Das ist sicher richtig«, sagte Zilla. »Aber nun ist doch alles so lange her. Und dass du nie Nazi warst, das ist doch klar. Im Gegenteil, dieser Heinrich Rönken ...«
Aki wich regelrecht einen Schritt zurück.
»... der hat dich doch fast erschossen, weil er dich für einen Juden gehalten hat. Das habe ich jedenfalls so in Großmutters Lebenserinnerungen gelesen. Aber eines verstehe ich nicht. «
Aki fühlte sich sichtlich unbehaglich.
»Wie kannst du gesehen haben, wie Rönken Wilhelm erschoss? Da warst du doch gar nicht mehr auf Ayshoff. Du musstest doch schon im Herbst 1941 vor Rönken abhauen. Oder bist du noch einmal zurückgekommen?«
Zilla merkte auf einmal, dass Aki sie anstarrte. Also schloss sie den Mund.
»Hat die Gräfin denn dazu nuscht jeschrieben?«, knurrte er.
»Sie schreibt, dass Rönken Wilhelm erschossen hat und dass du nach dem Krieg dazu als Zeuge ausgesagt hast.«

»Das is ja nu wohl richtig.«
Zilla grinste. »Du hast also einfach Großmutters Version von Wilhelms Tod bestätigt, ja? Aber gesehen hast du nicht, wie es passiert ist.«
Aki hüstelte umständlich. »Nu ja, das hatten wir so abjesprochen, die Gräfin und ich, dass ich sage, ich hätte es mit eijene Augen jesehen. Damit die Russen ihr Ayshoffkaten nich jleich wegnehmen.«
»Und wo warst du damals?«
»Willst du das wirklich so jenau wissen?«
»Ja, Aki.«
»Nu, ich war in Stutthof.«
»Stutthof?«
»Im KZ. So hat man das jenannt, obgleich die richtige Abkürzung von Konzentrationslager ja eijentlich KL lauten müsste. Aber KZ, das klang einfach zackiger.«

Seit fast sechzig Jahren bewohnte Aki jetzt zwei Zimmer mit Bad in dem würfelförmigen Häuschen an der Ostfront des alten Jagdschlösschens Ayshoffkaten. In dem Nebengebäude hatten auch die Saisonreitlehrerin Sylvie, die Hotelfachschülerin Frauke und der auszubildende Pferdewirt Meik ihre Unterkunft. Die anderen Angestellten, die Köchin, das Zimmermädchen, die Stallknechte und die Bereiter hatten ihre Wohnungen mit oder ohne Familien in Zingst, Prerow oder jenseits des Boddens in den Dörfern.
Zwei Fenster hatte Akis Wohnstube im zweiten Stock, direkt unter der Kante des tief gezogenen Dachs. Eines zeigte auf den Bodden, das andere gen Osten zur Zingster Heide. Am Südfenster war ein kleiner Esstisch mit zwei Stühlen, und am Ostfenster standen ein abgewetzter Ohrensessel, ein runder Tisch, auf dem sich Pferdezeitschriften und Zuchtbücher türmten, und ein weiterer Sessel. Eine Tür führte,

wie Zilla vermutete, in ein Schlafzimmer, dessen Fenster zur Nordfront des Haupthauses und zum Vorhof hinausgehen musste. In einer Ecke der Wohnstube waren ein Herd und eine Spüle mit Küchenschränken untergebracht, und in der anderen Ecke stand eine alte Kommode neben einem Bücherregal. Auf der Kommode glänzten zwei kleine silberne Leuchter und ein ebenfalls silberner Becher, der starke Ähnlichkeit mit einem Pokal hatte, wie man ihn für sportliche Erfolge oder als Dankeschön für vierzig Jahre Dienst in einer Firma bekam, nur dass Sockel und Inschrift fehlten.
Aki folgte Zillas Blick.
»Weißt du, was das is?«, fragte er. »Das ist ein Kidduschbecher. Am Freitagabend kommt der Wein dort hinein, und man spricht den Segen über ihn. Und das dort sind die beiden Sabbatleuchter. Und das hier ...« Er ging zur Kommode und nahm eine Kappe aus schwarzem Samt heraus, die er sich auf den Hinterkopf setzte. »... das hast du sicher im Fernsehen schon mal jesehen. Das ist die Kippa. Wir Juden betreten die Synagoge nur mit bedecktem Haupt, denn der freie Mann braucht den Hut nicht abzunehmen.«
»Dann bist du tatsächlich Jude!«, stieß Zilla fast ehrfürchtig hervor.
Aki nickte. »Aber nach dem Krieg habe ich mich entscheiden müssen. Und zwar, ob ich Jude bin, oder ob ich bezeuge, dass Rönken den Mann von Ger... von der Gräfin erschossen hat, weil er zu denen jehört hat, die am 20. Juli den Hitler haben umbringen wollen, es aber nich jeschafft haben. Beides zusammen gink nich, und so habe ich jedacht, ehe die Gräfin Ayshoffkaten verliert und ich meine Unterkunft, da beschwöre ich, dass sie die Witwe eines Widerstandskämpfers ist, der von der SS erschossen wurde. Eine Entschädigung als jüdischer Zwangsarbeiter hätte ich ja ohnehin bis heute nich jesehen.«

»Aber wie hast du es geschafft zu ...«

»Zu überleben? Jeduld, ich werd's dir erzählen, Zilla. Aber nu setz dich erst einmal hin. Was willst du trinken? Ein Selters? Oder ein Bier?«

»Selters«, sagte Zilla, immer noch reichlich eingeschüchtert, und nahm in dem kleineren Sessel Platz, während sich Aki, nachdem er sich ein Bier und Zilla ein Wasser und Gläser auf den runden Tisch gestellt hatte, in dem Ohrensessel einrichtete.

»In meinem Ausweis steht zwar, dass ich Achim Kraßel heiße«, begann der Alte mit leiser, aber überraschend volltönender Stimme, »aber mein richtiger Name lautet Aron Kraßel. Geboren bin ich in Memel, wo mein Vater Ismael Kraßel und meine Mutter Rahel eine kleine Buchhandlung betrieben. Mein Onkel, der Bruder meines Vaters, hatte in Eydtkuhnen eine Druckerei, die von den Nazis am 9. November 1938 zerschlagen wurde. Mein älterer Bruder Levi war Schmuggler. Aber man hat ihn schon 1934 an der litauischen Grenze erschossen. Du musst wissen, dass der Schmuggel eine lange Tradition unter uns Juden im Grenzgebiet hatte – Stoffe, Zigarren, Tabak, Wodka und solcher Kram. Daher wohl auch unser Name. Kraßel heißt Kram auf Ostpreußisch. Aber eigentlich waren wir Kraßels seit Generationen Buchdrucker, Buchhändler und vor allem Bücherträger. Im zaristischen Russland waren zum Beispiel jüdische Bücher verboten. Sie wurden in Eydtkuhnen gedruckt und hinübergeschmuggelt. Aber auch Lenins Kampfblatt *Iskra* und andere revolutionäre Schriften haben wir hinübergebracht. Dreißig Rubel gab es für das Pud Druckerzeugnisse, das sind vierzig Pfund. Nach 1917 war Schluss damit, da haben wir nur noch Tabak, Werkzeuge, Pelze, Alkohol und Bernstein geschmuggelt. Als mein Bruder auf einem seiner Gänge sein Leben verlor, beschloss mein Vater, dass ich was lernen sollte, und steckte mich nach Trakehnen. Aber ich ging nach Lauscha und lernte unter arischem Namen das Glasbläserhandwerk. 1939 sah ich nicht mehr arisch genug aus und machte mich auf den Weg nach Hause.«

»Und dabei bist du nach Ayshoff geraten.«

Akis faltiges Gesicht verzog sich zu einem wehmütigen Schmunzeln. »Die Gräfin hatte einen kleinen Köter, ein grässliches Vieh, den hat sie auf mich gehetzt. Er hieß Gulasch. Ein Biest. Sie hat ihn abends oft ins Haus geholt, in ihre Schlafstube. Sie war ja viel allein. Und man wusste ja nie, wer es mal versuchen würde bei ihr. Na, jedenfalls, der Köter hat mich gestellt. Und er hat so an meinem Hals geknurrt, dass ich mich gerade noch davon abhalten konnte, Aron Kraßel zu sagen, und stattdessen Achim Kraßel sagte, als Ger… als die Gräfin mich fragte, wie ich heiße. Dabei hatte ich Papiere und eine Ahnentafel auf den Namen Klaus Kaminski.«

»Und wenn du die Rönken hättest vorlegen müssen, dann wäre Gertraud stutzig geworden«, bemerkte Zilla.

»Ich glaube, gewundert hätte sie sich nicht, aber es ist was anderes, wenn du weißt, dass du einen Juden versteckst, als wenn du vor dir und aller Welt sagen kannst, du hättest nichts gewusst. Viel genützt haben mir meine Papiere aber nicht. Dieser schwarze Geselle, dieser Rönken, hatte mich irgendwie auf dem Kieker, und nachdem ich zu ihm gesagt hatte, ich hieße Achim Kraßel, konnte ich ja nicht mehr mit den Papieren von Klaus Kaminski kommen. Und so musste ich den Hof verlassen. Außerdem wurde es für uns Juden immer enger. Ab September '41 mussten auch in Ostpreußen alle einen Judenstern tragen. Und da wäre es für die Gräfin ein echtes Risiko geworden mit mir auf dem Hof. Ich wollte nach Memel, aber in Tilsit hat mich die SS aufgegrif-

fen und nach Heydekrug gebracht. Da habe ich meinen Vater wieder getroffen. Meine Mutter hatte den Fußmarsch von Memel nach Heydekrug nicht überlebt. Meine kleine Schwester hatten sie gleich erschlagen. Und mein Vater starb im Winter in meinen Armen an einer Lungenentzündung. Danach bin ich nach Stutthof verlegt worden. Das liegt bei Danzig. Wir haben in den Deutschen Ausrüstungswerken gearbeitet. Im Winter '42/'43 grassierte der Typhus, und ich kam ins Außenlager Elbing. Dort haben wir Straßen gebaut. Da ich Polnisch, Russisch und Tschechisch konnte, war ich den Nazis von einem gewissen Wert.
Im Sommer '44 kamen dann die Frauen aus Auschwitz, die als arbeitsfähig überstellt wurden, um an Kochs Ostwall mitzubauen. Von denen hörte ich erstmals von den Gaskammern. Auch in Stutthof wurde an so einer Gaskammer gebaut. Wie ich das hörte, wusste ich auf einmal, dass die Nazis uns restlos auslöschen wollten. Ich hatte zwar schon gesehen, wie sie Leute erschossen oder aufhängten oder andere tödliche Scherze mit ihnen trieben, aber das hatte immer ausgesehen wie die Launen der SS-Leute, die die Lager führten. Aber nu war klar, dass keiner von uns länger leben sollte, als er ihnen als Arbeitskraft von nutze sein konnte.
Im Herbst stieß die Rote Armee bis zur Memel vor. Die SS wurde nervös. Am 12. Januar 1945 begann der Sturm auf Königsberg. Die SS löste die Außenlager von Stutthof auf, auch Elbing, und trieb uns nach Königsberg. Es war eisig kalt, minus zwanzig Grad, Schnee überall. Und wir immer zu Fuß, manche ohne Schuhe. In Königsberg pferchte man uns in einer Fabrik am Nordbahnhof zusammen. Die Leute erfroren im Sitzen, und man merkte es nur daran, dass sie morgens nicht mehr aufstanden. Beim letzten Zählappell kamen wir auf dreizehntausend Gefangene, hauptsächlich

Frauen aus Polen, aus der Ukraine und aus Ungarn. Ein Teil wurde abtransportiert. Wohin, weiß ich nicht. Wir waren noch rund fünftausend, als man uns am Morgen des 26. Januar aus der Fabrik führte. In der Nacht hatten die Russen begonnen Königsberg zu bombardieren. Am Morgen schoss die Artillerie in die Stadt hinein.
Einen Landweg ins Reich gab es nicht mehr. Die SS-Leute trieben uns nach Norden aus der Stadt hinaus auf die Straße zur samländischen Küste. Alles in allem fünfzig Kilometer durch Eis und Schnee.
Es war ein endlos langer Zug. Wer nicht weiterkonnte, wurde erschossen. Wer sich eine Hand voll Schnee gegen den Durst greifen wollte, wurde ebenfalls erschossen. Ich erinnere mich, dass ein Auto von hinten an uns vorbeiwollte. Es saß eine Frau darin, die sich bei unseren Bewachern beschwerte, dass ihr Fahrer immer wieder hatte aussteigen müssen, um die Leichen beiseite zu räumen. Mittags kamen wir durch ein Dorf, das Kumehnen hieß. Die Straßen waren menschenleer. Auch dort ließen wir dutzende von Toten und Verletzten zurück.
Und immer weiter ging es in die Nacht, bis wir morgens um drei in Palmnicken ankamen, ein lang gestrecktes Reihendorf mit roten Klinkerhäusern. Einige haben die Flucht in die Vorgärten versucht. Und manchen ist es gelungen.
Hundertzwanzig ausländische Helfer, Ukrainer, Belgier, Niederländer, alle in erdbraunen Uniformen, bewachten uns, wiederum bewacht von zwanzig SS-Leuten, die von SS-Obersturmbannführer Fritz Weber angeführt wurden. Der nahm sich übrigens 1965 in Untersuchungshaft das Leben. Wir dürften noch dreitausend gewesen sein, als wir durch Palmnicken an den Strand zum Bernsteinwerk getrieben wurden. Der Befehl lautete, uns im Stollen der stillgelegten

Grube Anna einzumauern. Die Idee stammte vom Chef der staatlichen Bernsteinmanufaktur in Königsberg, einem gewissen Gerhard Raasch, und den Befehl hatte der Chef der Gestapoleitstelle, SS-Obersturmbannführer Gormig, gegeben. Unser Kommandant Weber rechnete fest damit, dass der Bergwerksdirektor kooperieren würde. Landmann hieß der …«

Aki unterbrach sich und blickte Zilla einen Moment schweigend an. »Wahrscheinlich denkst du: Wer soll sich all diese Namen merken? Du musst sie dir nicht merken. Aber ich und viele meiner Leidensgenossen können sie nicht vergessen, weder die der Täter und ihrer Helfer noch die derjenigen, die den einen oder anderen von uns gerettet haben. Und nur deshalb hat man später die einen zur Verantwortung ziehen und die anderen ehren können. Erinnern ist wichtig.«

Zilla nickte beklommen.

»Man holte also den Bergwerksdirektor Landmann aus dem Bett und erklärte ihm das Vorhaben. Aber er gab keinen Stollen frei und behauptete, die Stollen dienten der Wasserversorgung von Palmnicken. Dafür schloss er das Werkstor auf und brachte uns in der Werksschlosserei unter. Das war eine riesige Halle, in der die Kälte erträglicher war. Unsere Wachleute verbrachten die Nacht in den Büros auf dem Boden. Am anderen Morgen traf Hans Feyerabend ein, der Direktor der drei Staatsgüter, die zum Bernsteinwerk gehörten. Unser Kommandant Weber musste das Kommando praktisch an ihn abgeben. Ich selbst habe gehört, wie Feyerabend sagte: ›Solange ich lebe, werden die Juden zu essen bekommen, keiner wird umgebracht.‹ Er ließ schlachten und Erbsen, Brot und Stroh heranschaffen. In der Werkkantine wurde für uns gekocht.

Ich wurde mit zwei SS-Leuten und zehn polnischen Frauen

nach Palmnicken hineingeschickt, wo der Bürgermeister Friedrichs das Einsammeln der Leichen organisierte. Dabei sollten wir helfen, weil man den Palmnickern nicht zumuten wollte, die Leichen anzufassen und auf den Pferdewagen zu werfen. Friedrichs war auch der Ortsgruppenleiter der NSDAP und rief die Hitlerjungen zusammen, damit sie in den Häusern und Wäldern nach geflohenen Juden suchten. Wenn sie wollten, durften sie sie erschießen. Es gab in Palmnicken jedoch etliche, die den Jungs die gefangenen Juden abnahmen und behaupteten, sie würden sie zum Bergwerk bringen, dann aber bei sich versteckten, bis Mitte April die Russen kamen.

Güterdirektor Feyerabend genoss in der Gegend großes Ansehen. Im Ersten Weltkrieg war er Reserveoffizier gewesen und nu Kommandant des Palmnicker Volkssturms. Mag sein, dass sich Bürgermeister Friedrichs und unser Kommandant Weber zusammengetan haben, um ihn beiseite zu schaffen. Aber ich habe im Büro des Bürgermeisters eine Stimme gehört, die ich mein Lebtag nicht wieder vergessen habe. Hinterm Bürgermeisterhaus stand ein schwarzer Horch.«

»Heinrich Rönken!«, entfuhr es Zilla.

»Aber gesehen habe ich ihn nicht. Ich kann's also nicht beschwören. Jedenfalls bekam Feyerabend vom Sicherheitsdienst in Königsberg Befehl, mit hundert Volkssturmleuten eine Stellung der Wehrmacht bei Kumehnen zu verstärken. Am Dienstag, den 30. Januar, rückte er aus. Doch die Einheit, zu der er stieß, hatte keine Verstärkung angefordert. Vielleicht ahnte Feyerabend, dass er verloren hatte, und nahm sich selbst das Leben. Vielleicht hat man ihn aber auch erschossen.

Am Abend desselben Tages beorderte Bürgermeister Friedrichs ein Dutzend Hitlerjungen mit Gewehren und

Pistolen in den Gemeinderat, gab ihnen Schnaps aus und schickte sie an die Küste zur alten Grube Anna. Das hat mir einer der damaligen Hitlerjungen erzählt. Ihn hat es nach dem Krieg nach Kiel verschlagen, und er hat mich ziemlich bald nach der Wende hier besucht.

Die Hitlerjungen sollten fünfzig Frauen am Schacht bewachen, die geflohen und wieder eingefangen worden waren. Paarweise wurden sie von den SS-Leuten um die Hausecke geführt. Man hieß sie niederknien und tötete sie mit Pistolenschüssen ins Genick. Wer im Graben noch Lebenszeichen von sich gab, bekam von den Hitlerjungen den Gnadenschuss.

Am Mittwochabend wurde Feyerabends Leiche auf einem Pferdewagen gebracht. Ich habe sie gesehen. Er hatte sich in den Mund geschossen, oder jemand anders hatte es getan, um einen Selbstmord vorzutäuschen. Damit lag unser Schicksal wieder in der Hand der SS. Und die wollte es nu möglichst schnell zu Ende bringen, aber auch möglichst heimlich.

Ich wurde in die Kommandantur gerufen, die in einem der Büros im Werk untergebracht war, und wusste daher schon, dass wieder Befehle erteilt werden sollten und es also wieder losgehen würde. Und neben dem Kommandanten Weber stand er – Heinrich Rönken – leibhaftig. Ich habe ihn mit eigenen Augen gesehen.

›Du lebst ja immer noch‹, sagte er.

›Unkraut vergeht nicht!‹, habe ich geantwortet.

Weber glotzte ganz schön, weil Rönkens und meine Rede so vertraulich klangen. Aber er hatte nicht lange zu staunen, denn Rönken zog gemächlich seine Pistole und meinte mit seinem kalten Lächeln: ›Dann sollte ich deine Frechheit jetzt vielleicht mit Stumpf und Stiel ausrotten.‹

›Nur zu‹, habe ich geantwortet. ›Sterben müssen wir ja alle bald.‹
›Warten Sie noch, Sturmbannführer‹, sagte Weber, der Obersturmbannführer war. Ich brauche ihn noch.‹ Und dann gab er mir Befehl, den Leuten, die in der Werksschlosserei saßen, zu sagen, dass wir mit einem Schiff in Sicherheit gebracht und nun alle gemeinsam zum Strand gehen würden. Und so hat Rönken wieder nicht auf mich schießen dürfen.
Wir wurden zu einem Zug aufgestellt, und dann ging es nördlich aus dem Werkstor hinaus in die Nacht, den Seeberg hinunter zum Strand. Mindestens dreitausend Frauen und Männer dürften wir da noch gewesen sein.
Die Ostsee lag im Eis. Die Schollen knirschten in der Dünung. Durch Eis und Wasser trieb man uns bis zu einer Stelle, wo ein breiter Waldstreifen den Strand vom Ort abschirmte.
Die SS-Leute begannen von hinten. Sie trennten immer eine Gruppe vom Zug ab und jagten die Leute unter Maschinengewehrfeuer aufs Eis. Aber bei Nacht konnten sie kaum zielen. Viele wurden nur verwundet, manche gar nicht getroffen. Viele rutschten ins Wasser, starben am Schock oder wurden von Eisschollen zermalmt und ertranken. Ich war am Schluss gegangen und hatte zu den Ersten gehört, die man ins Wasser jagte. Aber ich wurde nicht getroffen. Während sie vorne weiter wüteten, konnte ich übers Eis an den Strand zurückkriechen und mich in den Wald verdrücken. Fünfzehn Überlebende waren wir insgesamt. Mutige Palmnicker, die namentlich bekannt sind, haben uns aufgenommen.«
Aki blickte Zilla aufmerksam an.
»Eine Nacht, bevor die SS in Palmnicken das letzte große Massaker an mehr als fünftausend jüdischen Frauen und ei-

nigen hundert Männern verübte, am 30. Januar 1945, versenkte ein russisches U-Boot vor Pommerns Küste den Luxusdampfer *Wilhelm Gustloff.* Mit ihm gingen rund zehntausend ostpreußische Flüchtlinge unter, Frauen, Kinder, Verwundete. Über den Untergang der *Gustloff* ist viel geschrieben worden. Über das Massaker von Palmnicken gibt es kaum einen Bericht. Und die wenigen, die es gibt, sind nie richtig wahrgenommen worden.«

Zilla ächzte.

»Ich weiß«, sagte Aki sanft, »so viele sind gestorben, so viele der Bestie Mensch zum Opfer gefallen. So oft haben wir es hören müssen, und so oft haben wir nicht gewusst, was wir fühlen sollen, und noch weniger, was wir sagen sollen.«

»Aber warum …« Zilla schüttelte den Kopf. »Warum hast du nie …«

»Warum ich nach dem Krieg nie gesagt habe, dass ich Palmnicken überlebt habe?«

Zilla nickte.

»Entweder oder, das habe ich dir doch erklärt. Entweder ich habe Palmnicken überlebt, oder ich war Zeuge, wie Rönken den Grafen erschoss, und die Gräfin behielt Ayshoffkaten. Aber nach der Wende habe ich nach Ludwigsburg geschrieben, an die Zentrale Stelle für die Aufklärung von NS-Verbrechen. Und die Jerusalemer Gedenk- und Forschungsstätte Jad Vaschem – das heißt Denkmal und Name – hat meinen Bericht auch aufgenommen. Und so hat sich dann der einstige Hitlerjunge an mich gewandt. Er ist gekommen, er hat hier gesessen, wo du jetzt sitzt, und er hat erzählt und erzählt.«

Aki schmunzelte andeutungsweise.

»Er hatte viel zu erzählen von Leichen, die er gesehen hat, die noch tagelang später an den Strand von Palmnicken gespült wurden. Er hat erzählt, wie die Russen kamen und zweihundert Mädchen und Frauen von Palmnicken zwangen, mit bloßen Händen die blaue Erde der Grube Anna zu öffnen und die vermoderten Leichen freizulegen. Dann forderten sie deutsche Tatzeugen auf, angesichts der Toten zu berichten, wann und wie sie umgebracht worden waren. Und dann ließ der Kommandant zweihundert Palmnicker Frauen hinter den Leichen Aufstellung nehmen. Vor ihnen bezogen russische Soldaten Stellung und richteten die Gewehre auf sie. Der russische Major war selber Jude und hielt auf Deutsch eine Rede. Er sagte, man könne jetzt mit den Frauen von Palmnicken so verfahren wie die Deutschen mit den Juden. Aber man werde davon absehen.«

»O Gott!«, stöhnte Zilla.

»Ja, was müssen diese Frauen von Palmnicken für eine Angst gehabt haben.«

Zilla hob ihre dunklen Augen zu Aki und schüttelte hilflos den Kopf.

Er lächelte nachsichtig. »Die Tränen der Götter, so nannte der römische Dichter Ovid den Bernstein. Auf Russisch heißt er Jantar, und Palmnicken heißt heute Jantarnyi, und immer noch, wie schon bei den alten Römern, wird in der blauen Erde des Samlands nach Bernstein gegraben. Das Werk gehört zur russischen Exklave Kaliningrad. Der russische Staat hat das Monopol, aber die Mafia hat die Macht und sorgt für Elend, Diebstahl, Schmuggel, Mord und Totschlag. Da war 1945 die Endlösung auf Ostpreußisch am Bernsteinstrand nur eine Episode, an die dort fast nichts mehr erinnert. Denn das Massengrab an der Grube Anna verschwand unter dem Küstensand. Als in den sechziger Jahren Bagger auf Knochen stießen, glaubte man, es handle sich um die Gebeine von Sowjetsoldaten, die in deutscher Gefangenschaft ermordet worden waren, und errichtete einen Gedenkstein mit der Inschrift ›Ewiger Ruhm den Helden‹. Erst einem der ehemaligen Hitlerjungen – Martin Bergau heißt er –, gelang es in den neunziger Jahren dafür zu sorgen, dass das Grab restauriert und befestigt wurde. Inzwischen gibt es in Kaliningrad auch wieder eine jüdische Gemeinde. Sie hat am 31. Januar 2002 einen Gedenkstein mit hebräischem und russischem Text aufgestellt. Und vielleicht wird sogar eines Tages die Landsmannschaft Ostpreußen, die aus Bundesmitteln unterstützt wird, in ihrem *Ostpreußenblatt* den Mut finden, nicht nur an den Untergang der *Gustloff*, sondern auch an das Massaker von Palmnicken zu erinnern.«

»Und wie«, fragte Zilla mit etwas dünner Stimme, »hast du Großmutter schließlich wiedergefunden?«

»Ich bin nur ein paar Tage in Palmnicken geblieben. In Pillau, hieß es, fahren Schiffe. Das wären vielleicht zwanzig Kilometer nach Süden gewesen, hinaus auf die Landzunge. Du weißt, wo das liegt?«

Zilla schüttelte den Kopf.

»Aber das Frische Haff, das weißt du, wo das ist. Es wird von der Frischen Nehrung gebildet, die von Westen her kommt. Und von Osten kommt eine ganz kurze Nehrung, auf der Pillau liegt, heute Baltijsk. Dazwischen ist die schmale Durchfahrt für die Schiffe aus Königsberg oder Heiligenbeil hinaus ins offene Meer. Aber ich bin nicht nach Pillau gegangen. Zu viele Nazis, dachte ich. Ich bin zurück nach Kaliningrad marschiert und dann westlich, immer am Frischen Haff entlang. Königsberg brannte. Die Nächte glühten rot. Kanonendonner erschütterte die Erde. Und überall Menschen. Zweieinhalb Millionen Menschen waren damals auf den Beinen, mit Rucksäcken, Taschen, Koffern, mit hochbeladenen Fahrrädern, auf Pferdewagen, eine Kuh hinten drangebunden. Viehherden irrten über die Felder, halb verhungert, die Kühe mit vereiterten Eutern und brüllend. Ge-

frorene Kadaver lagen herum, von Mensch und Tier, auf der Straße, in den Straßengräben, auf den Feldern. Über Kilometer zog sich so ein Treck, oft stundenlang im Stillstand, schutzlos den russischen Tieffliegern ausgesetzt, zuweilen von russischen Panzern überrollt. Und für sie alle gab es nur eine einzige Richtung – das Meer, die Häfen.
Wäre das Frische Haff nicht zugefroren gewesen, so hätten die Nachdrängenden die Vordersten wohl einfach ins Wasser geschoben. Ein Wagen nach dem anderen, eine Familie nach der anderen wäre in den Fluten versunken, die kein Moses für sie teilte. Aber glücklicherweise hatten sie Eis unter den Füßen und unter den Hufen der Pferde und unter den Wagenrädern. Nur wenn russische Bomben aufs Eis fielen, verschluckte der Krater so manchen Leiterwagen samt Pferden und allem, was darauf saß. Ein kleiner Junge konnte seine Mutter nicht mehr aus dem Wasser ziehen oder doch, eine Mutter ihre drei Kinder nicht mehr vom Wagen retten, neben dem sie herlief, oder doch. Glück und Unglück sprangen über die Köpfe hin wie Blitze.
Ich kam nach Heiligenbeil. Auf dem Bahnhof drängten sich Flüchtlinge und verwundete Soldaten. SA-Männer versuchten Ordnung zu schaffen. Also verzog ich mich wieder. Eine Nacht verbrachte ich im Wasserturm, zusammen mit drei Frauen und deren Kindern. Der Tag verging mit der Suche nach Essbarem. Ich besaß nichts, was ich hätte tauschen können. Zwei alte Männer gaben mir von ihrer Graupensuppe, nur zwei Löffel, aber es kam mir viel vor. Am Abend landete ich in einer Baptistenkapelle. Sie war gestopft voll. Nicht einmal einbeinig wie ein Storch hätte man darin stehen können. Doch wie ich umkehren wollte, rief jemand: ›Aki!‹ Es war Indre, die Köchin von Ayshoff. Und bei ihr hockte die kleine Edith. Die Gräfin hielt hinter der Kapelle bei den Pferden Wache. Sie schlief schon fast im Stehen.

Als sie mich erkannte«, Aki lächelte unwillkürlich, »da hätte es sie beinahe umgehauen. ›Ich dachte, du bist tot!‹, begrüßte sie mich. ›Als ich die Glaspuppe sah ...‹«
»Ja, die Glaspuppe!«, sagte Zilla. »Danach wollte ich dich auch noch fragen. Wie ist sie in Rönkens Hände gelangt?«
»Nu ja«, antwortete Aki. »die SS war ja zuständig für die Konzentrationslager, und Rönken hatte wohl die Kommandanten angewiesen, ihn zu benachrichtigen, wenn ich eingeliefert wurde. Ich war jedenfalls noch keine drei Tage in Heydekrug, da wurde ich zum Kommandanten gerufen. Bei ihm war auch Rönken und sagte: ›Siehst du, uns entgeht keiner.‹
Auf dem Tisch lagen meine Papiere und das Glaspüppchen, das man mir abgenommen hatte. Man hatte sich ja nackt ausziehen müssen, und nicht mal die Haare haben sie einem gelassen. Wie ich eintrat, nahm Rönken das Püppchen.
›Wo hast du das gestohlen?‹, fragte er.
›Ich habe Glasbläser gelernt in Lauscha‹, erwiderte ich.
Er schlug mir sogleich mit einer Reitgerte ins Gesicht und schrie: ›Lüg mich nicht an! Ein Jude hat im Deutschen Reich kein Handwerk gelernt.‹ Dann nahm er meine Papiere und sagte: ›Die sind jedenfalls gefälscht, wie ich immer vermutet habe. Ich habe dich von Anfang an durchschaut. Der Gräfin wirst du nun nicht mehr nachstellen.‹«
Zilla musste unwillkürlich lachen.
Aki lächelte. ›Sturmbannführer‹, habe ich zu ihm gesagt, ›den Weg zu ihrer Schlafstube habe ich doch nur gekannt, weil ich der Gräfin einmal habe den Gulasch bringen sollen, weil sie Angst hatte allein in dem dunklen Haus. Das habe ich Ihnen damals schon sagen wollen, wenn Sie mich nicht hätten wollen gleich erschießen. Aber das können Sie ja nu nachholen.‹
Ich glaube, die Herren von der SS waren es schon so ge-

wohnt, dass, wer ihnen gegenüberstand, kein Mensch mehr war und keinen Stolz mehr hatte und vor Angst zitterte und, wenn er überhaupt noch sprechen konnte, um das eigene Leben bettelte, dass der Kommandant sprachlos war und Rönken auch nicht gleich wusste, was er sagen sollte. Und vor allem der Rönken war so einer, der sich von niemandem gern etwas sagen ließ, und schon gar nicht, wann er schießen sollte.

›Das könnte dir so passen‹, sagte er. ›Dich vor der Arbeit drücken. Nein, du wirst arbeiten, arbeiten bis zum Umfallen. Du wirst Granaten für den Endsieg bauen.‹

Das Glaspüppchen, das hat er wohl behalten. Aber sein eigener Sohn in Königsberg ist schon zu alt dafür gewesen. Die Gräfin hat mir erzählt, er habe es für den Sohn aufgehoben, den er mit ihr haben wollte. Aber das war ja nu nicht, den hatte sie auf Ayshoffkaten in aller Heimlichkeit den jungen Engels überlassen. Und so hat er's schließlich Edith in Nemmersdorf geschenkt, und die hat es jedenfalls nicht mehr losgelassen und gehütet wie ihren Augapfel.

Die Gräfin hat mir damals in Heiligenbeil, als ich sie bei den Pferden überraschte, alles erzählt. Wilhelm tot, Dorschanni gestorben, der Kutscher Luschnat von den Russen erschossen, Ursula in Nemmersdorf geblieben. Die Leute von Ayshoff in alle Winde verstreut, viele sicherlich inzwischen umgekommen. Nur die Köchin Indre und den Enkel von Luschnat hatte sie noch dabei, ein Bürschchen von siebzehn Jahren.«

»Der, den sie in der Reichskristallnacht nach Eydtkuhnen geschickt hat, damit er den Goldschmied warnt?«

»Ja, der. Franz hieß er. Er war gerade auf der Suche nach Wasser. Und ich habe die Gräfin in die Kapelle geschickt, damit sie sich ausruhen konnte, und weiter bei den Pferden

Wache gehalten. Den Domfalke hatte sie gesattelt, und vier Stuten, die alle tragend waren, vor den leichtesten Wagen gespannt, den es auf Ayshoff gegeben hatte, darauf Heu für die Pferde und gefrorenes Fleisch und persönliche Sachen, was in die Truhe hineinging, in der Dorschanni einst die Aussteuer aufbewahrt hatte.
So war das. So habe ich deine Großmutter wieder getroffen und deine Mutter. Sie hatten eine Filzjacke für mich übrig und etwas zu essen. Schwarzes Körnerbrot aus der Dose. Und am nächsten Tag wollten sie aufs Eis.
Aber am Strand standen deutsche Soldaten und filterten die wehrfähigen Männer heraus. Und da der Franz Luschnat ein kräftiger Bursche war, hätten sie auch ihn zurückbehalten. Also machte ich mit der Gräfin aus, dass ich außerhalb von Heiligenbeil aufs Eis gehen und zum Treck stoßen würde, und nahm den Franz mit. Zwei Stunden haben wir gebraucht, bis wir eine Stelle gefunden haben, wo wir unbehelligt aufs Eis konnten. Man sah den Treck wie einen langen schwarzen Waldstreifen am Horizont im weißen Nichts. Die Soldaten hatten für die Fuhrwerke die Strecke markiert. Als wir am Treck ankamen, mussten wir entscheiden, ob unsere Leute noch kamen oder schon durch waren. Franz meinte, sie seien bestimmt schneller gewesen als wir, und wenn nicht, könnten wir ja auf der Nehrung auf sie warten, aber ich entschied anders. Und bald sahen wir sie kommen. Die Gräfin unverkennbar auf Domfalke, der leichte Wagen mit den vier Stuten, Indre auf der Kiste unterm Heu, Edith an ihrer Seite. Außerdem hatte die Gräfin, menschenfreundlich, wie sie immer gewesen ist, eine Dame mit einem großen roten Koffer aufgeladen. Die jammerte über die Biedermeiermöbel, die sie in Königsberg zurückgelassen hatte. ›Der Hitler vergast uns eher, als dass er uns den Russen überlässt‹, sagte sie immer wieder.

Und dann kamen sie, die russischen Flieger. Wir hatten Glück. Die Bomben fielen weiter vorne. Wären Franz und ich vorausgegangen, hätte es uns erwischt. So war das damals. Hinterher weißt du nie, warum du eine Entscheidung getroffen hast, die dir das Leben gerettet hat, aber du hast sie getroffen. In den Bombenlöchern, an denen wir vorbeikamen, schwammen tote Pferde und Hausrat, auch tote Menschen. Am Abend erreichten wir die Nehrung. Da, wo die Wagen auf den Strand hinaufmussten, war das Eis in Stücke gehackt, und Pferde und Fuhrwerke sanken tief ein. Die schwereren Wagen kamen nicht die Düne hinauf und versperrten den Nachkommenden den Aufgang. Aber schließlich fanden wir doch einen Weg. Deutsche Soldaten hatten einen Strandbunker gegraben und mit Stroh ausgestattet. Sie sagten, sie müssten weiter, und überließen ihn uns. Wir teilten ihn uns mit vier Familien, insgesamt fast zwanzig Personen. Die jungen Mädchen immer im Hintergrund und in Lumpen, sodass sie aussahen wie alte Frauen. Aber manche waren so starr und stumm wie Puppen, sodass klar war, die Verkleidung hatte ihnen nichts genützt. Sie waren doch vergewaltigt worden.
Am nächsten Tag ging es auf der Straße die Nehrung entlang nach Westen. Eine Wehrmachtskolonne mit Fuhrwerken und einem Auto nahm unsere Dame mit dem roten Koffer mit. Dafür luden wir eine Mutter mit zwei Kindern auf. Sie konnte nicht mehr laufen. Ihre Füße waren schwarz gefroren. Und die Kinder konnten das Essen nicht bei sich behalten, das wir ihnen gaben, so lange hatten sie schon nichts mehr im Magen gehabt. Abends kamen wir nach Schellmühl. Da konnten wir in der Kirche übernachten. Eine Frau gebar ein Kind. Deshalb suchte man nach einem Arzt. Der hat sich dann auch um die Mutter mit den erfrorenen Füßen gekümmert. Wir haben sie in Schellmühl zurückgelassen.

Ich glaube nicht, dass sie überlebt hat. Aber die Kinder vielleicht.
Am folgenden Tag kamen wir durch die Dörfer Neue Welt und Vogelsang. Wir hatten Glück, keine Tiefflieger. Abends waren wir dann in Stutthof. Wehrmachtssoldaten leiteten uns ins inzwischen verlassene KZ. Die Hallen waren mit Stroh ausgelegt. Da konnten wir schlafen. Ich kannte mich noch aus und habe für die Pferde ein gutes Plätzchen gefunden. Am Pförtnerhaus wurde Brot verteilt. Es wurde zum Fenster herausgereicht. Die Kinder mussten hochspringen, um ein halbes Kommissbrot zu fassen zu kriegen. Franz ist immer wieder unten vorbeigegangen und hat auf diese Weise vier Hälften ergattert.
Es hieß, ein Kohlefrachtschiff solle abgehen und die Leute nach Danzig bringen. Die Gräfin wollte sich jedoch nicht von den Pferden trennen, und so sind wir weitergezogen. Aber Indre haben wir dort gelassen.
Zwei Tage später waren wir in Danzig. Wir kamen in einem Kino unter, später in Baracken. Die SA brachte uns zu essen. Einer, ein alter SA-Mann, hat sich von mir die Papiere zeigen lassen wollen. Ich sagte, ich hätte keine. Er fragte, wie ich heiße, woher ich komme und was ich von Beruf sei. Ich antwortete: Achim Kraßel aus Memel, von Beruf Landarbeiter. Am Tag darauf kam er wieder und machte ein Foto von mir, und am darauf folgenden Tag brachte er mir eine gültige Kennkarte mit meinem Foto auf den Namen Achim Kraßel, ausgestellt am 1.3.1943 in Danzig, mit dem Stempel des Polizeipräsidenten und allem Drum und Dran, auf die nur noch neben das Foto meine Fingerabdrücke mussten. ›Nehmen Sie das‹, sagte er. ›Und wenn Sie aus dieser Hölle hinauskommen, dann denken Sie daran, dass es unter uns Braunhemden auch einen gab, der einem Juden geholfen hat.‹

›Wie heißen Sie?‹, fragte ich ihn.
Da lächelte er und sagte: ›Mein Name ist unwichtig. Ich bin nur einer von vielen, die sich haben verführen lassen und die zu spät merkten, dass wir Verbrecher geworden sind.‹
Er teilte uns noch mit, dass von Gotenhafen, ein Stück weiter westlich von Danzig, noch Schiffe abgingen. Aber die Gräfin wollte wieder nicht, wegen der Pferde. Am 21. Februar hieß es, wir müssten alle Danzig verlassen. Also zogen wir weiter bis nach Stolp. Auch hier war alles überfüllt. Am Bahnhof Groß Pychow versammelten sich die Fuhrwerke zu einem Treck nach Schmenzin in Pommern. Dem schlossen wir uns an. Eine Weile blieben wir im Haus eines Sägewerksbesitzers, das verlassen war. Dann hieß es wieder einmal: ›Die Russen kommen‹. Und wir zogen weiter, immer an der Bahnlinie entlang. Ab und zu kamen Züge. In den offenen Wagen saßen tausende von Flüchtlingen. Ein Zug hielt auf offener Strecke, und Franz Luschnat sagte uns Auf Wiedersehen und sprang auf. Er hat uns später einmal aus Hamburg geschrieben.
Wir drei, die wir übrig geblieben waren, bogen bei Stargard nach Norden ab, rauf an die pommersche Küste. Am 6. März kamen wir hier auf Ayshoffkaten an.« Aki blickte Zilla an, die still in ihrem Sessel saß. »Wir hatten wirklich großes Glück«, sagte er.
»Glück? Ach, Aki.«
Er lächelte leise. Es war dennoch ein tiefes Lächeln, nachsichtig und verständnisvoll. Überhaupt hatte er sich in Zillas Augen in der Stunde, die sie jetzt beisammensaßen, völlig verändert. Bislang hatte sie in ihm eigentlich kaum mehr als ein fast gesichtsloses Faktotum gesehen. »Sturkopp!«, hatte Großmutter manchmal über ihn geschimpft. Aber als Zilla ihn einmal »Döskopp« hinterherrief, war sie sehr zornig geworden.

»Weiß Mutter, dass du … dass du Jude bist und das alles?«
Aki nickte. »Ich wollte es ihr nach der Wende erzählen, aber sie wusste es schon von ihrer Mutter.«
»Erst nach der Wende wolltest du es ihr erzählen?«
»Nu, je weniger einer wusste, desto besser. Dann musste er schon nichts verheimlichen, wenn wer jefragt hat.«
»Du liebe Güte!« Aber wer mochte einem so grausam Verfolgten vorwerfen, dass er in einem ebenfalls totalitären Staat wie der DDR verschwiegen gewesen war.
»Und über Heinrich Rönken«, fragte Zilla betroffen, »was weißt du über den?«
»Nuscht.« Aki griff nach den leeren Flaschen und Gläsern auf dem runden Tischchen zwischen ihnen.
»Was war er für ein … ein Mensch?«
Der Alte stand abrupt auf. »Was für ein Mensch?«, murmelte er verständnislos und wandte sich ab, um die leeren Flaschen in eine Kiste im Küchenschrank unter der Spüle zu stellen.
»Ich meine, wie sah er aus.«
Aki spülte die Gläser unter dem Wasserhahn und stellte sie in den Abtropfer. Erst dann drehte er sich wieder um. »Zilla, wenn ich dir was sagen darf …«
Sie nickte.
»Frag nie, wie einer aussieht. Die Nazis haben nichts anderes jetan als jefragt, wie einer aussieht.«
Zilla blickte Aki erschrocken an.
»Entscheidend is, was hier drinnen is.« Er legte die magere Hand auf seine Brust. »Und nu sollte ich paschollwieder zurück inne Stall jehen. Dafür werde ich schließlich bezahlt.«

Alle meine Entchen

Ziemlich benommen kehrte Zilla ins Haus zurück. In der Küche hatten inzwischen die Vorbereitungen fürs Mittagessen begonnen. Sie half ihrer Mutter beim Salatwaschen und Kleinschneiden von Frühlingszwiebeln, Tomaten und Gurken, während Frauke im Gartensaal die Tische für mittlerweile sieben belegte Zimmer deckte.

»Übrigens«, sagte Edith, während sie den Salat auf mehr als ein Dutzend Teller verteilte, »Richard hat angerufen. Seinem Vater geht es prächtig.«

»Schön.«

»Er ist bereits wieder auf dem Weg hierher. Warum hat er es nur so eilig?«

»Keine Ahnung, Mama.«

Eine Weile verteilten Mutter und Tochter schweigend Tomatenviertel über die Teller.

»Sag mal«, begann Edith schließlich von neuem. »Was ist eigentlich mit euch beiden los?«

»Nichts.«

»Mach mir doch nichts vor, Zilla. Ich sehe doch …«

Zilla explodierte förmlich. »Ich soll dir nichts vormachen? Dass ich nicht lache!« Sie pfefferte ein Messer in die Spüle. »Und du? Was hast du mir all die Jahre vorgemacht? Und ich soll dir nichts vormachen!«

Edith wich erschrocken zurück. »Reg dich doch nicht auf, Zilla, ich habe es doch nur gut gemeint.«

»Ja, alle meint ihr es ununterbrochen gut mit mir. Alle wisst ihr, wohin meine Reise gehen soll, nur ich nicht! Nur mir sagt ihr es nicht. Und auf einmal finde ich mich in einem Boot auf der Fahrt in den Westen wieder. Und dann nehme ich mir Urlaub und fahre mit Richard hierher, weil du ins

Krankenhaus musst. Dabei willst du mich nur dazu bringen, dass ich Pensionswirtin werde.«
»Aber Kind!«
»Hast du mich denn gefragt, ob ich in Passau bei fremden Leuten aufwachsen wollte? Arno ist hier geblieben und hier aufgewachsen. Und, hat es ihm geschadet?«
»Aber es konnte doch keiner wissen, dass die DDR zusammenbrechen würde.«
»Nee, Mama, es kann überhaupt niemand wissen, was künftig sein wird«, sagte Zilla etwas ruhiger. »Aber ich würde von dir schon gerne einmal wissen, was du dir eigentlich vorgestellt hast, was aus mir werden soll?«
»Du sollst glücklich werden, mein Kind.«
»War ich nicht glücklich hier? Ich hatte ein eigenes Pony, ich hatte einen guten Freund, ich hatte das Meer. Doch ihr habt mich zwischen Berge in Hörsäle gesteckt, und ab da fand mein Leben in Glaspalästen und Seminarräumen statt. Und nun ist dir das auch wieder nicht recht, und du willst mich für Ayshoffkaten zurückhaben.« Zilla schüttelte nachdrücklich den Kopf. »Aber das bin ich nicht. Das bin ich nicht mehr, Mama.«
Edith griff schweigend in die Dose grüner Oliven und verteilte sie auf den Salattellern.
»Ich weiß eigentlich überhaupt nicht mehr, wer ich bin«, sagte Zilla kläglich. »Das hast du nun davon.«
»Es ging nicht anders«, sagte Edith ruppig. »Mich hat auch keiner gefragt, was ich wollte.«
»Und da hast du gedacht, deine Tochter solle es auch nicht besser haben als du.«
Edith fuhr herum. »Hör zu, Zilla, ich habe es nicht verdient, mir von dir solche Vorwürfe anhören zu müssen.« Tränen quollen aus ihren dunklen Augen. Sie wischte sie ärgerlich weg.

Zilla schwieg betroffen.
»Ayshoffkaten braucht dich nicht, Zilla. Wirklich nicht. Es war ja nur ein Angebot. Ich wollte, dass du darüber nachdenkst. Aber ich kann genauso gut verkaufen. Ich habe immer in einer großen Stadt leben wollen, mit Kinos und Theater und Museen und Oper. Mein ganzes Leben lang. Aber im Boot war eben nur Platz für einen. Und hätte ich Großmutter alleine hier zurücklassen sollen? Was hättest denn du an meiner Stelle getan?«
»Wir drehen uns im Kreis, Mama. Du willst mich nicht verstehen.«
»Ich denke, ich verstehe dich ganz gut. Aber weißt du, mein Kind, du jammerst auf einem hohen Niveau. Du hast alle Chancen gekriegt, mehr als ich je hatte. Es ist ganz und gar deine Sache, was du daraus machst. Aber so genau scheinst du das gar nicht zu wissen.«
»Ich weiß ganz genau, was ich will!«
»Dann mach's doch, und schrei hier nicht herum. Ich habe zu tun.«
Zilla blieb die Spucke weg. In ihrem Kopf überschlugen sich die Gedanken. Sie drehte auf dem Absatz um, verließ die Küche, durchquerte die Halle zur Treppe, rannte sie hinauf, stürmte das Giebelzimmer, stürzte sich ins Schlafzimmer, warf sich aufs Bett und umklammerte das nächstbeste Kopfkissen.

Edith blickte besorgt auf die Uhr. Schon halb zehn durch. Wo Richard nur blieb. Er war doch immer so pünktlich, und wenn er sich verspätete, rief er an. Um sieben hatte er ankommen wollen. Seit drei Stunden war er überfällig. Und sein Handy war ausgestellt.
Außerdem war Zilla verschwunden. Als Edith am Nachmittag in die Giebelräume hinaufging, hatte sie noch auf dem

Bett gelegen und geschlafen, zwei Stunden später war sie weg gewesen. Einfach so.

Mit einem Tablett voller Getränke verließ Edith die Küche. Margret saß heute Abend bei den Timotys am Tisch, einem Ehepaar aus Hannover, zwei Turnierreitern, die am Samstag mit zwei Pferden angekommen waren. Harald Timoty sah durchaus so aus, als würde er sich von der munteren Freiburgerin aus der Reserve locken lassen. Und Fanny Timotys einziges Gesprächsthema war der hypernervöse Hannoveraner, der sich in der Box vor Langeweile die Beine an den Wänden aufschlug und im Parcours vor jedem zweiten Hindernis verweigerte. Edith hatte sich nicht enthalten können, den beiden von Richard zu erzählen, der gerade ihren Bernstein bearbeite.

»Ist Ihr Schwiegersohn inzwischen wieder da?«, erkundigte sich Fanny Timoty darum auch sofort, als Edith mit den Getränken kam.

»Noch nicht. Vermutlich steckt er im Stau.«

»Da bin ich ja wirklich mal gespannt, Gräfin. Natürlich kennt man ihn als Vielseitigkeitsreiter. Aber dass er auch Pferde in Ordnung bringt, das wusste ich nicht. Macht er das beruflich?«

»Nein«, sagte Margret, »eigentlich ist er UN-Beamter.«

»Ach, interessant«, hörte Edith Harald Timoty sagen, als sie sich abwandte.

»Machst du weiter, Frauke?«, bat Edith sie, wieder in die Küche zurückgekehrt. »Ich muss mal telefonieren.«

Frauke nickte. Sie hat sich in den letzten Tagen gemacht, fand Edith. Sie ging ins Büro hinüber und tippte erneut Richards Handynummer ein. Aber wieder erklang nur der Spruch: »Der Teilnehmer ist vorübergehend nicht erreichbar. Bitte versuchen Sie es zu einem späteren Zeitpunkt noch einmal.«

Hatte sie womöglich die Tage verwechselt, kam er doch erst morgen? Es hätte sich ganz leicht aufklären lassen, wenn Edith den Mut gehabt hätte, in Divonne anzurufen. Aber womöglich ging Jacqueline ran, und die konnte kein Deutsch und Edith kein Französisch. Und wenn der alte Jean dran war? Vielleicht konnte der am Ende auch kein Deutsch. Sie kannten sich doch nicht, obgleich ihre Kinder seit nunmehr sieben Jahren verheiratet waren. Wahrscheinlich warf Zilla ihr auch vor, dass sie nicht zur Hochzeit gekommen war. Aber damals war Aki gerade für ein halbes Jahr in Israel gewesen, eine große Einladung mit Rundreise, und wer hätte solange den Reitbetrieb beaufsichtigt? Sie hatte nicht weggekonnt. Und so recht hatte sie auch nicht gewollt. Wie hätte sie dagestanden als Rabenmutter zwischen Peter und Lilly, den Pflegeeltern ihrer Tochter? Was also hätte sie tun sollen?

Edith kramte auf dem Tisch nach Zillas Handynummer. Dabei kam das Glasmurmelpüppchen unversehens unter einem Blatt zum Vorschein. Eigentlich wirklich hübsch, dachte Edith und lehnte es gegen die Schreibtischlampe, sehr originell. Sie fand schließlich auch Zillas Nummer und tippte sie ein.

Zilla meldete sich. »Ja?«

»Ich bin's, deine Mutter.«

»Ist etwas passiert, Mama?«

»Wo steckst du eigentlich?«

Zilla lachte und spöttelte freundlich: »Das geht dich gar nichts an, Mama, aber um zwölf bin ich auch bestimmt zu Hause.«

»Zilla, Richard ist noch nicht da.«

Stille.

»Hörst du noch?«

»Ja.«

»Er hat auch nicht angerufen, dass er später kommt, und sein Handy ist nicht angestellt.«

»Er wird sich schon melden, Mama.« Zilla klang jedoch gar nicht mehr so lächelnd überlegen. »Vielleicht ist der Akku seines Handys leer.«

»Ich dachte«, sagte Edith, »du könntest vielleicht mal in Divonne anrufen. Vielleicht habe ich ihn missverstanden, und er wollte doch erst morgen fahren.«

»Hm.«

»Machst du das, bitte? Du weißt doch, ich kann leider kein Französisch.«

»Jetzt noch? Jean und Jacqueline gehen früh zu Bett und stehen mit den Pferden auf. Ich weiß nicht. Warum sollen wir sie verrückt machen?«

»Na gut«, sagte Edith. »Wie du meinst.«

»Ich werde es mir überlegen, Mama. Mach dir keine Sorgen. Richard ist ein erwachsener Mann.«

Zilla drückte das Gespräch weg und blickte Arno über den Tisch hinweg an. Sie saßen unter Stahlträgern zwischen Stahlpfeilern im Speisesaal des Hotels Speicher am Barther Hafen. Sie hatte Arno am Nachmittag angerufen und das Restaurant vorgeschlagen. Gleich beim Eintritt hatte sie an der Hotelrezeption gefragt, ob ein Richard Knappe Graf von Ayshoff für Samstag hier ein Zimmer reserviert gehabt habe.

Der Portier hatte gezögert.

»Ich bin seine Frau«, hatte Zilla freundlich erklärt. »Er hat das Zimmer nicht in Anspruch nehmen können. Ich dachte, vielleicht fallen Stornogebühren an, die ich jetzt begleichen könnte.«

»Oh, nicht nötig«, hatte der Portier ebenso freundlich erwidert. »Graf von Ayshoff hat bereits angerufen und sich entschuldigt. Es habe sich um einen Irrtum seiner Sekretärin gehandelt. Damit ist die Sache für uns erledigt. Sie wollen hier speisen?«

»Du würdest eine gute Detektivin abgeben«, hatte Arno bemerkt, als sie sich an einen Tisch ins Restaurant führen ließen und Platz nahmen. »Übrigens, der Angeldorsch soll ganz vorzüglich sein.«

Zilla offenbarte ihre Unkenntnis.

»Angeldorsch ist ein Fisch, der nicht mit dem Netz gefangen wurde«, erklärte Arno. »Wenn du einen im Netz gefangenen Fisch auf die Hand legst ...«, er griff nach der Stoffserviette und legte sie sich quer über die Hand, »... dann hängen Kopf und Schwanz herunter wie diese Serviettenenden. Denn so ein Fisch wird im Netz ziemlich durchgewalkt. Aber wenn du einen geangelten Fisch über die Hand legst, dann ...«, er blickte sich um und nahm die Rose aus der Vase, »... dann biegt er sich nur ein kleines bisschen. Kenner sagen, er schmecke viel besser. Aber ich bin ein Banause. Allerdings dachte ich immer, die Franzosen verstehen was vom Essen.«

Dabei überreichte er Zilla die Rose, die sie lachend in die Vase zurücksteckte. Es tat ihr gut, ein bisschen zu flirten.

Beim Amarettosabayon mit Fliederbeereis und Marzipan-Mohnparfait mit marinierten Rotweinbirnen sagte er: »Warum sind wir uns eigentlich nicht als erwachsene Menschen begegnet, bevor du Richard kennen lerntest? Wo war ich eigentlich, wenn du deine Mutter auf Ayshoffkaten besucht hast?«

»Auf Handelsreise in Polen«, schlug Zilla vor. Warum eigentlich nicht nachher das Hotel für die stornierte Buchung entschädigen und ein Zimmer nehmen?

Doch als der Käse kam – Tête de moine mit Feigensenf – klingelte ihr Handy und verdarb ihr die Stimmung. Zilla hörte sich versprechen, dass sie um zwölf zu Hause sein werde. Ein ernster Scherz, denn als Kind hätte sie genau das gern einmal zu ihrer Mutter gesagt, natürlich zornig. Überhaupt hätte sie all diese Streitereien mit ihrer Mutter austragen müssen, als sie sechzehn oder siebzehn war, nicht jetzt, mit über dreißig.

»Machst du dir Sorgen?«, erkundigte sich Arno, nachdem sie das Gespräch mit ihrer Mutter beendet hatte.

»Um Richard?« Zilla schüttelte den Kopf. »Erstens fährt er einen Volvo, da landet er höchstens mit Blessuren in einem Krankenhaus, wenn er in einen Unfall verwickelt wird, und zweitens fährt er sonst ganz andere Pisten in Afghanistan oder im Irak. Wenn ich mir jedes Mal Sorgen machen würde, wenn er sich wochenlang nicht meldet, dann wäre ich längst ein Nervenbündel.«

»Hm«, machte Arno und ergriff rasch ihre Hand. »Sollen wir gehen?«

Zilla fühlte plötzlich Tränen aufsteigen und schluckte sie zurück. Was war nur mit ihr los? Sie hatte doch sonst nicht so am Wasser gebaut.

Arnos schmale Finger spielten lockend mit den ihren.

»Ja, gehen wir«, sagte sie entschlossen.

Der Halbmond hing in den Baumwipfeln. Irgendwo hinter Richard sang eine Nachtigall in den hohen Birken. Langsam wurde es kalt. Die Mücken, die er noch vor einer Stunde im Dämmerlicht des violetten Westhimmels über dem Barther Bodden hatte tanzen sehen, stachen wie wild. Mitsommernacht. Doch inzwischen war es zu dunkel, um die Uhrzeiger zu erkennen. Er hätte längst anrufen sollen. Aber als er vor zwei Stunden das Handy in der Hand hielt, hatte er sich plötzlich gefragt, wen eigentlich, seine Frau oder seine Schwiegermutter? Und was hätte er sagen sollen?

»Ich muss nachdenken.«
Er hatte die ganze Fahrt Zeit gehabt, nachzudenken.
»Ich stecke im Stau.«
Er hatte das Lügen satt. Gestrichen satt! Selbst die kleinen Lügen. Vor allem die kleinen, die Alltagsausreden. Diesen Alltag voller Ausreden, voller Geheimnisse. Die Flucht morgens aus dem Bett, damit Zilla nicht merkte, wie sehr er sie begehrte. Den Rückzug hinter ein gleichmütiges Mienenspiel, damit sie ihm nicht ansah, wie ratlos er war. Das Schweigen, damit sie ihm keine Vorwürfe machte. So tun, als interessierten ihn die Pferde mehr als Zillas Flirt mit Arno Pachaly. Seinerseits mit Margret flirten, damit er nicht so verletzlich dastand. Eine Ehe, die auf einer großen Lüge aufgebaut war, versank in kleinen Lügen.
Die Unterredung mit seinem Vater war hart gewesen. Sie hatten sie auf Deutsch geführt, der deutlichsten Sprache, die Richard kannte.
»Kannst du nicht warten, bis ich tot bin?«, hatte sein Vater gefragt. »Fast hätte ich es diesmal ja geschafft.«
»Du verrennst dich da in etwas, Papa.«
»Und du nicht, mein Sohn? Wozu es Zilla sagen, wenn es ohnehin nichts ändert.«
»Papa«, hatte Richard erklärt, »ich gehe nicht, ohne von dir die Erlaubnis bekommen zu haben.«
»Du weißt ja, wo dein Zimmer ist. Bleib, solange du willst.«
Er hatte sich aufs Argumentieren und dann aufs Bitten verlegt. Und schließlich war er verletzend geworden.
»Deine eigene Ehe hast du durch diese Heimlichtuerei zerstört. Mir hast du die Mutter genommen!«
»Ich darf dich daran erinnern, mein Sohn«, hatte sein Vater tief gekränkt erwidert, »dass es deine Mutter war, die uns verlassen hat. Nicht ich sie!«
»Aber warum, Papa? Weil ... weil du dich selbst zum Verbre-

cher gemacht hast. Und nichts hast du getan, um sie zurückzugewinnen!«
Durfte man so mit dem eigenen Vater reden?
»Weil ich sie geliebt habe«, erwiderte Jean zitternd vor Zorn. »Weil sie sich den Skandal nicht hat leisten können als international anerkannte Opernsängerin. Die Presse wäre doch über sie hergefallen und hätte sie in der Luft zerrissen.«
Bis tief in die Nacht hatten sie miteinander gerungen. Anders konnte Richard es nicht ausdrücken. Morgens um sechs war er in Divonne aufgebrochen, ohne die Erlaubnis seines Vaters erwirkt zu haben, sich den Albtraum seiner Kindheit von der Seele zu reden. Aber brauchte er diese Erlaubnis überhaupt? War die Geschichte seines Vaters nicht auch seine eigene? Betraf sie ihn denn nicht ganz existenziell? Und Zilla!
Richard pflückte eine Mücke aus den Haaren auf seinem Unterarm und stand auf. Auf der Fahrt war er zu keiner Entscheidung gekommen, und hier würde er auch zu keiner kommen.
Er ging zum Wagen zurück, durchquerte das Dörfchen Bresewitz und bog zur Meiningenbrücke ein. Eine heftige Windböe schüttelte den schweren Volvo. Jedes Mal, wenn Richard die alte Schwimmbrücke überquerte, meinte er in eine andere Welt zu wechseln. Er hatte gelesen, dass mutige Zingster verhindert hatten, dass die Meiningenbrücke Ende April 1945 gesprengt wurde, als die Rote Armee anrückte. Im Zuge der Reparationsleistungen an die UdSSR war die Darßbahnlinie demontiert worden. Heute führten die Gleise von Barth nur noch bis Bresewitz.
Richard rollte durch Zingst. In einer Eisdiele johlte die Dorfjugend. Ein unbeleuchtetes Fahrrad huschte vor dem Kühler des Volvo vorbei. Er fuhr den bewaldeten Seedeich ent-

lang und bog hinter dem Ort auf die Straße durch die Zingster Heide. Windböen beugten das Wacholdergebüsch. Das wellige Kopfsteinpflaster der Zufahrt von Ayshoffkaten tackerte unter den Reifen. Die unteren Fenster des Jagdschlösschens waren bereits dunkel, aber in den oberen Fenstern brannte hier und da noch Licht.
Richard bog nach links auf den Stellplatz hinter dem Seitenbau ab. Sechs Fahrzeuge standen dort inzwischen. Die Pension füllte sich rapide. Er machte den Motor aus und blieb einen Augenblick hinter dem Lenker sitzen. Unendliche Müdigkeit wollte ihn überwältigen. Ein Windstoß fuhr rauschend in die Birken. Richard raffte sich auf, stieg aus und nahm die Reisetasche vom Rücksitz. Ein Uhu rief vom Osterwald her. Mit der Reisetasche über der Schulter umrundete Richard den Seitenbau und schwenkte auf den Vorplatz ein, der von der alten Eiche beherrscht wurde. Dem Haus fehlt ein Licht mit Bewegungsmelder, stellte Richard zum wiederholten Mal fest. Aber er hatte den Seitenbau kaum hinter sich gelassen, als sich die Haustür öffnete, das Außenlicht ansprang und Edith in der Tür erschien.
»Da bist du ja«, sagte sie.
Richard wollte antworten, aber ein Geräusch in der Ecke, die das Seitenhaus mit dem Haupthaus bildete, ließ ihn sich umwenden. Da standen im eben noch dunklen, jetzt erhellten Winkel zwei Menschen, die, im Kuss vom Licht erwischt, auseinander fuhren.
»Zilla, Arno!«, rief Edith. »Was macht ihr da! Schämt ihr euch gar nicht!«
Einen surrealen Moment lang hatte Richard das Gefühl, sie werde Ohrfeigen verteilend zwischen das Paar fahren. Arno grinste, Zilla strich sich eine Haarsträhne aus der Stirn und setzte ihr streitlustigstes Trotzgesicht auf.
»Seid ihr denn von allen guten Geistern verlassen?«, rief

Edith. »Zilla, das …« Sie streckte wie anklagend die Hand zu Arno aus. »… das ist dein Bruder! Arno ist dein Halbbruder! Fritz Pachaly war auch dein Vater.«
Es schmerzte Richard, Zilla so bloßgestellt zu sehen. Oder schmerzte ihn eigentlich der unwiderlegbare Beweis, dass Zilla mit Arno auf Abwege geraten war? War das überhaupt voneinander zu trennen?
Arno war der Erste, der seine Stimme wieder fand. »Dann stimmt es also doch!«
»Hast du … hast du das etwa gewusst?«, fuhr Zilla auf.
»Nein, Zilla, nicht wirklich. Aber ich habe mich schon manchmal gefragt, ob zwischen meinem Vater und deiner Mutter nicht doch etwas war.«
»Und warum hast du mir davon nichts gesagt?«, fragte Zilla ernst. »Warum hast du deine Vermutung nicht geäußert, vor allem, bevor du …« Sie brach ab. Richard fing einen höchst verlegenen Blick von ihr auf.
»Na«, wehrte sich Arno, »ich dachte, deine Mutter hätte es dir doch wohl gesagt, wenn du die Tochter meines Vaters bist. Tatsächlich dachte ich immer, das sei der Grund, warum du mich nie sehen wolltest, wenn du hier warst. Aber nach deinem … wie soll ich sagen? … deinem Entgegenkommen die letzten Tage, da dachte ich, da ist wohl nichts dran. Zumal du ja auch gesagt hast, dass dein Vater ein Freischwimmer war. Und so habe ich nicht weiter darüber nachgedacht.«
Zilla fuhr sich durch die störrischen Haare. Richard kannte diese Geste. Sie war wütend. Er verstand es, obgleich er selbst noch mehr Grund hatte, erschüttert, getroffen und verletzt zu sein. Wo wären dieser Bursche und seine Frau nach diesem Kuss wohl gelandet? Im Heu oder oben im Ehebett?
»Tut mir wirklich Leid, Zilla, dass es so gelaufen ist«, sagte

Arno in die Stille. »Sei mir nicht böse. Wie hätte ich denn ahnen können, dass deine Mutter aus deinem Vater ein derartiges Staatsgeheimnis macht?«
»Mein lieber Arno«, sagte Edith gefährlich ruhig, »was glaubst du eigentlich, was aus deinem Vater geworden wäre, wenn ich öffentlich verkündet hätte, dass Zilla von ihm ist? Und er mit einer anderen verheiratet! Deine Laufbahn als FDJ-Pionier, auf die du so stolz warst, hättest du knicken können. Und dann hat er sich hier aufgeführt wie der Herr von Ayshoffkaten. Das wurde sogar der Parteileitung zu bunt. Und dann ist dein Vater mit dem Gewehr ums Haus geschlichen, hat betrunken auf dem Hof randaliert und damit gedroht, dass er Zilla wegholen und zur Adoption freigeben lässt.« Edith seufzte sich den Zorn aus der Stimme. »Und darum, Zilla, darum musste ich dich in den Westen bringen. Ich habe es dir immer erklären wollen ...«
Zilla machte einen Schritt auf ihre Mutter zu.
»Aber«, sagte Arno unfreundlich, »du hast dich wohl geschämt, dass du es mit einem Stasimann getrieben hast. So etwas hat ja Tradition bei euch im Hause der Gräfinnen von und zu Ayshoff.«
»Was soll das heißen?«, donnerte Edith.
Arno grinste. »Du lässt dir von einem Stasioffizier ein Kind machen, und deine Mutter hat es mit einem SS-Offizier getrieben, und du bist dessen Tochter.«
Edith wich einen Schritt zurück. »Unsinn! Wer behauptet denn so etwas?«
»Deine eigene Mutter, und sogar schriftlich, wenn ich Zilla richtig verstanden habe.«
»Das musst du falsch verstanden haben.«
»Nein, hat er nicht«, sagte Zilla und hob kampfbereit das Kinn. »Du bist Rönkens Tochter. Und Onkel Peter ist dein Bruder.«

Edith schwieg mit etwas verwirrter Miene.
»SS-Offizier Heinrich Rönken«, fuhr Zilla bitter fort, »ist mein Großvater. Er hat Gertrauds Mann ermordet. Er hat das Massaker von Palmnicken befohlen, das Aki nur knapp überlebte. Er hat …«
»He, he!«, tönte es in diesem Moment vom Seitenhaus her. Es war Aki, der um die Ecke herumkam und dabei fast von Arno überrannt worden wäre, der sich in diesem Moment umdrehte und davonmachen wollte. Aki blickte ihm kopfschüttelnd nach und wandte sich dann den Herumstehenden zu. »Was is denn das für ein Jeschrei hier mitten inne Nacht? Man hört ja sein eijenes Jeschnarche im Bett nich mehr. Und was läuft der Arno weg wie ein Hase?«
»Er hat eben erfahren, dass er mein Halbbruder ist«, sagte Zilla.
»Nu, das is freilich ein juter Grund wegzulaufen.«
Man hörte hinterm Anbau einen Wagen starten und wenden. Die Scheinwerfer huschten über die Eiche auf dem Vorplatz und schwenkten dann in die Zingster Heide ein.
»Und was steht ihr hier so betreten herum?«, schwatzte Aki weiter und raffte sich dabei den uralten Bademantel über einem gestreiften Pyjama zusammen. »Erst weckt ihr das janze Haus auf, und nu kriegt ihr keinen Mucks mehr heraus?«
»Tut mir Leid, Aki«, sagte Edith mit gedämpfter Stimme. »Du hast Recht. Gehen wir rein. Darf ich dir einen Machandel anbieten, damit du wieder einschlafen kannst?«
Aki blickte Zilla an, die mit gesenktem Kopf dastand.
»Nu jut«, meinte er, »was ein juter Wacholderschnaps is, da kann man nich Nein sagen.«
Am liebsten hätte sich Richard auf der Stelle umgedreht und wäre in die finstere Zingster Heide gelaufen. Er musste nachdenken. Zilla war also wirklich Rönkens Enkelin.

Änderte das etwas an seinem Albtraum? Und was genau? Benommen von Müdigkeit und unvollendeten Überlegungen folgte er seiner Schwiegermutter, Aki und Zilla zur Haustür. Die Halle von Ayshoffkaten mit ihren Rehspießen an den Wänden war hell erleuchtet. Richard holte tief Luft und trat ein.

Und da passierte es. Aki erschrak wieder einmal vor ihm, doch diesmal so heftig, dass er mit schreckgeweiteten Augen rückwärts gegen den Tisch mit den Geweihstangen taumelte. Zilla fing ihn auf. Edith fuhr an der Tür zum Salon herum. »Aki, was machst du denn?«

»Nuscht, bin nur jestolpert«, murmelte er. Doch dann schüttelte es ihn regelrecht. »Bei den zwölf Stämmen Israels, diese Ähnlichkeit!«

Richard fühlte das Blut aus seinem Gesicht weichen und in den Bauchraum sacken.

»Im Stall jeht's ja noch, aber hier inne Halle ... Es jibt eben Bilder, die verjisst man nich. Nuscht für unjut, Richard. Ich weiß doch, man soll nie fragen, wie einer aussieht. Und dein Herz is von Jold. Aber du siehst ihm einfach zu ähnlich.«

»Aki«, sagte Zilla langsam, »was redest du da? Wem sieht Richard so schrecklich ähnlich?«

Richard fing Akis Hilfe suchenden Blick auf, war aber außerstande, irgendwie sinnvoll zu reagieren.

»Wem, Aki?«

»Ja, weißt du das denn nich, Zilla?«

»Nein, denn ich bin anscheinend immer die Letzte, die es erfährt!« Zilla drehte sich um. »Weißt du es, Richard?«

Er öffnete die Lippen, brachte aber keinen Ton heraus.

»Mama, dann sag du es mir!«

Edith schüttelte den Kopf und zuckte mit den Schultern. »Aki!«

»Ach Zilla! Da habe ich schreckhafter alter Mann ja was

Schönes anjerichtet. Wahrscheinlich isses bloß eine Täuschung, weil dein Herr Gatte jenauso blaue Augen hat und dieselbe Haarfarbe und die Statur und dieselbe Art, auffer Türschwelle stehen zu bleiben wie dieser … wie Heinrich Rönken.«

»Wie bitte?«, rief Edith.

Richard griff rückwärts nach dem barocken Türrahmen. Eine unendliche Erschöpfung lähmte sein gesamtes Denken. So schnell hatte sich die Frage erledigt, ob er es sagen durfte. Jetzt musste er. Und er konnte nichts mehr steuern.

»Was heißt das?«, fragte Zilla. Ihre dunklen Augen ruhten groß und fragend auf ihm. Das anfängliche Erstaunen in ihnen wandelte sich zunehmend in Entsetzen und Abscheu.

»Tut mir Leid«, stammelte Aki. »Ich wollte nich …«

»Schon gut, Aki«, hörte Richard sich selbst erstaunlich fest sagen. »Ich hatte ohnehin vor, heute … dieser Tage …« Was hatte er wirklich vorgehabt? Er fuhr sich verzweifelt übers messingfarbene Haar. Was hatte er sagen wollen?

»Das musst du uns allerdings erklären«, sagte Edith. »Aber nicht hier in der Halle. Oben schlafen die Gäste.« Sie öffnete die Salontür. »Ich glaube, jetzt können wir alle einen Schnaps vertragen.«

Die Tatsache, dass er sich setzen durfte, brachte Richard wieder halbwegs zu Verstand.

Edith öffnete den Eichenschrank, holte den Machandel und vier Gläser heraus und schenkte ein. Aki setzte sich auf einen Stuhl gleich neben der Tür wie ein Diener. Zilla hatte sich einen Platz auf dem Sofa gesucht, die Beine übereinander geschlagen, die Arme gekreuzt und ein bewundernswert neutrales Gesicht aufgesetzt. Zwischen Richard und ihr schimmerte im trüben Licht der Deckenlampe das rotschwarze Holz eines der alten runden Tische, die überall im Haus standen. Edith verteilte die Gläser und nahm dann auf einem Stuhl am Sekretär Platz. So saßen sie alle weit verstreut.

Richard kippte seinen Schnaps, behielt aber das Glas in der Hand.

»Ich bin«, fing er mit gesenktem Blick an, »nach Divonne gefahren, um meinen Vater um Erlaubnis zu bitten, dass ich euch – und vor allem dir, Zilla – endlich seine und meine Geschichte erzählen kann. Diese Geschichte beginnt mit dem Moment, da mein Vater sich als zehnjähriger Junge in Gotenhafen auf der *Wilhelm Gustloff* einschiffte …«

»Dein Vater war auf der *Gustloff*?«, entfuhr es Zilla.

»Ja, Zilla.« Richard beugte sich vor und stellte das Schnapsglas auf dem Tisch ab. »Rund neuntausend Menschen starben, als das Schiff unterging. Mein Vater gehörte zu den gut eintausendzweihundert Überlebenden. Mein Großvater, René Knappe, stieß im Sommer 1945 im Flüchtlingslager Friedland auf den Waisenknaben, ließ sich von seiner Geschichte anrühren und adoptierte ihn.«

Aki kippte entschlossen seinen Schnaps. Edith schlug die Hände vor den Mund.

»Dann ist dein Vater also tatsächlich …«, sagte Zilla mit erstickender Stimme.

Richard hob die Hände. »Bitte, lass es mich der Reihe nach erzählen.« Und während er erzählte, wich allmählich die lähmende Müdigkeit von ihm und machte einer gewissen Erleichterung Platz, einer wohltuenden Gleichgültigkeit gegenüber sich selbst und der unmittelbar bevorstehenden Katastrophe, in der all seine Befürchtungen der letzten zehn Jahre aufgingen.

»Anfang Januar 1945«, begann er, »wurden aus den Herrenmenschen von Königsberg Angsthasen. Gauleiter Koch drohte: ›Jeder, der sich verdrückt, muss sterben‹, zog sich aber selbst in seinen Bunker auf der Frischen Nehrung zu-

rück und schickte nach Berlin Funksprüche, die den Eindruck erweckten, er halte in Königsberg die Stellung. Mein Vater erinnert sich, dass er und seine Mutter zu Weihnachten nach Danzig fuhren. Zwei Wochen später tauchte dann auch sein Vater bei ihm und seiner Mutter auf. Sie brachen umgehend nach Gotenhafen auf, das nur wenige Kilometer westlich von Danzig liegt. Das Oberkommando der Kriegsmarine hatte Befehl gegeben, die nicht kampffähige Danziger Bevölkerung auszuschiffen. An die hunderttausend Menschen hofften auf eine Chance zur Flucht übers Meer. Mein Vater erinnert sich, dass sie, verglichen mit anderen, noch relativ bequem in einer kleinen Pension untergebracht waren. Eines Abends kam seine Mutter mit drei Passagen für die *Gustloff* in die Pension zurück und berichtete aufgekratzt, ursprünglich habe sie Karten für den Kreuzer *Admiral Hipper* bekommen, doch die habe eine Frau unbedingt gegen drei Fahrkarten für die *Gustloff* eintauschen wollen. ›Die glauben wohl, sie seien sicherer auf einem Kriegsschiff, aber das wird doch zuerst unter Feuer genommen.‹
Vier Schiffe lagen in Gotenhafen vor Anker, darunter die *Wilhelm Gustloff*. Zweihundertacht Meter lang, vier Reihen Bullaugen übereinander, zehn Decks, zwei Promenadendecks, ein Sonnendeck, ein Schwimmbad, sieben Bars, Wintergarten und Bordkino. Sie war acht Jahre alt, benannt nach einem Schweizer NSDAP-Aktivisten, der einst von einem Juden erschossen worden war. Sie war das größte Schiff der KdF-Flotte.

Es gab keine Klassen an Bord, alle Kabinen waren gleich, ausgenommen natürlich die Kabine für den Führer, die er aber nie benutzt hat. Vierundvierzig Kraft-durch-Freude-Kreuzfahrten durchs Mittelmehr und in die norwegischen Fjorde hatte die *Gustloff* hinter sich, als sie von der Kriegsmarine als Lazarettschiff übernommen wurde. Und seit ei-

nem Jahr lag sie mit grauem Tarnanstrich in Gotenhafen und diente der U-Boot-Lehrdivision als schwimmende Kaserne.
Fünf Tage dauerte die Einschiffung. Den ersten Flüchtlingen mit Fahrscheinen konnte man noch Kabinen zuweisen, aber schon bald waren die Kabinen doppelt und dreifach belegt, und die Leute richteten sich auf den Gängen ein. Deutscher Ordnungssinn ließ die Mannschaft eine Passagierliste führen. Als das Papier ausging, war man bei 7956 Namen angelangt. Mein Vater erinnert sich, dass eine Marinehelferin sie sogar fragte, wer im Fall eines Unglücks benachrichtigt werden sollte, und dass sein Vater darauf antwortete: ›Der Führer‹. Noch zweitausend Menschen kamen danach an Bord. Alle waren unendlich erleichtert, dem Krieg entronnen zu sein.
Am Mittag des 30. Januar 1945 zog die *Gustloff* die Verbindungsstege zum Kai ein. An Land wurden die vereisten Trosse losgeschlagen. Vier Schlepper drehten den Riesendampfer in Position und zogen ihn aus der Danziger Bucht in Richtung offene See. Es schneite und hagelte. Nachdem die *Gustloff* die Halbinsel Hela passiert hatte, wurde sie von heftiger Dünung erfasst. Das Oberdeck war bald von einer dicken Eisschicht überzogen. In den Gängen wurden tausende von Passagieren seekrank. Die Torpedoboote, die den Dampfer zum Schutz begleiten sollten, mussten wegen des Seegangs umkehren.
Mein Vater erzählte, in der Kabine, in der seine Eltern und er zusammen mit weiteren fünf Kindern und zwei Müttern untergebracht waren, hätten bald alle dermaßen zu kotzen angefangen, dass er von seinem Vater die Erlaubnis erhielt, das Schiff zu erkunden. Es war seine erste Schiffsreise. Frei und vergnügt streifte er über die Decks.
Unterdessen gab es auf der Kommandobrücke Streit. Kapi-

tän Petersen war seit Jahren nicht mehr zur See gefahren und hatte niemals ein Kriegsschiff kommandiert. Man hatte ihm darum zwei junge Fahrkapitäne zuteilt. Außerdem befand sich auf der Brücke der Korvettenkapitän der zweiten U-Boot-Lehrdivision, die auf dem Schiff wohnte. Diese vier konnten sich nicht einigen, weder auf die nötige Geschwindigkeit noch auf eine Route. Jedes Mal setzte sich Kapitän Petersen durch. Er traute dem Schiff nicht mehr als zwölf Seemeilen zu. Aber um feindlichen U-Booten zu entkommen, hätte man mindestens fünfzehn Seemeilen fahren müssen. Außerdem lehnte er es ab, an der Küste entlangzufahren, weil sie vermint war, und setzte Kurs aufs offene Meer. Nach Einbruch der Dunkelheit fiel die dritte Fehlentscheidung. Petersen ließ aus Angst vor einer Kollision mit einem entgegenkommenden Minensuchverband Positionslichter setzen, just in dem Moment, da es aufklarte.
Hell erleuchtet fuhr die *Gustloff* durch die Nacht und wurde gesehen. Und zwar von der Besatzung des russischen U-Boots S13 unter dem Kommandanten Alexander Marinesco. Der musste dringend einen Erfolg vorweisen, denn wegen seiner Sauftouren an Land war er inzwischen sogar unter Spionageverdacht geraten. Neunzehn Tage hatte er in der Danziger Bucht gelauert. Nun war es so weit. Marinesco entschloss sich zu einer Kriegslist. Er wollte das Schiff nicht von der Seeseite her angreifen, denn damit würde man rechnen, sondern von der Landseite her. Gegen die Uferlinie würden die Aufbauten des U-Boots weniger gut zu erkennen sein. Das U-Boot begann also die *Gustloff* weiträumig zu umrunden.
Mein Vater erinnert sich, dass man sich an Bord der *Gustloff* in diesen Stunden nach Einbruch der Dunkelheit auf die Nachtruhe vorbereitete. Wer sich in ein Bett legen konnte, zog Nachtzeug an. Mein Vater gelangte in den Rauchsalon.

Er erinnert sich an die Spiegel an den Wänden, an die geblümten Sessel, die runden Tischchen, alle besetzt. Von einer Marinehelferin bekam er ein Stück Brot zugesteckt und zog sich an eine Wand auf den Boden zurück. Über ihm hing ein Feuerlöscher. Aus einem Volksempfänger ertönte die letzte Rede Adolf Hitlers zum Jahrestag der Machtergreifung. Bis heute kann mein Vater die Worte zitieren: ›Heute vor zwölf Jahren, am 30. Januar 1933, hat mir die Vorsehung das Schicksal des deutschen Volkes in die Hand gelegt …‹
Im Rauchsalon an der Wand hockte mein Vater noch – inzwischen eingeschlafen –, als gegen Viertel vor neun das russische U-Boot sein Umrundungsmanöver abgeschlossen hatte. Um einundzwanzig Uhr sechzehn traf der erste Torpedo das Vorschiff, wo die Stammbesatzung wohnte. Der zweite explodierte unter dem Schwimmbecken, in dem sich die Marinehelferinnen eingerichtet hatten. Der dritte Treffer riss mittschiffs die Bordwand auf. Das Wasser schoss in die Decks. Die *Gustloff* bekam fast augenblicklich Schlagseite, der Bug senkte sich unter die heranrollenden Wellen.

Beim ersten Treffer wachte mein Vater auf, beim zweiten fiel das Licht aus. An den dritten Treffer erinnert er sich nicht, aber an den Feuerlöscher, der herunterfiel und seinen Schaum versprühte. Die Notbeleuchtung ging an. Das Schiff neigte sich. Die Leute sprangen von ihren Sitzen auf. Mein Vater kämpfte sich durch die weiße Pampe aus dem Feuerlöscher und rutschte über den Boden. Wahnsinnigerweise versuchte er zunächst zu seinen Eltern in die Kabine hinabzukommen. Zwei Decks schaffte er es noch hinunter, dann kam Bewegung in die Passagiere. Aus den Kabinen quollen die Leute in Schlafanzügen und Nachthemden in die Gänge, stolperten über Matratzen und offene Koffer, strebten die Treppen hinauf.

Meinem Vater war gar nicht klar, dass er zu den Rettungsbooten hätte laufen müssen. Ihm fehlte der Vater, der im Befehlston sagte, was zu tun sei. Sein ganzes Bestreben war, ihn zu erreichen. Auch weil er Schelte fürchtete, da er in einem so wichtigen Augenblick nicht bei seinen Eltern gewesen war. Das letzte Bild, das mein Vater von seinem Vater vor Augen hatte, war ein Phantombild – der Feldmarschall in Hemdsärmeln, der eine häusliche Krisensituation mit klarer Befehlsstruktur meisterte. Um die Chance beraubt, strammzustehen, Order zu empfangen und dann fortzuspritzen, duckte sich der gerade mal zehnjährige Junge an die Wände und wich den hastigen Füßen, boxenden Händen und spitzen Ellbogen aus. Immer größer wurde seine Angst. Den Überlebenskampf, sagt er, habe er damals gar nicht begriffen. Sein ganzes Denken war von der Angst vor der Schelte seines Vaters beherrscht. Doch irgendwann nahm in ihm das Bedürfnis überhand, seinem Vater zu entkommen. Und das trieb ihn endlich die Treppen hinauf.
Die Rettungsboote reichten nicht. Ihre Verankerung war zentimeterdick von Eis bedeckt und die Mannschaft tot, die sie hätte ausschwenken können. Die Rettungsflöße waren an Bord festgefroren. An den paar Booten, die man zu Wasser lassen konnte, standen Matrosen mit gezogenen Pistolen und hielten die Männer in Schach, die den Frauen und Kindern die Plätze streitig machen wollten. Doch so weit kam mein Vater gar nicht.
Er befand sich unter hunderten von Menschen, die eine falsche Treppe nahmen und plötzlich im unteren Promenadendeck landeten. Es war rundherum verglast, und zwar mit dickem Sekuritglas. Als man den Irrtum bemerkte und durch die Tür zurückwollte, schossen Matrosen von der Treppe her. Dann stieg auch schon gurgelnd das Wasser empor, Kinderspielzeug, Bälle und Windeln obenauf, bald auch die

Liegestühle vom Deck. Von innen feuerten Soldaten auf das Panzerglas, ohne Erfolg. Manche Offiziere erschossen daraufhin ihre Familien, ehe sie ertranken. Mein Vater konnte gut schwimmen und floh schwimmend unter den Stahlträgern der Decküberdachung am bruchsicheren Glas entlang Richtung Heck. Er erinnert sich nicht, wie er der Falle entwich, die hunderten das Leben kostete. Aber den Bauplänen der *Gustloff* zufolge, die ich studiert habe, muss er durch eine noch nicht geflutete Tür am Heck auf eine Treppe zum oberen Deck entkommen sein.

Inzwischen hatte sich das Schiff so geneigt, dass sich niemand mehr halten konnte. Die Menschen sausten über Deck ins eiskalte Wasser der Ostsee.

Mein Vater entdeckte ein festgefrorenes Floß. Er hangelte sich an der Reling entlang dorthin. Kaum hatte er es erklettert, gab es einen Ruck, das Schiff kippte noch ein Stück, und das Floß riss sich los. Mein Vater sah das schwarze Wasser auf sich zukommen. Die Reling stoppte das Floß ab, und er schoss kopfüber ins Meer. Wie er ins Wasser eintauchte, daran erinnert er sich nicht mehr. Sein verängstigtes Bewusstsein begann erst wieder zu arbeiten, als er halb auf einem treibenden Floß hing, die Beine im Wasser. Das mag ihm letztlich das Leben gerettet haben, denn im Vergleich zu den minus achtzehn Grad Lufttemperatur war das Wasser mit seinen null Grad warm.

Die *Gustloff* versank genau eine Stunde nach dem ersten Treffer. Das Heck bäumte sich auf. An Deck ging das Licht an. Niemand kann erklären, warum, aber das riesige Schiff erstrahlte in feierlichem Glanz. Die Schiffssirene heulte auf und verstummte gurgelnd. Über den Bug bohrte sich das Schiff in die Tiefe und versank rasend schnell. Zurück blieben Trümmer und tausende von Menschen, die im Wasser trieben.«

Richard schwieg einen Moment, den Blick auf seine gefalteten Hände gesenkt.
»Mir ist unvergesslich«, fuhr er dann fort, »wie mein Vater einmal entsetzt aus dem Zimmer lief, als meine Mutter mit ihrem wunderbaren Sopran für mich das Schlaflied anstimmte: ›Alle meine Entchen, schwimmen auf dem See, schwimmen auf dem See, Köpfchen unter'm Wasser, Schwänzchen in der Höh.‹«
Richard holte Luft.
»Als mein Vater mir viel später vom Untergang der *Gustloff* erzählte, begriff ich, warum. In den eisigen Wellen trieben die Kinder in Schwimmwesten. Bei den Kleinsten waren die Köpfe schwerer, und so ragten die Füße in die Höhe.«
Edith stöhnte. Auch Zilla sah geschockt aus.
»Es tut mir Leid«, sagte Richard, »aber um meinen Vater zu verstehen, muss man wissen, welche Bilder ihn nie mehr losgelassen haben und warum ihn bis heute Gefühle von Ohnmacht und Angst beherrschen und er auch stets das Gefühl hat, von allen verlassen gänzlich auf sich allein gestellt zu sein.
Der Kreuzer *Admiral Hipper* kam zwar an den Unglücksort, nahm aber keinen einzigen Flüchtling auf, sondern machte sich aus Angst davon, ebenfalls von dem U-Boot beschossen zu werden. Es war das Torpedoboot *Göttingen*, das meinen Vater schließlich gegen drei Uhr nachts vom Floß holte. Es hatte schon fast viertausend Verwundete und Flüchtlinge an Bord und geriet überraschend in das Trümmerfeld der *Gustloff.* Obgleich keine Hoffnung mehr bestand, Überlebende zu finden, ließ der Kapitän Rettungsboote zu Wasser. Mein Vater erinnert sich, dass er durch einen Ruderschlag gegen sein Floß aufwachte. ›Nehmt mich mit!‹, rief er. Man fütterte ihn mit Zuckerwürfeln, wärmte ihn auf und lenkte ihn davon ab, dass seine Eltern das Unglück nicht überlebt

hatten. Wohin er denn gewollt hatte, fragte man ihn. Und da er das nicht wusste, sagte er die Stadt, die ihm gerade einfiel, und das war Hamburg, wegen der Schiffe.«

Aki lachte leise. Richard sah, dass Zilla den Alten anblickte und ebenfalls zu einem leisen Lächeln fand.

»Mein Vater kam schließlich nach Friedland«, fuhr er fort, »wo man ihn dem Schweizer Militärattaché René Knappe als das Kind der *Gustloff* vorstellte. Sein Name: Hans Rönken.«

Richard spürte, wie Zilla zusammenzuckte, obgleich sie doch so weit weg von ihm saß und die Identität seines Vaters für sie kaum mehr eine Überraschung gewesen sein dürfte.

»Der Name«, fuhr Richard fort, »erinnerte René sofort an den SS-Offizier Heinrich Rönken, den er in Nemmersdorf getroffen hatte, und er erfuhr, dass mein Vater 1935 in Königsberg als Sohn von Heinrich und Elisa Rönken geboren wurde und jetzt Waise war. René adoptierte den Knaben, weil er sich ausmalte, welche Zukunft der Sohn dieses Verbrechers wohl im von Amerikanern, Briten, Franzosen und Russen besetzten Deutschland gehabt hätte.

Von alldem wusste ich nichts bis zu meinem elften Lebensjahr. René Knappe war für mich ein ganz normaler Großvater gewesen. Ungewöhnlich war nur, dass er im Gegensatz zu vielen anderen Schweizer Großvätern am eigenen Leib den Krieg erfahren hatte, der jenseits der Grenzen in Europa tobte. Als Militärattaché in der Schweizer Gesandtschaft in Berlin berichtete er nach Hause über den inneren Zustand des so genannten Dritten Reichs und über das, was die Deutschen den Juden antaten. Die Weigerung der Schweizer Regierung, die Barbarei der Deutschen wahrzunehmen, erzürnte René so sehr, dass er schließlich Zeitungen mit seinen Berichten belieferte. Er war überzeugt, dass die Schweizer Grenzwächter, die die jüdischen Flüchtlinge

abwiesen, wussten, dass sie sie in den sicheren Tod zurückschickten. Es war schließlich dem Betreiben der Schweiz zu verdanken gewesen, dass die Deutschen die Pässe der Juden mit einem großen J versahen. So konnten sie von den Schweizer Grenzern sofort erkannt und zurückgeschickt werden.
René war ein gebildeter, konservativer Genfer Calvinist und eigentlich ein großer Liebhaber der deutschen Kultur. Er hatte sich sogar mit einer Deutschen verlobt, die bei einer Bombardierung Berlins ums Leben kam. Auch deshalb hielt er die Bombardierung deutscher Städte für Kriegsverbrechen. Allerdings, so betonte er immer wieder, müssten solche Vorwürfe verstummen angesichts des mit nichts zu vergleichenden industriell organisierten Mordens an den Juden und Andersdenkenden in deutschen Konzentrationslagern. Bis zu seinem Tod hat er sich gefragt, wie Menschen einer derartig entfesselten Mordlust verfallen können. Auch die Russen, meinte er, seien nicht viel besser gewesen, als sie plündernd, mordend und vergewaltigend über Ostpreußen herfielen.
Aber René hasste keine Nation, er hasste den Krieg. Er war ein leidenschaftlicher Befürworter einer starken UNO, die infolge des Zweiten Weltkriegs gegründet wurde. Er hoffte auf ein strenges Weltgewissen und meinte, es müsse mit der Macht ausgerüstet sein, Krieg führende Parteien zu trennen und den Frieden zu erzwingen. Letztlich bin ich wohl wegen ihm bei den Vereinten Nationen gelandet.
Bis zu meinem elften Lebensjahr war meine Welt so weit in Ordnung. 1973 erkrankte René an Krebs. Die Ärzte gaben ihm nicht mehr viel Zeit, und so überreichte er eines Abends vor meiner Mutter und mir meinem Vater eine Mappe mit Dokumenten, die er über das Leben eines gewissen SS-Offiziers Heinrich Rönken gesammelte hatte. Und

nicht nur meine Mutter, auch ich erfuhr, dass dieser abscheuliche Mensch mein Großvater war.
Meine Mutter war Sopranistin und feierte damals gerade in Zürich und Basel ihre ersten großen Erfolge. Sie fiel aus allen Wolken und sah die Presse schon höhnen: Operndiva Oliva Knappe mit Ex-Nazi verheiratet.
Mein Vater hatte ihr verschwiegen, dass er ein adoptiertes Kind war. Eigentlich hätte es beim Vorbereitungsverfahren zur Hochzeit herauskommen müssen. Doch meine Mutter konnte zum festgesetzten Termin aus irgendeinem triftigen Grund nicht persönlich vor dem Zivilstandesbeamten erscheinen und füllte die Erklärungen schriftlich aus, ohne sich die meines Vaters genau anzusehen.
Von einer Minute zur nächsten hatte ich keine Familie mehr. René war nicht mein wirklicher Großvater, mein Vater stand als Lügner und Betrüger da, meine Mutter wandte sich voller Abscheu von uns ab, zog aus und reichte die Scheidung ein.
Das Dossier über meinen leiblichen Großvater Heinrich Rönken bekam ich damals allerdings nicht zu Gesicht. Mein Vater versteckte es. Leider hatte er nicht den Mut, es zu vernichten. Ich fand die Mappe, als ich siebzehn Jahre alt war, in unserer Bibliothek in Divonne hinter einer Ausgabe von Ovid, dessen Bücher sonst nie jemand aus dem Regal nahm.
Es war ... es ist eine fürchterliche Sammlung. Dabei gehörte mein Großvater nicht einmal zu den SS-Offizieren, die wegen ihrer Grausamkeiten Eingang in die Geschichtsbücher gefunden haben. Sein Leben liegt im Verborgenen privater Erinnerungen, dokumentiert in Akten, die in Archiven schlummern. Aber es reicht – Initiator des Baus der Gaskammer von Stutthof, Organisator des Massakers von Palmnicken, Verantwortlicher für die so genannte Entju-

dung Böhmens, Mährens und Polens. Nachweisen kann man ihm jedoch nur zwei Morde, die er eigenhändig begangen hat, den an dem Bauern von Nemmersdorf und den an deinem Vater, Edith. Für den Mord an Wilhelm Graf von Ayshoff führt René eure ehemalige Köchin Indre Doczene als Zeugin an, die er in den fünfziger Jahren kurz vor ihrem Tod auf Juist aufgestöbert hat.«

Edith seufzte.

»In der Mappe befanden sich auch Fotos. Eines zeigte dich, Edith, auf dem Arm von Heinrich Rönken mit diesem seltsamen Glaspüppchen in der Hand. ›Nemmersdorf, 23. Oktober 1944‹ stand auf der Rückseite. Auf einem zweiten Foto war ein Hochzeitspaar abgebildet, Elisa und Heinrich Rönken vor einem Jugendstilgebäude in Königsberg. Ein drittes zeigte ihn in voller SS-Montur. Ich stellte fest, dass ich ihm in der Tat ziemlich ähnlich sehe. Und so erklärte sich mir die schmerzlichste Erfahrung meiner Kindheit: In den paar Tagen, die meine Mutter nach Renés Eröffnung noch bei uns war, schaute sie mich kaum an, berührte mich nicht mehr, brachte mich nicht mehr ins Bett, gab mir keinen Gutenachtkuss mehr. Ihr Ekel vor meiner und meines Vaters Abstammung muss unüberwindlich gewesen sein. Vielleicht, weil ein entfernter Teil ihrer Verwandtschaft mütterlicherseits französische Juden gewesen und in Dachau umgekommen waren.«

Zilla starrte ihn an.

»Und noch ein Foto gab es«, fuhr Richard leise fort. »Es zeigte eine elegante junge Frau mit dunklen Mandelaugen und üppigem schwarzem Haar, das sie hochgesteckt trug, und mit einem etwas herben, aber schönen Lächeln auf den vollen Lippen. ›Gertraud Gräfin von Ayshoff, ca. 1940‹ hatte René hinten draufgeschrieben. Leider kam ich nicht mehr dazu, herauszufinden, was dieses Foto bedeu-

tete, denn mein Vater überraschte mich in der Bibliothek, riss mir die Mappe weg – viel fehlte nicht, und er hätte mich geohrfeigt – und versteckte sie erneut. Wo, weiß ich nicht, aber ich vermute, er legte sei einfach in den Tresor, den er sich in sein Arbeitszimmer hatte einbauen lassen.
Mit diesen Bildern im Kopf betrat ich meinen Weg ins Leben.
Als Elfjährigen hatte es mich nicht sonderlich bekümmert, was für ein Mensch mein wahrer Großvater gewesen war. Doch als sich der Geschichtsunterricht im Gymnasium dem Zweiten Weltkrieg zuwandte, begann ich zu ahnen, dass dies ein Großvater war, über den man besser niemals auch nur ein Sterbenswörtchen verlor. Jetzt verstand ich auch, warum mein Vater als Brigadier und angesehener Dozent an der Militärakademie sich mehr als vor dem Tod davor fürchtete, mit seiner Abstammung konfrontiert zu werden. Die Presse hätte ihn behandelt wie einen untergetauchten Nazi. Journalisten machen sich ja leider meist nicht die Mühe, genau nachzurechnen, wenn sie eine gute Schlagzeile kriegen können. Dass mein Vater erst zehn Jahre alt gewesen war, als der Krieg zu Ende ging und René ihn in die Schweiz holte, und dass er darum kein Nazi gewesen war, hätte niemanden wirklich interessiert.«
Richard blickte der Reihe nach Aki, Edith und Zilla an, die stumm auf ihren Sitzen saßen.
Zilla räusperte sich. »Und?« Ihre Augen glitzerten dunkel. »Hat dein Vater dir nun die Erlaubnis gegeben, uns das zu erzählen?«
Richard schüttelte den Kopf. »Nein.«
»Also hättest du weiterhin geschwiegen, wenn Aki dich nicht zufällig … entlarvt hätte?«
»Ich weiß es nicht, Zilla.« Richard überlegte. »Aber … nein. Ich musste es dir sagen, bevor du nach Brüssel gehst. Du

wirst mit Vertretern Polens zusammentreffen. Und Rönken hat am Aufbau von Auschwitz mitgewirkt. Mit Rönkens Enkel als Ehemann kannst du den Job nicht antreten.«

»Wenn es danach geht, hättest du es mir nie sagen müssen, denn Rönken ist auch mein Großvater. Nach deiner Logik dürfte ich als seine Enkelin den Posten auch nicht übernehmen.«

Edith räusperte sich, aber sie kam nicht zu Wort.

»Das wusste ich bis heute nicht«, sagte Richard. »Und ... und es tut mir Leid, Zilla. Denn es macht deine Lage nicht einfacher. Jetzt genügt es nicht mehr, dass du dich von mir scheiden lässt.«

Zilla zog die Brauen zusammen. »Deshalb ... deshalb also wolltest du dich von mir trennen?«

Er nickte.

»Wirklich nur deshalb, Richard? Nach sieben Jahren Ehe. Du wusstest doch immer, dass ich nach Brüssel wollte.«

»Aber du hättest ja auch ins Kommissariat für Fischerei oder Steuerrecht oder Bildung kommen können.«

»Oder ich hätte es gar nicht schaffen können. Hast du das all die Jahre gehofft, ja? Dass ich es nicht schaffe?« Zilla schüttelte fassungslos den Kopf. »Wenn das die Basis unserer Ehe war ...«

»Zilla«, ergriff Edith das Wort, ehe Richard etwas dazu sagen konnte. »Bevor du weiterredest, solltest du eines wissen. Heinrich Rönken ist nicht dein Großvater.«

»Ich fürchte, doch, Mama. Was auch immer Großmutter dir erzählt hat, Rönken ist dein Vater, genauso wie der von Onkel Peter.«

In diesem Moment erhob sich Aki. »Nu, dann lass ich euch mal alleine mit all diesen Familienfragen. Ein alter Mann braucht seinen Schlaf. Morgen is auch wieder ein Tag.«

»Wie Recht du hast, Aki«, sagte Zilla und stand ebenfalls

rasch auf. »Ich glaube, wir sollten eine Nacht darüber schlafen. Wir sind alle zu durcheinander – ich jedenfalls bin es –, um einen klaren und vernünftigen Gedanken zu fassen.«
Edith fuhr sich verwirrt über die kurzen grauen Haare.
»Lasst uns ins Bett gehen«, sagte Zilla. »Mama?«
Edith fuhr hoch. »Ja?«
»Hättest du noch ein Gästezimmer frei?«
»Wieso?«
»Ich würde gerne ...«
»Nein«, unterbrach sie Richard, »ich schlafe im Gästezimmer.«
»Zimmer 4 ist noch frei«, stammelte Edith. »Ich mach's dir fertig.«
»Lass mal«, sagte er, »das mache ich selbst. Leg mir nur die Bettwäsche hin.«
»Ja.«
Aki war bereits verschwunden, und Zilla huschte aus dem Salon, ohne sich noch einmal umzudrehen.
Richard lehnte sich im Sessel zurück und schloss die Augen.

Der kluge Hans

»Was darf ich Ihnen anbieten, Gräfin?«
»Mama, hör doch auf mit Gräfin und so«, sagte Arno. »Das ist Zilla, meine Halbschwester.«
Karola Pachaly war eine hagere Frau Ende fünfzig. Sie hatte Arnos Augen, grau wie das Meer unter Regenwolken, nur dass sie in ihrem Gesicht starr und abweisend dreinblickten. Arno hatte Zilla erzählt, dass seine Mutter bis zur Wende in einem Möbelkombinat gearbeitet hatte, das dann von der Treuhand abgewickelt worden war. Seitdem war sie arbeitslos. Die Witwenrente hatte man ihr gekürzt, weil ihr Mann Stasioffizier gewesen war. Nun lebte sie von der Sozialhilfe und der Unterstützung ihres Sohnes, der in dem grauen Häuschen am Rande von Barth das Erdgeschoss bewohnte, während sie sich in die Räume unterm Dach zurückgezogen hatte.
Gleich beim Eintritt waren Zilla vier kleine Glasfiguren ins Auge gefallen, die auf einer Kommode standen – ein Hahn in aufgeplusterter Kampfstellung, eine Giraffe mit ewig langem Hals, ein Pferd mit wehender Mähne und ein tüpfchenbunter Schmetterling. »Thüringer Glas aus Lauscha?«, fragte sie.
»Devisenbeschaffer zu DDR-Zeiten«, bemerkte Arno.
»Wusstest du«, fragte Zilla, »dass unser Aki auch in Lauscha Glasbläser gelernt hat, noch vor dem Krieg?«
»Vorsicht, sie sind sehr zerbrechlich«, sagte Arnos Mutter.
»Ja, natürlich.« Zilla stellte das Glaspferdchen wieder an seinen Platz, während Arno nach dem in Holz gerahmten Foto griff, wegen dem Zilla gekommen war. Das Bild hatte kaum Ähnlichkeit mit dem bösen Mann, der einst mit

dem Schrotgewehr überm Arm durch den Osterwald gestreift war und Freischwimmer ausgeguckt hatte. Ein blasses junges Gesicht, mittelblond mit Linksscheitel, grauer Anzug, im Knopfloch das SED-Parteiabzeichen mit den Händen, die sich gegenseitig schüttelten.

»Das ist dein Vater, Zilla«, sagte Arno. »Und meiner.«

»Das ist nicht dein Vater!«, stieß Karola Pachaly unvermittelt hervor.

Zilla drehte sich erstaunt um. Dass Arnos Mutter sie nun doch und dann auch noch so ruppig duzen würde, hatte sie nicht erwartet.

»Ich glaube«, sagte sie, »ich sollte besser gehen. Es tut mir Leid, Frau Pachaly, aber ...«

»Nein, nein ...«

»Mama«, sagte Arno ernst, »es hat keinen Sinn, sich weiterhin zu belügen. Mein Vater hatte eine Affäre mit Edith Gräfin von Ayshoff, und Zilla ist seine Tochter.«

»Das weiß ich schon lang, mein Sohn«, entgegnete die Frau. »Du hast mich falsch verstanden. Ich bestreite gar nicht, dass Fritz der Vater von ... ihr ist. Aber ihr seid keine Geschwister. Denn Fritz ist nicht dein Vater, Arno.«

»Was?« Arno lachte und blickte erstaunt zwischen Zilla und seiner Mutter hin und her.

»Ich war schon schwanger, als Fritz mich fragte, ob ich ihn heiraten will«, sagte Karola Pachaly. »Die Gräfin hatte ihn nämlich abblitzen lassen. Und mich hatte der Kombinatsleiter geschwängert, der war aber bereits verheiratet. Wir haben uns nichts vorgelogen, Fritz und ich. Wir haben zwar nicht aus Liebe geheiratet, aber wir haben uns gegenseitig geachtet und geschätzt.«

»Puh!«, stieß Arno aus. »Und das erfahre ich erst jetzt?« Er lachte wieder. »Ich glaube, da muss ich mich erst einmal hinsetzen, auf den Schreck.« Er sank auf das braune Sofa, sprang aber sogleich wieder auf. »Zilla, dann sind wir ja gar nicht verwandt!« Seine Augen leuchteten. »Mama, wo ist das Fotoalbum?«

Karola Pachaly deutete mit dem Kinn in Richtung der Kommode. »In der obersten Schublade.«

Arno riss die Schublade auf, fand, was er suchte, und trug ein in blaues Kunstleder eingebundenes Fotoalbum zum Tisch, zog Zilla neben sich aufs Sofa und schlug das Album auf. Hastig blätterte er die kartonierten Seiten um, zwischen denen hauchdünnes Seidenpapier raschelte. »Gleich hab ich's. Hier. Siehst du, Zilla? Das ist deine Großmutter, das bin ich, und das bist du.«

»Ich weiß.« Leider war Großmutters Gesicht nicht größer als der Nagel eines kleinen Fingers.

»Und weißt du noch, wann dieses Foto entstand?«

Zilla schüttelte den Kopf.

»Aber ich. Ich erinnere mich genau. Da gab es so ein Ballspiel. ›Verliebt, verlobt, verheiratet‹ hieß es. Erinnerst du dich? Eigentlich spielte man es in einem großen Kreis. Man wirft sich den Ball zu, und wer den Ball fallen lässt, ist mit dem, der ihn geworfen hat, zunächst verliebt, beim zweiten Mal verlobt, dann verheiratet, und dann kommen die Kinder. Wir hatten das Spiel mit deiner Großmutter gespielt. Schließlich hast du meinen Ball absichtlich fallen lassen, und dann ich deinen. Und nachdem wir fünf Kinder hatten, haben wir noch sieben Pferde dazubekommen.«

»Ja, ich erinnere mich«, gab Zilla widerstrebend zu.

»Ich dachte wirklich immer«, sagte er, »wir würden eines Tages heiraten. Auch als du im Westen warst. Stundenlang habe ich auf meinem Bett gelegen und mir vorgestellt, wie du zurückkommst, natürlich in einer Position, dass du mich mitnehmen könntest, als Filmdiva, als Weltstar, vor dem so-

gar die SED-Führung in Ehrfurcht versinken würde ... oder so.« Er lachte verlegen.
»Auch ich habe oft an dich gedacht«, sagte sie.
»Zilla!«, rief er leise und nahm ihre Hand.
»Arno, ich werde nach Brüssel gehen, ich ...«
»Was spricht man da? Französisch? Ich habe Russisch gelernt, ich werde auch noch Französisch lernen.«
»Arno, du missverstehst mich. Ich ... ich mag dich wirklich sehr. Und ich hoffe, wir werden immer gute Freunde sein ...« Sie entwand ihm ihre Hand und stand auf. »Aber ich glaube, jetzt sollte ich wirklich lieber gehen.«
Das Leuchten in Arnos Augen verlosch.
»Und«, fragte Arnos Mutter schroff, »werden Sie jetzt Ansprüche auf unser Haus erheben?«
»Wie bitte?«
Arno fuhr auf. »Aber Mama!«
»Nun ja«, sagte sie brüsk, »sie ist erbberechtigt als uneheliche Tochter meines Mannes.«
»Sie erbt Ayshoffkaten«, entgegnete Arno. »Da braucht sie doch unser Häuschen nicht.«
»Die Bundis können doch den Hals nie voll genug kriegen!«
»Jetzt hör aber auf, Mama!«
»Frau Pachaly«, sagte Zilla freundlich, aber bestimmt, »mich interessiert hier weder Ayshoffkaten noch Ihr Haus. Ich habe erst gestern erfahren, dass Ihr Mann mein Vater war. Es tut mir Leid, dass ich so taktlos war, ein paar Fotos sehen zu wollen. Ich hätte mehr Rücksicht auf Ihre Gefühle nehmen müssen. Ihnen ist viel Unrecht geschehen. Und dass ich existiere, macht es für Sie nicht leichter. Aber ich habe mich gefreut, Sie kennen zu lernen. Und ich würde mich glücklich schätzen, wenn ich Sie wieder mal besuchen und ein bisschen was über Ihr Leben erfahren dürfte.« Zilla wusste, dass ihr Lächeln unwiderstehlich war, selbst für Ka-

rola Pachaly. Sie streckte der Frau ihre Hand hin. »Und sollte Arno Ayshoffkaten kaufen, dann sind Sie uns Gräfinnen bald ganz los.«
»Das ist noch keineswegs spruchreif«, entgegnete Arno verlegen.
»Wo sollte er auch so viel Geld hernehmen?«, bemerkte seine Mutter.
Zilla lächelte. »Meine Mutter wird sicher mit sich handeln lassen. Denn dass sie Richard immer noch als ihren Nachfolger haben möchte, halte ich für ziemlich unwahrscheinlich, nach allem, was vorgefallen ist.«
In Arnos Augen trat ein wacher Schimmer. »Was ist denn vorgefallen?«

Richard strich die Bürste am Striegel ab und fuhr mit ihr energisch über Bernsteins Hinterteil. Striegeln beruhigte immer, nicht nur das Pferd. Bernstein stand entspannt, die Hinterhand gekippt, ein Hinterbein auf die Hufspitze gestellt.
»Herr Graf!«, meldete sich auf einmal eine Frauenstimme von hinten. Richard hatte am Ohrenspiel des jungen Hengstes schon gesehen, dass sich jemand näherte. Er unterbrach seine Tätigkeit und drehte sich um.
»Wenn Sie mich schon mit dem Titel meiner Frau ansprechen«, sagte er, »dann bitte richtig. Vor das ›Graf‹ kommt kein ›Herr‹, denn sonst hieße ich Richard Graf. Tatsächlich aber heiße ich Richard Knappe.«
»Oh!« Die Frau behielt jedoch ihr Lächeln. »Aber Sie sind der Schwiegersohn der Gräfin? Haben wir uns nicht vor vier Jahren in Veltin bei einer Schleppjagd mal gesehen? Ich bin Fanny Timoty.«
»Ah«, sagte Richard, »aus Hannover. Sie züchten Turnierpferde.«

»Mein Mann und ich sind seid zwei Tagen hier, mit zwei Pferden.«
Richard ahnte, was jetzt kommen würde.
»Und meiner ist ein ziemlicher Problemfall. Drei Jahre ist er einwandfrei über jedes Hindernis gegangen, aber jetzt verweigert er jedes zweite. Wir wissen gar nicht mehr, was wir mit ihm machen sollen. Und Ihre Schwiegermutter meinte, Sie ...«
»Ich sehe ihn mir nachher mal an«, kürzte Richard ab. »Aber versprechen kann ich Ihnen nichts. Das ist vermutlich ein ziemlich komplexer Fall. Wenn Sie mich jetzt entschuldigen würden, ich muss mich erst einmal um den hier kümmern.«
»Selbstverständlich, vielen Dank!« Fanny Timoty wirkte überaus glücklich. Wie in verkorksten Ehen, dachte Richard, brauchen auch Pferd und Reiter in einer völlig verkorksten Kommunikation zuweilen einen Klärungshelfer. Aber es kam ihm immer wieder absurd vor, dass er das sein sollte.
Er legte Bürste und Striegel in die Putzkiste und band Bernstein vom Ring in der Wand los, in der vergeblichen Hoffnung, Fanny Timoty werde sich zurückziehen.
»Was hat er denn?«, erkundigte sie sich stattdessen.
»Er mag keine Zuschauer, wenn er in einer Reitbahn ist«, erklärte er knapp. Ohne ein weiteres Wort ging er mit Bernstein aus der hufeisenförmigen Gebäudeanlage hinaus zur Reitbahn.
Fanny folgte ihm.
Richard führte Bernstein in die Bahn und löste den Strick vom Halfter. Der junge Hengst setzte sich in Trab, schüttelte den Kopf und schnaubte. Als Richard zu Fanny zurückging und die Sandbahn verließ, kam auch Margret herbei.

»So sieht aber kein Pferd aus, das Probleme in der Bahn macht«, bemerkte Fanny.
»Er macht ja auch nicht immer Probleme«, sagte Margret, zu ihnen tretend. »Aber schon zweimal hat er Richard abgeworfen. Und wir wissen immer noch nicht, warum.«
»Ach ja?« Fanny konnte ein Grinsen nicht unterdrücken und maß Richards athletische Gestalt. »Das tut weh.«
»Hm«, knurrte Richard.
Margret stellte einen Fuß auf den untersten Balken der Bande und hob die Hände, um sie auf den obersten zu legen. Richard sah Bernstein den Kopf hochreißen und die Ohren anlegen. Rasch ergriff er Margrets Hände und schob sie von der Bande weg.
»He!«, sagte Margret lachend.
Aber Bernstein hatte die Ohren wieder vorne und fiel nach zwei Galoppsprüngen in Trab und dann in Schritt. Schließlich blieb er mit gespitzten Ohren stehen.
»Und jetzt Sie«, wandte sich Richard an Fanny.
»Was?«
»Treten Sie an die Bande heran, und tun Sie so, als wollten Sie die Hände auf den obersten Balken legen und den Fuß auf den untersten stellen. Sie wissen schon, diese Haltung, die Reiter so schrecklich gerne an einer Bande annehmen. Ich werde Sie dann so wie Margret davon abhalten und zurückziehen.«
Fanny grinste verwundert, tat aber, wie geheißen. Und wieder reagierte der junge Hengst zunächst alarmiert, beruhigte sich aber, als Richard eingriff.
»Und jetzt machen Sie das bei mir«, sagte er.
»Und wozu soll das gut sein?«, erkundigte sich Margret mit einem etwas eifersüchtigen Unterton, der Richard kurzfristig umplanen ließ. »Oder besser du, Margret. Dich kennt er auch.«

»Wenn du meinst«, sagte sie. Sie lachte, als sie nun Richard ebenfalls in dieser Bewegung zur Bande hin stoppte und zurückzog.

Bernsteins Reaktion war bei der dritten Übung bereits nur noch minimal.

»Das war's«, sagte Richard.

»Wie bitte? Soll das heißen, Bernsteins Problem ist gelöst?«, fragte Margret. »So eine kleine Geste? Sieht er das überhaupt?«

»Allerdings, und er sieht noch viel mehr, als du jemals sehen wirst«, antwortete Richard. »Kennst du den klugen Hans?«

Margret schüttelte den Kopf und lachte.

»Der kluge Hans war ein russischer Araber, den der Berliner Grundschullehrer Wilhelm von Osten 1900 kaufte. Hans war überaus klug, denn nach einigen Jahren Training konnte er rechnen. Das Pferd konnte subtrahieren, multiplizieren, sogar Wurzeln ziehen. Man schrieb ihm die Aufgaben auf eine Tafel, beispielsweise 16 : 4, und der kluge Hans scharrte viermal mit den Hufen. Die Wissenschaft war aus dem Häuschen. Man glaubte, die Sprache der Tiere entziffert zu haben, und das auch noch in Deutschland. Allerdings fiel auf, dass Hans nur die Rechnungen ausführen konnte, die auch sein Besitzer beherrschte. Also entfernte man von Osten. Doch Hans konnte immer noch rechnen, wenn er sich auch deutlich öfter verrechnete.«

Die beiden Frauen starrten Richard an.

»Ein Psychologe nahm sich des Falls an und schloss willentlichen Betrug schnell aus. Er stellte aber fest, dass von Osten, genauso wie viele andere, die bei den Rechenkünsten anwesend waren, so mitfieberten, dass sie dem Pferd unabsichtlich kleine Hinweise gaben, wann es bei der richtigen Zahl angelangt war und zu scharren aufhören musste. Von Osten zum Beispiel hielt die Luft an und atmete dann erleichtert aus. Andere zogen die Augenbrauen in die Höhe oder beugten ihren Kopf um wenige Grade, wenn es so weit war. Das alles reichte dem Pferd als deutlicher Hinweis, wann es zu scharren aufhören musste. Der kluge Hans hat zwar nie rechnen gelernt, aber er hatte gelernt, unser Mienenspiel und unsere unbewusste Körperspannung zu deuten.«

»Dann verbindet Bernstein mit dieser Geste«, sagte Margret und deutete die Bewegung zur Bande an, »eine für ihn traumatische Erfahrung.«

Richard nickte.

»Und was für eine?«

»Keine Ahnung. Bernstein wurde ja nicht hier gezogen, sondern als Zweijähriger gekauft. Vielleicht stand immer einer so an der Bande, während in der Bahn jemand mit der Longierpeitsche seine Mutter und ihn herumjagte, damit sie sich bewegten. Pferdehalter sind manchmal ziemlich gedankenlos. Vielleicht ist Bernstein bei so einer Jagerei schmerzhaft gestürzt. Letztlich ist es egal, denn die Gedankenverbindung ist jetzt gelöst.«

Mit diesen Worten wandte sich Richard der Bande zu und legte die Hände auf den obersten Balken. Bernstein zuckte nicht einmal mit den Ohren.

»Wahnsinn!«, rief Margret.

»Komm, Margret, stell dich auch so hin. Und Sie auch, Frau Timoty.«

Die beiden gehorchten zögernd. Bernstein schien es gar nicht mehr wahrzunehmen. Er schlenderte mit gesenktem Kopf durch den Sand.

»Das heißt«, sagte Margret, »dass er verstanden hat, dass du uns an etwas hinderst, das er mit einer schlimmen Erfahrung verbunden hat. Und dann habe ich dich gehindert. Und nun vertraut er uns wieder.«

»Richtig«, sagte Richard.
»Da muss man erst einmal draufkommen«, bemerkte Fanny.
»Wenn es sich um ein kleines Kind handelt, würden Sie sehr schnell draufkommen, nach Ihren eigenen Signalen zu fragen, wenn es immer wieder zusammenzuckt. Aber Pferde halten wir anscheinend für Holzköpfe.«
Fanny schwieg, denn sie mochte ahnen, wie die Begutachtung ihres hypernervösen Pferdes enden würde. In harter Kritik an ihrem eigenen Verhalten.
Richard forderte die beiden Frauen auf, so stehen zu bleiben, wie sie standen, und begab sich in die Reitbahn zur letzten Probe. Wenn Bernstein sich wieder einfangen ließ, dann war alles gut. Mit dem Strick in der Hand ging er langsam auf den jungen Hengst zu. Bernstein setzte sich gleichzeitig in Bewegung, blieb aber im Schritt, senkte den Kopf und schnaubte in den Sand. Dann begann er zu scharren, und plötzlich knickten seine Beine ein. Er sank auf die Seite, warf sich auf den Rücken und begann sich ausgiebig im Sand zu wälzen.
Ein Beweis völligen Vertrauens und ein Kompliment, das Richard gerührt annahm, indem er beiseite trat. Bernstein war jung und gelenkig genug, um sich in einem Schwung mit in der Luft strampelnden Hufen über den Widerrist auf die andere Seite werfen zu können. Der Sand prasselte gegen Richards Stiefel. Endlich erhob sich der Hengst, über und über mit Staub bedeckt, schüttelte sich grunzend vom Kopf bis zum Schweif durch und stand dann still. Richard trat mit gesenkten Augen an Bernsteins Kopf heran. Das Pferd schnoberte an seiner Hand und hob dann den Kopf etwas. Eine Einladung an Richard, jetzt den Panikhaken des Stricks in den Halfterring unter dem Kinn des Pferdes einzuhaken.
Es kann so einfach sein, dachte er, wenn man dem Gegen-

über Zeit lässt, sich einverstanden zu erklären. Wie lange würde er bei Zilla warten müssen, bis sie sich in der Situation zurechtgefunden hatte und wieder auf ihn zukam? Würde sie jemals kommen? Oder musste er den ersten Schritt machen? Es war alles so unendlich schwierig.

»Ich habe Himbeeren mitgebracht«, sagte Zilla und stellte die Kiste auf dem zentralen Küchentisch ab. »Und Quark habe ich auch gekauft für einen Himbeerquark zum Nachtisch.«

Edith unterdrückte ihre Verwunderung. »Schön.«

»Ich mache ihn nachher«, sagte Zilla. »An einen guten Himbeerquark muss nämlich auch ein Hauch Cayennepfeffer. Zumindest hat Tante Lilly ihn immer so gemacht.« Zilla steckte zehn Päckchen Sahnequark in den Kühlschrank.

»Und wie war's bei Arnos Mutter?«, erkundigte sich Edith.

»Sehr interessant!« Zilla lachte vor sich hin. »Sehr aufschlussreich. Du hast mir gestern Abend ganz umsonst eine Szene gemacht. Pachaly ist zwar mein Vater, aber nicht Arnos.«

»Oh!«

»Seine Mutter war schon schwanger, als er sie heiratete.«

»Und ich dachte immer, er hat auch sie geschwängert.«

»Nein, es war der Kombinatsleiter.«

»Ach. Und wie hat es Arno aufgenommen?«

»Erfreut. Er hat mir umgehend einen Heiratsantrag gemacht.«

Edith blickte ihre Tochter an.

»Ich habe Nein gesagt, Mama. Ein Gutes hatte deine reichlich späte Eröffnung gestern Abend nämlich. Mir ist plötzlich klar geworden, dass mich mit Arno lediglich rein geschwisterliche Gefühle verbinden. Er ist mir vertraut, aber mehr ist es nicht.«

Edith seufzte.

»Er ist charmant und nett und all das«, fuhr Zilla fort, »aber eigentlich ist er ein ziemlicher Schlawiner. Das Einzige, was ihn an mir wirklich interessiert, ist Ayshoffkaten.«
Edith holte tief Luft. »Zilla, es tut mir wirklich Leid, dass ich dir nicht eher gesagt habe, wer dein Vater ist.«
»Schon gut.«
»Aber nach der Wende, da ging eine derartige Stasi-Hatz los, dass ich dachte, ich erspare dir lieber, dass dein Vater auch so einer war.«
»Mach dir kein Gewissen daraus, Mama. Wenn ich inzwischen eines kapiert habe, dann, dass Verhältnisse manchmal zu kompliziert sein können, um mit einer jungen Frau darüber zu reden, die im freien Westen aufgewachsen ist und Diktaturen nur in Verbindung mit Jahreszahlen aus dem Geschichtsunterricht kennt. Aber …«
»Ja?«
Zilla lächelte verlegen. »Eines würde mich schon interessieren. Hast du ihn geliebt? Meinen Vater.«
»Irgendwie schon, vor allem anfangs. Aber deine Großmutter hasste ihn. Es war fast schon Verfolgungswahn. Alle Schwierigkeiten, die wir mit den Behörden hatten, schob sie ihm in die Schuhe.«
»Das hängt wohl mit den Erfahrungen zusammen, die sie mit Heinrich Rönken gemacht hat«, bemerkte Zilla.
»Mag sein. Und letztlich habe ich es nicht bedauert, ihn nicht geheiratet zu haben. Ich fürchte, wir Gräfinnen von Ayshoff geben keine guten Ehefrauen ab. Wir sind Einzelkämpferinnen.«
»Hm.« Zilla ging vom Kühlschrank zum Wasserhahn und ließ sich ein Glas voll laufen. Edith wischte einen imaginären Krümel von der blitzblanken Arbeitsfläche und fasste Mut.
»Und Richard und du … was wird nun?«

Zilla zuckte mit den Schultern. »Ich habe ihn heute noch nicht zu Gesicht bekommen. Er weicht mir aus.«
»So ein verrückter Zufall aber auch«, seufzte Edith, »dass ausgerechnet ihr beide euch in Genf treffen musstet.«
»Und wenn es gar kein Zufall war? Mein Gott«, brach es plötzlich aus Zilla hervor, »er wusste es von Anfang an! Er hat mich getäuscht!« Mit einem Klong stellte sie das Glas in die Spüle.
»Ach Zilla, du musst ihn verstehen. Der Schock mit seiner Mutter … er leidet doch selbst furchtbar. Er konnte mir heute Morgen kaum in die Augen schauen. Und er liebt dich …«
»Und geht mit Margret ins Bett!«, sagte Zilla schroff. »Zumindest hatte er das vor. Das Zimmer im Speicher in Barth war schon reserviert. Und wäre sein Vater nicht krank geworden …«
»Hör mal, Zilla, Margret ist jeden Sommer hinter irgendeinem Mann her.«
»Das macht es nicht besser, Mama.«
»Vielleicht ist alles nur ein großes Missverständnis. Ihr müsst miteinander reden.«
»Ja, Mama …« Zilla lauschte. »Übrigens, dein Telefon klingelt.«
In der Tat, im Büro nebenan klingelte das Telefon. Edith eilte hinaus, und Zilla pickte sich ein paar Himbeeren aus den Schalen in der Kiste, die sie aus Barth mitgebracht hatte. Sie hatte sich dazu verpflichtet gefühlt, weil ihre Mutter ihr das Auto geliehen hatte, da sie Richard nicht um seinen Wagen hatte bitten wollen. Zumal sie ihn in den Weiten des Gestüts auch erst hätte suchen müssen.
Ihre Gefühle verknoteten sich, sobald sie an Richard dachte. Wie viel hatte er über sie wirklich gewusst, als sie sich kennen lernten? Diese düstere Angst immer in seinen Au-

gen, wenn er sich unbeobachtet glaubte, sein Erschrecken, als sie sich einmal scherzhaft beklagte, er erzähle ihr nicht, was ihn bewege. Seinen Abschied aus der Armee hatte er ihr damals erklärt ... und doch hatte er ihr nicht den wahren Grund dafür genannt.

Edith unterbrach Zillas Grübeleien, indem sie in die Küche kam. »Für dich.«

»Wer denn?«

»Dein Schwiegervater.«

»Hui, was will der denn? Bist du sicher, dass er nicht Richard sprechen will.«

»Nein, dich. Sein Deutsch ist nämlich ausgezeichnet.«

Mit einigem Herzklopfen ging Zilla ins Büro und nahm den Hörer vom Tisch. »Bonjour, Jean.«

»Bonjour, Zilla«, antwortete er etwas verräuspert. Wenn er ihren Namen auf Französisch aussprach, klang es wie Silá.

»Wie geht es dir?«, erkundigte sie sich auf Französisch.

»Gut, danke.« Er hustete, wie um diese Behauptung zu widerlegen, und raunzte: »Freut mich zu hören, dass du dein Französisch noch nicht verlernt hast.«

»Danke für das Kompliment«, erwiderte sie nachsichtig. »Richard ist gestern Abend wohlbehalten angekommen. Er hat sich wirklich große Sorgen um dich gemacht.«

Jean hustete noch ausführlicher.

»Soll ich ihn holen?«, fragte Zilla.

»Nein, ... ähm ... Zilla, ich muss dir etwas sagen. Richard ist nicht wegen meines albernen kleinen Schwächeanfalls nach Divonne gekommen. Er wollte etwas mit mir besprechen.«

Die Knie wurden Zilla so weich, dass sie sich schnell auf den Schreibtischstuhl ihrer Mutter setzen musste.

»Und ich fürchte, ich habe ihn abblitzen lassen. Wir haben uns gestritten. Er hat mir Vorwürfe gemacht. Er hat Dinge gesagt, die ziemlich wehgetan haben. Aber dann war er so

niedergeschlagen, als er fuhr. Und so soll ein Sohn nicht von seinem alten Vater wegfahren. Wer weiß, ob er je wieder Gelegenheit hat, das zu bereinigen. Er hat eine Erlaubnis von mir haben wollen. Und ich habe sie ihm verweigert. Doch nun soll er sie haben. Sag ihm das. Sag ihm, meinen Segen hat er.«
»Willst du ihm das nicht lieber selber sagen?«
»Nein. Es ist besser, wenn du es tust, sonst erzählt er es dir am Ende doch nicht.«
Zilla überlegte fieberhaft. Was würde Jean sagen, wenn er erfuhr, dass das Geheimnis bereits gelüftet war.
»Es geht nämlich auch dich etwas an«, hustete Jean hervor. »Und er soll nicht denselben Fehler machen wie ich. Ich habe meiner Frau nämlich nicht gesagt, woher ich wirklich komme. Und als sie es dann von einem Dritten erfuhr ... Kurzum, ich bin adoptiert worden.«
»Aha!«, sagte Zilla leise.
»Eigentlich bin ich in Königsberg geboren. Und mein Vater war ... nun ja, er war ein Nazi.« Die Leitung knisterte. Zilla verschluckte sich fast an ihrem Herzklopfen. Würde Jean sich noch weiter vorwagen? »Aber«, hustete er, »das soll dir Richard alles erklären. Das ist nichts fürs Telefon. Ich möchte nur, dass du weißt, dass ich nicht gegen dich gekämpft habe, sondern ... sondern gegen das Deutsche in mir selbst. Aber das kann Richard dir viel besser erklären.«
Du lieber Himmel, dachte Zilla, der Vater ist auch nicht mutiger als der Sohn.
»Es hatte wirklich nichts mit dir zu tun«, bekräftigte Jean.
»Schon gut«, erwiderte Zilla. »Ich hatte mir schon so etwas gedacht.«
»Eigentlich finde ich dich nämlich ganz ... sympathisch.«
Zilla lachte. »Ich dich auch, Papa.«
Sie brauchten noch eine Weile, bis sie sich und ihre Rüh-

rung auseinander sortiert hatten. Dann legte Zilla mit zitternder Hand auf.
Draußen trieb der Wind Blätter und kleine Äste über die Terrasse, das Schilf am Zingster Strom bog sich. Das sonst so blaue und glatte Wasser schien die Borsten aufgestellt zu haben. Dunkle Wolken eilten auf das Festland zu.
Zilla wollte gerade aufstehen, um ihrer Mutter von diesem außerordentlichen Anruf zu erzählen, als sich die Tür zum Büro öffnete und Richard erschien. Auf seinen Reithosen und der Jacke lag der Staub eines eben gebürsteten Pferdes.
»Deine Mutter sagt, mein Vater habe angerufen?«
»Gerade habe ich aufgelegt.«
Richard kam einen halben Schritt herein. »Was … was wollte er denn?«
»Er wollte ausdrücklich nicht mit dir sprechen.« Zilla lächelte halb. »Er wollte, dass ich dir ausrichte, dass du jetzt seine Genehmigung hast, mir zu erzählen, wer dein Großvater war. Er wollte, dass ich es dir sage, weil du es mir womöglich sonst nicht erzählen würdest.«
Richard kam ganz herein und machte leise die Tür hinter sich zu. Das eigenartig intensive, düstere Licht des windgetriebenen Tages schärfte seine Gesichtszüge. Zilla fielen die kleinen Falten in seinen Augenwinkeln auf.
»Ich habe deinem Vater übrigens nicht gesagt, dass du aufgrund der Umstände bereits gezwungen warst, sein Geheimnis preiszugeben. Ich wollte natürlich nicht, dass er dich eines schweren Vertrauensbruchs bezichtigt und dir für den Rest seines Lebens böse ist.« Sie hörte selbst, dass sie zu schnippisch klang.
»Sehr rücksichtsvoll«, erwiderte Richard. »Dafür muss ich dir wohl danken.«
»Ungern, wie ich höre«, entgegnete sie. Es war vertrackt, sie kam von der Schiene einfach nicht herunter.

»Zilla, ich glaube, wir sollten in Ruhe miteinander reden.«
»Das fällt dir ja reichlich früh ein.«
»Du bist doch gestern Nacht kurzerhand ins Bett abgerauscht«, erwiderte er indigniert.
Sie lachte. »Richard, auch gestern Abend wäre es nicht wirklich früh zu nennen gewesen, nachdem wir uns seit neun Jahren kennen. Warum zum Teufel hast du es mir nicht gleich gesagt, als wir uns in der Halle des UNHCR über den Weg liefen?«
»Wie denn? ›Freut mich Sie kennen zu lernen, Gräfin von Ayshoff. Mein Großvater war SS-Offizier und hat Ihren Großvater erschossen.‹« Richard zog einen Stuhl heran und setzte sich. »So etwa?«
»Aber es war kein Zufall«, sagte Zilla hinter dem Schreibtisch, »dass wir uns begegnet sind.«
»Es war Zufall, dass ich deinen Namen auf einer Anmeldeliste für ein Seminar gesehen habe. Ich hatte das geheimnisvolle Foto deiner Großmutter im Kopf, und da bin ich neugierig geworden und habe mich als Referent angeboten, oder besser gesagt, vorgedrängelt.«
Er deutete ein Lächeln an, das Zilla nicht aufnahm.
»Und dann sehe ich dich, Zilla, und habe das Gefühl, dem großen Rätsel meines Lebens zu begegnen. Du siehst deiner Großmutter unheimlich ähnlich. Ich habe dich sofort erkannt. Und – was ich nicht vorhersehen konnte – ich habe mich augenblicklich in dich verliebt, Zilla. Ich war wie … wie geblendet, wie gelähmt, völlig von der …«
»Das habe ich gemerkt«, unterbrach sie ihn trocken. »Aber heiraten wolltest du mich nicht unbedingt.«
»Doch, dich oder keine.«
»Ach, Richard, das ist doch wieder nur die halbe Wahrheit. Du bist mehrmals in Auslandseinsätze geflüchtet, um dich von mir zu lösen.«

»Und du?«, entgegnete er plötzlich mit blitzenden Augen. »Du hast mich doch nur geheiratet, weil du dir von mir das Entree in die Welt der internationalen Diplomatie erhofftest.«

»Nein, weil du ein …« Sie lächelte schief. »Weil du ein unglaublich guter Liebhaber warst.«

Das überraschte und verwirrte ihn sichtlich.

»Aber«, legte sie schnell nach, »das ändert nichts daran, dass du niemals offen zu mir warst. Warum konntest du mit mir nicht reden, Richard? Dachtest du denn wirklich, ich hätte mich von dir so angewidert abgewandt, wie deine Mutter es getan hat?«

Er senkte die Augen. »Und wenn ich es dir gesagt hätte, wie hättest du damit deiner Mutter gegenübertreten sollen? Mama, das ist mein Mann. Sein Großvater hat deinen Vater erschossen. Ich hoffe, du hast ihn herzlich lieb.«

»Irgendwann kommt es ja doch heraus, wie du siehst«, sagte Zilla kühl. »Und so ganz will mir deine Rücksichtnahme nicht einleuchten. Dein fürchterlicher Großvater ist doch auch meiner.«

»Zilla, das habe ich nicht gewusst. Ich bin nicht einmal auf die Idee gekommen, dass es so sein könnte.«

»Trotz des Fotos meiner Großmutter in Rönkens Akte?«

Richard deutete ein Lächeln an. »Rückblickend erscheint der Verdacht vielleicht nahe liegend, aber damals, als mein Vater mir bei unserem Besuch in Divonne kurz nach unserer Hochzeit endlich Rönkens komplettes Dossier vorlegte, da sah es ganz anders aus: Gertrauds Bruder Elmar bei Hitlers Schutzbrigaden und beim Attentat in München ums Leben gekommen, Elmars Führungsoffizier Rönken gern gesehener Gast auf Ayshoff. Verstehst du, Zilla, mein Vater hielt deine Vorfahren für stramme Nazis. Und er war entsetzt über mich.«

»Darum also«, sagte Zilla. »Darum euer Streitgeflüster hinter angelehnten Türen.«
»Mein Vater hat wirklich nichts gegen dich persönlich, Zilla. Aber er ist überzeugt davon, dass ich dich niemals hätte heiraten dürfen. Und dann habe ich auch noch deinen Namen und Titel übernommen! Mein Vater ist nicht nur entsetzt, er hat auch Angst, weniger um sich, denn er ist ja pensioniert, als vielmehr um mich. Als Enkel eines NS-Verbrechers heirate ich eine Enkelin ostpreußischer Nazis. Das sieht doch aus wie ein Bekenntnis zu einer bestimmten Geisteshaltung. Stell dir vor, irgendein Journalist kommt einmal darauf.«
Zilla spürte Angst in sich zucken. Erstmals begriff sie die Dimension der Angst, in der Richards Vater immer gelebt und die er auf Richard vererbt hatte.
»Stell dir vor«, fuhr Richard fort, »man hätte, als ich nach dem Tod des Rekruten Berset während eines Gewaltmarsches als Kommandant wegen Sadismus angeklagt wurde, meinen nationalsozialistischen Großvater ausgegraben? Den Organisator des Todesmarsches nach Palmnicken.« Richard lächelte traurig. »Damals in Divonne, als du mich nach dem Grund für meinen Abschied von der Armee fragtest, war ich übrigens drauf und dran, dir alles zu erzählen.«
»Und das wäre auch das Normalste von der Welt gewesen.«
»Vielleicht. Aber mein Vater hatte mir gerade den Schwur abgenommen, niemals über seine Herkunft zu reden. Er glaubte, du könntest über ihn triumphieren. Du könntest es herumerzählen, um deine eigenen nationalsozialistischen Großeltern zu entschuldigen. So nach dem Prinzip: Schaut her, auch die braven Schweizer sind verstrickt.«
»O Gott!« Kalte Bestürzung überfiel Zilla. »Und auch du hast mir nie wirklich vertraut.«

»Hätte ich dir erzählen sollen, dass meines Vaters Argumente zumindest bedenkenswert für mich, den Schweizer, waren, den Eidgenossen, aufgewachsen mit dem Rütlischwur im Herzen, dass uns niemals mehr Könige oder Adlige beherrschen sollen? Natürlich habe ich meinem Vater widersprochen. Erstens sei dein Name nur ein Name und keine Gesinnung, und zweitens ... zweitens wüsstest du überhaupt nichts über deine Großeltern.«

»Je comprends!«, sagte Zilla. »Aber wirklich geglaubt hast du das nicht.«

»Im Gegenteil«, erwiderte Richard warm. »Für mich warst du immer unbelastet und frei von all dieser Finsternis. Und als du den Concours für Brüssel bestandest, war mir klar, dass ich dir mit meinem Großvater nicht im Wege stehen darf.«

»Was können wir für die Untaten unserer Großeltern?«, sagte Zilla unbeeindruckt. »Wer wird uns Kindeskinder denn in Sippenhaft nehmen wollen? Das wird auch eine noch so übel meinende Presse nicht tun. Und außerdem hat sich die Ausgangslage geändert. Dein Großvater ist auch meiner.«

»Und darum müssen wir uns auf jeden Fall trennen«, stellte er leise, aber unumstößlich fest.

»Warum ... warum das denn?«, fragte Zilla kurz vor der Sprachlosigkeit.

»Wir sind miteinander verwandt.«

»Ach, das meinst du.« Zilla lachte erleichtert. »Juristisch kein Problem. Das deutsche Eheschließungsgesetz wie übrigens das Schweizerische Bundesgesetzbuch auch verbietet nur Ehen unter Geschwistern und Halbgeschwistern. Und natürlich die in gerader Linie, also zwischen Vater und Tochter oder Großvater und Tochter. Aber du und ich, wir sind Cousin und Cousine, ich weiß nicht wievielten Grades.«

Richard schüttelte gequält den Kopf. »Nein, Zilla, ich fürchte, so einfach ist das nicht.«
»Und warum nicht?«, fragte Zilla aufgebracht.
»Es ist ... es ist zu viel passiert.« Er bohrte seine so ungeheuer blauen Augen in ihre. »Du und Arno ...«
»Und du und Margret?«, schoss Zilla sofort dazwischen. »Was ist damit? Ich kann's sogar verstehen. Sie reitet, statt Karriere zu machen. Und auf einmal fällt dir ein, dass du mich aus selbstlosen Gründen verlassen solltest. Auf einmal!«
Er schüttelte erneut den Kopf. »Nein, Zilla, es ist nicht so ...«
»Spar dir deine Beteuerungen, es sei nicht so, wie ich denke!«, fuhr Zilla auf. Tiefer Zorn riss sie mit. »Ich war gestern mit Arno im Hotel Speicher essen. Ein sehr nobler Laden. Sie haben dir sogar die Stornogebühren für das auf deinen Namen reservierte und nicht in Anspruch genommene Zimmer erlassen. Sehr großzügig.«
»Und deshalb«, sagte Richard mit einem Unterton fürchterlicher Leidenschaft in seiner Stimme, »deshalb hast du dich auch sofort Arno in die Arme geworfen.« Viel ruhiger, als er klang, stand er auf und, beherrscht bis zur Selbstverleugnung, sagte er: »Es tut mir wirklich Leid für dich, dass dieser charmante Bursche dein Halbbruder ist. Ihr hättet gut zusammengepasst. Beide so ...« Er schluckte.
»Sag's nur, Richard. Sprich es aus. Nur Mut! Tu dir keinen Zwang an.«
»So selbstgerecht«, vollendete er leise.
Zilla lachte auf. »Nur selbstgerecht, nicht auch schäbig und egoistisch? Mein Gott, selbst zu einer echten Gemeinheit fehlt dir der Mut! Oder genug Leidenschaft!«
Richard wurde blass, wich zurück, drehte sich wortlos um und verließ das Zimmer.
»Verdammt!«, murmelte Zilla und brach in Tränen aus.

Liebe außerhalb der Zeit

Als sich gerade die Pensionsgäste zum Mittagessen hingesetzt hatten – kalte Platte, Salat und Himbeerquark –, fegte ein Windstoß mit einem Schlag fünf Plastikstühle von der Terrasse ins Gebüsch. Edith, Zilla und ein Teil der Gäste rannten los, um sie wieder einzufangen. Kaum hatte man die Stühle im Keller verstaut, krachten die Fensterläden, und Edith scheuchte ihre Gäste hinauf in die Zimmer, damit sie die Fenster schlossen. Sie selbst hastete ums Haus, um einzusammeln und mit Zillas Hilfe in den Keller zu tragen, was nicht niet- und nagelfest war, die Fahrräder, die Sonnenschirme, die Terrassentische.

»Wo ist Richard eigentlich?«, erkundigte sie sich.

Zilla zuckte mit den Schultern.

»Hoffentlich ist er nicht mit einem Pferd draußen.« Edith blickte zum Himmel. »Es kann jeden Augenblick richtig losgehen.«

»Mir reicht es jetzt schon«, sagte Zilla.

Von irgendwoher flatterte eine Plastiktüte herbei und blieb an der Regenrinne an der Hausecke hängen. Ehe Zilla bei ihr war, hatte sie sich schon wieder losgerissen und wirbelte in die Höhe, hinaus auf den Zingster Strom, dessen sonst so heiteres Blau sich in ein schweres violettgrünliches Grau verwandelt hatte.

Der Wind bürstete die Wellen so hoch, dass Zilla kaum noch den grünen Saum der Salzgraswiesen der nahen Insel Kirr erkennen konnte.

»Wo ist eigentlich das Boot?«, fragte Edith plötzlich.

»Welches Boot?«

»Das, das dort drüben im Schilf liegen sollte.«

»Ach ja«, erinnerte sich Zilla. Sie hatte es oft genug vom

Fenster oben gesehen. »Vielleicht hat es der Sturm weggerissen.«
»Unsinn. Es war vertäut. Aber da kann ich mich jetzt nicht drum kümmern. Ich muss in den Stall hinüber. Sylvie muss die Kinderausritte absagen.«
Als Edith ums Haus herum auf den Vorplatz eilte, kam eben die Gruppe der Ponys aus der Heide zurück. Die Begleitmädchen hatten alle Hände voll zu tun, damit die Ponys sich nicht mit dem Hintern in den Wind drehten, der Sand und Zweige vor sich hertrieb. Die Kinder klammerten sich an die Sättel, um nicht hinabgeweht zu werden. Einige besorgte Eltern kamen unter dem Durchgang hervor, um sie aus den Sätteln zu heben.
Die junge Saisonreitlehrerin Sylvie hatte bereits entschieden, das Ponyreiten einzustellen. Sie stammte aus Rostock, sie kannte diese Nordweststürme, wenn auch nicht in der Heftigkeit, wie sie über den ins Meer vorgeschobenen Darß und den östlich angelagerten Zingst toben konnten. Nicht zufällig nannte man den Darß auch den Windfang der pommerschen Küste.
Während die Mädchen hastig die Pferde absattelten und die Eltern gegen den Wind gelehnt mit den Kindern fest an den Händen den Pfad nach Zingst zuwanderten, eilte Edith weiter in den Stall.
Aki war bereits dabei, die Stuten und ihre Fohlen in den Stall zu holen. Meik war auf der Jagd nach weggewehten Eimern und Putzzeug, die Stallburschen und Bereiter schlossen in den Ställen und in der Halle die Fenster. Im Pensionsstall stieß Edith auf Fanny Timoty, die ihrem hypernervösen Turnierpferd die Beine wickelte, damit er sie sich an der Boxwand nicht blutig schlug. Der Wind schien das Tier völlig irre zu machen. Fanny musste immer wieder blitzschnell beiseite springen, wenn er sich stampfend in der Box

drehte. »Ho! Ho!«, schrie sie im vergeblichen Bemühen, ihn zu beruhigen.

»Haben Sie meinen Schwiegersohn irgendwo gesehen?«, erkundigte sich Edith.

»Nein, tut mir Leid. Aber wir sind um drei verabredet. Er will sich diesen verrückten Gaul hier mal anschauen. Ho! Cross Hunter, ganz ruhig.«

»Daraus wird wohl nix«, sagte Edith.

»Wieso nicht?«

»In einer Stunde haben wir hier einen Sturm, der sich gewaschen hat. Sie sollten sehen, dass Sie hier fertig werden und sich ins Haus begeben.«

Als Edith wieder nach draußen trat, hatte sich der ruppige Wind jedoch bereits so schnell wieder gelegt, wie er aufgekommen war. Aber sie wusste, es war nur ein Aufschub. Über die Dächer von Zingst hinweg sah sie vom Meer her schwarzgrüne Wolken heranrücken. Das Unwetter würde nicht mehr lange auf sich warten lassen.

Sie half Sylvie, den Eltern inzwischen neu angekommener Kinder zu erklären, dass der Ausritt nicht stattfinden würde, auch wenn der Wind wieder nachgelassen hatte. Ein Kind brach vor Enttäuschung in Tränen aus. Wie schwer es den Kurgästen nur immer wieder fällt, die unerbittliche Macht des Wetters anzuerkennen, dachte Edith. Bei Regen war es ähnlich. Die Kinder kamen von Kopf bis Fuß in wetterfestes Plastik eingehüllt, und die Eltern wollten nicht einsehen, dass noch nichts erfunden war, damit die Ledersättel nicht nass wurden, und dagegen, dass die Ponys sich mit dem Hintern in den Wind drehten.

Er hatte gepackt, stellte Zilla erschrocken fest, als sie, nachdem sie unten ums Haus herum alles in Sicherheit gebracht hatte, in den Giebelsalon trat. Vor dem barocken Bücher-

schrank stand Richards Koffer, daneben seine Reisetasche für die Reitsachen, darüber lag seine Lederjacke.
Betroffen sank Zilla auf einen der grün gepolsterten Stühle. Musste es so zu Ende gehen? War es wirklich zu Ende? Ihre Hand strich, ohne dass sie sich dessen recht bewusst war, über die Lederjacke. Es war die braune Fliegerjacke. Er hatte sie schon besessen, als sie sich kennen lernten. Sie betonte seine breiten Schultern und gab ihm einen verwegenen Anstrich. Wie oft hatte sie ihn in dieser Jacke lächeln sehen, vermutlich, weil es die ausgelassensten Momente ihrer Ehe gewesen waren, Klettereien auf Aussichtspunkte, Sprünge über Gräben. Richard war ein Mann, der sich gern bewegte. Vermutlich hielt es ihn auch deshalb nie lange in seinem Büro beim UNHCR in Genf. Er musste raus. Er liebte die Natur. Allerdings nicht unbedingt die Natur, die er in von Kriegen und Elend verwüsteten Krisengebieten zu sehen bekam. Wie oft war er von seinen Einsätzen mit harter Miene zurückgekehrt. Noch tagelang schienen vor seinen Augen die Bilder des Grauens herumzugeistern, über die er nie sprach. Aber sie hatte auch nie gefragt. Was tat er sich eigentlich ständig an?
Zillas Finger stießen auf einen Knubbel unter dem Leder. Sie fasste in die Jackentasche, ertastete etwas Rundes, Hartes mit Stoff, zog es hervor und erschrak.
Es war Mutters Glasmurmelpuppe. Ursulas gläserne Seele. War es das, was Richard mitnehmen wollte in sein Leben nach dem Scheitern seiner Ehe? Das Glaspüppchen des Juden Aki, Zeuge eines Gemetzels, das Sinnbild des sinnlosen Kriegs überhaupt und einer unendlichen Flucht vor den Erinnerungen.
Wie verzweifelt musste er sein!
Sachte legte sie das Püppchen oben auf die Lederjacke.

So würde Richard wissen, dass sie noch einmal mit ihm sprechen wollte. Aber was, wenn er genau das nicht mehr wollte? Wenn er ihr keine Chance mehr gab?
Ihr Blick fiel auf den viel zu hohen Tisch vor dem Diwan. Dort lag das grüne Kartonheft, das ihre Großmutter voll gekritzelt hatte. Zilla stand von ihrem Stuhl auf und ging hinüber. Wollte sie wirklich weiterlesen? Die Flucht übers Frische Haff stand an. Der Hund Gulasch musste erschossen werden. Die Köchin Indre, die fünfjährige Edith, die sich an das Püppchen klammerte, und Kutscher Luschnats Enkel wurden auf den Wagen geladen, der Fluchtkoffer unter Heu versteckt, vier tragende Trakehnerstuten wurden angespannt, der Hengst Domfalke gesattelt. Wollte sie das alles wirklich lesen?
Widerstrebend nahm Zilla das Heft zur Hand. Aus den Seiten rutschte das gefaltete Blatt Papier, auf dem sie anfangs die Sütterlinbuchstaben ausprobiert hatte. Inzwischen konnte sie Großmutters Handschrift flüssig lesen. Zilla ließ die Seiten rückwärts unter dem Daumen hervorgleiten. Eine Zwischenüberschrift, nur wenige Seiten vor dem Schluss, sprang ihr ins Auge.
»Meine große Liebe«, stand da.
Unwillkürlich fing sie an zu lesen und musste sich alsbald geplättet auf den Diwan setzen.

»Gerade hat er meine Bettkante verlassen. Er kommt jeden Tag herauf und sitzt einige Stunden bei mir, hält meine Hand und redet mit mir über gleichgültige Dinge. Meistens spricht er, weil ich nicht mehr genügend Luft habe, viele Worte zu machen. Er erzählt mir von den Pferden. Zehn Stuten sind tragend, alle gesund und munter.
In Wahrheit aber hat er furchtbare Angst vor dem Moment, da ich ihn für immer verlassen werde. Er gibt sich große

Mühe, sich nichts anmerken zu lassen, aber ich sehe es seinen Augen an, dass er des Nachts weint.
Ich habe alles geordnet. Als der Arzt vor zwei Jahren, kurz nachdem du, Zilla, nach Passau musstest, bei mir eine Herzinsuffizienz feststellte und es hieß, ich könne jederzeit tot umfallen, habe ich deiner Mutter alles erzählt, was du nun zum Schluss meines Lebensberichts auch erfahren sollst.
Meine Ehe mit Wilhelm war nicht glücklich. Niemand ist schuld daran, auch er nicht. Er war nicht der Mann gewesen, nach seinen Neigungen zu leben. Er hatte Verantwortung für Ayshoff übernehmen und seine Pflicht erfüllen wollen. Ich habe ihn nicht betrügen wollen, aber es ist geschehen. Doch es war nicht Heinrich Rönken, mit dem ich ihn wirklich betrog.
Meine wirkliche, einzige und große Liebe gehörte Achim Kraßel, der eigentlich Aron Kraßel heißt und Jude ist.
Ich habe ihm schon vor Jahren die Ehe angeboten, aber das will er nicht. Er meint, es schaffe zu viel Verwirrung, und man werde im Dorf über mich spotten und ihn einen Erbschleicher nennen. Außerdem behauptet er, Eigentum belaste nur, und er brauche nicht viel Geld. Das, was er an Miete einnimmt, wenn wir unsere Angestellten in seinem Haus unterbringen, reiche ihm vollauf für einen bequemen Lebensabend, falls er im Stall einmal nicht mehr arbeiten könne. Ihm gehört das Seitenhaus von Ayshoffkaten. Ich habe es ihm, damit alles seine Ordnung hat, für die geringe Summe verkauft, die man bei uns für Grundstücke bezahlt. Einen ordentlichen Kaufvertrag wird sicherlich niemand anzutasten wagen, wenn ich einmal nicht mehr bin und wenn für einen armen alten Pferdepfleger auf Ayshoffkaten kein Platz mehr sein sollte, weil der Arbeiter- und Bauernstaat daraus ein FDGB-Ferienheim machen will.
Aki entstammt einer Familie jüdischer Buchhändler und

Schmuggler. Sein Vater starb im Konzentrationslager Heydekrug, seine Mutter kam auf dem Weg dorthin ums Leben, seine kleine Schwester wurde von Nazis erschlagen, und sein älterer Bruder Levi wurde als Schmuggler erschossen. Aki war siebzehn Jahre, zehn Jahre jünger als ich, als er 1939 auf meinem Hof erschien, zäh und lebensklug, ein stiller Mensch, aber intelligent, auch wenn er zuweilen ausgesprochen blöde wirkte. Doch Aki spricht mindestens fünf Sprachen und ist auf seine Weise sehr belesen. In seinem Leben hat er sicherlich anderes vorgehabt als Kühe zu melken, Traktoren zu ölen und Ställe auszumisten. Aber wie viele andere Juden hatte er plötzlich sein Lebensrecht verloren und war ein Vertriebener in seiner eigenen Heimat. Es gab auf der ganzen großen Welt keinen Ort mehr, an den er, mittellos, wie er war, hätte fliehen können.

Und so kroch er in der Johannisnacht schwer verletzt bei mir unter. Er hatte viel Blut verloren, und ich habe ihn drei Tage und Nächte gepflegt, ihm Wasser eingeflößt, den Verband gewechselt, ihn mit Suppe gefüttert, wenn er erwachte, und ihn, solange er zu schwach war, alleine aufzustehen, sogar bei der Notdurft geholfen. In der zweiten Nacht hatte er hohes Fieber, und Dorschanni meinte, er werde den Morgen nicht erleben, aber Aki war fürs Überleben geschaffen.

Eines Abends im August traf ich ihn in der Dämmerung bei den Hundezwingern. Gulasch, der sonst außer mir und meinen Kindern niemanden mochte, leckte ihm durch den Zaun hindurch die Finger.

›Ich habe Freundschaft mit ihm jeschlossen‹, erklärte Aki, ›damit er mir nich eines Tages die Kehle durchbeißt.‹

Am nächsten Abend stand er wieder dort, als ich Gulasch zu mir ins Zimmer holen wollte. Ich erzählte ihm, dass Gulasch ein Geschenk meines Bruders sei und dass er mich nachts

in meinem Zimmer bewache. In der dritten Nacht holte Aki Gulasch aus dem Zwinger, ehe ich kam, und wartete im tiefen Schatten der Linde auf dem Vorhof auf mich.
›Damit Sie nicht so weit jehen müssen‹, erklärte er.
›Lassen Sie das lieber‹, sagte ich. ›Es könnte Sie jemand sehen und sich was denken.‹
›Deshalb muss ich mit Ihnen reden‹, erwiderte er. ›Erst mal möcht ich mich bedanken, dass Sie mich jesund gepflegt haben. Und dann will ich mich verabschieden.‹
›Sie wollen uns verlassen?‹
›Ich muss. So jeht das nich weiter‹, antwortete er.
›Das müssen Sie mir schon erklären, Aki‹, sagte ich und lenkte ihn aus dem Schatten der Linde in die dunkle Eichenallee hinaus. Es war Vollmond, und der Silbernebel tropfte durch die Blätter hindurch und ließ die Elfen unter den Bäumen tanzen. Aki ging ganz still neben mir. Ich hörte nicht einmal seinen Atem, denn Gulasch schnüffelte geräuschvoll am Wegesrand entlang.
›Piesackt man Sie?‹, erkundigte ich mich. ›Kriegen Sie zu wenig zu essen? Habe ich Sie schlecht behandelt?‹
›Im Jegenteil. Sie behandeln mich zu jut!‹
Ich musste lachen.
›Lachen Sie nich‹, sagte er ernsthaft und mit einer auf einmal zwar leisen, aber volltönenden Stimme. ›Das fängt schon damit an, dass Sie zu mir Sie sagen. Das bin ich nich jewohnt. Das jeht nich jut!‹
›Sind nicht alle Menschen vor Gott gleich?‹, erkundigte ich mich amüsiert.
›Im Himmel vielleicht, aber auf der Erde nich‹, antwortete er. ›Und wenn Ihr Mann hört, dass Sie mich siezen, oder sonst wer, dann könnt es heißen, Sie hätten was mit mir.‹
›Aki! Was fällt dir ein!‹
Er lachte leise. ›Jetzt haben Sie's endlich kapiert.‹

Er war nur ein siebzehnjähriger Junge mit einer Zoche anstelle der Nase, mit hohlen Wangen und eng stehenden Augen, hässlich wie die Nacht, wenn man ihn bei Tage ansah. Aber in der finsteren Allee spürte ich auf einmal, dass ein Mann neben mir ging.

›Wenn ich dich duzen soll‹, sagte ich etwas übermütig, ›dann musst du aber auch du zu mir sagen, wenn wir unter uns sind.‹

›Gräfin‹, erwiderte er, ›wo soll das hinführen?‹

Während er das sagte, berührten sich auf einmal unsere Hände. Aki blieb abrupt stehen. Es war eine Stelle, an der der Mond in voller Größe durch den Scheitel der Allee schien. Ich sah, wie Aki mich anblickte, ohne die Augen zu senken, wie es sich für einen Knecht gehört hätte.

›Wohin soll was führen?‹, fragte ich ziemlich blöde. ›Aki, wovon redest du eigentlich?‹

›Davon‹, sagte er, ›dass du mich jepflegt hast, dass du mich jefüttert und jewaschen hast – aber nich wie eine Mutter ihr Kind, sondern wie eine Frau einen Mann, dessen Knochen und Fleisch sie nach hundert Nächten kennt, liebt und … und fürchtet.‹

›Aki, wohin versteigst du dich? Ich sollte mich vor dir fürchten?‹ Ich lachte.

Er lächelte leise. ›Schau, Gertraud, ich habe nuscht zu fürchten. Mich kann jeder erschießen, der Lust dazu hat. Mich kann man nur töten. Aber dich würde man nicht töten … dich würde man verachten. Und darum muss ich fort.‹

›Aki, du verrennst dich da in was.‹

›Wenn Sie's sagen, Gräfin.‹

›Ja, Aki. Aber ich möchte trotzdem, dass du weiter für mich arbeitest. Seit du die Melkmaschine bedienst, geben die Kühe mehr Milch.‹

›Das is‹, sagte er, in den Ton des braven Knechts zurückfallend, ›weil ich Holzwolle zum Saubermachen der Zitzen nehme. Das regt an.‹

Mit einem völlig unerwarteten Aufruhr der Gefühle ging ich in dieser Nacht zu Bett. Was für eine unverschämte Liebeserklärung hatte mir dieser Bursche da gemacht! Welche Frechheit, mir Furcht vor etwas zu unterstellen, das absolut undenkbar war. Ich und er? Absurd. Doch was für ein Mann, dachte ich im nächsten Augenblick, der bereit war zu sterben, um mich zu lieben, und mir anbot zu gehen, bevor es für mich gefährlich wurde. Doch warum soll er sterben müssen, wenn er mich liebt, fragte ich mich. War er am Ende doch Jude? Ein Jude musste freilich um sein Leben fürchten, wenn er mit einer arischen Frau Verkehr hatte. Versteckte ich also einen Juden? Umso besser, dachte ich, dann kann ich vielleicht wieder gutmachen, was ich in der Reichskristallnacht so schlecht gemacht hatte. Mit diesen törichten Gedanken schlief ich ein.

In der Nacht darauf wartete Aki nicht beim Hundezwinger, als ich Gulasch holen ging. Ich schlief die halbe Nacht nicht und eilte am Morgen zuallererst in den Kuhstall, um mich zu vergewissern, dass er noch da war, die Euter der Kühe mit Holzwolle reinigte und die Melkmaschine befeuerte. Nie werde ich vergessen, wie er mich ansah, unter dem Bauch der Kuh hervor mit seinen kohlschwarzen, klugen Augen.

In der Nacht erwartete er mich wieder am Hundezwinger. Ohne ein Wort nahm er mich bei der Hand und führte mich zum Speicher an die Tür, wo ihn Gulasch in der Johannisnacht gestellt hatte. Drinnen sah man die Hand vor Augen nicht, doch Aki führte mich sicheren Schrittes in eine Ecke, in der die leeren Kornsäcke zusammengefaltet lagen. Ich spürte seine Hände an meinem Leib, seine Lippen auf mei-

nen. In der Finsternis des Speichers unter drei mit Korn gefüllten Stockwerken waren wir nicht Gräfin und Landstreicher, sondern Frau und Mann. Ich hatte nicht darauf gewartet, dass so einer käme, ich hatte nicht wie andere Mädchen unerfüllte Stunden damit zugebracht, von der großen romantischen Liebe zu träumen. Es geschah einfach, und es war erschreckend und überwältigend.
So ging es Nacht um Nacht. Ich holte Gulasch, traf mich mit Aki im Speicher und kehrte mit dem Hund zum Schloss zurück, als käme ich von einem abendlichen Gang durch die Wirtschaft. Doch alsbald wurde es kälter. Und so verabredeten wir, dass er, wenn ich abends Gulasch holte, später in der Nacht schauen sollte, ob ich das Fenster meines Zimmers öffnete. Daran sollte er erkennen, dass Tante Dorschanni ins Bett gegangen und auch sonst im Haus niemand mehr wach war. Der Hund würde uns schützen, denn er würde so giftig bellen, sobald sich jemand meiner Tür näherte, dass man glauben würde, ich sei allein im Zimmer, da Gulasch ja niemanden sonst außer meinen Kindern in seiner Nähe duldete.«
Zilla schüttelte lächelnd den Kopf. Deshalb hatte Aki gestern für den Hund Gulasch und Gertrauds Gewohnheit, ihn auf ihr Zimmer zu holen, so warme Worte gefunden.
»Es war erregend und beängstigend«, erzählte Gertraud, »als Aki und ich uns zum ersten Mal in meinem ehelichen Schlafzimmer im Schein von Hindenburglichtern begegneten. Er hatte sehnige glatte Glieder und unverschämt zärtliche anderthalb Hände und kam mir schön vor wie ein Engel. Vielleicht hätte ich mich schämen sollen, dass ich meinen Mann in seinem eigenen Bett betrog, aber es war eine Liebe außerhalb der Zeiten, der Welten und aller Regeln. Wilhelm hatte aus den Freuden der Liebe eine Pflicht gemacht. Heinrich zeigte mir nur, dass wir Frauen ein Mittel

haben, um Männer davon abzuhalten, gemein und gefährlich zu werden. Aber Aki machte mich zur Frau. So konnte ich Wilhelm verführen und Heinrich auf Abstand halten. Beide wussten nicht, mit wem ich sie betrog, aber sie ahnten, dass mein Herz keinem von ihnen gehörte. Aki und mich rettete die Undenkbarkeit unserer Liebe vor Entdeckung.

Unser Glück dauerte nur zwei Jahre. In jener Nacht, Ende 1941, da er mich mit der Behauptung, Domfalke habe eine Kolik, aus Heinrichs Armen geholt hatte und ich ihn später in seiner Stube aufsuchte, gestand er mir, dass er Jude war, was ich im Grunde längst wusste. Und seine falschen Papiere nützten ihm nichts, weil er mir beinahe seinen richtigen Namen genannt hatte und auch Heinrich ihn unter Achim Kraßel kannte.

›Es jibt zwei Möglichkeiten‹, sagte er zu mir. ›Entweder Rönkens Schergen holen mich morgen oder ich schlage mich noch heute Nacht in die Büsche.‹

›Wo willst du denn hin?‹, fragte ich verzweifelt. ›Ich lasse nicht zu, dass sie dich …‹

›Scht!‹, machte er, legte mir den Finger auf die Lippen und nahm mich in den Arm. ›Es jibt Dinge, die man nich ändern kann, auch mit noch so viel Aufstand nich. Ich hab's dir ersparen wollen, aber nich können.‹

In Wahrheit gab es nur eine Möglichkeit. ›Du musst gehen, sonst töten sie dich!‹, sagte ich. Und beide wussten wir, dass die Chance, dass er in diesem Todeslager Deutschland der SS entkam, verschwindend gering war. Dabei hatten weder er, noch ich damals eine Vorstellung von dem, was wir seinem Volk tatsächlich anzutun entschlossen waren und antaten. Sonst hätten wir wohl nicht die Kraft gehabt, einander loszulassen.

Ich habe keine Worte, um zu beschreiben, in welchem Zustand ich ein ums andere Kriegsjahr durchstand. Innerlich tot vor Trauer und bebend vor Sehnsucht. Schwankend zwischen Hoffnung jenseits der Wirklichkeit und Verzweiflung, wenn der strahlende Mörder Heinrich die Treppe heraufkam und die Halle betrat.

Nur einen Trost und Lebensgrund hatte ich in diesen Jahren – unsere gemeinsame Tochter Edith ...«

Zilla fuhr vom Diwan hoch. Edith Akis Tochter? Oder hatte sie sich verlesen?

»Nur einen Trost und Lebensgrund hatte ich in diesen Jahren – unsere gemeinsame Tochter Edith«, buchstabierte Zilla halb laut. Da stand es wirklich.

»Aki war ein stolzer und liebevoller Vater. ›Wie kann ein hässlicher Kerl wie ich nur so eine hübsche Tochter haben‹, sagte er immer wieder, wenn ich nachts die kleine Edith zu uns ins Zimmer holte. Lange saß er über den schlafenden Säugling gebeugt, streichelte Ediths Wange und lächelte beseligt. Und wenn Edith aufwachte, dann ließ er sein Glaspüppchen auf ihrer Bettdecke tanzen und brachte sie damit zum Lächeln und Juchzen. Aber schenken durfte er es ihr nicht, denn das hätte Verdacht erregen können. Nur in der Nacht durfte das Püppchen ihr gehören.

Tagsüber durfte er sich natürlich auch nicht meinem Kinderwagen nähern, weder wenn ich ihn schob, noch wenn Dorschanni es tat. Doch ich bin, kaum dass Edith laufen konnte, mit ihr hin und wieder in den Kuhstall gegangen. Da stand sie dann und schaute mit großen dunklen Augen die Kühe an. Und wenn Aki ein paar Faxen machte, dann lachte sie. Und alsbald streckte sie morgens nach mir die Arme aus, wenn ich sie aus dem Bettchen holte und verlangte: ›Mama, Muhkuh!‹«

Zilla ließ das Heft sinken, lehnte sich zurück und saß ganz still.

Dann ist ja, dachte sie langsam Wort für Wort, dann ist Aki mein Großvater. Der alte, stille und kluge Aki. Das Faktotum im Hause Ayshoffkaten. Plötzlich fiel Zilla auch ein, dass ihre Mutter jedes Mal widersprochen hatte, wenn sie behauptete, Rönken sei ihr Großvater. Sie hatte ihrer Mutter nur wieder einmal nicht zuhören wollen. Und schließlich hatte Edith es aufgegeben.

»Ich habe viel verloren«, schrieb Gertraud zum Schluss. »Aber ich hatte das unverdiente Glück, dass Aki überlebte und mich wiederfand. Ohne ihn hätte ich nicht geschafft, was wir gemeinsam geschafft haben. Als die Russen nach dem Krieg kamen, bewahrte er mich vor dem Schlimmsten. Und als die Landreform drohte, bezeugte er, dass mein Mann von der SS als Widerstandskämpfer erschossen worden war, und rettete mir Ayshoffkaten.

Niemals konnte er sich vor allen Leuten zu mir und Edith bekennen, denn wer hätte ihm dann noch geglaubt, dass er als Zeuge nicht aus Eigeninteresse zu meinen Gunsten ausgesagt hatte? Niemals konnte er Edith, als sie noch klein war, als Tochter in den Arm nehmen. Denn vielleicht hätte sie in der Schule im Bedürfnis, einen Vater nennen zu können, Aki genannt. Vielleicht gab und gibt es hin und wieder Gerede im Dorf über die Verhältnisse in der Adelskate. Aber die Zingster gönnen mir mein Glück nicht, also vermuten sie es auch nicht.

Als ich Edith vor zwei Jahren sagte, dass Aki ihr Vater ist, meinte sie, sie habe es geahnt, seit sie fünfzehn gewesen sei. Sie musste mir hoch und heilig versprechen, es niemandem zu erzählen. Aki wünschte das so. Er war immer der stärkere und besonnenere von uns beiden. ›Gertraud, lass es, wie es ist‹, sagte er. ›Wenn man an einem Zipfel der Tischdecke zieht, dann fällt das janze Geschirr vom Tisch.‹

Wenn du diesen meinen Lebensbericht zu lesen bekommst,

Zilla, dann ist Aki sicherlich längst auch nicht mehr. Womöglich bist du gekommen, um deine Mutter zu begraben. Und dann gehst du durch das große Haus, in dem wir nach bestem Wissen und Gewissen in unserem so unsicheren Gleichgewicht gelebt und geliebt haben, und steigst auf den Dachboden und siehst die Truhe wieder, die dich als kleines Kind immer so fasziniert hat. Vielleicht hast du inzwischen eigene Kinder, Töchter oder Söhne oder beides. Und sie wollen eines Tages wissen, wo du herkommst und wer die Menschen waren, die in diesem Haus gelebt haben. Denn, Zilla, glücklich kann nur werden, wer die Vergangenheit kennt, so schrecklich sie auch zuweilen ist. Alles, was deine Vorfahren erlebt und erlitten haben, all ihre Sorgen, Ängste und Hoffnungen wirken in dir weiter. Und damit sie nicht als verborgene Ängste, Abneigungen und Vorurteile wirken und dein Handeln auf unverständliche Weise bestimmen, müssen wir das, was einmal war, in Worte fassen und ihm Klarheit verleihen. An meiner eigenen Tochter, deiner Mutter Edith, habe ich sehen müssen, was der Schrecken anrichtet, den wir stumm in uns verschließen. Sie war immer ängstlich und besorgt. Und sie fühlte sich von mir nie geliebt.

Hätte ich ihr, sobald sie vernünftig genug war, die ganze Wahrheit erzählt, so hätte sie vielleicht ein anderes, ein glücklicheres und freieres Leben führen können, so weit dies die politischen Verhältnisse zugelassen hätten.

Du hast vermutlich zuerst das Glaspüppchen in die Hand genommen, bevor du dieses Heft aufgeschlagen hast. Halte es in Ehren, Zilla, denn es ist Akis Geschenk an uns …«

Blitzschlag

Ein Windstoß heulte ums Haus. Ferner Donner grollte. Zilla legte das hellgrüne Heft auf den Tisch, stand auf und trat ans Fenster.

Über dem Bodden und dem Großen Kirr stauten sich die Wolken. Ein letzter Sonnenstrahl bahnte sich seinen Weg durch eine Lücke, färbte die Halme des sich im Wind beugenden Schilfs golden und warf Geglitzer aufs aufgewühlte schwarze Wasser des Zingster Stroms. Die von Prielen zerfurchten Salzgraswiesen des Kirr glühten grün wie ein Smaragd, dunkle Baumgruppen schwankten.

Zilla schärfte den Blick. War da nicht jemand? Doch in diesem Moment verlosch die Sonne hinter den Wolken. Zilla drehte auf dem Absatz um, stürzte aus dem Zimmer und rannte die Treppen hinab. »Mama!«, rief sie, »Mama!«, und stürmte ins Büro.

»Kind, was ist denn los?«

»Mama, ich glaube, Richard ist auf dem Großen Kirr.«

»Unsinn …«

»Ich habe zwischen Bäumen etwas Rotes gesehen, ein rotes Polohemd, wie Richard eines hat, glaube ich wenigstens. Aber dann ging die Sonne weg. Und dein Boot ist doch auch fort. Vielleicht ist er damit zum Großen Kirr gerudert. Ein Boot habe ich allerdings nicht gesehen. Wahrscheinlich hat er es nicht richtig festgemacht, und der Strom hat es fortgerissen.«

»Dann wird es für ihn jetzt ziemlich ungemütlich«, sagte Edith.

»Wir müssen ihn holen!«, rief Zilla.

»Womit denn?«

»Kann man sich nicht im Hafen ein Boot leihen?«

»Du glaubst doch nicht, dass dir jetzt noch jemand ein Boot gibt, kurz vor einem Unwetter. Außerdem ist die Insel nicht unbewohnt. Richard wird sich schon zu helfen wissen.«

»Und wenn er zwischen den Prielen auf den Kuhweiden stecken bleibt? Die Priele sind randvoll. Das ist ein Labyrinth. In den Bergen kennt Richard sich aus, aber hier? Wenn er nun Panik bekommt und meint, er müsste herüberschwimmen …?«

»Zilla! Wer hier Panik verbreitet, bist du.«

Erneut grollte ein Donner, immer noch weit entfernt.

Zilla besann sich. »Mama, ich muss es wenigstens versuchen. Wie lange dauert es noch, bis das Gewitter über uns ist? Du kennst dich doch mit dem Wetter hier aus.«

»Das muss ich mir draußen ansehen.« Gemeinsam traten sie vor die Haustür und blickten gen Nordwesten in die Wolkenbänke. Noch kam der Wind von der Seeseite her, noch hatte er nicht ins Auge des Sturms gedreht.

»Vielleicht eine halbe Stunde noch«, sagte Edith. »Meinetwegen, Zilla, fahr. Du bist ja in ein paar Minuten über den Zingster Strom hinüber und in zehn Minuten wieder zurück. Siehst du das Haus da drüben? Hus Upstalsboom. Die verleihen Boote. Sag einen schönen Gruß von mir. Kannst du überhaupt mit einem Motorboot umgehen?«

»Ich habe einen Motorbootschein für Binnengewässer«, antwortete Zilla. »Und der Genfer See kann auch ganz schön stürmisch werden.«

»Aber halt dich nicht zu lange drüben auf, ja?«

»Mach dir keine Sorgen.« Zilla sprang ins Haus, rannte die Treppen hoch, zog sich in fliegender Eile Turnschuhe an, nahm ihre Jeansjacke, vergewisserte sich, dass sie das Handy dabeihatte, hastete die Treppen hinab, winkte Edith zu, die auf dem Weg zu den Ställen war, und rannte den Pfad zwischen Haus und Speicher entlang, der direkt zum nächsten Nachbarn, dem Hus Upstalsboom führte. Schon im Herankommen sah sie das Schild ›Bootsverleih‹. Am Steg schaukelten zwei Boote.

Da war es bereits eine Stunde her, dass Aki sich zur Mittagspause in seine Räume zurückgezogen, etwas Brot und Käse vertilgt und in seinem Ohrensessel eine Tasse Kaffee getrunken hatte. Doch kaum war er weggedämmert, klopfte es an seine Tür. Sehr leise, aber er hörte es, klaubte seine schlaftrunkenen Gedanken zusammen, stand ächzend auf und schlurfte zur Tür.

»Was ist denn, Edith?«, knurrte er, während er die Tür öffnete. »Du weißt doch ...« Hastig schluckte er seinen Tadel hinunter und riss die Augen auf. Vor ihm stand in rotem Polohemd und Jeans der junge Herr Richard.

»Entschuldigung«, sagte er, »störe ich?«

»Nur bejrenzt«, murmelte Aki und trat zurück. »Hab mir ja schon jedacht, dass du kommst. Bitte einzutreten.«

»Danke.« Mit allen Zeichen des Respekts betrat Richard die Wohnstube und erfasste die Lage. »Ich habe dich beim Mittagsschlaf gestört.«

»Macht fast jar nuscht.« Geduldig wartete Aki ab, bis der junge Mann gesehen und verstanden hatte, was die Sabbatleuchter und der Kidduschbecher auf der Kommode bedeuteten. Dann fragte er: »Womit kann ich dienen? Ein Kaffee?«

»Nein, danke.«

Zu nervös zum Kaffeetrinken, stellte Aki fest, und zu selbstbeherrscht, um sein Erstaunen zu zeigen. »Nu setz dich.«

Richard wartete höflich, bis der Alte sich wieder in seinem Ohrensessel niedergelassen hatte, und nahm dann im Sessel gegenüber Platz.

»Dieser Tage jeben sich bei mir die Leute die Klinke in die

Hand«, schwatzte Aki vor sich hin. »Zilla war jestern auch schon hier.«
Richards Brauen zuckten kaum merklich, aber Aki war es gewöhnt, die kleinen Zeichen zu lesen. Ehekrach. Zilla war wie seine Gertraud, eigensinnig, immer aufständisch, immer gerade heraus und sich nuscht sagen lassen. Das war nicht leicht für den geplagten Mann, der da vor ihm saß und ihn mit seinen wasserhellen Augen anschaute.
»Musst ihr ein bisschen Zeit jeben«, sagte Aki.
»Ich fahre noch heute ab«, entgegnete Richard.
»Das wird Edith aber jar nicht jefallen. Wo sie solche Hoffnung in dich jesetzt hat.«
»Ich denke, die Lage hat sich inzwischen gründlich geändert.«
»Hm.« Aki schielte in den Kaffeebecher, aber es war wirklich nichts mehr drin. »Und womit kann ich nu dienen?«
»Aki, ich will dir wirklich nicht zu nahe treten …«
»Du bist mir schon nahe jetreten, indem du hier raufgestolpert bist. Nu frag, was du fragen musst. Wer nicht fragt, kriegt auch keine Antwort.«
Richard deutete ein Lächeln an. »Du bist immer ein wenig vor mir erschrocken, Aki, aber so richtig erst gestern Abend im Haus. So als hättest du eine Schreckensbegegnung mit Heinrich Rönken im Schloss selbst gehabt.«
»Tut mir Leid, dumm jelaufen jestern.«
»Aki, das meine ich nicht.«
»Hm.« Aki hob die Augen nicht. »Du fragst dich, was ein jüdischer Knecht im Schloss zu suchen jehabt hatte. Das hat Rönken mich auch jefragt, als er mich auffem Gang vor der Schlafstube der Gräfin erschießen wollte.«
»Entschuldige, Aki«, sagte Richard beschämt.
Aki lächelte nachsichtig. »Ich versteh schon. Du willst wissen, in welchem Verhältnis ich zu ihr jestanden habe.«

Richard nickte.
»Und warum sollte ich dir das sagen?«
Richard senkte die Lider. »Vielleicht«, räumte er ein, »sollte wirklich nicht ich dir diese Frage stellen, sondern Zilla.«
»Das sehe ich auch so.«
»Aber sie wird nicht fragen, Aki. Sie hat keinen Grund dazu. Sie glaubt, mein Großvater sei auch ihrer.«
»Nu, wie ich Gertraud kenne, wird sie Zilla in ihrem Lebensbericht alles haarklein darstellen.«
Richards Augen blitzten. »Dann stimmt es also. Edith ist deine Tochter, Aki. Du bist Ediths Vater und Zillas Großvater.«
»Und wie kommst du ausjerechnet darauf?«
»Zilla sieht dir ähnlich.«
»Du liebe Jüte, hoffentlich nicht!«
Richard lächelte leicht. »Doch, aber man muss euch schon nebeneinander sehen. Deshalb ist es mir wohl auch erst gestern Abend aufgefallen. Eure Gestalt, eure Haltung, euer Gesichtszuschnitt, die Augenfarbe, die Form der Augenbrauen. Nur die kleine steile Falte zwischen den Brauen, die hat sie nicht von dir, die hat sie von Gertraud, und ihre Schönheit natürlich auch.«
»Da muss ich wohl passen«, sagte Aki. »Ein Mann, der in Bernstein den alten Tempelhüter wiedererkennt, der hat wohl auch ein Auge für den Stammbaum seiner Frau.«
»Aki, ihr solltet es ihr endlich sagen. Ich will mich nicht vor der Verantwortung für meine eigenen Fehler drücken, aber vielleicht hätte ich viel früher den Mut gehabt, mit Zilla zu reden, wenn ihr vor ihr nicht alles Wesentliche geheim gehalten hättet. Einer jungen Frau, die ihre Vergangenheit nicht kennt und keine Geschichte hat, der konnte ich nicht vertrauensvoll meine eigene Schreckensgeschichte erzählen.«

»Zilla wird's bald wissen, Richard. Womöglich weiß sie es längst. Und dann kann sie entscheiden, ob sie von einem Juden abstammen will. Wenn nicht, braucht sie Gertrauds Bericht nur zu verbrennen, und niemand wird es je erfahren.«
Richard schüttelte lächelnd den Kopf. »Was sind denn das für Ideen, Aki?«
»Ich weiß, die Zeiten haben sich jeändert. Aber vielleicht ändern sie sich wieder, und dann wäre es nicht jut, einen jüdischen Großvater zu haben.«
»Wie die Zeiten sich ändern, das kann man nie wissen. Aber solange ich lebe, werde ich alles tun, damit in Europa nie wieder Menschen wegen ihrer Abstammung oder Religion verfolgt werden. Und dass Zilla alles dafür tun wird, darauf kannst du dich verlassen. Zumal, wenn sie auf einen Großvater wie dich stolz sein darf. Zilla wird in Brüssel an der europäischen Einigung arbeiten, an einem gerechten, freien und friedlichen Zusammenleben der Völker. Und sie wird es mit Leidenschaft und Feuereifer tun. Denn jetzt weiß sie genau, wofür sie es tut. Aber du darfst ihr deine großväterliche Liebe nicht länger vorenthalten.«
»Und du? In welchen Krieg willst du vor deinen Eheproblemen flüchten?«, fragte Aki streng. »Ich habe viele jesehen, die vor dem Leben in den Heldentod jeflüchtet sind. Auch du würdest doch jederzeit dein Leben für Zilla jeben. Ist es nicht so? Aber darin steckt der Denkfehler. Alles oder nuscht, denkt ihr. Totales Glück, totales Vertrauen – totaler Krieg. Es ist immer dasselbe. Aber das Leben ist Liebe, und die Liebe, das ist nicht Glück oder Unglück, sondern Glück im Unglück, das ist jemeinsame Suche nach einem Weg, wo keiner ist.«
Eine Stunde später überquerte Richard benommen den Vorplatz und steuerte auf die Eingangstür des Haupthauses zu. Ein Blitz erhellte die grünliche Dämmerung über dem Meer

hinter den Dächern von Zingst. Richard zählte automatisch die Sekunden. Er kam auf sechs, bis der Donner krachte, also zwei Kilometer. Und als hätte der Wind nur auf ihn gewartet, fuhr er seewärts in die Krone der Eiche, als wollte er den Baum mit einem Schlag entwurzeln. Richard sprang die drei Stufen zum Eingang hinauf. In der Halle kam ihm Edith entgegen.

»Da seid ihr ja«, sagte sie.

»Wir?«

»Hat Zilla dich nicht ... wo warst du denn?«

»Bei Aki.«

»Um Gottes willen, und Zilla ist vor einer Viertelstunde mit dem Boot los, weil sie meinte, du seist auf dem Großen Kirr.«

»Wie kommt sie denn darauf?«

»Das Boot ist weg.«

»Welches Boot?«

»Ich fürchte, das war ich.« Margret kam langbeinig im kurzen Kleid die Treppe herab. »Ich ... äh ... Harald und ich, ich meine Herr Timoty und ich, wir haben gestern Nacht eine kleine Spritztour unternommen. Ich fürchte, wir haben das Boot nicht wieder fachgerecht vertäut. Ich komme natürlich für den Schaden auf.«

Richard drehte wortlos auf dem Absatz um und lief aus dem Haus. Edith rannte ihm hinterher. »Was hast du vor, Richard?«

»Ich brauche ein Boot.«

»Es kann aber jeden Augenblick losgehen. Und auf dem Wasser ist ein Gewitter lebensgefährlich.«

Richard blieb stehen und packte Edith mit beiden Händen an den Armen. »Schnell! Wo kriege ich ein Boot her?«

»Da drüben, bei Upstalsboom«, antwortete Edith ganz unter dem Eindruck seiner Autorität. »Aber hör mal ...!«

Er hörte es nicht mehr. Ein neuer Blitz, erneuter Donner – diesmal sieben Sekunden weg – scheuchte ihn über den Pfad zu dem Haus mit dem Bootssteg. Er hielt sich nicht damit auf, zu klingeln und zu fragen, er sprang über den Zaun auf die Wiese und rannte auf den Bootssteg hinaus. Ein Boot lag dort, aber ohne Außenbordmotor. Ein anderes Boot, kleiner und leichter, war auf den knappen Sandstreifen hochgezogen und betriebsbereit. Richard schob es ins Wasser, stieg übers Heck ein und griff nach dem Zug für den Außenbordmotor. In diesem Moment kam ein junger Mann winkend und rufend die Wiese herabgelaufen. Richard riss am Startkabel. Der Motor begann augenblicklich zu tuckern. Was auch immer der mutmaßliche Bootsbesitzer zu schreien hatte, es ging im Gurgeln unter, als Richard die Schraube ins Wasser senkte und Gas gab. Das Boot schoss in das raue Boddenwasser hinaus.

Der Mann blieb am Ufer zurück und ließ die Arme fallen. Richard sah, bevor er den Blick über den Bug nach vorne richtete, noch, wie jenseits der roten Ziegeldächer von Zingst ein Blitz aus den Wolken zu Boden fuhr. Einen Atemzug später krachte es.

So schnell, dachte Richard, setze ich mein Leben für Zilla aufs Spiel. Keine Sekunde hatte er überlegt, ob es sinnvoll war, was er tat. Nur eines wusste er sicher: Wenn Zilla etwas zustieß, würde er es nicht überleben wollen. Und Edith, die so viele Menschen hatte sterben sehen, sollte es nicht erleben, dass ihre Tochter umkam, während er am Ufer stand. Aber war Zilla überhaupt in Lebensgefahr?

Er war es mit Sicherheit.

Bis zum Ufer der Insel waren es an dieser Stelle höchstens hundertfünfzig Meter. Ein blau-weiß gestrichenes Boot leuchtete in einer kleinen Sandbucht zwischen sich wiegendem Schilf. Richard drehte den Gashebel bis zum Anschlag. Der Motor jaulte, hustete, verschluckte sich und verstummte. Das also war es gewesen, was der Mann von Upstalsboom vergeblich versucht hatte ihm zu sagen. Kein Benzin.

Der Schub des Boots versackte im Wind, der zum Meer gedreht hatte, und die Strömung begann am Boot zu ziehen. Ein Blitz erhellte die grünliche Dämmerung, der Donnerschlag folgte auf dem Fuße. Zum ersten Mal in seinem Leben überfiel Richard Todesangst. Auf dem Boot war er eine ideale Zielscheibe für einen Blitz, der den Weg ins Wasser suchte, doch im Wasser würde ihm die elektrische Spannung jede Nervenfaser im Körper zerreißen, wenn ein Blitz auch nur im Umkreis von hundert Metern einschlug.

Richard verließ die Bank am Motor, drehte sich in dem schwankenden Boot um, setzte sich auf die Ruderbank, hängte die Riemen in die Halterung und begann zu rudern.

Gleich zwei Blitze gingen über den Dächern von Zingst nieder. Ein dritter krachte, ohne dass er ihn gesehen hatte. Richard blickte sich zur Insel um. Noch zwanzig Meter. Da lag das andere Boot mit der Aufschrift Hus Upstalsboom. Aber wo war Zilla? Er konnte die Ruder kaum koordinieren, so sehr schüttelte ihn die Angst, aber nicht um Zilla, sondern um sich selbst. Zu welch einer Unsinnsaktion hatte ihn der blinde Mut verführt! Und jetzt rissen Wind und Gischt ihm jegliche Selbstbeherrschung weg. Richard spürte sich innerlich kippen. Er konnte den Fluchtimpuls nicht unterdrücken. Er musste raus aus dem Boot. Ans Ufer, so schnell wie möglich. Zum ersten Mal in seinem Leben gab er seiner Panik nach, wider alle Vernunft.

Er ließ die Ruder los und stand auf. Da, zwischen dem Schilf eine Gestalt!

Richard sprang. Das Boot trudelte, drehte sich fort und verschwand aus seinem Gesichtsfeld. Zornige Wellen spritzten ihm ins Gesicht. Er schwamm um sein Leben. Bald spürte er Grund unter den Füßen. Er versuchte sich aufzurichten, aber die Hast und die Nässe in den Kleidern rissen ihn um. Er kämpfte sich erneut auf die Füße. Gleich hatte er es geschafft.

»Zilla!«, keuchte er.

Zilla sah vom Donnerschlag betäubt und geblendet einen Blitz sich in das Boot bohren, das Richard eben verlassen hatte. Irgendein Ölzeug darin ging in Flammen auf. Im selben Augenblick sackte Richard in sich zusammen und schlug der Länge nach vornüber ins Wasser.

Während Zilla sich noch unfähig fühlte, das Entsetzliche zu begreifen – der Blitz hatte Richard erschlagen! –, stürzte sie schon los, packte den treibenden Körper an den Schultern und riss und zog. Zweimal rutschte ihr das nasse Polohemd aus den Fingern. Richards kräftige Arme entglitten ihr wie Aale. Woher sie die Kraft nahm, blieb ihr unerklärlich, aber sie schaffte es, den Mann ganz aus dem Wasser auf den Sand der kleinen Bucht zu ziehen. Er glitt auf den Rücken.

»Richard!«, rief sie und schüttelte ihn. »Wach auf!«

Aber sein Gesicht blieb still. Seine Augen waren geschlossen. Atmete er noch? Zillas hektische Finger spürten keinen Pulsschlag an seinem warmen Hals.

»Richard!«, schrie sie. »Nein, bitte nicht … bitte nicht! Nicht so!«

Sie zog seinen Oberkörper hoch auf ihr Bein. Richards Kopf rollte in ihre Armbeuge. Sein messingfarbenes Haar hatte die Farbe von altem Heu angenommen. Zilla strich Sand und Salzwasser aus seinem Gesicht, das still und um die verwirrende Kraft seiner Augen beraubt in ihrer Armbeuge lag. Sand verklebte die Härchen auf Richards schlaff neben ihrem Knie liegenden Arm. Aufstehen und um Hilfe schreien und bei ihm bleiben war ein und dasselbe Bedürfnis in ihr.

Ihn nie mehr hergeben, sein Begräbnis nicht überleben wollen und davonlaufen. Wie sagte sie es seinem Vater?
Da, auf einmal begann es zu regnen. Die ersten Tropfen schlugen Löcher in den Sand, aus denen Sandkörnchen aufsprangen, die zweiten und dritten Tropfen machten den Aufruhr der Körnchen zunichte, und schon war alles mit einem glänzenden Wasserfilm überzogen. Süßes Wasser lief Zilla in die Augen und übers Gesicht. Die Blitze, die den Weltuntergang erleuchteten, nahm sie nicht mehr wahr. Sie konnten ihr nichts mehr anhaben. Was hatte sie jetzt noch zu verlieren? Das Leben? Welches Leben?
»Bleib bei mir, Richard, bleib bei mir«, schluchzte sie. »Oder nimm mich mit.«
Schwer und schwerer ruhte sein Oberkörper auf ihrem Bein und in ihrem Arm. Wie lange würde sie ihn so halten können? Wann musste sie aufgeben und ihn im Sand zurücklassen? Wie kehrte sie nach Zingst zurück? Rief sie vorher per Handy an? Ich komme jetzt, aber Richard ist tot. Die Banalität dieser Fragen, gegen die sie sich nicht wehren konnte, raubten ihr die letzte Fassung. Schluchzer schüttelten sie. Sie drückte Richard an sich. Er war so warm. Sie musste einen Notarzt rufen. Ein Notarzt! Dass sie nicht gleich daran gedacht hatte. Sie hatte doch das Handy.
Doch auf einmal wollte er sich von ihr nicht lösen. Sein Kopf bestand darauf, in ihrer Armbeuge zu bleiben. Plötzlich spürte sie eine tastende Berührung am Arm. Im nächsten Moment waren seine Augen offen und blau wie eh und je. Unverwandt blickte er sie an. Seine Lippen mit dem naturgegebenen freundlichen Schwung öffneten sich, doch es kam kein Laut heraus. Er blieb stumm.
Zilla beugte sich hinab. Er erwiderte ihren Kuss.

Der Hirsch von Rominten

Na, gut geschlafen?«, fragte Edith.
»Prächtig«, antwortete Zilla. »Ist der Kaffee schon fertig?«
»Schon lange. Der General frühstückt doch immer schon um halb sieben«, sagte Edith lächelnd und goss aus der Thermoskanne, die Frauke gerade eben frisch gefüllt hatte und ins Frühstückszimmer mitnehmen wollte, eine Tasse voll und schob sie ihrer Tochter über die glatte Fläche des Arbeitstisches zu. Sie hatten beide gestern Abend noch lange miteinander geredet.
»Wann willst du ins Krankenhaus, Richard besuchen?«, erkundigte sich Edith, als Frauke mit den Thermoskannen abzog.
»Nach der Visite, gegen Mittag. Er will anrufen. Vielleicht darf ich ihn dann ja auch gleich mitnehmen.«
Es war gar nicht so einfach gewesen, Richard von der Insel zu schaffen. Er hatte zwar sein Bewusstsein wiedererlangt, konnte sich aber kaum bewegen. Als Zilla ihm auf die Beine helfen wollte, knickte er gleich wieder zusammen. Sein rechtes Bein schien gelähmt, und immer noch hatte er kein Wort herausgebracht. Für ein zierliches Persönchen wie Zilla bedeutete es eine schier übermenschliche Anstrengung, den Mann auf die Füße zu stellen und ins Boot zu verfrachten. Als er im Boot war, reichte seine Koordination immerhin wieder, sich auf der Bank zu halten. Auch die Sprache kehrte zurück, während Zilla in langsamer Fahrt den Zingster Strom überquerte.
Es regnete heftig, aber das Gewitter war Richtung Südosten abgezogen und wütete nun über Barth.
Per Handy rief Zilla Edith an und bat sie, einen Notarzt zu rufen. Zwei Sanitäter mit Trage warteten schon am Steg von

Hus Upstalsboom, als sie längsseits drehte. Man brachte Richard in die Boddenklinik nach Ribnitz-Damgarten. Der Arzt meinte, der Blitz habe mit der Hochspannung, die er im Wasser verbreitete, Richards Nerven vorübergehend überlastet. »Ihm ist regelrecht die Sicherung rausgesprungen«, sagte der Arzt vergnügt. Aber das komme wieder in Ordnung. Man werde ihn jedoch über Nacht dabehalten und Bluttests machen.

»Mach dir keine Sorgen«, meinte Edith jetzt. »Er ist ja gesund und kräftig.«

Zilla nickte über ihre Kaffeetasse hinweg. Seltsamerweise machte sie sich überhaupt keine Sorgen. Sie hatte geschlafen wie seit ihrer Kindheit nicht mehr und war mit hellen, gereinigten Sinnen aufgewacht.

»Kann ich eines der Pensionsfahrräder haben?«, fragte Zilla. »Ich muss schnell in Zingst etwas besorgen.«

»Ja, sicher«, antwortete Edith. »Nimm meines. Das ist das ohne Nummer. Du weißt ja, wo es steht.«

Eine Viertelstunde später holte sich Zilla das Rad ihrer Mutter aus dem Schuppen und schwang sich darauf. Nach dem gestrigen Gewitter war ein kühler, aber glänzender Tag aufgezogen. Am Hotel Marks, unweit des Hafens, hatte ein Blitz einen Baum gefällt. Und noch nicht in allen Vorgärten waren die umhergewehten Gegenstände – Strandeimer, Schlauchboote, Stühle oder Sonnenschirme – wieder eingesammelt oder aufgerichtet worden.

Zilla stellte das Rad am Fischmarkt ab, ging in die Apotheke und schlenderte dann zum Deich vor. Die Andenkenläden öffneten gerade. Zilla ließ die Augen über die Postkartenständer, Badesachen, Hüte, Zeitschriften, Zeitungen, Bernsteinketten, Modellboote, Flaschenschiffe und Seemannsknotenbilder gleiten und wandte sich der Kirche zu. Ihr mit kleinen Turmspitzen gespickter Treppengiebel

überragte die Häuser und diente seit über hundert Jahren der Schifffahrt als festes Seezeichen. Ihr Glockenturm stand im Friedhof, und unweit davon ruhte Gertraud. Auf dem Weg zurück zum Fischmarkt weckte ein etwas zurückgesetztes Häuschen mit Schilfdach Zillas Aufmerksamkeit. Am Zaun hing ein Schild mit der Aufschrift »Antiquitäten«. Allein die Tür war ein Kleinod, reich verziert, in leuchtenden Farben gestrichen. Sie gehörte zu jenen alten Haustüren, mit denen die Fischer auf dem Darß und auf dem Zingst einst ihren Reichtum demonstriert hatten.
Der Verkaufsraum war klein und dunkel, aber Zillas Blick blieb sofort an einem Gegenstand hängen. Als hätte er nur auf sie gewartet, stand in einer Ecke zwischen Tabaksdosen und Besteck ein kleiner silberner Becher – schwarz angelaufen – mit einer eindeutig hebräischen Inschrift. Zilla musste lächeln. Bis vor zwei Tagen hatte sie noch keine Ahnung gehabt, was ein Kidduschbecher war, und schon hielt sie einen in der Hand. Wie leicht auf einmal alles war.
Die Alte, die den Laden bewachte, ging den Becher notdürftig putzen, wickelte ihn in Zeitungspapier ein und nahm das Geld entgegen. Zufrieden radelte Zilla wieder nach Ayshoffkaten zurück. Sie erledigte im Haus, was sie zu erledigen hatte, half ihrer Mutter die Frühstückstische abräumen und begab sich schließlich mit dem Zeitungspapierpäckchen unter dem Torweggebäude hindurch zu den Ställen.
Die Fohlen tobten auf der Weide, die Stuten grasten. Auf dem Reitplatz wurden fünf Pferde bewegt. Meik fegte den Hof. Aki kramte in der Sattelkammer herum.
»Moin, Aki«, sagte Zilla.
Der Alte drehte sich langsam um.
»Ich habe etwas für dich.« Zilla streckte ihm das Päckchen hin.
»Wozu das denn?«

»Na, ich muss doch mindestens zwanzig Geburtstagsgeschenke nachholen, die ich dir nicht gemacht habe. Mach mir die Freude und zier dich nicht.«
Aki nahm das Päckchen zögernd und stellte sich mit seiner verstümmelten rechten Hand ziemlich ungeschickt an, bis er den Klebestreifen gelöst und das Zeitungspapier abgewickelt hatte. Dann wäre ihm der Becher auch noch beinahe entglitten und zu Boden gefallen.
»Zilla, das jeht doch nicht!«
»Warum soll das nicht gehen, Großpapa? Warum soll ich dir nichts schenken? So ist das nun mal unter Verwandten. Enkelkinder kann man nicht ignorieren. Sie sind einfach da.«
Aki blinzelte. Seine Augen glitzerten feucht.
Zilla gab ihrem spontanen Bedürfnis nach und umarmte ihn. Sie spürte hauptsächlich Knochen.
»Mein kleines Ostseeröschen«, raunte er und drückte sie an sich.

Unverschämt glücklich bog Zilla gegen ein Uhr mit dem Volvo auf den Parkplatz der Boddenklinik in Ribnitz-Damgarten ein. Richard hatte angerufen und mitgeteilt, dass er das Krankenhaus verlassen dürfe. Edith hatte den Anruf entgegengenommen, war Zilla suchen gegangen und hatte ihren Vater in trautem Gespräch mit ihrer Tochter auf der Bank an der Ostseite der Stallungen gefunden.
Richard wartete schon im Foyer der modernen Klinik. An den Wänden hingen Ölgemälde, die zum hellen Ambiente gar nicht passen wollten – Landschaften in schweren Farben, röhrende Hirsche. Vor einem dieser Gemälde stand Richard, als Zilla hereinkam. Sie ging auf ihn zu. »Wie geht es dir?«
»Gut.« Seine Wendung zu ihr war nicht sonderlich sicher.
»Und dein Bein?«

»Der Fuß ist noch ziemlich gefühllos. Aber das wird wieder, meint der Arzt. Ich soll viel laufen.«
Etwas in seiner Haltung hielt sie davon ab, ihn zu berühren, obgleich ihr intensiv danach zumute war. Es war die Art, wie er sich vor ihr aufrichtete, so als würde er befürchten, sie werde ihm wehtun. Sein Lächeln war tastend.
»Was für schreckliche Bilder«, sagte sie ratlos. Ihr Blick irrte über die Ölschinken, auf denen Rehböcke vor zerzausten Bäumen standen. »Sie sehen dem Bild in Gertrauds Giebelsalon verdammt ähnlich.«
»Vor allem das hier«, sagte Richard und deutete auf das Bild, vor dem er stand. Wieder war seine Körperdrehung etwas unbeholfen. »Das Haus im Hintergrund könnte genauso gut das Jagdschloss von Rominten sein.«
»Tatsächlich! Wie heißt denn dieser Meister der röhrenden Hirsche?«
»Ernst Teurich«, antwortete Richard. »Auf der Tafel da drüben steht, dass er in Tilsit geboren wurde, in Prerow auf dem Darß ansässig war und 1979 das Zeitliche gesegnet hat. Signiert hat er, wie du siehst, mit einem ET.«
»Hm«, machte Zilla. »Auf die Signatur auf Gertrauds Bild habe ich nie geachtet.« Sie blickte Richard an. »Gehen wir?«
Er nickte. Sie verließen das Haus und traten auf den Parkplatz. Richard hinkte deutlich.
»Du musst fahren«, sagte er, noch ehe sich Zilla die Frage beantwortet hatte, wie sie ihm das vorschlagen konnte, ohne sein männliches Selbstverständnis zu kränken. »Ich würde mit meinem Fuß die Bremse nicht finden.«
»Wie lange wird das noch dauern?«, fragte Zilla, als sie im Wagen saßen.
»Das kann man nicht genau sagen. Der Arzt meint, es sei ohnehin ein Wunder, dass es mich nicht schlimmer er-

wischt habe. Aber wer weiß «, Richard schmunzelte, »vielleicht sind die Schäden doch größer, und ich merk es nur noch nicht. Zum Beispiel kann ich mich absolut nicht an den Blitzeinschlag erinnern.«

Zilla lachte und lenkte den Wagen auf die Straße. »Aber ich. Und ich glaubte wirklich, nun ist alles aus.«

»Tut mir Leid. Es war nicht sonderlich durchdacht, was ich da gemacht habe.«

»Durchdacht?«, wiederholte sie. »Was ist schon wirklich durchdacht, was wir so machen?«

»Ich hatte Angst um dich«, sagte er.

»Tja, es war wohl eher ich diejenige, die wenig durchdacht gehandelt hat. Ich hätte mich vergewissern müssen, dass du nirgendwo im Gestüt bist, bevor ich zur Insel fuhr. Es war mein Fehler, ich weiß, Richard.«

»Das habe ich nicht gesagt.«

»Nein, aber ich wünschte, du würdest mir deine Vorwürfe einmal direkt machen und nicht immer auf diese indirekte Art.«

»Ich werfe dir doch gar nichts vor.«

Zilla seufzte und schwieg. Er wollte sich einfach nicht packen lassen. Ernüchtert fragte sie sich, ob sie dieses quälende Spiel eigentlich noch länger aushalten konnte oder wollte.

Schweigend fuhren sie durch grüne Wiesen. Endlich tauchten die Aufbauten der Meiningenbrücke vor ihnen auf.

»Zilla«, sagte Richard plötzlich, als sie auf die Straße nach Zingst rollten, »hättest du Zeit für einen Spaziergang?«

»Jetzt?«

»Ja, jetzt.«

»Mama wartet mit dem Mittagessen.«

»Was meinst du, ließe sich dieses Problem lösen?«

Zilla lachte. »Ich kann sie anrufen und ihr sagen, dass wir

später kommen. Kannst du denn überhaupt mit deinem Fuß laufen?«

»Der Arzt hat mir Spaziergänge verordnet, damit die Nerven wieder aufwachen.«

»Also gut.«

Zilla bog nach links Richtung Prerow ab. Nach einigen Kilometern stießen sie auf einen Campingplatz. Sie stellte das Auto am Straßenrand ab. Ein Sandweg führte an den Strand, der hier unversehens schmal und holprig wurde. Graublau rollte das Meer heran. Der Darßer Urwald schob sich bis zum weißen Sand vor, an dem der Sturm gestern Abend heftig genagt hatte. An manchen Stellen brachen die Dünen über einen halben Meter steil ab.

Richard stolperte entschlossen weiter. Zilla folgte ihm. Der Sand war nur oberflächlich getrocknet. Unter der Schicht weißen Pulvers kam bei jedem Schritt grauer, feuchter Sand zutage. Richard hatte Mühe, das Gleichgewicht zu wahren. Aber unten an der Wasserkante war der Sand härter. Sie wandten sich vom Badebetrieb nach Westen ab, das Meer zur Rechten und den Darßwald mit seinen zerrauften Kiefern zur Linken. Hier ungefähr musste es gewesen sein. Hier hatte das Boot sie einst geholt und in den Westen geschafft. Wie weit sie in jener Nacht gewandert waren!

»Weißt du, warum ich dir keinen Vorwurf mache?«, nahm Richard das Gespräch an der Stelle wieder auf, wo Zilla es vorhin abgebrochen hatte. »Weil du mir die Chance gegeben hast, nicht nur um dich Angst zu haben, sondern vor allem um mich selbst.«

Zilla blickte ihn verwundert von der Seite an.

»Was du mir wert bist, wusste ich ja bereits, aber ich habe auf einmal entdeckt, was ich mir wert bin.«

»Und was bist du dir wert?«

»Ich möchte glücklich sein«, antwortete Richard schlicht.

»Und mit mir …«, sagte Zilla zögernd, aber mutig, »bist du nicht glücklich.«
Er blickte zu Boden. Zilla spürte körperlich, welche Mühe er sich gab, gleichmäßigen Schrittes neben ihr zu gehen.
»Das Verrückte ist«, sagte er, »dass Aki mir kurz zuvor die Leviten gelesen hat. Er meinte, ich flüchte mich in ein Alles oder Nichts. Was ja nur heißt, dass ich zu viel erwarte.«
»Übrigens«, unterbrach ihn Zilla, »du solltest vielleicht wissen, dass Aki mein Großvater ist.«
»Das weiß ich schon.«
»Ach!«
Richard blickte sie kurz an. »Du siehst ihm nämlich ähnlich.«
»O je!«, stöhnte Zilla. »Ist meine Nase so auffällig?«
Richard schmunzelte. »Sie ist genau das, was ein schönes Gesicht braucht, um interessant zu sein.«
»Ja, Komplimente machen, das könnt ihr Franzosen.«
»Je ne suis pas un français. Ich bin Schweizer.« Richard stolperte in ein Sandburggrabungsloch und wankte. Zilla hatte schon die Hand ausgestreckt, um ihn vor einem Sturz zu bewahren, aber er fing sich und wich zurück.
»Und ich bin nicht einfach nur eine hübsche Frau«, sagte Zilla schroffer als gewollt.
»Ich weiß«, erwiderte er freundlich.
»Und, was soll nun werden?«, fragte sie ratlos. »Was hast du vor?«
»Was ich vorhabe, ist unerheblich, denn …«
»Zum Teufel!«, platzte Zilla heraus. »Es ist nicht unerheblich, was du willst. Schon gar nicht für mich! Du willst nur wieder nicht damit herausrücken.«
Er blickte sie an.
»Weißt du«, sagte sie, »warum ich mich immer dagegen gewehrt habe, mit dir in Genf zu leben? Warum ich unbedingt

nach Brüssel wollte, auch wenn mir, seit ich in Berlin arbeite, Zweifel gekommen sind, ob ich intrigant genug bin, um in so einem Verwaltungsapparat weiterzukommen? Ich habe mich so stur gestellt, weil ich dachte, ich könnte dich damit provozieren, mir zu verraten, wie du dir dein Leben mit mir vorstellst. Ich wollte, dass du endlich zugibst, dass du am liebsten mit mir in Divonne leben würdest.«

»Das würdest du doch gar nicht wollen.«

Sie lachte. »Nein. Aber man könnte darüber streiten und einen Kompromiss suchen. Verstehst du? Ich komme einfach nicht an dich heran. Und dann beschimpfe ich dich als Feigling. Dabei möchte ich dich gar nicht kränken.«

Er schwieg.

»Das mit Margret ...«, begann sie von neuem.

»Ich habe wirklich nichts von ihr gewollt«, sagte er rasch, »aber wie soll ich dir das beweisen?«

»Das brauchst du gar nicht, Richard. Ich konnte mir ohnehin nicht vorstellen, dass du sie attraktiv findest. Du musst sie sogar ziemlich ungalant abgewiesen haben, so wüst, wie sie sich an mir gerächt hat. Sie hat das Zimmer im Speicher bestellt, ohne dich vorher zu fragen, nicht wahr?«

»Und ich habe es telefonisch wieder abbestellt.«

Zilla musste lachen. »Typisch für dich. Wenn es irgendetwas zu regeln gibt, und die anderen erkennen ihre Verantwortung nicht, dann übernimmst du den ekligen Part. Du bist einfach zu gut.«

Er strauchelte wieder, aber diesmal beherrschte Zilla sich.

»Und, Richard«, fuhr sie fort, »ich wäre einfach neugierig, diesen Menschen kennen zu lernen, den, der sich von mir trennen will, um meine Karriere nicht zu behindern, den, der ohne nachzudenken sein Leben für mich riskiert und dem es nicht einfällt, mir Vorwürfe zu machen, weil ich mich selbst in Gefahr gebracht habe.«

»Aber Zilla! Was für Vorwürfe sollte ich dir denn machen? Du wolltest mich retten, weil du glaubtest, ich säße auf der Insel fest. Ich hätte jemandem sagen müssen, dass ich bei Aki bin.«
Zilla lachte. »He, Richard! Was ist das nur für ein Panzer von unerbittlicher Anständigkeit, hinter dem du dich verschanzt? Und mich lässt du draußen herumzappeln und gemein werden. Warum kannst du mir nicht sagen, was du dir wünschst, was du hasst, wovon du träumst. Nur ein einziges Mal, und ich wäre zufrieden für den Rest meines Lebens.«
Er deutete ein Lächeln an. »Ich würde gern einmal mit dir ausreiten. Das wollte ich schon, als wir uns kennen lernten.«
»Wenn es weiter nichts ist.« Zilla lächelte.
»Und ich hasse es«, brach es aus ihm hervor, »mit Herr Graf angeredet zu werden.«
Zilla blieb stehen. »Ist es so schlimm?«
Da sie innegehalten hatte, musste auch Richard stoppen. Und er musste sich außerdem zu ihr umwenden. Er tat es langsam, denn eine abrupte Wendung hätte sein Fußknöchel nicht mitgemacht. Die Sonne ließ seine Augen leuchten wie klares Meerwasser. Zilla machte einen Schritt auf ihn zu, aber er straffte sich erneut.
»Ich habe dich wohl sehr verletzt«, sagte sie leise.
Er sagte nicht Ja, nicht Nein, sondern blickte sie nur an.
»Dann solltest du vielleicht wissen«, fuhr Zilla fort, »dass Arno Pachaly doch nicht mein Halbbruder ist. Sein Vater war der Kombinatsleiter. Es gibt also nichts, was zwischen Arno und mir stünde, außer der Tatsache, dass es lediglich geschwisterliche Gefühle sind, die ich für ihn empfinde.«
Sie hob ihre Hand, aber ehe sie ihn berühren konnte, hatte er sie geschnappt und hielt sie fest. »Zilla«, sagte er sanft,

»ich fürchte, ich könnte … ich könnte dich nicht mehr loslassen, wenn ich dich noch einmal in den Armen halte.«
Sie fuhr mit dem Daumen über seinen Handrücken. Er legte hastig die andere Hand über ihre, um sie zu stoppen.
»Gnade, Zilla«, sagte er. »Spiel deine Macht nicht so aus. Ich bin dem nicht gewachsen. Seit neun Jahren träume ich davon, jeden Morgen neben dir aufzuwachen, egal, wo. Es ist mir egal, wohin du gehst. Ich wünsche mir nur, dass du mich mitnimmst. Plan mich in dein Leben ein, Zilla. Es wird sicher auch in Brüssel etwas für mich zu tun geben.«
»Heißt das, du willst …?«
Er nickte. »Und wenn irgendjemand meinen unseligen Großvater ausgräbt, um dir damit am Zeug zu flicken, dann wird er mich kennen lernen. Ich finde überhaupt, du solltest einen Mann dabeihaben, der dir den Rücken freihält. Deine Karriere in Brüssel ist wichtiger als alles, was ich je in meinem Leben tun könnte.«
»Nun mach dich mal nicht kleiner, als du bist.«
»Ach was! Ich bin ersetzbar. Meinen Verwaltungsjob beim UNHCR kann jeder übernehmen, und es gibt viele, die darauf warten. In Krisengebiete lasse ich mich nur schicken, weil ich ab und zu raus muss. Andere können das genauso gut oder sogar besser als ich. Und mir tut es gar nicht gut. Ich verwalte das Elend dieser Welt. Aber du bist die Zukunft Europas, zumindest ein Teil davon.«
Das verschlug Zilla erst einmal die Sprache.
»Glaubst du mir diesmal, dass ich es genauso meine, wie ich es sage?«, erkundigte er sich ernsthaft. »Glaubst du mir, dass ich mit dir gehen will, wohin auch immer du gehst? Ohne Bedauern!«
Zilla lächelte verschmitzt. Da er beide Hände brauchte, um ihre eine Hand ruhig zu halten, konnte er nicht schnell

genug reagieren, als sie ihn mit ihrer freien Hand an der Hüfte fasste und an sich zog. Außerdem versagte sein Fuß den Dienst, und er musste sich schleunigst an ihr festhalten.
»Richard«, sagte sie nach einem langen Kuss, »ich glaube dir kein Wort. Eigentlich würdest du gerne Ayshoffkaten übernehmen, Pferde therapieren, Tempelhüter-Fohlen züchten und mit mir zusammen dafür sorgen, dass meine Mutter Oma wird und mein Großpapa Aki noch recht viele Urenkel zu sehen bekommt.«
»Zilla, gib Frieden«, sagte er lächelnd.
»Ich fürchte, das geht nicht, denn das mit den Enkeln und Urenkeln könnte klappen.«
Er stutzte.
»Ich bin schwanger.«
»Was sagst du da?« Er schlang so heftig seine Arme um sie, dass beide umzufallen drohten. Nachdem er seine Freude genügend gezeigt hatte, kam er auf die Idee zu fragen: »Du willst es doch haben?«
»Ja, Richard.«
»Und was wird aus Brüssel?«
Zilla löste sich von ihm und fasste ihn an der Hand, während sie sich dem Rückweg zuwandten. »Das wird sich finden. Ich schätze, ich bin nicht die erste EU-Beamtin, die ein Kind bekommt.«
Erstaunlich, fand Zilla, wie perfekt ein so stiller Mann wie Richard sein Glück ausdrücken konnte, wenn er einfach nur schweigend neben ihr herging, oder besser, hinkte. Allerdings hinkte er zunehmend weniger. Und als sie eine Stunde später die drei Stufen zur Tür von Ayshoffkaten hinaufstiegen, hätte bestenfalls ein Pferdekenner mit Röntgenblick, wie er es war, noch gesehen, dass er auf dem rechten Fuß etwas lahmte.

Edith kam aus der Küche, um ihn zu begrüßen. »Freut mich, dass es dir wieder gut geht. War das ein Schreck! Habt ihr Hunger?«
Richard und Zilla schüttelten die Köpfe.
»Und Zilla, sei doch so nett und mach Aki nicht wieder überraschend Geschenke. Oder sag es mir wenigstens vorher, damit ich planen kann. Er hat sich noch nicht wieder erholt. Ich habe ihm für heute freigegeben.«
Zilla feixte.
»Ich fürchte also, Richard«, fuhr Edith fort, »du wirst nachher mal in den Stall gehen und nach dem Rechten sehen müssen. Vier Pensionsboxen müssen heute fertig werden. Ich erwarte vier Anreisen und habe selber noch einiges zu tun.«
»Mach ich«, sagte Richard.
Erst jetzt kam Edith dazu, die beiden richtig zu betrachten. Sie standen dicht nebeneinander und strahlten. Ein lichtes Lächeln huschte auch über Ediths Gesicht. »Aber vielleicht wollt ihr euch erst einmal oben etwas … etwas frisch machen. Und du, Richard, solltest dich vielleicht doch lieber ausruhen. Ich komme schon allein im Stall klar.«
»Nein, ich bin in Ordnung«, widersprach Richard erwartungsgemäß, stolperte aber, als Zilla ihn zur Treppe zog. »Jedenfalls so gut wie.«
Edith lachte.
»Übrigens, Mama«, fragte Zilla, sich auf dem Treppenabsatz noch einmal umdrehend, »was verlangst du eigentlich für Ayshoffkaten?«
»Wie?«
»Sag mal, könnte man da mit meinem Erbe nicht ein bisschen was verrechnen? Und Wohnrecht behieltest du ja sowieso.«
Richard blickte genauso erstaunt drein wie Edith.

»Wie viel können wir denn bezahlen, Richard?«, erkundigte sich Zilla.
»Äh …«
»Oder willst du gar nicht?«
»D… doch«, stottert er.
»Mach dich auf etwas gefasst, Mama«, sagte Zilla fröhlich. »Richard ist Schweizer und darum gründlich in Geldsachen, und er ist Diplomat und kennt alle Verhandlungstricks. Aber ihr werdet euch schon irgendwie einigen.« Und damit stieg sie zügig die Treppen hinauf. Richard folgte langsamer.
Als er das Giebelzimmer betrat, stand Zilla dicht vor dem Bild mit dem röhrenden Hirsch.
»Es ist tatsächlich ein Ernst Teurich«, sagte sie. »Siehst du hier unten das ET. Allerdings fehlt die Jahreszahl. Aber vielleicht steht hinten was drauf.« Sie fasste nach dem Goldrahmen, um das Bild abzuhängen.
Richard drängte es zwar, etwas anderes und viel Wärmeres in die Hände zu nehmen, aber seiner Erfahrung nach wurde Zilla widerspenstig, wenn man sie daran hinderte, ihren spontanen Ideen nachzugeben.
»Huch, ist das schwer!«, ächzte sie.
Er sprang hinzu und fing den Rahmen ab. Es rumste ziemlich, als sie das Bild auf den Boden stellten.
»Ich wusste gar nicht, dass Ölbilder so viel wiegen«, wunderte sich Zilla.
»Das tun sie auch nicht«, sagte Richard. »Und das hier auf der Rückseite sieht auch nicht aus wie eine Leinwand. Das ist etwas anderes. Moment, das haben wir gleich.« Er langte nach seiner Lederjacke, die auf seinem Koffer lag, der immer noch reisefertig vor dem Barockschrank stand, griff in die Tasche und zog ein Schweizer Messer hervor. Dabei rutschte die Glasmurmelpuppe herunter und fiel auf den Boden. Zilla hob sie auf, während Richard aufs Knie ging

und mit dem Messer die Nägel aufbog, die das Bild im Goldrahmen hielten. Kaum hatte er den Rahmen vom Bild gelöst, rutschte die Leinwand mit dem röhrenden Hirsch heraus und glitt auf den Boden. Dahinter kam ein ganz anderes Bild zum Vorschein, ein Mosaik aus schimmernden Halbedelsteinen.

»O Gott!«, rief Zilla. »Das Florentiner Mosaik aus dem Bernsteinzimmer! Und es hat immer hier gehangen! Wahnsinn!«

Richard blickte sie fragend an.

»Dein Großvater«, erklärte Zilla, »war mit dem Transport des Bernsteinzimmers nach Königsberg betraut und hat dieses Bild geklaut und meiner Großmutter geschenkt. Und sie hat es offensichtlich auf die Flucht mitgenommen. Und dann hat sie diesen Ernst Teurich aus Prerow beauftragt, einen seiner Hirsche vor das Jagdschloss von Rominten zu stellen. Nicht einmal mein Vater, Fritz Pachaly, dürfte auf die Idee gekommen sein, diesen Schinken für Kulturgut der DDR zu halten und requirieren zu lassen. Und mir hat sie das Bild vererbt. Da könnte man Ayshoffkaten dreimal für kaufen.«

»Es gehört dir nicht«, bemerkte Richard. »Es gehört Russland.«

Zilla spielte lächelnd mit dem Glaspüppchen.

»Außerdem«, sagte Richard mahnend, »hast du gar keine Chance, es auf dem Schwarzmarkt zu Geld zu machen, ohne sofort die Polizei auf dem Hals zu haben.«

Sie lachte. »Aber wie gibt man so etwas zurück? Schreiben wir Putin, oder wie?«

»Da gibt es doch diese neue Kommission zur Rückgabe von durch die NS geraubten Kulturgütern, der unter anderem der ehemalige Bundespräsident von Weizsäcker angehört. An die werde ich mich mal wenden.«

»Und dieses Püppchen«, sagte Zilla, »solltest du …«
»Deine Mutter hat es mir überlassen.«
»… nein, nicht meiner Mutter, sondern Aki zurückgeben. Er hat es Edith niemals eigenhändig geschenkt.«
Richard schmunzelte.

»Übrigens«, sagte Zilla und kuschelte sich eine halbe Stunde später in seine Arme, nachdem sie ihre drängendsten Bedürfnisse aneinander gestillt hatten, »ich habe mir Folgendes überlegt. Aki ist doch nun mein Großvater und Fritz Pachaly mein Vater, auch wenn Mutter ihn nicht geheiratet hat. Und den Namen Ayshoff hat meine Großmutter ja auch erst durch Heirat mit Wilhelm bekommen.«
»Hm«, machte Richard. »Worauf willst du hinaus?«
»So ein ›Gräfin‹ erscheint mir nicht mehr zeitgemäß. Was meinst du, könnten wir unseren Namen nicht ändern?«
Richard schwieg unendlich erstaunt.
»Dann würde man dich auch nicht mehr mit Herr Graf ansprechen.«
»Aber das ist doch nicht so wichtig«, sagte er warm.
»Ja, aber für unsere Kinder wäre es doch auch viel besser, wenn wir beide denselben Namen hätten.«
»Und an welchen Namen dachtest du?«
»Knappe.«
»Langsam, Zilla«, sagte er, seine kräftigen Arme fest um sie schließend. »Du musst nicht alles heute opfern, was dir immer wichtig war. Ich würde schlicht Ayshoff vorschlagen. Und darüber, ob wir Ayshoffkaten kaufen, müssen wir auch noch mal reden. Wie stellst du dir das überhaupt vor?«
Zilla kämpfte sich aus seinen Armen frei und drehte sich zu ihm um. »Ich stelle mir das so vor, dass unsere Kinder auf

dem Land aufwachsen, mit einer Großmutter und einem Urgroßvater zusammen.«

»Aber …«

Sie legte ihm den Finger auf die Lippen. »Kein Alles oder Nichts, Richard. Es wird kompliziert. Aber es wird sich alles zurechtruckeln.«

Danksagung

Geschichte setzt sich aus Geschichten zusammen. Und die wenigsten Geschichten stammen aus der eigenen Erfahrung. Einen Roman wie diesen kann man nicht schreiben ohne andere Menschen, die einem etwas erzählen, sei es mündlich oder sei es in Lebensberichten, die sie privat, fürs Internet oder in Büchern veröffentlicht haben.

Zuerst will ich Meike Haselmann danken für die Verbindung, die sie mir über ihre Großmutter zu Jutta Riedl hergestellt hat, und Jutta Riedl selbst für ihre lebhaften Schilderungen einer großen Landwirtschaft und Pferdezucht in Ostpreußen.

Meinen eigenen Großeltern kann ich nur posthum danken für die Idee, ihre Kindheits- und Lebenserinnerungen aufzuschreiben. Ebenfalls dankbar bin ich Hans Graf von Lehndorff für seine Bücher *Ostpreußisches Tagebuch* und *Menschen, Pferde, weites Land*, Marion Gräfin Dönhoff für ihr Buch *Kindheit in Ostpreußen* und Martin Bergau für sein Buch *Der Junge von der Bernsteinküste*.

Und ich danke für ihre Internetseiten Brit Risch (Pferdezucht in der DDR), Andreas Gautschi (Göring und Rominten), Christian Lettow-Vorbeck (Landwirtschaft in Ostpreußen), Reinhard Henkys (Palmnicken) und Rainer Radoks (Geschichte einer Königsberger Familie).

MUTTERTAG, 2006 / GELESEN:
JUNI 2006